KB151704

대통령과 한국 知性人의 座標

변지섭 칼럼

오늘의문학사

국립중앙도서관 출판시도서목록(CIP)

대통령과 한국 知性人의 座標 : 변지섭 칼럼집 /
지은이: 卞之燮. -- 대전 : 오늘의문학사, 2015
     p. ;   cm

ISBN 978-89-5669-664-5 03810 : ₩18000

수기(글)[手記]
칼럼집[--集]

818-KDC6
895.785-DDC23   CIP2015002763

대통령과 한국 知性人의 座標

 세상을 살다보면 선한 사람과 악한 사람, 남에게 도움을 주는 사람과 피해를 주는 사람 등 무수한 사람들과의 접촉을 통하여 우리 인간관계는 형성되어 왔다. 누가 선하고 악한 사람인지, 누가 이익을 주고 피해를 주는 지를 파악하지 못함으로써 인간의 비극이나 슬픔의 역사는 시작되지만, 다른 한편 예상할 수 없는 기쁨과 행복을 창출하는 또 다른 인간의 역사가 자기 의지와는 상관없이 생성되기도 한다. 사람들은 이러한 인간관계를 운명이라고 말한다.

 진정 인간은 운명의 굴레를 벗어날 수 없는 것일까?

 긍정할 수밖에 없는 것이 당연한 인간의 한계이며 슬픔이지만, 그 굴레를 벗어나고 물줄기를 바꾸는 일도 있을 수 있다는 것이 역사의 「아이러니」이며 여기에 인간의 삶의 또 다른 가치와 신비가 숨어 있다.

 사람이나 국가에 대한 운명적인 결정, 그것은 너무나 신비하고 복잡하여 들여다 볼 수 없는 내면의 세계이므로 엄밀하게 말한다면 신(神)만이 정확히 알 수 있는 존재영역인지도 모른다.

 2012년 대선, 하늘은 박근혜 후보와 문재인 후보 중에서 과연 누구에게 당선의 우선권을 주었는가? 당선의 우선권이 뒤바뀌어 운명의 물줄기가 다른 방향으로 흘러가지는 않았는가?

 이러한 물음에 답하기 위하여 나는 2012년 대한민국 대통령을 빚어내는 신(神)의 작업실에 비쳐진 희미한 영상의 조망을 동경해 온 자로서 그 불빛을 더듬어 살펴왔음을 솔직히 고백하고자 하는 바이다.

 민주주의 기본 이념은 한 마디로 자유와 평등을 그 요소로 한다. 자유와 평등은 인간의 존엄성과 행복을 실현시켜 주는 수단이다. 민주주의가 인간의 존엄성과 행복을 실현하는 것을 그 목적으로 한다면 자유와 평등은 그 수단에 불과하다.

위와같이 민주주의가 자유와 평등을 수단으로 인간의 존엄성과 행복을 실현하는 것을 목적으로 한다면 자유를 가장한 방종과 평등의 탈을 쓴 불평등을 배격함으로써 진정한 자유와 평등을 수단으로 할 때만 행복을 실현하게 될 것이다.

반정부 활동이나 집단 시위만을 일삼는 세력의 자유는 자유가 아니고, 합리적 차별이 인정되지 않는 평등은 평등이 아닌 것이다.

세월호 사건은 이제까지 대한민국의 구조적이고 총체적인 국가 조직체계 내지는 운영체계와 더불어 2014년 4월 16일 발생된 것이지만 세월호 사건 자체로만 생겨난 것이 아니다. 불교사상을 언급할 필요도 없이 존재하는 모든 것은 더불어 존재하며, 서로 분리할 수 없는 관계에 있기 때문이다.

우리는 돈과 이권, 명예욕에 오랜 세월동안 맞들여져 썩을대로 썩어 문드러진 대한민국의 일부 지성인들, 곧 국회의원 · 공무원 · 공기업체 임직원과 노조집행부 · 일반 기업체의 임직원과 노조집행부 등의 세력이 총체적 · 구조적으로 누적된 부정부패에서 비롯된 결과였다는 사실을 이제는 깨닫게 되었다.

우리는 이런 세력들이 걸어왔던 생활좌표를 추적하여 좌표를 변경하고 새로운 좌표를 설정하는 것만이 진정 세월호 사건 등을 예방하고 박근혜 정권이나 더 나아가 대한민국 정권의 부정부패 척결 의지를 실천하는 길이 될 것임을 확신하고 있다.

본서가 국가기관의 서민 대중에 대한 자유와 평등의 침해에 대하여,

다른 한편 반정부 불순세력의 국가기관과 정부에 대한 혼란조성과 국기문란의 정권변혁 운동 등의 서글픈 현실에 대하여, 5,000만 국민의 존엄성과 행복을 위하여 정책대안을 수립하고 정의를 실현하는 수단으로 작용하도록 함으로써 미등이나마 길을 밝히는데 도움이 되기를 진심으로 기대하여 마지 않을 뿐이다.

본서는 「넌·픽션」만을 소재로 하고 「팩션」 부분은 배격하였으며 등장인물도 전부가 실명임을 밝혀둔다.

제3장 나의 가족과 안기부

제1장

역사의 인식과 평가

국민의 행복을 가로막고 있는 대한민국 2대기구

1. 2대 기구의 일반적 고찰

당리·당략의 목적을 위하여 민생법안의 발목을 잡고 국가 경제를 파탄시키며 기업체로부터는 돈을 뜯어내는 국회의원, 기업체를 도산시키고 국민의 혈세를 원천징수하는 공기업체를 포함한 기업체 노조조합장, 이 2개 기구는 누가 보아도 그 우열을 가리기가 힘든 대한민국에서 최고의 부정부패와 비리의 상징으로 그 가치를 높이 평가받고 있다는 것이 일반적 여론인 것 같다.

사람이란 동물은 본래 불완전한 존재이므로 비록 그 추구하는 삶의 목적은 항상 남에게 봉사하며 선량하고 가치있게 살겠다고 설정하지만, 현실과의 괴리 때문에 선하게도 살고 악하게도 살게 마련이다. 사람의 현실생활은 대부분 선과 악, 공과 과가 병존하게 마련이다. 떼강도나 떼도둑들도 파란만장한 인생의 세파를 견디지 못하여 강도나 도둑질로 생계를 이어가고 있지만 사람들의 눈을 피하여 대개 밤중에 작업을 하거나 사람들 보기가 두려워 복면을 하는 등 최소한의 예의를 갖추고 있다는 것은 그들의 가슴 속에도 선과 악이 공존하고 있다는 증거이며, 자신의 행위가 나쁘다는 것은 알고 있는 것이다.

그런데 우리 사회에는 선과 악이 공존하지 않고 항상 나쁜 마음만을 가지고 세상을 살면서 얼굴도 가리지 않은 채 부끄러움도 모르고 세상을 활보하는 2개의 집단이 있다. 이미 언급한 국회의원, 노조조합장이 바로 그들이다.

2. 2대 기구의 기능과 존재이유

국회의원과 노조조합장이라는 사회조직 구성원들은 사회에서 도 대체 어떤 기능을 하고 있으며 이들 기관이 과연 존재할 이유나 필요 가 있을까 하는 점에 대하여는 많이 논의되어 왔고 현재도 골치 아픈 논의의 대상이 되고 있는 것은 사실이다.

우선 국회의원은 기본적으로 입법기능을, 노조조합장은 회사 등 기 업체의 노동조합원의 권익을 보호하는 기능을 각각 가지고 있는 것이 다. 물론 국회의원은 정확하게는 입법기능을 수행한다기보다는 통법 부로서의 기능을 수행한다는 것이 맞을 것이다. 국회는 행정부에 비 하여 전문적인 실력이 부족하여 행정부가 대부분 입법기능을 수행하 고 행정부가 만들어 준 법을 통과시켜주는 기능을 수행할 뿐이기 때문 이다.

이들 2대기구는 이러한 기능을 가지고 있음을 기화로 국회의원은 민생법안의 통과를 저지하여 서민경제를 멍들게 하고 부당한 편의를 보아주는 대가로 각종 기업체로부터 돈을 뜯어내 국가부정의 규모를 확대 재생산시키며, 노조조합장은 '봉급을 인상하지 않으면 파업하겠 다'고 협박하여 그 무마를 조건으로 기업체로부터 엄청난 사례비를 뜯 어내고 있었던 것은 모든 국민들이 알고 있는 사실이다. 이들은 국가 나 국민에게 득이 되는 것보다는 손해가 크지만 그래도 없앨 수는 없 으므로 말하자면 '필요악'과 같은 존재이다.

위와 같은 2대 기구의 역기능에도 불구하고 2기구가 존재해야 할 이 유가 무엇일까. 국회의원과 노조조합장이라는 2기구는 분명 사람들이 이야기하는 바와 같이 국가와 국민에게 득보다는 끼치는 해악이 더 큰 것은 확실하다. 요즘에는 「국회의원은 국민의 공적(公敵)이다」는 말까지 등장하고 있다. 그럼에도 불구하고 국회는 통법부의 기능, 노조조합장은 노조원의 권익보호 기능을 행사하므로 분명 그 존재이유가 있는 것이다.

따라서 이 2대 기구가 존재하지 않는다면 다시 새로운 기구가 출현할 것이며 새로운 기구가 기존의 2개 기구보다 더 나으리라는 보장은 할 수 없을 것이다.

3. 2대 기구의 현황과 실태

(1) 국회의원

1) 국회의원의 실태

국회는 국민에 의해 선출된 국회의원으로 구성된 국가기관으로 국민대표자 회의이다. 근대의 민주정치는 간접 민주정치를 주류로하고 있는 바 이는 대의정치 또는 의회정치라고 일컬어진다. 의회주의는 민주적으로 선출된 합의기관에 의하여 다수결 원리로써 국가의 중요정책을 입법하고 결정하는 기능을 수행한다.

오늘의 대중적 민주정치는 반드시 의회주의를 채택하고 있는데, 의회는 국민의 대표기관으로서 인정되고 있으며 국민주권주의하에서는 주권의 행사기관으로서 인정되고 있다. 그러나 국민의 대표기관이고 주권의 행사기관이라고 하는 것은 어디까지나 국민이 국회의원에게 국민의 대표성을 위임했으므로 그 위임의 전제하에서만 인정되고 또한 모든 국민이 현실정치에 참여할 수 없다는 현대의 대의민주주의 제도하에서의 어쩔 수 없는 선택인 것이다.

따라서 국가와 국민의 권익과 직접 관계되는 법률안의 제정을 포기·말살하거나 그 통과를 방해하는 국회나 국회의원의 행위에 대하여는 더 이상 국민의 대표기관이나 주권의 행사기관으로서의 존립을 인정해서는 안되며 그 지위를 박탈해야 할 것이다. 국회는 이미 입법능력의 한계 때문에 입법기관으로서의 기능은 행정부에 빼앗긴 지 오래이고 통법기관으로서 기능을 수행하며 국민의 세금만을 받아먹고 무위도식하고 있는 자신들의 위치를 망각한 것도 모자라 최근에는 통법기관으로서의 기능마저도 방기하면서 국가와 국민의 이익을 침해하고 있다.

국회의원은 양심적이고 인격을 구비한 일부 의원을 제외하고는 여·야를 불문하고 모두 그 지위를 박탈해야 할 것이며 특히 새정치연합의 일부 몰지각한 인사들은 세월호 관련법을 민생법안과 연계시켜야 한다고 생떼를 부리고 있다 한다.

새정치연합 박영선 원내대표는 2014년 9월 2일 세월호 참사 실종자 가족들이 있는 전남 진도 팽목항을 찾았다. 박 원내 대표는 현장 기자 간담회에서 '실종자 가족들의 공통적인 이야기는 마지막까지 국가가 책임져 달라. 실종자 10명을 다 찾게 해달라. 국가와 정부가 왜 존재하는지 물음표를 던지게 된다'고 말했다고 한다. 실종자 10명을 지금까지 못찾고 있는 것은 찾는 것이 불가능하기 때문이지 안 찾으려 하기 때문인가! 국가와 정부가 존재하는 이유는 국민의 생명을 지키고 자유와 권리를 보호하기 위한 것이지만 국가와 정부가 존재하는지의 여부에 대해 의문을 가지게 된 것은 현 정부에 대한 것만이 아니라 지금까지 수십 년 아니 수백 년간 썩어 문드러진 행정관리와 국회의원, 국가의 조직운영의 구조적이고 총체적인 부조리 때문이 아니겠는가. 박의원은 어찌 현재의 여당과 정부의 탓만 하며 국정의 발목을 잡고 있는가. 박의원은 세월호 특별법을 둘러싸고 세월호 특별법과 민생법안을 분리해서 처리해야 한다는 의견이 66.8%에 이른다는 여론조사 결과도 모르는가? 알고도 민생법안을 세월호 특별법과 연계하여 처리하기를 주장한다면 세월호 관련자 세력의 득표를 의식하고 있기 때문인가 아니면 친노 강경세력과 문재인 의원의 압력을 의식하고 있기 때문인가. 박의원은 자신의 행위가 얼마나 어리석은 짓인가를 지금이라도 깨우치기 바란다.

세월호 사건을 위요하고 정부 각료나 여·야 국회의원들은 국민의 생명에 대한 안전의식을 망각한 채 비리 기업체나 관련 업체로부터 이권을 취득하고 금전을 갈취하려는 계산에만 혈안이 되어 있었던 자신들의 행태가 이번 사건이 발생된 결과의 원인이라는 것을 솔직한 심정으로 인정하고 「내 탓, 네 탓」 따지지 말 것을 경고하고 싶다.

세월호 유가족들이 원하는 것이 세월호 사건 진상규명과 세월호 사건 재발 방지라면, 진상규명과 재발방지에 대한 수단·방법은 정부에 맡겨놓을 수밖에 없을 것이다. 세월호 유가족 진상조사위원회에 수사권과 기소권을 달라는 것은 공권력의 주체는 사적 단체가 될 수 없고 국가가 되어야 하기 때문에 무리한 요구이며 또한 수사권과 기소권이 세월호 유가족에게 주어질 수 없지만, 주어진다고 가정하더라도 세월호 사건 진상규명과 재발방지가 보장된다고 누가 장담할 수 있겠는가?

이제까지 썩을 대로 썩어 문드러진 구조적이고 총체적인 대한민국 국가조직의 운영체계를 원망해야 할 것이고 지금부터라도 체계적으로 부정부패를 척결하고 국가조직의 운영체계를 하나씩 점검하고 국민이 모니터링 해 나아가야 할 것이며 이것은 박근혜 정부와 국회가 공동으로 국가조직체계를 갖추어야 할 일이다.

김영삼 정부 시절인 1993년 10월 10일 전북 부안군에서 서해 페리호 침몰사고로 292명이 사망하였고, 1995년 4월 28일 대구지하철 공사장 폭발사고로 102명의 사망과 117명이 부상당하였으며, 1995년 6월 30일 서울 삼풍백화점 붕괴로 502명이 사망(미확인 숫자는 제외)하였다. 이때 정부는 다시는 이러한 불상사가 발생하지 않도록 할 것이며 국민에게 용서를 비는 것이 고작이었다. 이때 유가족의 고통과 슬픔이야 세월호 유가족의 슬픔과 똑같은 것이었겠지만, 당시 유가족들은 김영삼 정부의 뻔뻔스런 약속을 믿고 슬픔을 달랠 수밖에 없었으며 정부에 대해 유가족 진상조사위원회에 수사권과 기소권을 달라고 떼쓰지 않았다. 이들이 바보이기 때문에 그런 것도 아니고 그 슬픔이 세월호 유가족만 못해서 그런 것도 아니었다. 또한 세월호 유가족 김영오씨처럼 대통령이 세월호 관련법을 해결해 달라고 단식하지도 않았고 문재인 의원처럼 김영오씨 단식에 동조하며 세월호 관련법 협상을 어렵게 유도, 정국파행을 주도하는 야당의 주동자도 없었다.

　2) 민주당 강경 장외투쟁, 그 명분과 저의가 무엇인가?

국회나 국회의원은 국민의 인권과 권익을 보장하기 위하여 그 존립근거를 찾을 수 있는데 민주당은 자기 정당의 이익을 위해서 대통령 사과와 국정원 개혁을 요구하는 것 같다. 국정원 댓글사건에 대한 사과를 요구하며 대통령이 부정선거와 관련되었다며 대통령을 코너로 몰고 가 국민여론을 유리하게 이끌자는 국면전환의 의도인데 국정원 댓글사건은 문재인 의원이나 박근혜 대통령과 관련된 댓글이지만 정확하게 대선관련 댓글은 아니다.

어느 조직이나 자기가 좋아하는 정당이나 대선 후보자가 있기 마련이며 그 대선 후보를 지지하고 상대방 후보를 비난하는 것은 민주주의 국가에서 당연히 있을 수 있는 일이며 설령 그것이 인정되지 않아 법의 제재를 받아야 한다면 당사자를 처벌하면 될 일이며 대통령과는 전혀 관계가 없는 일임에도 대통령이 사과해야 한다는 민주당의 주장은 비약이 너무 지나친 것이다.

정부와 여당, 야당 모두 국정원의 개혁의 실체와 이유를 전혀 모르고 있다. 특히 야당은 원세훈 국정원 전 원장이 '국정원 댓글사건'을 통하여 국정원 직원들에게 대통령 선거개입을 사주했다는 고발내용을 그대로 믿고 그 퇴직 직원에게 민주당이 정권을 잡은 후에는 '국정원 기조실장 직을 내정하겠다'는 허황된 약속을 하였다 하나, 그 퇴직직원의 말을 액면 그대로 믿을 수는 없는 것이다. 문제의 전직 국정원 직원의 퇴직 사건이 정당한 것이든 또는 부당한 이유에 의한 것이든 그것은 국정원의 전직 직원에 대한 운영상의 인사관리의 문제일 뿐이며 대통령 사과문제와는 전혀 별개의 문제인 것이다. 국정원 전 원장이 국정원 댓글사건을 통하여 대통령 선거개입을 지시했다는 혐의가 밝혀진 후에만 대통령 사과문제는 거론되어야 하기 때문이다.

결론적으로 정부나 여당, 야당 모두 왜 국정원을 개혁해야 하는가 하는 문제점에 대하여 전혀 그 실체와 이유를 모르는 것 같다.

정부나 여당은 국정원 개혁을 주장한 바 없으므로 개혁의 실체나 이유를 모르는 것은 당연하다고 하겠지만 야당은 그 실체나 이유를 모르면서 국정원 댓글이라는 풍문만을 가지고 여당과 정부, 대통령을 공격하고 있으나 국정원의 무엇을, 왜 개혁해야 하는지에 대한 아무런 타당한 근거도 제시하지 못하고 있다.

민주당은 새정치연합으로 당명을 바꾼 후에도 국회의원의 직무를 포기하고 국민의 간절한 민생법안 통과요청도 뿌리친 채 강경 장외투쟁을 계속하고 있다.

2014년 4월 16일 세월호 사건이 발생한 이후 5월 2일부터 국회는 휴업상태이다. 새정치연합 의원들도 세비를 받았으면 최소한의 밥값은 해야지 툭하면 장외로 뛰쳐나가 여당과 정부를 겁박하고 국민의 생존권을 위협하며 법안통과를 유보하는 작태를 계속해왔다. 조금만 틈이 나면 여·야를 불문하고 국회의원들은 아직까지도 자신들이 힘이 있고 끗발이 있다고 오인하고 있는 일부 몰지각한 인사들이나 기업체들을 찾아다니며 돈이나 갈취하고 있는 사건과 현장을 공공연히 공개하고 있다. 박상은, 송광호, 조현룡, 신계륜, 신학용, 김재윤 등이 그들이다. 어찌 이들 뿐이겠는가. 수뢰 사실이 밝혀지지 않아서 그렇지 많은 의원들이 전전긍긍하며 불안한 세월을 보내고 있을 것이다. 어찌 이런 자들에게 국민의 인권과 권익을 보장해 줄 것을 기대할 수 있단 말인가. 차라리 쓰레기통에서 장미가 피어나기를 기대하는 것이 나을 것이다.

야당이 폭력적인 방법과 협박으로 여당과 정부를 매도하고 있는 것은 조직폭력배와 조금도 다를 것이 없다. 조폭의 세계에서도 작은 세력은 큰 세력과 타협하려고 하는데 야당세력은 여당세력과 타협이나 양보라는 것은 아예 생각하지 않는 것 같다. 걸핏하면 '국민의 이름'을 빙자하여 장외투쟁을 위해 거리로 뛰쳐나가 삶에 지친 국민에게 고통과 짜증만을 불러 일으키고 있다.

야당은 기본적으로 국민의 지지를 얻으려면 정당한 정치적 투쟁을 통하여 정당성을 각인시키는 노력이 필요하다는 것을 인식해야 할 것이다.

사실 4년마다 한 번 씩 치르는 국회의원 선거일은 국민에게 고통과 짜증스런 날이 아닐 수 없다. 50%가 마지못해 투표에 참여는 하고 있다 하지만 막상 투표하려해도 찍어줄 사람이 없다. 투표에 참여하는 50% 국민 중 투표하고 싶은 사람이 정말로 얼마나 될까? 50% 참여자 중 절반도 되지 않을 것이다.

국회의원이라는 사람이 인격을 갖추지도 못함은 물론이고 대부분 행정부 사무관 정도의 실력을 갖추고 있기만 하다면 믿고 일을 맡길 수 있지만 그렇지 못하기 때문에 신뢰를 줄 수 없는 것이 솔직한 심정이다.

어떤 사람이 시운과 배경이 좋아 장관 등 고위직에 임명되었다해도 그 사람은 사무관 시절 실력을 능가하는 경우가 많지는 않으며 공무원에서 실력은 사무관 시절의 실력이 최고의 경지이고 그 이후에는 실력은 오히려 퇴보하는 것이 보통이라고 한다. 그렇다면 장관의 실력은 사무관의 실력과 대등하다고 할 수 있겠고, 국회의원의 실력은 대부분의 경우 사무관에 못 미치는 것이라고 생각하는 여론이 지배적인 것 같다.

민주당 곧 새정치연합의 장외투쟁, 그 명분과 저의는 여러 가지가 있고 야당의원에 따라 종류가 다양할 수도 있겠지만, 대부분 자신들의 명성과 권위를 거양하기 위한 반대를 위한 반대 또는 이권쟁탈을 목적으로 하는 명분축적이나 상대 여당 및 정부를 곤궁에 빠트리고 정국의 파국을 초래하여 정권취득의 명분을 쌓기 위한 목적뿐임을 국민 대부분은 알고 있다.

3) 국회 인사청문회 제도의 대상자 범위 축소 긴요

인사청문회 제도는 대통령이 임명한 행정부의 고위 공직자의 자질과 능력을 국회에서 검증하는 제도이다. 대통령이 행정부의 고위 공직자 등을 임명할 때 국회의 검증절차를 거치게 함으로써 국회가 행정부를 견제하는 제도적 장치이다. 고위 공직에 지명된 사람이 자신이 맡은 공직을 수행해 나가는데 적합한 업무능력과 인성적 자질을 갖추었는지를 국회에서 인사청문회를 거쳐 20일 이내에 국회 본회의 표결에 회부, 처리해야 한다.

인사청문회 제도는 제16대 국회가 2000년 6월 23일 인사청문회법을 제정함으로서 도입되었다.(2000. 6. 23. 법률 제6271호)

2003년 1월에는 국가정보원장·검찰총장·국세청장·경찰청장을 인사청문회 대상에 포함시키기로 개정하고, 2005년 7월 관련법 개정을 통해 인사청문회 대상이 모든 국무위원(장관)으로 확대되었으며 국회에서 선출하지 않는 헌법재판소 재판관·중앙선거관리위원회 위원에 대하여도 인사청문회를 실시하도록 했다. 다만 국무위원 인사청문회는 국회인준 절차는 없으며, 국회 소관 상임위원회가 청문회를 마친 뒤 내정자의 적격 여부에 대한 의견을 담은 결과 보고서를 내지만, 대통령이 이에 따를 법적 의무는 없다.

인사청문회는 청문 대상자의 흠집만 내려는 예의를 벗어난 수준 이하의 정략적·소모적 의도로 실시되고 있는 상태인 바 여·야 간의 정쟁만을 유발하고 임명권자에게 절대적 영향력을 행사하지도 못하면서 정책결정을 방해하는 결과 국민의 원망만 사고 있는 실정이다.

특히 인사청문회법은 국회의원들이 자신의 명성과 권위를 거양하기 위한 의도로 제정된 것이나 국회의원 중 다수가 이미 부정과 비리의 전형으로 국민에게 각인된 지 오래이므로 진정 국민을 위한 법률을 제정하는 입법부다운 입법부로 거듭나는 것만이 그들의 권위를 회복하는 유일한 길이 될 것이다.

현 시점에서 인사청문회의 진정한 대상자는 인격이나 업무능력 기타 자질면에서 다수의 국회의원이 해당되어야 할 것으로 보인다. 왜냐하면 국민이 투표권을 행사한 것은 정부나 주위의 강권에 못 이겨 마지못해 극소수 유권자들이 행사한 선택권일 뿐이며 대부분의 유권자는 국회의원이 선택된 것과는 상관이 없고 그들 국회의원을 뽑을 가치가 없다는 이유로 검증한 바가 없기 때문이다. 따라서 대다수 국회의원은 선거일에 유권자의 기분에 따라 우연하게 선택된 자일 뿐인 것이다.

그렇다면 인사청문회 제도가 행정부 업무 수행의 발목을 잡고 정국파행만을 목적으로 행사되어 왔다는 점을 생각해 볼 때 청문회 대상이 되어야 할 자들이 청문회의 주체가 되어 활동한다면 더 큰 피해가 예상되므로 그 대상자의 범위를 대폭 축소하여 최소화하는 것이 긴요할 것으로 보인다.

(2) 노조조합장

　1) 노조조합장의 실태

　노동조합법 제2조 제4호에 의하면 노동조합이란 근로자가 주체가
되어 자주적으로 단결하여 근로조건의 유지개선과 기타 경제적·사
회적 지위의 향상을 도모함을 목적으로 조직하는 단체 또는 그 연합단
체를 말한다고 규정하고 있다.

　근로자라 함은 직업의 종류를 불문하고 임금·급료 기타 이에 준하
는 수입에 의하여 생활하는 자를 말한다. 노동조합은 근로자와 필수
불가결의 관계이며 노동조합은 근로자(노동자)의 대리인이며 보호자
이다. 여기서 근로자는 노동자와 개념상 약간의 차이는 있다 하더라
도 혼용하여 사용하므로 여기서도 혼용하여 사용하기로 한다.

　그렇다면 노동조합을 대표하는 노동조합장과 노동조합원과는 어
떤 관계인가를 살펴보는 것이 필요할 것이다. 우선 양자의 관계를 살
피기 전에 노동운동의 발전과정과 전체 임금 노동자 가운데 노조에 가
입한 노동자 숫자를 개괄적으로 살펴보고자 한다.

　1980년 초의 노동자 투쟁은 그 대부분이 농성·파업·시위·태업
등의 형태를 취했고 이 시기 노동운동은 투쟁의 격렬성에도 불구하고
자연발생적이고 비조직적이었으며 투쟁의 내용도 경제적 차원에 그
쳤다. 또한 투쟁의 전개도 사업장 단위였고 산업별 또는 지역별 연대
를 구성하지는 못했다.

　1987년 6월 민주화 투쟁을 계기로 노동항쟁으로 발전하게 되었다.
87년 노동항쟁은 6월 민주화 투쟁을 이어나갔다.

87년 7월~9월의 노동항쟁의 의의는 첫째로 노동자를 광범위한 규모로 단련시켜 의식과 조직을 발전시켰으며 둘째로 노동항쟁을 통하여 노동자들이 정치적 진출을 위한 대중적 토대를 구축했다는 사실이다. 비록 합법성을 획득치는 못했다해도 89년 5월 결성된 전국교직원노동조합(전교조)의 출현은 노동운동이 이룩한 조직적 성과였다.

우리나라의 89년 노동조합 수는 7,883개였고, 노동조합원 수는 1,932,000명이었으며 92년 노동조합 수는 7,527개, 전체임금 노동자는 11,504,000이었고 이중 노동조합원 수는 1,735,000명으로 조직률은 15.1%였지만 노조가입 노동자는 오히려 축소되었다.

2013년 10월 17일 고용노동부 자료에 의하면 전체임금 노동자 수는 17,291,200명이었고, 이 중 노동조합원 수는 1,781,000명이었고, 노조가입율은 10.3%였다. 이 중 조합원 수를 기구별로 구별하면 다음과 같다.

한국노총 조합원 수 808,664명(45.4%)
민주노총 조합원 수 604,705(33.9%)
국민노총 조합원 수 17,914명(1.0%)
상급단체에 소속되지 않은 노동조합원 수 350,054(19.7%)

우리가 여기서 주목할 것은 노동조합원 수는 전체 임금노동자 수의 10% 내외를 크게 벗어나지 않는다는 사실이다. 다시 말하면 노동조합에 가입하는 노동자는 생각보다 많지 않다는 것이다. 시각을 달리하여 표현하면 노조 조합장이 노조원을 대리하고 보호해 주는 역할을 하는 것이 아니고 양자의 관계가 반드시 우호적이고 친숙한 것이 아니라는 것을 알 수 있는 것이다.

　2) 노조파업의 현황

　노동조합이란 노동자가 주체가 되어 자주적으로 단결하여 노동조건의 개선 기타 경제적·사회적 지위향상을 목적으로 조직하는 단체이며 노동조합의 대표자가 노동조합장이고 노동조합장은 노조조합원과 필수불가불의 관계로서 노동자의 대리인이고 보호자라는 것은 이미 언급한 바 있다.

　따라서 노동조합장들이 노동조합원(노조원)들과 파업을 하는 것은 상호간 이익을 위해서 좋은 일이며 보통 상부상조하는 일이 많을 것이다.

　노조조합장이란 노동조건의 개선 기타 노동자의 경제적·사회적 지위향상을 목적으로 일하는 사람이지만 현실적으로는 노동자를 위해서 일하는 것은 하나의 명분에 불과하고 실제적으로는 조합장 개인의 이익을 위하여 파업을 하고 회사를 겁박하여 파업철회를 조건으로 리베이트를 받아내는가하면, 장기간 파업을 중지시킨다는 협상안을 제시하여 회사로부터 사업권을 약속받는 등 온갖 수단을 동원하여 조합장의 실리를 챙기는데 급급하고 있다.

　일반 기업체나 공기업체의 노조조합장의 행태는 비슷하지만 일반 국민에게 미치는 영향의 파급효과가 공기업체가 훨씬 크기 때문에 한전, LH(한국토지주택공사), 가스공사, 석탄공사, 철도공사 등 수많은 공기업체 중 2013년 12월에 발생된 철도노조 파업사건을 중심으로 고찰해 보고자 한다.

일반적으로 노조와 노조조합장들의 파업이나 기타 불법파업은 오직 봉급인상과 이권취득이 그 목적이고 다른 이유는 명분에 불과하며 따라서 이번 코레일 불법파업도 자신들의 철밥통을 지키기 위한 것만이 목적일 뿐이었다.

지금 코레일(철도공사)이 부담하고 있는 채무는 17조 5,000억이라고 하며 매년 5,600억씩 적자를 내고 있는데 이러한 사실을 저소득층 국민을 포함하여 일반 국민이 잘 모르고 있다 한다. 따라서 이러한 철도공사 관련 국가채무가 국민 1인당 30~40만원씩 세금으로 징수되고 있으며 이 돈이 코레일 노동자들의 배를 불리는 불법적인 자금으로 사용되고 있다는 사실을 우리 국민들은 알아야 할 것이다.

철도노조원의 조직구성원과 철도파업의 성격을 살펴보자. 철도노조 구성원들은 과거 철도청 공무원이었으며 그들은 6급이하 하위직 공무원으로서 박봉의 봉급수령자이었으나 지금은 일류 대기업체 봉급을 수령하고 있다. 여기서 만족해야지 더 이상 무엇을 바라고 있는가? 국민의 혈세를 수단으로 헐벗고 굶주린 국민들의 재산을 빼앗아 자신의 배만을 채우기 위한 목적으로, 할 수도 없는 철도 민영화와 6.7%의 봉급인상을 외치며 국민의 발을 묶어 버리는 행위는 이제 더 이상은 중단되어야 할 것이다.

또한 이들 노조에 기생하면서 양심을 팔고 배를 불리고 있는 노동전문가, 변호사, 대학교수, 문제의 야권인사 등도 이제는 대한민국 국민으로서의 양심을 되찾아 새 사람이 되기를 빌어마지 않는다. 도대체 얼마의 뇌물을 받고 노조조합장들의 범죄 하수인 역할을 하면서 국민의 피와 눈물을 짜내고자 하는가!

이번 철도 노조파업은 임금 등 단순한 근로조건의 문제만이 아니고 민영화할 것인가 공기업 체제를 유지할 것인가의 문제이며 정부의 정책결정에 관한 사항이므로 정치파업이라는 성격을 가지고 있으며 불법파업이라는 점에 대하여는 의문의 여지가 없는 것이다. 민영화할 것인가 공기업 체제를 유지할 것인가는 경영합리화라는 측면에서는 당연히 민영화하는 것이 정부나 국민의 입장에서는 타당할 것이다.

따라서 전체 국민의 이익을 위하고 창출된 이익을 국민에게 배당해주어야 한다는 논리에 입각할 때 민영화해야 할 것이지만, 철도공사 코레일을 당장 인수하려면 100조원 또는 200조원이 필요하다고 하는데 그러한 기업이 나타날지도 의문이고, 설령 대기업 그룹이 나타나도 기업이 생각하는 것처럼 이윤이 창출되리라는 보장이 없기 때문에 정부로서는 당장 철도공사를 민영화할 수는 없는 입장이다. 말하자면 당장 민영화를 할 수 없기 때문에 민영화를 하지 않는다고 보아야 할 것이다.

그렇다면 코레일은 일반 기업체의 2배에 해당하는 고임금을 받고도 6.7%의 임금인상 요구와 함께 철도민영화 반대를 주장하는 불법파업은 정부가 민영화를 할 수 없다는 이유만으로 파업의 명분을 잃었다고 보아야 할 것이다.

그럼에도 불구하고 코레일 노조는 왜 명분없는 불법파업을 계속하였을까? 코레일 노조는 정부가 당장 민영화할 수는 없다해도 앞으로 제기될 민영화 가능성의 싹을 완전히 잘라 공기업체를 유지하며 자신의 철밥통을 지키기 위한 욕심과 더불어 민주당을 포함한 불순 야당세력의 적극적인 사주를 받아 박근혜 정부를 공격하기 위한 당리당략적인 불순한 행태로 볼 수 있을 것이다.

  3) 노조조합장에 대한 정부의 대처방안

떼도둑이나 떼강도들도 원래 선량한 사람이 많았지만 인생의 세파를 견디는 과정에서 환경이 그들의 직업을 만들어 주었을 뿐이다. 그들도 자신의 직업이 남부끄럽다는 사실을 알고 있기 때문에 업무 수행 중에는 얼굴을 가리고 있으며 그것도 매년이나 매월 정규적으로 하는 것이 아니고 형편이 어려울 때에만 마지못해 하는 것이 보통이라고 한다.

그런데 노조조합장들은 매년 정규적으로 이마에 붉은 띠를 두르며 얼굴도 자랑스럽게 내보이고 손을 흔들면서 돈을 내놓으라고 파업을 하고 있는데 이들 노조조합장이야말로 금세기 한국에서만 생겨난 괴물이고 세금을 봉급으로 원천징수하는 현대판 신흥귀족이다. 한국에서는 이들의 비리에 필적할 만한 부정부패 세력은 별로 없고 구태여 찾아본다면 국회의원 정도가 아닐까 싶다.

이들 노조조합장들은 더 이상 그 옛날 반상의 체계가 분명했던 머슴 돌쇠가 아니다. 자신들이 헐벗고 굶주릴 때 식사를 제공하고 직장까지 마련해 준 주인에게 복종하기는커녕 인사권과 경영권의 분배를 통하여 가계나 회사를 공동체제하에 유지하자고 주장함은 물론 더 나아가 회사의 경영상태가 좋거나 나쁠 때를 가리지 않고 매년 불법파업을 주동하면서 봉급인상을 요구하고 있다.

노조조합장과 떼강도 · 떼도둑의 관상을 보면 확실히 다른 것이 보인다. 떼도둑 · 떼강도가 복면을 벗고 있을 때 그들의 얼굴을 보면 우수의 그림자가 드리운 연민의 얼굴을 첫 눈에 알아볼 수 있지만, 노조조합장의 얼굴을 보면 진짜 얼굴이 어느 것인지 구별할 수 없을 정도로 흉악한 여러 모습을 하고 있다.

우리가 노조조합장을 유심히 관찰해 보면 이들이 가장 무서워하는 또다른 세력이 있다는 사실에 주의를 기울일 필요가 있다. 그것은 다름아닌 노동조합원이다. 노조조합장이 해당 기업체에서 장악하고 있는 노조조합원의 수는 극히 미미하다. 노조조합원은 노조조합장이 노조조합원의 지위향상이나 복지향상을 위하여 파업을 하는 것이 아니고 노조조합장이나 민노총 또는 한국노총의 위원장 등 간부의 지위향상이나 경제적 이권을 취득하기 위하여 행동하고 있다는 것을 잘 알고 있기 때문에 겉으로는 협조하는 체하지만 내면적으로는 상호 반목과 불신을 하고 있다. 만일 노조조합원이 노조에 공공연하게 반대입장을 표명한다면 현실적으로 불이익이 크기 때문에 마지못해 협력할 뿐이다. 노조조합장에게 진정으로 협조하면서 기업체에 반기를 드는 노조조합원은 많지 않다.

이러한 노조조합장과 노조원 간의 내면적인 상호관계를 간과한 채 득표를 의식하고 있는 어리석은 국회의원들은 노조조합장 등 노조간부에게 후한 대접을 함과 동시에 불법 노조조합장이나 비리 노조조합장의 편에 서서 그들의 불법이나 비리를 보호해왔던 것이 사실이다. 그러나 이것이야말로 소탐대실이다. 불법이나 비리 노조조합장의 득표는 취득할지 모르나 다수의 노조조합원의 표를 잃는 것은 물론, 건전하고 상식있는 일반 유권자의 득표를 몽땅 잃어버리기 때문이다.

정부는 이번 코레일 사태를 위요하고 5~6천명 이상의 직원을 직위해제하는 솜방망이 협박만 할 것이 아니고 코레일 파업을 주도한 주모자 및 간부를 모두 직권 면직하고 형사처벌하여 회사에 다시는 복직하지 못하도록 엄정조치하고 노조조합장이나 노조원이 불법파업한 경우 반드시 생존권이 끝난다는 것을 각인시켜 주어야 했었다.

다시 한 번 강조하지만 정부는 향후 정당하게 직권면직된 불법파업자는 영원히 직장에 복귀할 수 없다는 본보기를 실천하여 더 이상 국민과 국가의 부를 창조하는 건전한 기업체가 불법파업에 희생되지 않도록 확실한 조치를 강구해야 할 것이다.

나는 노태우 전 대통령이 89년 11월 28일 런던에서 영국의 마가렛 대처총리와 정상회담시 대처 총리로부터 노사관계의 비결에 대해 들은 조언을 우리 정부가 노조활동이나 노조조합장 등에 대한 대처방안으로 활용하는 것이 큰 도움이 될 것이라 생각하고 있다. 노태우 전 대통령은 대처 총리로부터 들은 조언을 간과해 버린 결과 한국 역사상 최대의 노사분규에 시달렸고 노동정책에 실패하게 되었다.

영국 대처총리 조언의 원문내용은 아래와 같다.

「노사관계의 비결은 간단합니다. 일반 노조원들은 순진하고 정직하고 부지런하게 일합니다. 문제는 노조 지도층인데, 그들이 모든 문제를 일으킵니다. 그래서 노조지도자가 파업을 하려면 노조원 전체의 비밀투표에 의한 동의를 받아야 되도록 법을 고쳤습니다. 그랬더니 대부분의 근로자들이 그에 가담하지 않았고 간혹 파업이 일어나기는 하지만, 그로 인한 피해가 있으면 그들에게 책임을 지우도록 되어 있습니다. 요는 노조 지도층의 독재적 권위를 분쇄해야 합니다. 그리고 사업장 출입 방해 등 부분파업에 대해서도 규제합니다…」 라고 말한 바 있다. (노태우 회고록 하권 179~180쪽)

4) 문재인 의원, 10년전 철도파업은 불법이나 지금은 합법이라
   는 논리

문재인 의원은 노무현 정부의 민정 수석 비서관 재임 당시인 2003년 6월 철도파업 사건에 대하여 「공무원 신분으로 불법파업을 벌여 사회혼란을 야기하고 있다. 조기 경찰력 투입이 불가피하다.」고 언동하며 경찰을 투입하였다.

그런데 야당이 된 그는 2013년 12월 23일 그의 페이스 북을 통해 「왜 이리 강경한가. 물리력을 중단하고 대화와 협상에 나서달라.」고 정부를 비판하면서 노조에 부화뇌동하며 노조를 선동하였다.

문 의원은 NLL 관련 남북협상 대화록에 대하여도 국가기록원에 보관하지 않고 봉하마을로 유출하여 이관한 사실을 총지휘하였음에도 몰랐다느니, 폐기·수정한 대화록 원본이 멀쩡하게 잘 있다고 언동한데 이어 이번에도 또 다시 노무현 정부시절 한 말을 뒤집었다.

만일 문 의원이 「불법 파업한 노조가 자신들의 철밥통을 지키기 위해 국민에게 경제적 희생을 강요하며 국민의 재산을 착취하는 것은 더 이상 용서받을 수 없으므로 당장 불법파업을 중단해야 한다.」고 말했다면 국민의 큰 호응을 얻고 재기할 수 있었을텐데 문 의원에게 찾아온 천재일우의 기회를 놓치고 말았다.

4. 2대 기구에 대한 박근혜 정부의 정책결단의 자세

국민의 행복을 가로막고 있는 대한민국의 2대 기구로 국회의원, 노조조합장을 열거하고 이들은 국가와 국민에게 득보다는 끼치는 해악

이 더 크다고 인구에 회자되고 있지만 이들도 나름대로는 존재이유가 있다는 것도 이미 언급한 바 있다.

따라서 국가와 국민은 이 2대 기구의 기능을 폐지하고 새로운 대체기능을 수행하는 기구를 창설하는 노력과 그 결과에 따른 시행착오를 거칠 필요는 없는 것이다.

이 2대기구는 기본적으로 국회의원은 통법부의 기능, 노조조합장은 노조원의 권익보호기능을 충실히 수행함으로써 국가와 국민에게 봉사해야 할 것으로 생각된다. 국회의원은 물론 입법기능이 본질이라 할 수 있지만 현재까지 행정부 관리에 비교하면 전문분야의 실력이 현저히 뒤져 있기 때문에 법을 제정할 수가 없는 실정이므로 통법부 기능만이라도 수행해야 할 것이며 최근 입법과정에서 불거진 수뢰사건 등은 이러한 국회의원의 수준과 인격의 허점을 보여주고 있다고 할 것이다.

노조조합장은 노조원의 권익보호를 위해서 일하는 것을 본분으로 할 것이며 회사를 겁박하여 파업철회를 조건으로 리베이트(사례비)를 받아내는 등 불법행위를 더 이상 하지 못하도록 국가와 국민이 철저히 감시하고 불법파업 등 주동자는 법에 따라 엄하게 처단해야 할 것이다.

박근혜 정부는 대외적으로는 북한의 안보위협으로부터 대한민국을 방위하고 국민을 보호하며 대내적으로는 반정부 세력으로부터 치안을 유지하며, 이와 동등한 가치로 2대기구의 본질적 기능 수행에 정책적 결단을 경주해야 할 것이다.

특히 국민의 세금을 원천징수하는 공기업체 노조조합장 등 노조 간부들의 비리 색출 및 그에 따른 퇴출과 수백 조원에 달하는 천문학적인 공기업체 재정적자를 빠른 시일내에 보완하여 국민의 세금을 줄여주어야 할 것이다.

대한민국 국민의 행복을 가로막고 있는 이 2대기구의 부정부패를 국민의 철저한 모니터링을 통하여 척결하고 그것을 박근혜 정부의 최우선적인 정책적 결단으로 실현해야 할 것이며, 이 2대기구의 부정부패 척결의 실현은 박근혜 정부의 과반(過半)의 정책실현임을 감히 단언한다.

5. 전국 공무원연금 개혁안 철회 논란

차제에 노동조합과 관련하여 최근 문제되고 있는 전국 공무원 연금 개혁안에 대하여 간단히 언급해 보고자 한다.

앞서 살펴본 바와 같이 노동조합이란 노동자가 주체가 되어 자주적으로 단결하여 노동조건의 개선 기타 경제적·사회적 지위향상을 목적으로 조직하는 단체로서 대부분의 노동조합의 조합원은 정상적인 노동조건의 개선 기타 경제적·사회적 지위향상을 목적으로 활동한다고 평가되고 있다.

그러나 일부 노동조합장을 위시하여 한국노총이나 민주노총 등의 간부들과 일부 노동조합원들은 매년 정규적으로 자신들이 소속된 기업체를 겁박하여 돈을 뜯어내고 정부에 항거하여 반정부 집회와 시위를 주동 내지 선동하고 있다. 자신들의 노동에 대한 임금을 받고도 더 내놓으라고 협박하고 있는 것이다.

그런데 공무원연금은 공무원들이 재직중 불입한 금액에 대하여 퇴직 후 이자를 조금 가산하여 수령하는 금액인 것이다. 한마디로 국가와 공무원의 계약에 의한 수령금액인 것이다.

따라서 일반 노동조합이나 공기업체 노동조합은 대부분 실제적으로 노동에 대하여 정당한 임금을 받고도 임금을 올려주지 않으면 기업체에 손해를 주고 반정부 활동을 통하여 국가질서를 파괴하는 등 해코지를 하겠다는 것이나, 공무원 노동조합의 연금개혁은 일반기업체나 공기업체 운용과는 성질상 차원이 다른 정당한 개혁이 되어야 하는 것이므로 현재 정부가 주장하는 대로 비리를 용인하거나 수용하는 방향으로 개혁되어서는 안 되는 것이다.

그러면 정부에서 주장하는 개혁내용이란 무엇인가?

크게 두 가지로 요약되고 있다. 공무원연금 수령시기를 현행 60세에서 65세로 늦추는 것과 연금 불입액을 더 내고 연금수령액은 적게 받는다는 것이다. 한마디로 정부의 개혁내용은 강제로 공무원 주머니를 털어서 국가재정을 메우기 위하여 비리와 희생을 강요하는 것으로 그 자체가 정의에 반하는 부정부패 행위인 것이다.

이러한 적자재정의 원인은 어디에 있을까? 적자재정의 원인은 공무원들이 재직 중 불입한 금액을 정부가 운용하는 과정에서 이익을 산출하지 못하고 불입금액 중 일부를 떼었거나 다른 곳에 전용하였기 때문이라는 것은 누구나 짐작할 수 있는 것이다. 따라서 연금업무 관련자들을 포함한 정부 당국의 책임이므로 마땅히 국가가 책임지어야 할 일이다.

한편 공무원연금 개혁 이유에 대하여 김무성 새누리당 의원은 「지금 개혁하지 못하면 적자규모는 현 정부에서만 15조원, 다음 정부는 33조 원을 부담해야 한다.」고 주장한다.

그러나 이 이유는 전혀 설득력이 없다. 아무리 적자규모가 크더라도 공기업체의 떼강도들에게 빼앗긴 수백조원의 국가채무를 받아내기는커녕 불쌍한 공무원들에 전가시키기 위하여 107만명의 공무원이 연금 불입액을 더 내고 연금수령액을 적게 받는 불이익을 강요당해야 할 이유가 없기 때문이다.

지금 국민의 세금을 원천징수하고 있는 코레일, LH, 한전, 가스공사, 석탄공사 등의 흉악한 떼강도 집단들에게 돈을 빼앗기고 그 돈을 공무원들에게 부담시키려고 하는 것은 '종로에서 뺨 맞고 한강에 가서 눈 흘긴다'는 꼴이 아닐 수 없다.

코레일이 부담하고 있는 채무만도 17조5,000억이며 국민 1인당 30~40만원씩 세금으로 징수되고 있으며, 전체 공기업이 부담하는 채무는 몇백조원이 될지에 대한 통계자료가 있는지조차 밝혀진 게 없다.

서청원 의원은 「공무원 연금개혁은 이 시대 우리가 꼭 이뤄야 할 개혁의 최고가치」라고 주장하고 있다. 그러나 공기업의 부정부패를 척결하지 못하고 선량한 공무원의 돈을 배앗아 가겠다는 부정부패 위에 무슨 최고가치가 존립할 수 있겠는가 묻고 싶다.

어리석은 여당, 그리고 야당 의원들이여! 썩을 대로 썩어 문드러진 노조조합장, 공기업체 임원과 노조조합장, 공기업체 직원들 득표수가 얼마되지 않는다는 사실을 다시 한 번 상기해주기 바란다.

정부가 국가재정을 운운하며 추진하고 있는 전국 공무원연금 개혁안의 내용은 부당한 정책이므로 마땅히 철회되어야 하며 개혁의 대상이 될 수 없다. 공기업체 직원들이 그 대상이 되어야 함은 당연한 인과응보라 사료된다.

여당의원이건 야당의원이건 국민에게 필요한 법률을 제정하라고 권고하고 싶지는 않다. 그것은 국회의원의 능력을 넘어서는 불가능한 요구라는 것을 국민 모두가 알고 있기 때문이다. 그러나 세비 받았으면 최소한의 밥값은 해줬으면 좋겠다. 국민들이 공기업체에 빼앗긴 돈은 꼭 회수해 주기를 요구하는 바이다. 정부와 협의해서 말이다.

전국 공무원연금 개혁안이 철회되지 않으면 정부와 여당은 치명상을 입을 것임을 경고하고 싶다.

관계되는 곳에서 언급한 바 있지만 일반적으로 여당과 야당에 대한 공무원 유권자들의 지지비율은 45:55로 보는 것이 일반적인 최근의 동향인 것 같다. 특히 중·하위직 공무원의 경우에는 이런 현상이 현저하다. 누가 대통령이 되어도 누가 국회의원이 되어도 무슨 이해관계가 있단 말인가. 한 번 바꾸어 보고 싶다는 것이 사람의 심리현상인 것이다.

그런데 정부는 이러한 선량하고 거대한 유권자집단에 무슨 위해를 가하려고 하는가? 걸음을 멈추고 다시 한 번 생각하라. 더 멀리가면 천 길 절벽이 있을 뿐이다.

새누리당이나 정부에 대한 충고는 이들이 국민을 위해서 정치를 잘하고 예뻐서가 아니다. 대한민국 국민의 사상을 용공·종북세력으로 이끌었던 김대중·노무현 정부의 후계자들인 새정치연합 상당수 의원들이 대한민국의 대통령이나 국회의원이 되어 공산화되는 것은 최소한 막아야 한다는 생각 때문인 것이다. 어떠한 일이 있어도 5,000만 국민의 자유와 권리를 지켜야 하기 때문인 것이다.

김대중·노무현이 국민의 혈세를 김정일에게 갖다 바쳐 노벨평화상을 타고 핵폭탄을 만들었다는 사실을 아직도 부정하고 있는 새정치연합의 일부 몰지각한 의원들, 이들에게 어떤 형벌을 내려야 할지 국민 모두가 고민해 보아야 할 문제다.

전남 목포 출신의 김지하 시인도 2014년 12월 초 장성민 시사탱크에 출연해 「김대중이 대통령 되는데 헌신했지만 김대중이가 대통령이 된 후 국민의 혈세를 김정일에게 갖다 바쳐 핵폭탄을 만들게 될 줄을 누가 알았겠습니까」 라고 말하며 흥분해 하는 TV인터뷰는 우리 5,000만 국민들에게 시사하는 바가 크다고 하겠다.

역사의 올바른 인식과 평가

1. 역사의 올바른 평가대상

(1) 고대 · 중세 · 이조시대의 평가의 대상

우리나라의 삼국시대(고대)나 고려시대(중세), 이조시대의 민족주의 역사관에서는 외적의 침입을 막고 국난을 극복한 왕이나 장군들의 활약상과 삶이 역사의 평가를 받고 사람들로부터 영웅이나 충신으로 추앙을 받아왔다. 양의 동서나 때의 고금을 막론하고 영웅들은 충신 가운데서 나오는 경우가 대부분이었다. 충신들의 충성은 왕권을 가지고 있는 임금이나 통치자의 잣대로 결정되었다. 임금이 가지고 있는 가치와 윤리의 잣대 속에 들어오는 신하는 충신이고 영웅이며 민중의 눈에 훌륭한 인물로 비친다해도 임금이 가진 가치의 잣대에서 벗어나면 역적으로 몰리고 만다. 영웅이나 충신, 반역자라는 평가는 임금이나 통치자에 의해서만 결정되었으며 그런 결정을 받은 자만이 평가의 대상이었다.

고구려의 을지문덕 · 연개소문, 고려의 강감찬 · 최영, 이조의 이순신 같은 인물들은 아주 훌륭한 우리나라 역사의 영웅으로 존경받고 있다. 그러나, 이들이 역사적인 영웅으로 추앙받고 있는 것은 나라를 빼앗긴 민중들에게 이들의 활동을 보여줌으로써 민족혼을 불어 넣었다는 데에도 있지만, 임금에게 인정을 받고 있었던 인물이라는 점이 전제되었기 때문이다.

한편 개경은 쇠하고 서경이 흥한다는 사상적 배경을 근거로 서경천

도설을 외치며 반란을 일으킨 고려조의 묘청이나 숭문천무(崇文賤武)하던 당시의 제도를 깨트리고 무신정권을 수립한 정중부, 노예도 사람이므로 사람답게 살고 싶다고 부르짖으며 최초의 노예해방을 일으켰던 최충헌의 가노 만적, 공주 명학소에서 무신정권의 수탈에 견디다 못해 농민반란을 일으켰던 망이·망소이 형제와 조선조의 홍경래와 전봉준은 모두 반역자라는 이름으로 낙인이 찍혀 있으나 임금에게 인정을 받지 못해 임금이나 당시 통치권자에 의해 붙여진 이름으로 보는 것이 지배적인 역사 인식인 것 같다. 왕이나 귀족 또는 양반이 국가의 권력을 누리던 시대의 역사적 판단이나 평가는 오로지 지배층만이 독점할 수 있었다. 그러므로 충신이나 영웅도 이들이 만들어 내었다. 모든 기준은 그들의 통치기준에 따라 그들의 손에서 결정되었다. 임금은 평가의 대상이 아니고 평가의 주체이었을 뿐이다. 따라서 당시의 시대상황은 역사의 올바른 인식과 평가에 대한 객관성과 합리성, 정체성이 결여되었다는 것은 두말할 나위가 없는 것이다.

　(2) 근대의 평가의 대상

　근대 시민혁명으로 주권이 국민에게 있는 근대에 있어서 역사의 올바른 평가대상은 영웅이나 반역자만이 될 수 없고 그들을 포함한 모든 국민이다. 국민이 역사의 주인공이고 역사를 창조하는 장본인이기 때문이다. 근대 이전에는 영웅이나 반역자는 임금이나 통치자에게 봉사하는 자이었으나 근대 이후 영웅은 임금이나 통치자에게 봉사하는 자가 아니고 국민에게 봉사하거나 국가에 충성하는 자이기 때문이다.

따라서 통치자에게 반항하거나 해를 끼친다고 반역자가 되는 것이 아니고 국민에게 해를 끼치거나 국가에 범죄를 저지른다면 반역자가 되는 것이다. 근대 이후에 역사의 올바른 평가의 대상이나 주체는 모두 국민이다.

2. 역사의 올바른 인식과 평가의 가치

역사의 사실을 안다는 것과 역사인식을 갖고 있다는 것은 아주 다른 문제이다. 역사인식을 갖고 있다는 것은 역사의 올바른 인식을 하고 있는 것이다. 역사인식을 갖고 있는 사람만이 역사의 사실 즉 역사의 지식이 귀중한 자산이 될 수 있는 것이다.

역사의 올바른 인식이란 한마디로 역사적 사건이 반드시 공정한 평가를 받는 것을 인식하는 것을 말한다. 역사적 평가의 주체가 임금이나 통치권자에 의해 제약된 평가는 공정한 평가가 아니며 이성적 평가에 의하여 누구나 납득할 수 있는 객관적이고 타당한 평가만이 역사의 올바른 평가이며 올바른 평가만이 역사의 올바른 인식을 할 수 있는 논리적 근거가 될 것이다.

따라서 어느 시대의 충신이 모두 충신이 아니며 영웅이 모두 영웅이 아니며 반역자가 모두 반역자가 아님은 역사가의 평가에서 증명되기도 하지만 다른 한편 잘못된 증명이 반증되기도 하는 것이다. 역사의 평가나 재평가는 역사의 올바른 인식을 하고 있는 이 땅의 지성인들이나 역사가의 몫이 될 것이다. 역사의 사실은 모두 동일하지만 그것을 평가하는 것은 역사가나 뜻있는 지성인들의 사관에 따라 다른 해석이

나올 수 있다면 역사서적의 내용이나 평가도 다를 수 있으므로 역사 평가의 다양성도 인정되어야 할 것이다.

그러나 역사 평가의 다양성이 인정된다 할지라도 우리가 주의해야 할 것은 국가가 역사 평가 대상을 그릇된 사가의 주관적·좌편향적 평가에만 내맡겨 시장의 수요·공급에 따라 방치하는 것은 극히 위험한 발상이 아닐 수 없는 것이다. 국가의 올바른 역사관에 따른 조정과 검증이 반드시 병행되어야 할 것이다. 역사의 평가란 객관성·합리성·정체성을 가져야 하기 때문이다.

단재 신채호는 논충신(論忠信)이란 글에서 다음과 같이 말한 바 있다.

「그러한 즉 임금에게 충성하지 않는 것도 가능한가? 이에 대답하기를 임금은 한 나라의 주권자라 임금과 국가의 관계가 항상 같은 고로 국가에 충성하는 자는 자연 임금에게도 충성할지어니와 만일 임금과 국가의 이해가 양립할 수 없는 경우에는 임금을 버리고 국가를 따라야 하느니라」

임금과 국가의 이해가 상반될 때 참다운 충신은 임금을 버리고 국가를 택하는 것이 옳다는 것이 그의 생각이었다. 충신의 지킬 도리가 그러하다면 영웅이 가아할 길도 같은 것은 당연할 것이다.

단재 신채호가 우리나라 역사에서 반역자로 지목된 사람을 재평가했던 사실은 의미있는 일로 생각된다. 그는 고려시대의 묘청과 조선시대의 정여립을 예시하고 있다.

묘청은 고려 17대 인종때 북벌을 주장하면서 평양을 서울로 삼고 칭제건원할 것을 주장하며 군사를 일으켰으나(1135년) 김부식이 이끄는 관군에 패배했다. 고려사에는 묘청을 요승으로 인정하고 그가 장래의 길흉을 예언하는 이론인 도참설을 근거로 주장했던 서경천도설을 혹세무민한다는 구실로 따돌려 역신으로 낙인찍었다. 그러나, 그러한 인식은 대부분의 사람들이 '고려사'에 적힌 이야기를 그대로 옮겨 놓은 것을 배운 것에 지나지 않는다. 고려사에 적힌 묘청의 이야기는 단순히 사건만을 기록한 것이 아니고 그에 대한 평가까지 함께 내렸다는 데에 주목할 필요가 있다. 그 평가는 고려 왕조가 내린 반역자에 대한 일방적인 판단일 뿐이다.

신채호는 그 사건을 하나의 반란으로 보지 않았다. 그는 그 사건을 묘청을 중심으로 하는 자주파와 김부식을 중심으로 하는 사대주의파의 대결로 보았고, 김부식이 이끈 관군이 묘청의 자주파의 봉기를 진압한 것이 우리나라에서 씻을 수 없는 오점이라고 보았다.

정여립은 조선 14대 선조때의 학자로서 문과에 급제하였다. 신채호는 정여립 사건을 조선 후기를 얼룩지게 했던 당쟁의 도화선이 된 사건으로 보고 정여립을 당쟁의 희생물로 바라보았다. 많은 학자들은 정여립은 전도된 가치를 바로잡고 불평등과 차별의 세상을 개혁하고자 했던 인물이라고 주장하고 있다. 신채호는 정여립 사건을 '조선상고사' 총론에서 다음과 같이 기술하였다.

> 「정여립은 '군신(君臣)은 이군(二君)을 불사(不事)하고 열녀(烈女)는 이부(二夫)를 불경(不更)한다'는 유교 윤리관을 말살하고 있

　여기서 신채호는 조선왕조의 정치이념인 유교의 핵심사상, 곧 두 임금을 섬기지 않는다는 것을 비판한 정여립의 사상을 높이 평가하였기 때문에 정여립이 내세운 '인민에 해가 되는 임금은 시해(弑害)도 가하고 행의부족(行義不足)한 지아비는 거함도 가하다'는 의견에 전폭적으로 뜻을 같이 했던 것이다.

　우리가 역사 속에서 배웠던 인물과 그들의 행위가 역사의식 속에서 다시 해석되고 올바르게 파악될 때에만 역사는 지난 날의 이야기가 아니라 오늘도 살아 숨쉬고 있는 사실로 되살아나게 될 것이다. 그 인물은 평민일 수도, 임금이나 통치자에 의해서 인정된 영웅이나 충신일 수도, 반역자로 잘못 평가된 자일 수도 있다.

　역사의 올바른 인식과 평가의 가치란 무엇일까? 그것은 한마디로 정의의 실현이라 할 것이다.

　신채호는 임금과 국가의 이해가 상반될 때 참다운 충신은 임금을 버리고 국가를 택하는 것이 옳다고 생각하였고, 묘청의 난에서 묘청을 중심으로 하는 자주파와 김부식을 중심으로 하는 사대주의파의 대결에서 사대주의를 배격하고 자주독립을 추구하는 묘청의 자주적인 사고방식을 높게 평가히 였으며, 정여립 사건에서 정어립이 내세운 인민에 해가 되는 임금을 시해하는 것도 가하고 행의부족(行義不足)한 지아비는 거(去)함도 가하다는 의견을 정의에 합당하다고 평가한 것은 모두 정의의 실현이라고 해야 할 것이다.

조선왕조의 정치이념인 유교가 우리에게 끼친 영향은 결코 과소평가할 수 없는 것이라는 역사적 사실을 인정한다 할지라도 정의라는 인류 최고의 가치실현인 덕목 앞에서는 양보할 수밖에 없다 할 것이다.

3. 최근 한국의 정치인에 대한 인식과 평가

(1) 국회의 기능 및 국회의원에 대한 국민의 평가

국회는 국민에 의해 선출된 국회의원으로 구성된 합의체 기관으로 그 구성원인 국회의원을 통하여 국민을 대표하고 법률을 제정하며 예산심의 및 국정통제의 기능을 담당하고 있다. 그러나 대부분의 국민들은 국회의원에게 국민의 대표성을 위임했으므로 국회의원이 국민의 대표기관이라는 점은 인정하지만, 법률을 제정하거나 예산심의 및 국정통제의 기능을 담당하는 기관이라는 점에 대해서는 현실적으로는 긍정하지 않는 것 같다. 국회의원이 국민의 대표기관이라는 점에 대해서는 모든 국민이 정치에 참여하는 것이 현실적으로 어렵다는 현대의 대의민주주의 제도하에서 어쩔수 없는 선택이지만, 국회가 입법기관이라는 점에 대해서는 정부에서 제정하는 행정입법이 압도적으로 많기 때문에 입법기관으로서의 기능을 상실하고 통법부로 전락한지가 오래이다. 뿐만 아니라 예산심의권도 민생법안을 통과시켜 서민들의 고통과 불편을 덜어주기 위한 목적이 아니라 각 정당 간의 정쟁을 유리하게 이끌기 위한 수단으로 이용하고 있음은 물론 국정통제 기능 역시 행정부를 곤궁한 상태에 빠뜨려 그 반작용으로 국회의 지위향상을 도모하기 위한 도구로 이용하고 있다는 것은 모든 국민에게 인식된 공통된 현상이라고 생각된다.

따라서 국회는 점점 그 권력이 비대해지고만 있는 현대국가의 막강한 행정부의 기능에 대하여 국회의 통제기능을 적절히 행사하여 국민의 권리와 이익을 보호하는데 그 역할을 최대한 경주해야 할 것이며, 국민으로부터 권한을 위임받은 대표성을 빙자하여 국회를 정쟁의 수단으로 이용함으로써 민생법안의 발목을 잡는 일은 삼가야 할 뿐만 아니라, 국민으로부터 부정적인 평가를 받아 이미 추락할 대로 추락한 국회의 기능과 국회의원의 평가를 제고하는 것이 급선무이며 국회의원의 소명이 될 것이다.

(2) NLL에 대한 평가

1) NLL의 개괄적 고찰

NLL(northern limit line)은 북방한계선이라는 말이며 바다의 휴전선이라고도 한다.

북방한계선은 1953년 7월 27일 정전협정체결 당시 남·북 양측이 대치해 있던 군사분계선에서 북쪽으로 2km 물러난 지역에 설정된 북측의 한계선을 가리킨다. 군사분계선에서 남쪽으로 2km 물러난 선은 남방한계선이다. 남·북 양측의 한계선 사이 4km 이내에는 출입이 통제되는 완충지대를 두었는데 이 공간이 비무장지대(DMZ:demilitarized zone)이다. 그러나 정전협정 당시 양측은 육상 경계선만 설정하고 바다의 경계선은 설정하지 않았다. 이에 당시 클라크 주한 유엔군사령관은 바다에도 육상처럼 한계선을 설정했다.

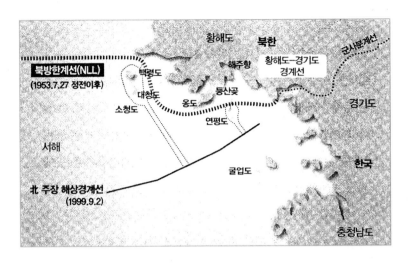

북방한계선은 육지와 바다 모두에 해당되는데 요즘은 주로 바다, 바다 중에서도 특히 서해에 한정되어 사용되며 머리글자를 따서 NLL이라고 부른다.

서해의 북방한계선은 백령도 · 연평도 · 대청도 · 소청도 · 우도 등 5개섬 북단과 북한측에서 관할하는 옹진반도 사이의 중간선을 가리킨다.

1953년 설정 이후 1972년까지는 북한의 해군력이 완전히 괴멸된 상태였기 때문에 북측도 이 한계선에 이의를 제기하지 않아 별다른 충돌은 일어나지 않았다. 그러나 1973년 들어 북한이 서해 5개 섬 주변 수역이 북한 영해라고 주장하면서 이후 최근까지 여러 차례 충돌이 빚어졌다.

2) 노무현 정부의 NLL에 대한 인식과 평가

정치권에서는 노무현 전 대통령의 'NLL 발언록 공개'를 둘러싸고 논란이 뜨겁기 때문에 NLL은 노무현 정부의 인식과 평가에서 중요한 쟁점으로 부각된 것이 사실이다.

NLL 관련한 노무현 · 김정일 대화록은 2008년 1월 3일 최초 작성되었고, 2013년 6월 24일 국민에게 공개되었지만 노무현 전 대통령은 2007년 7월 1일 민주평통 상임위원회에서 NLL 관련 육성 연설을 통하여 '북한과 NLL 변경 합의해도 헌법위반은 아니다'라고 말한 바 있다. NLL(북방한계선)은 대한민국 영토선임에도 노무현 전대통령은 NLL을 포기하는 명백한 발언을 하였으며 이는 헌법상 영토를 보전해야 할 의무가 있는 대한민국 대통령이 영토를 포기하고 북한에 영토를 떼어주겠다는 이적행위라 할 수 있을 것이다.

노 전대통령의 발언은 노무현 · 김정일 대화록 작성일인 2008년 1월 3일 이전에 발표된 것이어서 특히 주목된다.

노무현이 북한을 방문하여 2007년 10월 2일~4일 동안 평양에서 체류하는 동안 김정일과 NLL 관련 발언 중 필요부분의 원문을 그대로 인용해 보기로 하자.

김정일, NLL 남쪽, 우리 영해안에 공동어로 水域 설정 제의
(2007년 10월 3일 09:34~11:45 1차회의)

김정일 : … 그 다음에 그런 조건이 될 때 정전협정을 평화협정으로 완전히 바꾸는 게 어떻겠는가 이렇게 생각합니다. 내 생각은 이 빈에 모처럼 마련된 수뇌회담에서 조금 희망을 주고, 석대관계를 완전히 종식시킬 데 대한 공동의지가 있다하는 것을 보여주자 하니까 서해 군사경계선 문제, 이 문제를 하나 던져 놓을 수 있지 않는가 난 이렇게 생각합니다.

> 우리 의견은 앞으로 국방장관 급에서 논의되겠지만 내 생각 같아서는 군사경계, 우리가 주장하는 군사 경계선, 또 남측이 주장하는 북방한계선, 이것 사이에 있는 수역을 공동어로구역, 아니면 평화수역으로 설정하면 어떻겠는가. 이 문제만해도 많이 완화되고 또 적대관계를 종식시키자는 공동의 의사가 나타났다 하는 걸 보여주는 것임.

여기서 김정일이 말하고 있는 '우리가 주장하는 군사경계선'이란 1999년 북한 정권이 일방적으로 NLL 남쪽에 그은 선이다. 백령도, 연평도 등 서해의 우리쪽 섬들이 그 선 안으로 들어가 북의 허가를 받아야 출입할 수 있게 만든 실효성 없는 경계선이다. 북이 멋대로 휴전선 남쪽 수원 부근에 우리의 군사경계선이란 것을 긋고 그 선과 휴전선(NLL) 사이 즉 수도권을 남북이 평화지대로 공동관리 하자는 주장이다. 김정일이 NLL 남쪽을 공동어로 수역으로 설정을 제의한 것이다.

노무현, 「남쪽에다 그냥 확 해서 해결해 버리면 좋겠는데」
(2007년 10월 3일 1차 회의)

노무현 : … 서해 군사분계선의 문제 있습니다. 이 문제는 위원장 하고 나하고 관계에서 좀 더 깊이있는 논의를 해야 됩니다. … 그것이 국제법적인 근거도 없고 논리적 근거도 분명치 않은 것인데… 라고 NLL의 정당성을 부정한 후 「… 내가 봐도 숨통이 막히는데 그거 남쪽에다 그냥 확 해서 해결해 버리면 좋겠는데 … 위원장이 지금 구상하신 공동어로수역을 이렇게 군사 서로 철수하고 공동어로하고 평화수역이 말씀에 대해서 똑같은 생각을 가지고 있거든요. 단지

딱 가서 NLL 말만 나오면 전부 다 벌떼처럼 들고 일어나는 것 때문에 문제가 되는 것인데 위원장과 이 문제를 깊이 논의할 가치가 있는 게 아니냐」

노무현이 김정일의 제안에 반론없이 동조하였다.

「쌍방이 다 포기하는 법률적인 조치를」(2007년 10월 3일 14:30~16: 25 2차 회의)

김정일 : 그래서 오후에 가서 점심식사하고 군 장성들 좀 오라. 와서 해주 그때 99년도 그때 그 결심을 되살릴 때면 어떤 문제가 있겠냐 하니까, 답이 문제 없겠습니다. 그러면 노 대통령님하고 만나는데 항(港)을 당장 개방하는 걸 내가 결심하라는가, 그건 문제 없겠습니다. 군에서 그렇게 나오고…

여기서 99년 결심이란 1999년 정주영·정몽헌이 제안하는 해주항 개발건이다. 김정일은 해주항 개발에 조건을 부친다.

김정일 : 그래서 그거는 그런데 조건이 하나 있는 거는, 군부에서 내가 결심하겠다 하니까 결심하시는 그 근저에는 담보가 하나 있어야 한다. 뭐야 그러니까, 이승만 대통령 시대, 51년도에 북방한계선 있지 않습니까? 그때 원래 선 긋는 38선을 위주로 해가지구. 그거 역사적 그건데. 그걸 다 양측이 포기하는, 정전협정을 평화협정으로 하는 첫 단계 기초단계로서는 서해를 남측에서 구상하는 또 우리가 동조하는 경우에는 제 일차적으로 서해북방 군사분계선, 경계선을

쌍방이 다 포기하는 법률적인 이런 거 하면 해상에서는 군대는 다 철수하고 그 담에 경찰이 하자고 하는 경찰 순시…

노무현 : 평화협력체제, 앞으로 평화협력지대에 대한 구체적인 협의를 해야 합니다.

김정일 : 그거 해야 합니다.

노무현 : 그것이 기존의 모든 경계선이라든지 질서를 우선하는 것으로 그렇게 한 번 정리할 수 있지 않은가…

노무현은 서해 평화협력지대를 설정하여 NLL을 포함한 기존의 모든 경계선에 우선하는 것으로 정리하자고 주장한다. 평화협력지대를 설정하면 되므로 NLL은 중요한 것이 아니고 무시되어도 좋다고 한다. 이것이 NLL 포기가 아니고 무엇인가.

김정일 : 그 양반이 그걸 많이 생각했는데 그때는 이런 법률적인 문제가 많이 구속받을 때니까. 그때는 그저 자꾸 결심해 달라, 결심해 달라 부탁을 했는데, 지금 서해문제가 복잡하게 제기되어 있는 이상에는 양측이 용단을 내려서 그 옛날 선들 다 포기한다. 평화지대를 선포, 선언한다 그리고 해주까지 포함하고 서해까지 포함된 육지는 제외하고, 육지는 내놓고, 이렇게 하게 되면 이건 우리 구상이고 어디까지나, 이걸 해당관계부처들에서 연구하고 협상하기로 한다.

노무현 : 서해 평화협력지대를 설치하기로 하고 그것을 가지고 평화문제, 공동번영의 문제를 다 일거에 해결하기로 합의하고 거기 필요한 실무협의 계속해 나가면 내가 임기 동안에 NLL 문제는 다 치유가 됩니다.

김정일이 양측이 용단을 내려서 그 옛날 선들(남측의 NLL, 북측의 99년도 경계선) 다 포기한다는 김정일의 발언에 대하여 노무현은 평화협력지대를 설치하기로 하고 그것을 가지고 NLL 등을 다 일거에 해결하기로 합의하고 거기 필요한 실무협의 계속해 나간다고 답변하였는 바 이것이 NLL 포기발언이 아니고 무엇이겠는가.

> 김정일 : 그건 …
> 노무현 : NLL보다 더 강력한 것입니다.
> 김정일 : 이걸로 결정된 게 아니라 구상이라서 가까운 시일내 협의하기로 한다. 그러면 남쪽 사람들은 좋아할 것 같습니까?
> 노무현 : 그건 뭐 그런 평화협력지대가 만들어지면 그 부분은 다 좋아할 것입니다. 또 뭐 시끄러우면 우리가 설명해서 평화문제와 경제문제를 일거에 해결하는 포괄적 해결을 일괄타결하는 포괄적 해결방식인데 얼마나 이게 좋은 것입니까? 나는 뭐 자신감을 갖습니다. 헌법문제라고 자꾸 나오고 있는데 헌법문제 절대 아닙니다. 얼마든지 내가 맞서 나갈 수 있습니다. 더 큰 비전이 있는데 큰 비전이 없으면 작은 시련을 못 이겨내지만 큰 비전을 가지고 하면 나갈 수 있습니다. 아주 내가 가장 핵심적으로 가장 큰 목표로 삼았던 문제를 위원장께서 지금 승인해 주신거죠.

노무현은 NLL이 포함된 평화문제와 경제문제를 일서에 해결하는 포괄적 해결방식이 좋다고 감탄하면서 이것을 남측에서는 헌법문제라고 주장하고 있는데 이것은 헌법문제가 절대 아니라고 강변한다. 또한 「아주 내가 가장 핵심적으로 가장 큰 목표로 삼았던 문제를 위원

장께서 지금 승인해 주신 거죠」라고 감사의 표시까지 한다. 가장 큰
목표로 삼았던 문제는 NLL이 포함된 평화문제 등임은 두말할 나위가
없다. 이것이 NLL 포기가 아니고 무엇이겠는가.

> 김정일 : 평화지대로 하는 것 반대없습니다. 난 반대 없고…
> 노무현 : 평화협력지대로…
> 김정일 : 협력지대로 평화협력지대로 하니까 서부지대인데 서부
> 지대는 바다문제가 해결되지 않고서는 그건 해결되지 않습니다. 그
> 래 바다문제까지 포함해서 그카면 이제 실무적인 협상에 들어가서
> 는 쌍방이 다 법을 포기한다. 과거에 정해져 있는 것, 그것은 그때 가
> 서 할 문제이고 그러나 이 구상적인 문제에 대해서는 이렇게 발표해
> 도 되지 않겠습니까?
> 노무현 : 예 좋습니다.

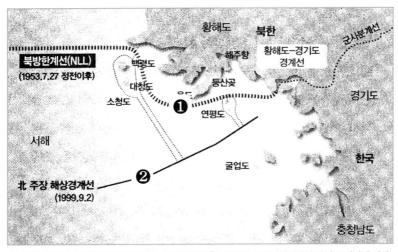

NLL(❶)과 북한이 일방적으로 주장하는 해상경계선(❷) 사이의 수역(남한해역인 경기도 지역의 서해
바다)에 평화협력지대를 설정하자고 김정일이 주장하였으나 이는 남한의 순수한 서해수역이다.

김정일은 「이제 실무적인 협상에 들어가서는 쌍방이 다 법을 포기한다. 과거에 정해져 있는 것」이라고 말한다. 과거에 정해져 있는 법이란 남측의 NLL과, 북측의 9 9년도 경계선을 말하는 것은 물론이다. 여기에서 노무현은 「예 좋습니다」라고 동의하였다.

이것이 NLL 포기가 아니고 무엇이겠는가. 이렇게 NLL과 그 관련법을 포기하고 우리 영해안에 북한군이 활동할 수 있는 수역을 새로 만들기로 합의하였음에도 문재인 의원은 「NLL 포기는 없었다」고 주장하고 있다.

① 새누리 당에서 NLL 관련 노무현·김정일의 대화록이 국가기록원에 이관되지 않은 사실에 대하여 사초실종이라 주장하고 있는 점에 관하여 논점을 살펴보자.

i) 노무현 정부는 왜 대화록을 국가기록원에 넘기지 않았느냐이다. 검찰은 노 전 대통령이 대화록을 삭제 또는 이관하지 말라고 지시하는 등 대화록 내용을 의도적으로 숨기려 했는지 등의 의혹에 대해 해답을 내놓아야 할 것이다.

ii) 대화록 초본과 수정본의 차이는 무엇인가? 노무현 정부가 대화록초본(원본)을 은폐하고, 수정본(최종본)만 보관토록 했는지는 규명되어야 할 사항이다. 노무현 재단측은 초본에서 화자가 바뀌거나 잘못 기록된 부분을 고쳐 최종본을 만들었기 때문에 초본은 삭제해도 무방하다고 주장하고 있으나 의문이다.

검찰은 수사결과 원본과 수정본에 어떤 차이가 있는지 밝혀 논쟁을 끝내야 했었다.

iii) 대화록과 관련하여 형사처벌 대상으로는 노무현 정부 관계자들이 대화록 원본 삭제 또는 은폐 · 국가기록원에 대화록 미이관 · 봉하마을로 유출 행위 등 3가지이나 이 중 대화록 원복삭제 또는 폐기한 행위에 대해서만 처벌이 가능할 것이다. 기록을 이관하지 않은 행위에 대하여는 처벌 조항이 없고, 기록물 유출행위는 2009년에 검찰이 이 부분을 수사하다가 노 전 대통령이 사망하자 '공소권 없음' 처분을 내려 관련자들을 불기소 처분했기 때문이다.

② 대화록의 본질적 문제점

남북 대화록에서 노무현 전 대통령이 NLL포기발언을 했느냐의 여부만이 중요한 것이며 대화록 내용을 공개하여 대선에 이용했느냐는 문제가 되지 않는다. 노무현 전 대통령이 김정일 국방위원장과 대화 중 NLL을 없는 것으로 하고 NLL을 남 · 북이 공동 이용하자는 것으로 김정일 위원장으로부터 제안받고 노무현 전 대통령이 그 문제는 NLL이 없는 것으로 자신이 해결하겠다고 응답하였는데 이는 김정일의 제안에 동의한 것이며 이는 일부 영토를 포기한 행위로 이적죄에 해당하는 죄이며 주권자인 5천만 국민의 의사에 반하는 행위라고 볼 수 있을 것이다.

따라서 대화록에서는 NLL 포기발언 내용의 유무만이 본질적 내용이며 대화록 내용 공개 행위는 극히 지엽적인 문제이며 설령 형법상 범죄구성요건에 해당된다 하더라도 위법성이나 책임조각사유에 해당될 수밖에 없다는 여론이 지배적인 것같다. 왜냐하면 대화록 내용 공개행위는 5천만 국민인 주권자의 생명과 재산을 보호하기위한 불가피한 수단이며 국민의 의사에 반하는 노 전 대통령의 과실을 밝혀 다시는 이러한 잘못을 범하지 않도록 경각심을 제고함으로서 정치적 교훈을 삼고자 하는 권리행사이기 때문이다.

3) NLL에 대한 각계의 반응

2013년 6월 18일 TV 인터뷰에서 박찬종 변호사는 김정일 · 노무현 대화록 공개는 안보위협을 가져올 내용이 아니며 따라서 새누리당이 국정원을 통하여 양자의 대화록을 공개한 것은 양국의 원수가 공개하지 않기로 합의한 것이므로 법적으로 공개해서는 안 된다는 주장을 하면서 새누리당이 전적으로 잘못했다고 평하고 있다.

또한 이종찬 전 국정원장도 2013년 7월 21일 밤 시사평론가 신율과의 TV 인터뷰에서 대화록 공개는 여 · 야간에 이익될 것이 없다고 주장하며 박찬종 변호사와 동일한 이론을 전개하고 있다.

한편, 2013년 6월 18일 전원책 변호사는 KBS와의 인터뷰를 통해 노무현 전 대통령이 김정일과 대화 중 더 이상 NLL을 주장하지 않겠다고 하면서 NLL 이남의 수로구역에 공동어로구역을 설정하여 공동관리하자는 주장을 하였다고 하는 바 이는 NLL포기 발언이며 이적행위에 해당한다는 주장이다.

4) NLL에 대한 정당한 평가

NLL은 서해의 비무장지대이므로 남한이나 북한 모두의 출입이 금지되는 구역이다. 노무현 전 대통령이 북한을 방문했을 때 「NLL은 UN군이 일방적으로 그려놓았으니 북한 배가 인천 앞바다까지 내려와 고기잡이 해노 널 것이니 그 지역을 공동어로구역으로 설정하여 공동관리하자.」는 주장을 하였는 바 노무현의 이 주장은 NLL의 내용을 변경한 것이며 NLL을 포기한 것으로 보여진다.

상기 박찬종 변호사는 노무현 · 김정일 두 사람의 대화록을 공개한 것은 양국의 원수가 공개하지 않기로 합의한 것이므로 법적으로 공개해서는 안 되는 대통령 기록물이라는 주장을 하고 있으나 이것은 대단히 잘못된 주장이라고 생각된다. 노무현 전 대통령이 남한의 원수라고는 하나 주권자가 대한민국 5천만 국민의 권리와 이익을 위해서 대화록에 서명할 것을 위임하였을 뿐이며 대한민국의 안보에 위협을 가져오는 이적행위를 하라고 권한을 위임한 바는 없기 때문이다. 또한 법적으로 공개해서는 안 되는 대통령 기록물이라는 것도 대한민국의 국법상 범죄구성요건에 해당된다 할지라도 5천만 국민의 권리와 이익을 위해서라면 공개하는 것이 불가피하다고 할 것이므로 사회상규에 위배되지 아니하는 정당행위로 범죄행위에 해당되지 않는다고 보여진다.

대화록의 성격을 대통령 기록물로 규정하건 공공기록물로 규정하건 국민전체의 생존과 국가안보에 직결되는 내용이라면 무조건 국민의 이름으로 공개해야 할 것이다.

전원책 변호사는 대통령은 헌법상 4가지 책무가 있음에도 불구하고 영토보전을 포기하는 발언을 두고서 이적행위에 해당된다는 지적은 타당한 것같다. 따라서 이적행위가 수록된 노무현·김정일 대화록의 성격규명은 의미가 없는 것이며 NLL 포기발언 여부만이 문제된다고 생각한다. 왜냐하면 NLL 포기발언은 대한민국의 안보에 위협을 가져오는 내용으로서 전체 국민의 의사에 반하는 행위이기 때문이다.

노무현·김정일 NLL 대화록 공개는 여·야의 정치적 협상의 대상이 아니며 국민의 자유와 권리의 보호라는 명분하에 당연히 그리고 반드시 공개해야 할 국민의 명령이라고 해야 할 것이다.

단재 신채호 선생의 지적대로 임금과 국가의 이해가 상반될 때 참다운 충신은 임금을 버리고 국가를 택하는 것이 옳다고 본다면 노무현 전 대통령과 김정일 국방위원장이 양국의 원수로서의 지위에서 두 사람의 대화록을 공개하지 않기로 합의했다 하더라도 5천만 국민인 주권자와 노무현 전 대통령과 이해가 상반되므로 노무현 전 대통령의 국가원수로서의 지위는 그 효력을 인정받을 수 없는 것이다. 주권자인 5천만 국민은 노무현 전 대통령에게 영토의 일부를 김정일에게 떼어 주라고 권한을 위임한 바가 없기 때문이다.

세속적인 욕망의 최고가치

사람은 누구나 욕심을 가지게 마련이다. 욕심이나 욕망이 없는 사람은 세상을 살아갈 이유가 없기 때문이다. 그러나 욕심이란 대개 남에게 해를 끼침으로써 자신만을 이롭게 하는 결과가 초래되는 것이므로 남에게 해를 끼치지 않고서도 자신의 욕망을 충족시킬 수 있다면 욕심을 가진 자를 비난할 아무런 이유가 없다고 할 것이다. 욕심이 있기 때문에 사람들은 노력하고 욕심을 실현시키기 위해서 투쟁하는 것이므로 욕심은 인간생활을 더 풍요롭게 하는 삶의 원천이 되는 요소라고도 할 수 있는 것이다.

욕심은 물욕과 명예욕 등으로 나누어 볼 수 있는데, 물욕을 실현하기 위해 열심히 노력한 결과 재벌기업의 회장이 된 사람이나 명예욕을 취득하기 위해 열심히 공부하여 장·차관이나 대학교수가 된 사람 등도 욕심의 실현 결과 취득된 성과를 통하여 사회 전체의 발전을 이룩하게 되거나 인류를 위한 욕망을 실현하는 가치를 창조하고 있다는 점에 대해서는 이론이 없다고 할 것이다.

재벌기업의 회장이나 경제적으로 크게 성공한 사람들이 물질적인 만족을 얻는 데에만 만족한다거나 사회적으로 명예를 얻는데 성공한 정부의 고관이나 사회의 저명인사들이 명예를 얻는데에만 목표를 둔다면 사람이 욕심으로 얻은 성과는 먹고, 쓰고, 마시고, 남에게 자랑하는 것을 즐기는 시정잡배의 생활과 다를 것이 없으며 인간의 외면적인 가치만 강조되고 내면적인 가치창조는 몰각되고 말 것이다. 그렇다고 인간의 욕심을 과소평가하는 것은 아니며 이 욕심도 그 실현 결과 취득된 성과를 통하여 사회전체의 발전이나 인류을 위한 가치 창조의 수단이 된다. 다만 욕심은 그 추구하는 목적이 가치 지향적(價値 指向的)으로 행사되어야 할 것이며, 이 욕심이 인간의 내면적 가치와 연결될 때 비로소 진정한 가치로 승화될 것이다.

그렇다면 욕심이란 인간의 내면적인 가치와 외면적인 가치가 결합될 때 비로소 진정한 가치가 창조되는 것인데 이러한 진정한 가치를 가지고 있는 욕심이란 구체적으로 무엇일까?

그것은 사람의 가치관이나 인생관에 따라 다를 수 있으며 구체화될 수 있을 것이다.

나는 예술과 종교, 정치라고 말하고 싶다. 대부분의 정치가나 사업가는 돈이나 지위, 권력에 지나친 욕망을 갖거나 명예 등에 집착하지만 예술가는 마음이 청정하지 않으면 훌륭한 예술작품은 나올 수 없고 훌륭한 예술가가 돈을 벌고 명예를 얻는 것은 훌륭한 예술작품이 나온 후에 부수적으로 생겨난 결과물일 뿐인 것이다. 예술은 바로 인격이라고 할 수 있으며 새뮤얼 존슨은 예술의 하나인 음악에 대하여 「음악은 악덕이 따르지 않는 유일한 감각적 쾌락이다.」 라고 말한 바 있다.

종교는 더 말할 것도 없다. 양심에 부끄럽지 않게 살면서 오직 진실만을 추구한다는 것이 종교의 기본이다. 따라서 종교적 신앙에 대하여 몸을 바치는 성직자는 하느님의 뜻이나 진리를 실현하기 위하여 몸을 바치는 자라고 할 수 있다.

그렇다면 정치는 어떠한가? 정치란 이해관계의 대립이나 의견의 차이를 조정해 나가는 통제의 작용이라 할 것이며 정치의 목적은 정치권력의 획득이라 할 것이다. 그러나 아리스토텔레스는 인간에게 이로운 것 곧 인간의 행복이 정치의 최종 목적이라고 했으며 이것이 더 근본적이고 설득력 있는 정치의 목적이라고 할 수 있을 것이다. 따라서 정치도 예술이나 종교와 같이 인간의 외면적 가치와 내면적 가치를 충족시키기에 충분한 인간의 이념에 근거한다고 볼 수 있다.

그런데 정치를 업으로 하는 정치가나 종교적 신앙을 위해 절대자에게 몸을 던지는 종교인들은 정치나 종교라는 이념 그 자체와는 사뭇 다른 모습을 우리에게 보여왔던 것이 사실이다. 따라서 정치가의 최고의 목표인 대통령이나 종교인의 삶의 가치가 현실적으로 반드시 높고 위대한 것만은 아니며 도덕적으로 부끄럽고 비난을 받아 마땅한 경우도 많았지만, 그럼에도 불구하고 정치와 종교라는 이념 그 자체는 인간의 행복을 추구하고 인간의 존재를 규명하는 가치창조의 세계에 존재하는 영역이기 때문에 우리는 정치와 종교를 무시할 수 없는 것이다.

특히 정치영역에 존재하는 대통령이라는 정치가는 정치라는 이념과는 다른 행태를 보여왔다해도 우리 국민이 싫든 좋든 우리 국민의 기쁨이나 슬픔, 행복과 불행을 결정짓고 좌우하는 역할 수행자로 운명지어졌다는 사실에 주의를 기울이지 않을 수 없는 것이다.

따라서 우리 국민은 대통령을 선택해야 할 권리와 의무를 부담해야 한다. 대통령이 누가 되느냐에 따라 5,000만 국민의 행복과 불행이 결정되고 운명까지도 결정되기 때문이다. 보수주의적 사고를 가진 정치가가 대통령이 되면 국가의 기본적인 사고방식이나 정치체제는 국가안보를 강조하게 될 것이나, 좌익 진보적인 사고방식을 가진 정치인이 대통령이 되면 국가 안보보다는 민주화 확대, 남한과 북한과의 화해,

북한에 대한 지원 등에 치중하는 것이 우리 정치의 양상이었다고 보여진다.

이제까지 계속적인 북한에 대한 지원을 하고 화해 제스처를 보낸 김대중, 노무현의 민주정부 10년에 대하여 현실적으로 가치있는 정책결정이 있는지, 있다면 무엇인지 그 여부에 대한 구체적 판단은 국민들이 판단할 몫이다.

만일 누가 대통령을 만들어 낼 수 있는 방법에 대하여 결정적 기여를 할 수 있는 국민이 있다면 그것은 바로 5,000만 국민의 행복을 좌우하는 역할을 수행하는 기여라고 논증할 수 있을 것이다.

따라서 대통령의 당선을 만들어내는 '킹 메이커'의 역할은 세속적인 욕심이나 욕망에서 생겨나는 것이지만 정치의 목적을 실현하는 수단이자 인간이 추구하는 욕심의 최고가치라고 할 수 있을 것이다. 이 욕심과 욕망은 자기를 이겨내고, 자신을 욕망의 노예로부터 해방시키며 국민의 행복을 가져오는 순수한 것이기 때문이다.

대통령 만들기의 실현을 위하여

내가 공직에서 퇴직하고 오랜 세월이 흐른 지금, 여생을 가장 보람 있게 보낼 수 있는 길은 무엇인가를 꾸준히 생각해왔다. 돈을 벌어 나보다 더 가난하고 불쌍한 사람들을 도와주는 것도 보람된 일이고, 종교계에 투신하여 하나님의 복음을 전파하는 신앙생활도 가치있는 일일 것이다.

그러나 돈을 벌어 가난한 사람을 도와준다는 것은 경제적 기반 구축과 재리에 밝은 능력이 구비되어야 가능한 일로서 아무나 할 수 있는 일이 아니다. 하나님의 복음을 전파하는 신앙생활도 극기(克己)하는 자세와 남을 위한 희생정신 없이는 불가능하다는 생각이 들었다.

한편, 나는 아들과 딸을 모두 결혼시켜 독립생활을 하고 있으나 함께 살고 있는 병든 아내를 돌보아야 할 중차대(重且大)한 책임이 있다. 어찌 보면 남은 생에서 가장 중요하고 보람된 일이란 아내를 돌보는 일이라고 해야할 것이다. 그러면서도 마음 한 구석에 내가 재직 중에 꿈꾸어 왔고 필생(畢生) 이루려 했던 일을 해보고 싶다는 생각이 간절했다.

물론 공무원 재직 중에는 대통령을 만들기 위하여 대한민국 최고의 전략비책을 남몰래 간직하고 꿈을 잉태하기도 하였으나 지금은 정치에 대한 욕망의 날개가 꺾인지 오래다.

이제는 정치적인 욕망은 털어버리고 국가와 국민을 위하여 조용히, 수도승의 자세로 새로운 대통령을 만들 수 있는 역할에 일조하고 싶은 것이 내가 가지고 있는 유일한 욕심이고 욕망일 뿐이다.

우리 주변에서 국회의원 선거양상을 살펴보면 국회의원은 선거때만 4년에 한번 씩 지역에 나타나 일주일이나 2주 가량 지역민들을 찾아다니면서 한 표를 부탁하고 사라지는 철새이자 불청객으로 알고 있으며 일반 서민들의 슬픔이나 고통과는 아무 상관도 없는 사람으로 인식되어 온 것이 사실이다.

그러나 대통령은 다르다. 대통령이 될 자가 능력이 있고 없고를 불문하고 누가 대통령이 되느냐에 따라 국민의 생존과 자유·권리, 경제생활이 달라지기 때문이다.

결론적으로 누가 대통령이 되느냐에 따라서 5,000만 국민의 행복과 운명이 바뀔 수 있다는 사실은 중요한 문제가 아닐 수 없다고 할 것이다. 따라서 대통령이라는 결과와 열매는 세속적(世俗的)인 인간의 삶에 있어서 최고의 가치실현 여부의 분수령이 될 수 있으며 대통령 선거와 국민의 삶은 필연적인 인과관계(因果關係)를 가진다고 할 것이다.

인간이 추구하는 진정한 가치라는 예술과 종교는 나에게 현실적으로 너무나 멀리 떨어져 있었으므로 2012년을 맞이하여 제18대 대통령 당선을 위하여 내 인생의 발걸음을 정치적 방향으로 재촉해 온 것은 사실이다.

대통령을 만드는 유용한 수단과 그 합법성 여부

대통령의 역할을 충분히 수행할 수 있는 정치인이 대통령이 되어야 한다는 점에 대하여는 이론이 있을 수 없다. 대통령의 역할이란 한 마디로 안보와 경제를 최우선적 기본목표로 설정하여 그것을 정책으로 실현하는 것이라고 할 수 있다.

안보란 대외적으로는 외국으로부터 침략을 받지 않고 국가를 보위하며 국내적으로는 반정부 세력으로부터 발생되는 불순세력을 제거하고, 치안을 유지하는 일이다.

경제란 국민을 풍족하게 먹여 살리는 일이다. 그러나 안보와 경제를 기본목표로 설정하고 정책으로 실현할 대통령이 있는가, 있다면 그러한 사람을 논증하고 선택할 방법이 있는가에 대한 평가는 유권자인 국민이 선택할 몫이 될 것이다.

유권자인 국민의 선택이 잘못되어 때로는 국가를 위기로 몰고 가기도 하고 경제적 파탄에 직면하게도 하는 것은 우리의 가까운 정치사가 증명하고 있다.

국민이 선택한 대통령이 잘못 되었을 때 국민에 의한 대통령의 선택은 운명적일 수밖에 없으며 국민은 그 운명을 받아들여야 하는 것이다.

대통령을 만들어 내는 역할을 담당하는 사람을 '킹 메이커'라 하는데 '킹 메이커'는 구체적으로 누구이며 그 목적은 무엇인가를 현실적인 입장에서 살펴본다면 대권주자를 둘러싸고 있는 국회의원 집단이나 유력한 참모집단이 될 것이며 그들이 목적으로 하는 바는 입신양명(立身揚名)이라고 단정해도 크게 틀린 말은 아니라고 할 수 있을 것이다.

그러나 5,000만 국민의 행복을 실현할 수 있는 대통령을 만들어 내고자 하는 의사와 능력을 가진 자만이 진정한 '킹 메이커'로 불리어질 수 있다고 생각한다. 5,000만 국민의 행복을 실현할 수 있는 대통령을 만든다는 명분이 있어야 하고 그 명분이 있을 때, 진정한 가치관을 정립할 수 있기 때문이다.

그러므로 '킹 메이커'란 신분 여하를 막론하고 국민의 행복을 실현할 수 있는 철학과 가치관을 가진 대통령을 판단할 지혜와 능력을 가지고 있는 사람이라고 할 수 있을 것이다.

대통령을 만드는 수단·방법도 여러 가지가 있을 것이고 질적 차이나 가치도 물론 다를 것이다. 그러나 가치의 높고 낮은 것도 중요한 것이므로 높은 전략적 가치가 있는 것을 수단으로 이용해야 할 것이지만 더 중요한 것은 대통령을 만드는 수단이 합리성과 합법성을 구비해야 한다는 것이다.

대통령을 만드는 전략적 수단이란 한 마디로 유권자 득표수의 극대화를 말하는 것이다. 득표수의 극대화를 거양하려면 총유권자 4,050만 명(2012년 대선 기준)을 대상으로 직접 만나 설득하거나 호소하여야 하나 물리적·시간적으로 불가능한 일이므로 전략적인 방법을 동원하게 되고 결국 모든 선거란 전략·전술의 효과의 우열에 따라 승패가 결정되는 것이다.

내가 정치 정보를 수집하기 시작한 것은 단순히 나에게 부과된 업무의 목표를 달성하기 위한 의도하에 대략 87년 경부터였다. 3~4년 동안 많은 사람들과 정치적인 의견을 교환하였지만 정치적인 관심과 식견이 높은 계층은 경찰이라고 생각하였다. 경찰은 정치, 경제, 사회, 노사, 학원 등 각종 정보를 수집하는 방대한 조직을 가동시키고 있으며 정치정보 수집에 노련한 기술과 능력을 발휘하고 있기 때문이다.

많은 경찰들과 접촉하는 동안 그들이 수행하는 업무와 공조관계도 유지하고 그들의 과중한 업무도 파악하였을 뿐만 아니라 수사업무의 애로사항과 문제점을 정책에 접목시키는 계기를 발견하게 되었다.

나는 1987년부터 1990년까지 대전지역과 충남권 일대의 산간 벽지나 도서지방에서 100여명의 경찰관들과 접촉하는 동안 나에게 일상적으로 부과된 정치정보 수집 업무의 목표 달성과는 차원(次元)이 다른 중대한 정책정보가 그들에게 숨어있다는 것을 알게 되었다. 그것은 경찰이 대한민국에서 최고로 방대한 유권자 집단이라는 사실을 발견하고 나도 모르게 외마디 소리를 지르지 않을 수 없었다.

「아, 이것이다. 대한민국 대통령을 만들어 내는 제1호 기술자는 바로 경찰이다.」라고 나는 외치고 말았다. 경찰 인력은 12~13만명이 될 뿐 아니라 경찰들이 확보하고 있는 협조자들까지 포함한다면 경찰은 국내에서 최대의 유권자 집단이며 대통령을 만들어내는 최고의 유용한 수단이다.

경찰이 대통령을 만들어내는 최고의 유용한 수단이라면 그들을 최고의 유용한 수단으로 활용할만한 방안은 무엇일까? 그것은 그들에게 '경찰수사권 독립'을 실현시켜 그들의 마음을 사로잡는 방법이 최선의 길이 될 것이다. 물론 대통령을 만들어 내기 위해 유권자 득표수를 거양하는 수단은 다양하겠지만 경찰수사권 독립을 실현시켜 줌으로써 경찰 및 경찰을 통한 유권자 득표수를 확보하는 것이 그 어떤 유권자 집단의 득표수보다 많을 것으로 확신할 수 있을 것이다. 대한민국 경찰 수는 유동적이나 대략 12~13만 명(의경 포함)이며 기타 공조기관이나 유관기관까지 합치면 그 숫자는 더 늘어나지만, 정예 경찰 10만 명 중 경찰 1명 당 10명 씩의 협조자나 인간적인 동조자를 부식하고 있다고 보아야 할 것이다(졸고 : 대통령 선거 득표 전략안 참조). 따라서 경찰수사권 독립을 실현시켜주는 대통령 입후보자는 대한민국 최대의 유권자 집단의 득표수를 획득하는 수단을 확보했다고 단언해도 좋을 것이다.

그런데 대통령을 만들어내는 가장 유용한 수단의 행사주체인 경찰들이 과연 경찰수사권 독립을 보장하는 대통령 입후보자에게 투표하라고 종용한다는 것이 법에 어긋나지 않는가, 또한 가능한 일일가 하는 점을 살펴볼 필요가 있을 것이다.

공무원은 말할 것도 없고 일반인들도 대통령을 누구 찍으라고 다른 유권자에게 강요할 수 없는 것은 상식적인 일이다. 그러나 자신이 좋아하는 후보자를 칭찬하거나 싫어하는 후보자를 싫다고 말하는 의사표시 자체가 인간적인 상호간의 관계에 있어서 법에 저촉되는 일은 아니다. 다만, 2인 이상의 다중이 모인 자리에서 상대방 후보를 비난하지는 못한다는 것 뿐이다.

경찰도 유권자임에는 틀림없고 친숙한 관계자에게 자신의 솔직한 의사표시로 「나는 누구를 지지한다. 당신은 누구를 지지하느냐?」고 말했을 때 상대방이 「나는 누구를 지지한다.」는 두 사람만의 대화는 법적인 영역이 아닌 것은 분명하다. 그런 의미에서 공무원이나 경찰도 공개석상이 아닌 한 사석에서 국민의 한 사람의 자격으로서는 대통령이나 국회의원에 대한 호 · 불호(好 · 不好)의 의사표시를 하는 것은 가능하다. 따라서 어떤 대통령 입후보자가 경찰수사권 독립을 실현해 주기로 공약할 때 경찰이 그 후보자의 정책공약에 공감하여 표를 주고 경찰의 동조세력에게도 법의 허용범위 내에서 내면적인 득표활동을 하였다면 아무런 문제가 되지 않을 것이다.

경찰수사권 독립의 실현은 경찰이라는 조직체의 구성원에게는 희망과 삶의 의욕을 북돋아 줌으로써 근무의욕을 제고시켜 국민에게 정당한 법의 적용을 보장하는 명분을 제공할 것이며, 한편 국가적 입장에서는 경찰과 검찰의 평퐁식 수사로 국민에게 전가되고 있는 피해를 예방하고 부정부패와 비리를 척결함으로써 정의를 구현하게 될 것이다.

나는 경찰수사권 독립의 실현이 대통령을 만드는 가장 유용한 수단이 될 수 있다는 확신을 가지고 1992년까지 만들어 놓았던 초안 자료를 근거로 1994년 대통령선거 득표전략방안을 작성하였으며, 그 전략방안이 2012년 제18대 대통령 선거에서 새누리당 박근혜 후보와 민주당 문재인 후보의 양진영에 제공되었음을 밝히고 그 내용을 아래에 기술하는 바이다.

大統領選擧 得票戰略方案

(1994년 작성, 2012년 일부 내용 수정)

1. 序論

대통령선거 득표방안으로 이념적 방안(理念的 方案)과 실용적 방안(實用的 方案)을 생각할 수 있는 바 전자에 관해서는 전통적으로 여당인 신한국당(한나라당)은 대미 유대강화 및 대북 좌파정권에 대한 강경 대응자세로 일관해 오고 있으며 야당인 민주당 등은 대북 좌파정권에 대한 유연 호응자세를 취하며 소위 햇볕정책이라는 정책기조를 취하고 있는 것은 주지하고 있는 바와 같습니다.

그러나 여기서는 득표와 직접 관련이 없는 이념적 방안은 논외로 하고 득표와 직접 관계되는 실용적 방안만을 다루고자 합니다.

2. 실용적 득표전략방안(實用的 得票戰略方案)

(1) 우리 대한민국은 정부수립 이후 이제까지 대미 유대강화 및 대북 좌파정권 척결이라는 이념과 정책 아래 그나마 나라를 굳게 지키고 국민의 생명(生命)과 재산(財産)을 보호하며 살고 있다는 것은 부인할 수 없는 사실일 것입니다. 그러나 대미 유대강화 및 대북 좌파정권 척결이라는 정책기조는 이념적인 선거 득표전략방안이 될 수는 있다해도 직접적으로 득표와 연결될 수 있는 것은 아니므로 이러한 이념을 실용적인 득표로 연결시키는 실용적인 득표전략방안이 강구되어야 할 것입니다.

득표란 이념적인 방안과 실용적인 방안이 병용(倂用)되어야만 그 효과를 거양할 수 있기 때문입니다. 실용적인 득표전략도 교육정책, 감세정책, 양극화 해소·노사갈등 해소·복지정책 확대 등의 이른바 저소득 서민정책 등 다양한 방법들이 있으나 이러한 방법들은 대통령 입후보자들이 모두 표를 얻기 위하여 하나같이 주장하는 득표전략방안으로 결국 득표가 분산되어 표를 나누어 가지는 결과가 되므로 자신만의 독자적인 득표로 연결될 수 있는 수단이 될 수 없는 바, 자신만의 득표로 연결될 수 있는 거대한 유권자 집단의 이해(利害)와 밀접(密接)한 관련(關聯)을 가지는 전략·전술 방안만이 득표와 연결될 수 있는 것입니다.

(2) 따라서 청계천 복원사업이나 연기, 공주의 행정수도 이전과 같이 이해관계가 있는 상인이나 지역민들과 구체적으로 이해관계

가 맞아 떨어지는 전략·전술만이 직접적으로 득표로 연결될 수 있다 할 것입니다. 2002년, 대선 당시 행정수도 이전 공략은 대전, 연기, 공주 지역 유권자들의 세력범위가 서울과 수도권 인구 세력범위의 10분의 1에 불과하기 때문에 어리석은 전략이라고 비웃었지만 일반적 상식과 논리와는 정반대의 결과가 초래되었는 바 이는 일반 유권자들의 심리상태(心理狀態)가 자신들의 이해와 얼마나 많이 관련되어 있다는 것을 단적으로 증명하는 것이라 할 것입니다.

(3) 여기서 실용적 득표전략방안으로 소개하고자 하는 내용은 대략 300만표의 득표를 가져올 것이라 확신하는 바 검법에 비유하자면 나의 살을 베고 상대방의 뼈를 자르는 무서운 검법으로 인구 13만명의 장병들을 보유하고 폭발력과 파괴력을 지닌 고농축 핵물질입니다. 이름하여 경찰수사권 독립이라는 것입니다. 경찰수사권 독립은 황금 1,000kg의 가치를 가지며, 황금 1kg은 6,000만원을 호가하므로 황금 1,000kg은 600억 원에 해당합니다. 2만원의 비용을 들여 유권자의 마음을 사로잡는다면 600억 원은 300만 표의 득표성과를 거양할 수 있습니다. 그러나 황금 1,000kg의 가치는 경찰수사권 독립으로 대체·전용할 수 있으므로 선거비용 한 푼 들일 필요가 없는 것입니다. 이 실용적인 득표전략방안이 1997년과 2002년, 2007년 대선에서 대통령 입후보자들에 의해 선거공약으로 채택되지 못한 것은 너무나 가까운 곳의 진흙 속에 묻혀있는 진주를 발견하지 못하고 간과해 버렸다는 데 그 이유가 있는 것이며 조금도 이상할 것이 없는 평범한 인간사일 뿐인 것입니다. 마치 이명박 대통령을 당선시킨 청계천 복원사업이 그 당시에는 아무것도 아닌 것으로 생각했던 것처럼…

3. 경찰수사권 독립(警察搜査權 獨立)

경찰에서는 경찰수사권 독립을 주장하고 검찰에서는 경찰수사권 독립을 반대하고 있으며 이것은 오래 전부터 정치 쟁점화되고 있습니다. 여기서 중요한 것은 경찰수사권 독립이 득표에 얼마나 영향력을 미치는가와 경찰수사권 독립의 타당성 여부입니다만 결론적으로 말하면 경찰수사권 독립은 득표에 엄청난 영향력을 행사하는 것이며 세계의 시대적 조류이므로 그 타당성과 합리성은 재론의 여지가 없는 것입니다.

(1) 경찰수사권 독립의 득표에 대한 영향력 여부 및 산정 근거

경찰수사권 독립이 득표에 어느 정도의 영향력을 미칠 수 있느냐는 중요한 문제가 아닐 수 없는 바 우선 경찰수사권 독립에 찬성하는 동조세력을 유형별로 나누어 보고 그 세력범위를 측정하는 작업이 필요하다고 생각합니다.

1) 경찰수사권 독립의 주체(主體) 및 동조세력(同調勢力)

① 경찰세력

② 경찰 흡수세력

③ 경찰 동조세력

　　㉠ 일반행정 공무원]

　　㉡ 법원

　　㉢ 삼성, 현대 등 대기업체 및 중소기업체

　　㉣ 불기소 내지 무혐의 처분받은 고소 · 고발인

2) 동조세력 범위 및 산정근거 : 가시적 · 유형적인 산정범위

① 경찰세력 : 15만(또는 13만)×3명(가족)=45만 명

② 경찰 흡수세력 : 10만(활동요원)×10명(협조자)=100만 명

※ 10만 명이 유권자 10명 이상을 흡수, 유입한다고 가정.

③ 경찰 동조세력 : 약 100만명(행정공무원, 기업체 직원, 법원)

④ 경우회 세력(경찰 퇴직공무원) : 50만명

(2) 경찰수사권 독립의 타당성 여부(妥當性 與否)

1) 경찰수사권 독립의 논거

① 경찰이 주장하는 수사권독립의 논거는 실제상 수사의 대부분(약 97~98% 이상)을 경찰이 수사하고 있음에도 불구하고 검찰(검사)이 재수사하거나 아무런 타당한 근거도 없이 불기소처분을 함으로써 수사방해(搜査妨害) 결과만 초래(招來).

② 범죄수사가 복잡 곤란한 사무임에도 소수에 불과한 검사에게 수사지휘권을 인정하는 것은 검사에게 불필요한 과중한 책임만을 부과하는 것으로 현실적으로 수사지휘가 어려울 뿐만 아니라 수사결과에 대한 공과를 논함에 있어 경찰과 검찰의 마찰 초래.

2) 검찰(검사)이 주장하는 경찰수사권 독립 반대의 논거

① 검사의 수사지휘권은 수사에 있어서의 인권보장(人權保障)과 적정절차(適正節次)를 실현하기 위한 법치국가 원리의 불가결한 요소임.

② 법관과 같이 신분이 보장된 검사의 수사지휘권에 의하여 수사의 공정성이 담보될 수 있고 수사의 쟁점을 정리함으로써 신속한 수사가 가능하게 됨.

3) 경찰이나 검찰의 주장이 각각 나름대로는 이론상 근거있는 주장이라고는 할 수 있으나, 실제상으로는 검찰(또는 일부 검찰 출신의 법학자들)이 주장하는 경찰수사권 독립 반대의 논거는 궁색하기 짝이 없는 이론의 유희로써 검사가 피의자의 인권을 보장한다거나 수사의 공정성 담보나 신속성 추구 등은 오히려 그 반대의 결과를 가져오는 바 수사를 해 본 사람이라면 누구나 알 수 있는 상식적인

사실입니다.

검찰이 경찰수사권 독립을 반대하는 이유는 경찰에게 수사권독립이 인정된다면 현실적으로 공소권만 가지고 있는 검찰이 경찰에 수사권을 빼앗기는 것은 물론 각종 이권까지도 빼앗김으로써 검찰(특히 검사)이 앙꼬없는 찐빵으로 전락할 수밖에 없기 때문일 것입니다. 일전에 전직 검찰총장이 검찰이 가진 것이라고는 수사권 밖에 없는데 수사지휘권도 행사할 수 없다면 검찰은 그 존립 근거가 없다고 퇴임사에서 주장한 것은 단적으로 상기 주장을 뒷받침하고 있는 것이라 생각됩니다.

따라서 검찰의 주장은 전혀 타당성을 결여하고 있는 바 우선 검찰이 경찰과 대등한 수사권을 행사한다면 숫적 열세로 인하여 수사권을 빼앗긴다고 하지만 이는 승패의 냉엄한 현실세계에서 당연한 논리이며 또한 이권을 빼앗긴다는 것도 경찰처럼 수사는 하지않고 경찰이 수사한 수사결과를 트집잡아 수사결과를 지연시키거나 무혐의 처리하는 식으로 검찰의 명성만 거양시키고 부당한 경제적 이권만을 추구함으로써 사회적 비리의 온상이 되는 것이 현실이기 때문입니다. 2010년 검찰이 건설업자와 관련하여 각종 술접대와 성접대를 받아 세상을 떠들썩하게 했던 검사의 비리와 부정은 이제까지 검사들이 저질러온 비리와 비교한다면 그야말로 빙산(氷山)의 일각(一角)에 불과한 것입니다.

4) 전체 수사 중 검찰의 수사범위는 2~3% 미만일 뿐만 아니라 각종 대형사건 등의 부정행위에 적극적으로 관여하여 경찰보다 더 많은 비리행위를 범하고 있는데 이는 검찰의 규모가 경찰 규모의 20분의 1(5%)에 불과한데도 불구하고 검찰의 비리가 이러할진데 경찰처럼 13~15만 명의 인원이 된다면 그 비리가 엄청나게 불어날 것임

은 분명할진대 실로 검찰의 비리(非理)는 심각(深刻)하다고 하지않을 수 없을 것입니다.

또한 그 뿐입니까. 사회적 이목이 집중되는 각종 기업체 회장들의 경제적 범죄사건이 터질 때마다 약방의 감초처럼 검찰에서 사건 수사를 한다고 발표하는 것은 수사는 오직 검찰만이 할 수 있고 경찰은 그 보조역할을 한다는 것을 주지시킴으로써 검찰의 존재(存在)와 권위(權威)를 거양(擧揚)시키고 검찰에게 잘 보여야 기업체의 활동이 보장된다는 저의(底意)의 표현이라는 것은 전문 수사활동에 종사하는 사람이 아니라해도 알 만한 사람은 다 알고 있는 사실입니다. 검찰의 너무나도 큰 착각이고 국민 모두에 대한 배신이라고 생각합니다. 경제적 범죄사건 수사 역시 경찰이 실제적으로 거의 모든 수사를 다 하고 있으며 검찰의 이름으로 발표만 하고 있습니다.

5) 경찰수사권 독립은 위와 같은 이유로 그 타당성과 합리성이 인정되므로 실용적인 득표전략 방안으로 시의적절하다고 할 수 있을 것입니다. 따라서 검찰(여직원 포함하여 약 7천여 명)을 버리고 경찰을 택하는 것은 득표 극대화 효과를 거양하기 위해서 뿐만 아니라 소집단 조직의 이익을 위하여 국가의 정당한 정치적 결단을 방해하는 검찰의 횡포를 응징하고 국민을 위한 정의구현의 실현수단으로서의 정치인의 정치적 책임이자 의무라고 생각합니다.

4. 검찰이 국민의 원성의 대상이 되는 필연성 및 경찰수사권 독립의 시대적 추이(時代的 推移)

(1) 검찰 특히 검사가 국민의 원성과 지탄을 받을 수 밖에 없는 필연성 때문에 국민의 원성을 무마하고 지탄을 예방하기 위해서 경찰수사권 독립을 실현시키는 것은 국민의 환영을 받으리라고 생각합

니다. 검찰이 국민의 원성과 지탄을 받을 수밖에 없는 필연성은 검찰과 경찰, 국정원을 비교해 보면 자연스럽게 해답이 도출되리라 믿습니다.

1) 경찰과 검사의 기능(機能) 및 업무상 접촉대상

경찰의 기능은 정보수집, 수사, 교통, 경비, 보안 등 다양하며 업무상 접촉 대상자도 하류층에서부터 상류층까지 다양하지만 검찰 특히 검사의 기능은 수사지휘와 공소제기로 한정되어 있으며 업무상 접촉 대상자도 일반범죄 피의자에 한정되어 있다고 볼 수 있겠습니다.

2) 국정원의 기능 및 접촉대상

국정원의 기능은 국내 정보수집, 국외 정보수집, 외교통상(흑색외교), 대공수사, 정보의 기획·조정 등 다양하며 업무상 접촉 대상자도 경찰보다는 적지만 검찰에 비하여는 다양하다고 하겠습니다.

3) 이처럼 검찰(검사)의 기능과 접촉대상이 단순함에도 불구하고 업무상 관계없는 사람들과 무리(無理)한 접촉을 시도함으로써 각종 비리(非理)가 발생함은 물론 수사주도권 장악(搜査主導權 掌握)을 위해서 경찰수사권 독립을 반대하고 있는 것입니다. 검찰의 기능과 접촉대상이 단순하다는 것은 알기쉽게 말씀드리면 경찰과 국정원의 접촉대상은 경제인이나 사회지명도 인사(社會知名度 人事) 등 범죄와 무관한 사람들도 포함되기 때문에 경제적 부유층 인사나 건전한 상식있는 사람들도 많지만 검찰의 업무상 접촉대상은 절도나 강도범, 사기, 공갈, 횡령 등 경제적 빈곤층이 대부분이고 상류층 인사나 정상적인 사회인사와는 업무상 접촉이 절연(絶緣)되어 있기 때문에 이런 인사들과의 접촉을 위해서는 부적절한 수단이 동원되지 않을 수 없는 것입니다.

일례로 폭행, 절도, 사기, 공갈, 횡령 등의 범죄에 대하여 경찰에서 이미 조사한 사건이므로 더 이상 무혐의 처리나 범죄·형벌의 감경이 불가능한 상태임에도 형벌의 감경이나 가중을 자행(恣行)함으로써 또 하나의 범죄행위가 발생할 수 있는 것입니다. 바꾸어 말하면 범죄에도 경중이 있고 또한 용서해 주어야 할 범죄가 있어야 하므로 그런 대상자에 대하여는 경찰이 선처를 베풀 수 있으며 본의아니게 반대급부로 경제적 이권 등을 취득할 수 있는 것은 인간세상에서 현실적으로 있을 수 있는 일이나 그러한 경찰의 분류가 끝나버린 검찰의 단계에서는 더 이상 발생될 반대급부로서의 경제적 이권 등은 존재할 수도, 존재해서도 안되는 경우가 대부분일 것입니다. 그럼에도 불구하고 의식적으로 또다시 범죄의 분류를 시도함으로써 경제적 이권 등을 유도하는 검찰이나 검사가 발생한다는 현실은 정말 우리를 슬프게 한다고 할 수밖에 없을 것입니다.

한편 검찰은 수사인원이 없으므로 적대관계에 있는 경찰의 도움 없이는 수사를 할 수 없는 바 수사의 형식적인 내용만 파악하고 있는 검사가 어떻게, 무엇을 지휘한다는 것입니까(수사의 역기능)!

(2) 경찰수사권 독립의 시대적 추이

영·미·일 등 선진 국가들은 검사의 업무상 역기능 때문에 경찰 수사권 독립을 인정하고 검사는 공소권만 가지는 것이 아닌가 생각됩니다. 따라서 경찰수사권 독립을 인정하는 것은 경찰이나 경찰 흡수세력의 소망(所望)일 뿐만 아니라 세계적인 시대적 조류(時代的 潮流)이기 때문에 국민여론(國民輿論)에도 부합(附合)하리라고 봅니다. 경찰수사권 독립이 선거공약으로 발표된다면 그 순간 유능하고 활동력있는 무급(無給)의 선거운동요원 13만여 명을 확보하는 계기가 될 것임을 믿어 의심치 않는 바입니다.

(3) 경찰수사권 독립의 정당성 및 득표와의 긴밀성

1) 경찰수사권 독립은 대의명분에 적합합니다. 검찰수사는 비리의 온상이 되고 있으므로 비리를 척결하기 위해서도 검사나 검찰은 본연의 임무에 복귀하는 것이 국가의 정의구현 실현수단으로 정당하며 또한 정의구현을 실현하는 것만이 정치인의 제일의 덕목이고 책무이며 소명이 될 것입니다.

2) 국민정서에도 부합합니다. 대다수 상·중·하류층 국민들이 경찰과는 수시로 유대관계를 맺으며 접촉하면서 경찰의 도움을 받고 있으며 피부에 와 닿는 경찰의 도움을 의식하고 있으므로 경찰에는 친화적이나 일단 사건수사가 종결되면 검찰에 송치되고 송치된 사건은 처벌하는 것이 보통이므로 본질적으로 검찰에는 적대적일 수밖에 없습니다.

3) 경찰수사권 독립은 경찰 인생의 가치이며 경찰의 생명을 지탱시켜주는 마지막 희망일 것입니다. 경찰이 경찰수사권 독립을 위해서라면 모든 것을 버릴 각오가 되어있습니다. 따라서 경찰수사권 독립은 그들에게 가장 시급한 요구일 뿐만 아니라 생존권과 자존심을 살리는 유일하고도 가장 고귀한 가치관이라고 생각하고 있습니다.

4) 경찰의 정보, 수사 업무 자체가 바로 보이지 않는 자연스러운 선거운동이 될 것입니다. 산간벽지의 오지 마을에서부터 도시에 이르기까지 경찰의 정보활동이 미치지 않는 지역은 대한민국 그 어느 곳에도 없을 것입니다.

5) 정치는 사람과의 장사입니다. 일찍이 인류의 위대한 스승 맹자는 맹자 4권 공손추 하(下)에서

天時不如地理

地理不如人和

라고 하였습니다. 사람이나 정치인이 뜻을 이루려면 하늘의 도

움, 땅의 도움, 사람의 도움이 필요한데 그 중에서도 가장 중요한 것은 사람의 도움이라고 하였는 바 아무리 하늘이 도우려해도 사람이 도와주지 않는다면 그 뜻을 이루지 못하기 때문이라고 했습니다. 경찰수사권 독립 요구는 어제 오늘의 일은 아니지만 저토록 수십 년 동안 경찰수사권 독립이 없다면 차라리 자신과 가족의 생계까지도 내동댕이치고 말겠다는 저 절박하고도 정당한, 너무나도 정당한 대가를 요구하는 저들의 절규를 외면해서는 아니되며 저들의 요구를 수용하는 것만이 그것이 바로 정의이고 정의사회의 구체적 실현이며 이것이야말로 정치인의 책무이고 도리라고 생각합니다. 하늘의 도움과 땅의 도움을 받았다 해도 사람(경찰)의 도움을 받지 못한다면 득표효과는 거양될 수 없을 것입니다.

5. 결론

지금까지 김영삼, 김대중, 노무현 등 역대 대통령들의 득표전략 방안이 구체적으로 무엇이었는지에 대해서는 논외로 하고 다만 득표전략방안이 뛰어났기 때문에 그들이 대통령에 당선되었다고는 생각하지 않습니다. 또한 대통령으로서의 자격 요건이 남보다 월등(越等)했기 때문에 당선되었다고도 생각하지 않습니다.

김대중, 노무현과 1997년, 2002년 2차례나 격돌하여 두 번 모두 기십만 표 차로 낙선한 이회창이 만일 위와 같은 경찰수사권 독립을 대통령 선거 득표전략안의 선거공약으로 내세우고 실천에 옮겼다면 한국의 역사는 바뀌었을 것입니다.

여기서 김영삼, 김대중, 노무현 전 대통령에 대하여 그 자격요건을 살펴본다면 물론 긍정적인 평가와 부정적인 평가가 공존하고 있는 것은 사실입니다다만, 김영삼 전 대통령의 경우 1992년 말 집권 후

정부관리 임명시 안기부 기조실장(차장 겸직)으로 전 신한국당 김무성 의원을 임명하였다가 그의 아들 김현철의 번복 요구로 일주일만에 신라호텔 상무 출신의 김기섭으로 교체한 사실은 대통령으로서의 권위와 위신을 실추시켰다기보다는 공인(公人)으로서 최소한의 기본적인 도리마저 저버린 행위로 밖에는 평가할 수 없을 것입니다.

한편 1997년 말 집권당 김대중 전 대통령의 경우

○ 국민의 세금을 북한 핵무기 개발자금 등으로 수 조원의 천문학적인 금액 지원

○ 국민의 혈세를 노벨평화상 수상의 로비자금으로 사용

○ 노태우 전 대통령으로부터 정치자금 20억원+α를 받은 사실을 부끄러움없이 공개한 사실 등은 어떤 합리적인 이유나 근거를 제시한다해도 이해될 수 없고 대통령이 되기에는 너무나 부도덕한 대통령이라고 밖에 평가할 수 없다는 가치있는 의견들이 상당수 제기되고 있다는 사실에 우리는 주의를 기울일 필요가 있습니다.

노무현 전 대통령 역시 정치경력도 일천하고 좌파 진보세력을 등에 업고 김대중 전 대통령의 지원 하에 대통령에 당선되었으며 임기 중 조그만 난관에 부딪치기만 해도 대통령 못해먹겠다고 공개적으로 감정을 노출하는 등 물의를 빚어온 것은 사실입니다.

그러나 부동산 투기를 방지하기 위해서 절치부심하던 중 부동산 매매 계약시 다운계약서를 작성하면 취득세를 탈세할 수 있지만 양도소득세에서는 더 많은 세금을 납부해야 하는 부담을 안게 되므로 수십 년 간 국민 모두가 관행처럼 자랑해오던 다운계약서 작성을 뿌리뽑는 계기를 정착, 부동산 투기를 방지하고 세수를 확보하여 국민경제에 이바지했다는 사실은 노무현 전 대통령의 정치적 공헌이라고 할 수 있을 것입니다.

이제까지 상기 전직 대통령들의 자격요건이나 정치력과는 아무 상관없이 한국의 역사는 하늘의 뜻에 따라 그대로 흘러왔습니다.

그 역사는 분명 발전하는 역사, 도약(跳躍)하는 역사만은 아니었으며 우리 국민을 채찍질하며 각성(覺醒)을 촉구(促求)하는 반성(反省)과 회한의 역사이었을 것이라 생각합니다.

그러나 이러한 반성의 역사 위에 세워질 미래의 대통령에게는 미래의 비전이 없다면, 국민의 마음을 사로잡을 수 있는 득표전략이 없다면 더 이상은 대통령이 될 수 없을 것이므로 향후 미래에는 발전하는 역사, 도약하는 역사만이 전개될 것임은 인류 정치사의 당연한 논리적 귀결이라고 생각합니다.

경찰수사권 독립 실현에는 기득권 세력인 검사 및 검사 출신 변호사들의 반발이 만만치 않을 것이나 그들의 반발은 자신들의 이익만을 위한 비합리적(非合理的)인 반발(反撥)이므로 마땅히 제거되어야 할 것임은 더 이상의 설명이 필요없는 국민의 합리적(合理的)인 일반여론(一般輿論)일 것이며 또한 대통령 선거득표 전략상으로도 작은 것을 버리고 큰 것을 취하기 위해서는 나의 살을 베고 상대방의 뼈를 자르는(검찰을 버리고 경찰을 택하는 것) 속전속결의 이 무서운 번개검법(劍法)만이 2012년 대통령 당선의 성패를 좌우하는 분수령(分水嶺)이 될 것임을 믿어의심치 않는 바입니다.

경찰수사권 독립은 세계의 시대적 조류이므로 여당이나, 야당도 반대할 명분이 없으며 또한 대의명분에 합치되므로 국민들 모두 환영할 것이며 지체없이 선거공약으로 발표한 후 선거비용 한 푼 들이지 않고 합법적으로 거대한 공룡집단 경찰(1일 주민접촉 대상자 수십만 명 추정)의 도움을 받는다면 300만 표에 가까운 득표효과를 거양할 수 있을 것임을 확신합니다.

대통령 만들기의 구체적 행동

우리 속담에 '구슬이 서 말이라도 꿰어야 보배'라는 말이 있다. '대통령 선거 득표 전략방안'이 아무리 뛰어난 전략이고 대통령을 만드는 유용한 수단이 된다 할지라도 대통령 입후보자에게 제공하여 활용되지 않는다면 아무런 가치가 없는 것이다.

나는 2012년 4월부터 제18대 대통령 선거를 대비하고 보수진영의 대통령 당선을 위하여 계획을 수립하였다. 계획수립이란 한마디로 내가 94년부터 소지하고 있던 '대통령 선거 득표 전략방안'이라는 전략안을 내가 선택하는 대통령 입후보자에게 전달하는 계획이었다.

나는 '대통령 선거 득표 전략방안'이라는 전략안의 전달과 브리핑을 목표로 대전·충남권에서 언론사 원로그룹 출신인 대학선배 S, 교회에서 10여년간 인간적인 정리를 나누어 왔고 나보다 10년 연장인 전 청와대 출신의 홍권사 그리고 지방 국립대학교 총장 출신인 K 등과 제휴하며 잠정적으로 '대통령 선거 득표 전략방안'의 전달과 브리핑을 위한 인적 구성을 완료했다.

그러나 건강하던 홍권사가 갑자기 득병(得病)하여 2012년 5월 유명(幽明)을 달리하게 되었고, K 전 총장이 민주당에 지방자치단체장 출마를 목적으로 공천을 신청하고 절연하게 되었다. 60대인 나를 제외하고는 모두 70대 중반이지만 특히 K는 70대 중반을 넘기고도 세속직인 욕망을 실현하고자 하는 정치적 정열과 의지가 대단하다고 할 수밖에 없었다.

나는 홀로 남은 S선배와 월 2회 정도 대전 유성관광호텔 커피숍 등

지에서 만나 정보를 교환하며 대책을 숙의할 수밖에 없었다. S선배는 5월부터 8월까지 한나라당(현 새누리당) 대전·충남권 전·현직 국회의원과 장관 등 지명도 있는 인사들과 접촉하면서 내가 박근혜 후보에게 전략안을 전달하고 브리핑할 수 있는 기회를 마련하고자 부심하였다. 그러나 박근혜 후보를 둘러싸고 있는 벽은 예상보다 두터웠다.

S선배는 2012년 8월 하순경 어느날 「동생이 소지하고 있는 전략안이 최고의 가치를 가지고 있는 것이 분명하다면 우리가 박근혜 후보 당선을 위해 구태여 사정하면서 박 후보만을 만날 필요는 없지 않는가?」라고 불만을 토로하였다.

또한 대전·충남권 지역에서 박근혜, 문재인, 안철수 세 후보 간 지지세력도 엎치락뒤치락 하면서 백중지세를 유지하고 있다는 말도 덧붙였다. 그 말은 정확한 지적이었다. 내가 거주하는 동네 사람들도 민주당에 매료되어 민주당으로부터 수시로 문재인 지지요청의 문자를 모바일을 통하여 전송받고 있었다.

나는 새누리당 박근혜후보에게 기술한 대통령 선거 득표 전략방안의 전달이 뜻대로 이루어지지 않자 8월 말에 이르러서는 심신이 무척 피곤하였다. 그렇다고 새누리당에 무작정 전략안을 전달할 수도 없고, 또 전달한다해도 그 내용과 파급효과에 대한 정확한 브리핑이 수반되지 않는다면 전략안의 효용의 극대화는 기대할 수 없다고 생각되었다.

제18대 대통령 선거를 둘러싸고 내가 어떤 입후보자를 선택하여 전략안을 전달해야 할 것인지 거취를 정하지 못하고 있을 즈음 2012년 8월 하순경에 민주당은 당내 대통령 선거에 입후보할 대선 경쟁자간 후보 단일화를 위하여 2012년 8월 25일 제주경선을 시작으로 2012년 9

월 16일 경기도 고양 경선까지 '오픈프라이머리'(open primary:국민 경선제)를 실시중에 있음을 알게 되었다. 이 제도는 대통령 선거 후보 선출권을 소속 민주당원에 국한하지 않고 일반국민들도 참여하여 직접 선출하도록 개방되어 있었다.

나는 2012년 9월 4일 대전충무체육관에서 개최된 '오픈 프라이머리'에 참석하고 이어 9월 12일 대구 유세장과 9월 16일, 경기도 고양 실내 체육관 유세장에 참석하여 민주당 대선 후보들의 연설내용을 청취해 보기로 하였다.

나는 여기서 특출한 입후보자를 발견하였다. 당내 경선자 중 문재인 후보는 청중 속에 앉아있는 청중들의 환호에 답례를 표시하는 태도는 다른 후보들과 똑같았지만 체육관이나 기타 실내 청중석에 입장하기 전에 반드시 실외 벤치나 야외에서 서성이는 소그룹이나 개인과 악수하면서 지지를 호소하고 있었다. 이러한 그의 행동에 대하여 단순히 수십 명 또는 수백 명의 지지가 뭐그리 대단하냐고 의문을 제기할 수 있는 사람이 있겠으나 이것은 크게 잘못된 판단이다.

우선 그의 세심한 배려는 소수 유권자들의 마음을 사로잡아 다수의 지지층을 확보하는 계기가 될 뿐만 아니라 그에게 전략·전술을 제공할 사람들을 발견하고 그들이 자신과 자연스럽게 접촉할 기회를 제공함으로써 유력한 지지층의 세력형성이나 기반조성도 동시에 배양할 수 있기 때문이다. 그러나 다른 경선 후보자들은 '오픈 프라이머리' 유세장으로 바로 입장하여 청중들에게 답례하는 것이 고작이었다.

또한 문재인은 청중들을 대상으로 유세하는 연설기교가 이전에 비해 현저히 향상되었다는 사실이다. 2012년 4월 11일 제 19대 총선을 통하여 초선의원으로 등장한 문재인이 총선 이후 갑자기 대선 후보로 출마하겠다는 의지를 밝혔을 때의 연설내용을 들어보면 화술이 달변인가 눌변(訥辯)인가는 차치하고 혀가 짧아 도대체 연설의 의미 내용 전달이 자연스럽지 않았다. 그런데 그러한 '핸디캡'을 단기간에 극복한 것을 보면 전문적인 웅변가의 개인지도를 받은 것으로 추정되었다.

특히 연설도중 청중의 주의를 환기시키기 위해「… 여러분! 저의 의견에 동의하십니까?」라는 질문을 던지면서 수준높은 연설가의 연설 기교를 흉내내는 것을 보고 이제는 청중의 감동을 이끌어낼 만한 문턱에까지 도달했다고 생각하면서 그의 연설에 대해 비록 달변은 아니라 해도 합격점을 주기에 인색할 수 없었다.

여타 경선 후보자들은 너무나 감정에 치우쳐 분명하고도 호소력 있는 청중의 반응을 이끌어 내는데 실패하였다. 연설내용이 처음부터 끝까지 천편일률적으로 음량(音量)의 강도가 너무 높아 내용의 의미 전달이 되지 않았다. 연설이나 웅변의 기본은 음량의 고저(高低)에 있다. 경선후보자 대부분이 연설이나 웅변의 기본을 모르고 있었다.

어떤 민주당 대선 경선 후보자는 연설 중「… 내가 만일 대통령이 된다면 초등학교를 졸업한 직원이나 대학을 졸업한 직원이나 모두 똑같이 회사의 급료를 지급하도록 하겠다.」는 의견을 제시하였다. 물론 그 의도는 생산직 현장 노동자 계급의 득표를 의식하고 한 발언이겠지만 대통령 경선 입후보자로서는 한심하고 무책임한 발언이었으며 순간적인 실수로 치부하기에는 너무나도 충격적인 사건으로 생각되었다. 2012년 9월 4일 대전 충무체육관에서 민주당 대선의 경선입후보자들의 연설내용과 동향을 파악하고 민주당 대선 후보자로 선출될 자는 문재인 의원임을 어렵지 않게 확인하게 되었다.

나는 2012년 9월 12일 '오픈 프라이머리' 대구 경선 유세장 청중석에서 문재인 의원과 단 둘이 두 번 째로 악수를 나누면서 「문의원이 대통령에 당선될 수 있는 기회가 올 수도 있습니다. 그 비책을 일주일 이내에 전달하겠습니다.」라고 귓속말로 속삭였다. 그리고는 메모 쪽지를 그의 상의 윗주머니에 넣어 주었다. 메모지 요지는 다음과 같았다.

「본인은 15년간 황금을 거래하여 왔으며 현재 황금 1,000kg을 소지하고 있는 장사꾼입니다. 이제는 황금장사를 중단하고 이 황금덩어리 1,000kg을 이용하여 새로운 예술작품을 창작하려 하고 있으며 그 예술작품은 이름하여 황금 1,000kg+α라는 것인 바 이것을 문 후보께 전달하겠으니 그 구체적 실체가 무엇이며 2012년 대선에서 어느정도 폭발적인 영향력을 행사할 것인지는 직접 판단하여 주시기 바랍니다.」

나는 그와 약속한 대로 2012년 9월 16일 고양실내체육관에서 청중석에 앉아있던 그의 부인에게 「귀중한 자료이니 문재인 의원에게 전달해 주십시오.」라고 말하며 문 의원에게 약속했던 그 황금 1,000kg+α라는 비책을 건네 주었다. 경선 마지막 날이었으므로 문 의원을 만날 수 없었을 뿐만 아니라 설령 만난다해도 전달할 자료의 부피가 상당했으므로 문 의원 본인이 소지하기에는 부담이 되었기 때문이다. 그런데 이상한 일이었다. 9월 16일 밤차로 래전(來田)하였음에도 문재인 의원의 수령여부에 대한 회신이 없었다. 물건 거래시 수령 여부에 대한 회신은 상거래상 최소한의 기본원칙인데 하물며 대선관련 전략안을 주고받는 인간관계에서 신뢰성의 통보는 배달사고가 없었다면 빨리 메아리쳐와야만 했다.

황금 1,000kg+ α 의 비밀

문재인 후보는 시인을 좋아하여 의사표시도 시적으로, 함축적 · 상징적으로 한다는 말이 있다. 황금 1,000kg+α의 함축적 의미를 이해하지 못한 것인가.

황금 1kg은 대략 6,000만원이다. 황금 1,000kg은 600억원이다. 2만원의 비용을 써서 유권자 1명의 표를 얻을 수 있는 방법이 있다면 600억 원의 비용을 들이면 유권자 300만의 득표를 거양할 수 있다는 계산이다. 600억원의 비용을 써서 300만명의 득표를 가져올 유권자 집단이 존재하는가? 존재한다면 그 유권자 집단은 누구이며 그 집단에 선거비용을 사용할 합법적 방법이 과연 있는가? 거기에 대해서는 졸고 '대통령 선거 득표 전략방안'을 일별(一瞥)하기만 하면 확인될 사항이므로 여기서는 언급을 생략한다.

다만 +α에 대해서는 설명이 필요할 것이다. 미지수 α는 일반인이 계량화(計量化) 할 수 없고 정치라는 예술작품을 완성시킬 수 있는 최종적인 장인(匠人)만이 측정이 가능할 것이다. 그 장인은 제18대 대통령인 것은 물론이다. 나는 황금 1,000kg을 받을 유권자 집단이 누구이며 그 황금 1,000kg을 무엇으로 대체하여 유권자 집단에 전달할 것인가에 대하여 길을 안내하는 안내자일 뿐이지만, 황금 1,000kg의 가치를 가진 유권자 집단은 경찰이라는 것과 황금 1,000kg의 가치는 경찰수사권 독립으로 대체 · 전용될 수 있다는 것은 '대통령 선거 득표 전략방안'에서 암시한 바 있다.

황금 1,000kg은 대통령을 만들고, 대통령은 +α를 창출하지만 α의

금액은 현재로서는 계량화할 수 없고 미래에 장인의 손에 의해 구체화 될 수밖에 없을 것이다.

　나는 새누리당 박근혜 후보를 대한민국의 제18대 대통령으로 만들 기 위하여 소지하고 있던 '황금 1,000kg+α'라는 전략안을 왜 문재인 후 보에게 먼저 전달했을까?

　나는 새누리당 박근혜 후보도, 민주당 문재인 후보와도 전혀 일면식 이 없었으며 그들의 정치적인 역량이나 인격 등에 대하여도 아는 바가 많지 않았다. 다만, 새누리당의 박근혜 후보는 사상적으로 보수이고 민주당의 문재인 후보는 진보주의자이며 이 진보주의는 약간의 좌파 적 성향이라고 알려져 있다. 따라서 20수년간 안보 일선에서 국가와 국민을 위해 봉직해왔고 앞으로도 국가를 공산주의 세력으로부터 지 키기 위해서는 새누리당의 박근혜 후보 당선을 선택하는 것이 순리라 는 것뿐이었다.

　따라서 문재인 후보가 진보주의자라고 알려져 있으나 진보와 보수 를 아우를 수 있고 공산주의 사상에 대한 안보관이 투철하다면 문재인 후보에 대하여도 박근혜 후보와 함께 선택의 대상으로 삼아 비교한 후 에 능력있는 자를 선택하는 것도 나쁜 것만은 아니라 생각했다.

　나에게 이러한 결심을 유도하게 된 동기는 서울지역과 대전 · 충남권 의 양 후보에 대한 여론의 향배가 문재인 의원에게 유리하게 전개되었 을 뿐만 아니라 새누리당 실세 참모들이 유권자의 득표효과를 거양시 킬 전략 · 전술을 수립하지 못하고 자신들의 세력 확장에만 열을 올리 고 있는 것에 크게 실망하였기 때문이다. 특히 하늘은 문재인 후보의 당 선에 우선권을 부여하였다는 예감이 나의 머리를 지배하기 시작했다.

또한 S선배는 어느날 나에게 「동생, 박근혜 후보는 요즘 얼굴이 너무 어두워. 수심이 가득찬 얼굴은 미래가 없다고 볼 수 있어.」라는 말까지 하면서 나의 박 후보 지지의사에 대한 신뢰감을 허물고 있었다. 나는 S선배의 지적을 반박하며 말했다.

「형님, 박근혜 후보야 요즘 얼굴이 밝을 수야 있겠습니까? 피곤에 지친 몸을 반겨줄 직계 가족이 있습니까, 그렇다고 직계 존속이 있습니까! 심신이 너무 지쳐 그럴 것입니다.」

나는 2012년 9월 16일 문재인 후보측에 황금 1,000kg+α를 전달하고 며칠이 지난 후 충남권의 민주당 원로그룹 의원의 친척을 만나 대화 중 문 후보는 아무리 좋은 선거전략·전술도 단독으로 채택하는 법이 없고 반드시 전체 참모회의를 거쳐 결정된 것만을 선거공약으로 발표한다는 말을 들었다.

내가 문 후보에게 '대통령 선거 득표 전략방안'을 먼저 전달했다 하나 그 전략안이 채택될 지는 미지수이고 설령 채택된다해도 나의 브리핑을 듣지 않고는 유권자 득표의 파급효과에 대한 정확한 가치판단을 내릴 수는 없을 것이라 확신하고 있었다. 물론 문 후보 측이 먼저 기선을 제압했다는 점에서는 박근혜 후보 측에 위험성이 상존(尙存)하고 있는 것은 사실이었다. 박 후보 측에 위험성이 상존하였음에도 불구하고 문 후보측에 그 전략안을 먼저 전달한 근본적 이유는 새누리당 진영에 S선배와 내가 3~4개월동안 박 후보 진영의 문을 노크하였으나 무위로 그쳤고, 한편 그러한 서운한 감정은 문 후보와의 자연스럽고 간단한 접촉으로 이어졌으며 문 후보와의 접촉을 하늘의 뜻으로 생각하면서 문 후보의 당선을 거의 확신하였기 때문이다.

그러나 문 후보와의 접촉 후에도 전략안 수령에 대한 답신 및 평가에 대한 반응은 없었다.

새누리당 박근혜 후보에 대하여는 과연 이대로 침묵해야 하는가?

김대중, 노무현의 10년 좌파세력 집권을 또다시 용인하면서 공산 불순세력의 안보위협과 국내 반정부 시위에 시달려야 하는가? 이러한 문제를 심각하게 고민하자 박근혜 후보를 만나지 못한다 해도 박 후보를 둘러싸고 있는 핵심 측근들을 접촉하고 그들을 통하여 전략안을 전달하자는 생각에 도달할 수 있었다. 물론 측근들이 가지고 있는 생각이 나와 다르다면 반드시 전달된다는 보장은 할 수 없으나 다수의 측근들을 접촉한다면 일부 측근들에 의한 전략안의 전달이 가능하리라는 결론을 도출하게 되었다.

그렇다. 제18대 대통령 선거는 대한민국 5,000만 국민의 생존과 행복에 관한 것이며 진정한 보수 대통령 당선만이 국민의 생존을 책임질 수 있다는 생각이 들었다.

2012년 9월까지 계속 내 마음 속 깊이 자리잡고 있던 '2012년 대선, 하늘은 문재인에게 당선의 우선권을 주었다.'는 생각과 동시에 '운명이 바뀌어진다면, 하늘의 선택이 변경된다면'이라는 가정이 마음 속에 복잡하게 자리잡은 가운데 이 두 가지 명제 중에서 하늘의 최종적인 선택이 무엇인지 고민하기 시작했다. 이러한 고민과 동시에 문재인으로부터 김대중 등 좌파적 색채를 느끼기 시작했다.

나는 드디어 2012년 9월 25일부터 매일 KTX를 이용, 상경(上京)하였고 오후 6시 경에 來田하였다. 9월 25일부터 11월 15일까지 서울에서 새누리당 핵심의원 및 박근혜 후보 핵심 참모를 만나 직접 전략안을 전달하였고 극소수 새누리당 관련 핵심 세력에게는 교신 후 그 비서를 통하여 간접 전달한 바 있으며 그 숫자는 김무성 중앙당 선거대책위원회 총괄본부장 등 10여 명에 이른다.

남들이 보면 박근혜 후보가 당선되면 열매를 따기 위해 그런다고 손가락질하겠지만 이전투구(泥田鬪狗)하는 정치판에서 한자리 차지한다는 것이 어디 뜻대로 되는 일인가. 자타가 핵심세력이라고 공인하는 자들도 논공행상(論功行賞)에서 밀려나는 것을 한두 번 보아왔던가?

그 후 10여 명 중 누구를 통하여 '대통령 선거 득표 전략방안'을 전달받았는지 새누리당 박근혜 후보는 2012년 11월 21일 18:00 MBN방송에서 '경찰수사권 독립을 약속합니다.'는 구두공약을 발표하였고, 문재인 후보도 2012년 11월 29일 18:00 MBN에서 경찰수사권 독립을 발표하게 되었다.

나는 그 후에도 박근혜후보의 전국 유세현장을 따라 다니며 여론 동향의 추이를 관찰했으나 대부분의 지역이 문재인 후보와 백중지세였다. 다만, 11월 23일 14:00 대구농수산시장 유세에서만 박근혜 후보의 압도적 우세를 한눈에 판단할 수 있었을 뿐이었다. 나는 불안한 마음을 달래기 위해 11월 27일 14:00 논산 화지시장에서는 상인으로 가장하여 박근혜후보에게 편지를 건네주었고 박후보는 그 편지를 핑크색 잠바 우측 주머니에 집어넣었다. 그 내용은 「전국 경찰을 대상으로 경찰수사권 독립을 다시 한 번 선언해 주십시오.」하는 것이었다. 그러나 박근혜후보는 다시 경찰수사권 독립에 대한 선언은 없었다.

박근혜 후보나 문재인 후보가 2012년 대선 당시 득표효과의 극대화에 부심하였다고 하나 '경찰수사권 독립'이라는 전략안의 득표효과에 대하여 전혀 그 실체를 파악하지 못한 것으로 생각된다.

특히 율사 출신인 문재인 후보는 검찰과 경찰의 수사권 조정에 관하여 수사의 권한은 기본적으로 경찰에 있고 검찰은 기소권만 행사하는 것이 정상적인 모습이라고 주장하면서도 개혁대상을 경찰과 검찰 모두로 확정함으로써 경찰의 득표효과를 호도 내지는 간과하였으며 이것이 대선에서 패배한 직접적 원인이다.

문재인 후보는 경찰수사권 독립이 검찰개혁의 실체라는 주장을 했어야만 했다. 경찰수사권 독립이 되면 검찰개혁은 무용한 절차이며 검찰은 기소권만 행사하게 될 것이고 자동적으로 개혁될 것이기 때문이다.

2012년 대선, 하늘은 문재인에게 당선의 우선권을 주었다

박근혜 후보는 2012년 11월 21일 18:00 MBN 방송에서 '경찰수사권 독립을 선언합니다.'라고 공표하였다. 이어 문재인 후보도 일주일 뒤인 2012년 11월 29일 18:00 MBN 방송에서 '경찰수사권 독립을 약속합니다.'라고 발표하였다. 이 역사적인 발언은 2012년 대선에서 어떤 결과를 가져왔을까?

양 후보가 경찰 및 경찰 관련 세력으로부터 어느 정도 득표하였는가를 계량화할 수 없기 때문에 각 후보의 경찰 및 경찰관련 득표수를 산정할 수는 없지만 각 후보가 각각 이들 세력으로부터 100만여 표 또는 75만여 표를 획득한 것으로 추정된다는 여론이 퍼져있는 것으로 보인다.

그러나 어느 한 후보만이 경찰 및 경찰관련 세력의 득표수를 독점하지 못하고 득표수가 양분(兩分)되었으며 이것은 어느 한 후보자에게 표를 몰아주고 승리할 수 있는 기회를 원천적으로 봉쇄하는 결과를 가져왔다.

따라서 양 후보 중 어느 한 후보만 독자적인 경찰수사권 독립을 선언하였다면 제18대 대통령 선거는 도표에서 예시하는 바와 같이 승패의 양상이 달라졌을 것이다.

경찰은 비간부는 물론이지만 간부나 고위 간부들도 이제는 정치와는 보이지 않는 두꺼운 장벽이 쳐진 지 오래이고 누가 대통령이 되어도 경찰은 정치와는 무관하다는 가치관이 정립된 것같다. 정치권이

들어설 때마다 경찰수사권 독립의 긍정적 검토를 경찰 수뇌부에 대해서만 약속하며 이미 50년 동안이나 우려먹었기 때문이다.

그런데 대통령이나 국회의원 선거에 있어서 그들의 당선을 돕고있는 참모들에 대하여는 미친 사람과 정상인을 구별해 내기는 무척 어려워진다. 선거에서 정치인 선발기준은 유권자의 득표이다. 따라서 유력한 참모의 자격요건은 득표를 많이 할 수 있는 능력의 소유자라 할 것이다. 선거, 특히 대통령 선거에서 여·야를 불문하고 소위 실세 참모들은 대통령 당선의 득표와는 상관없이 자신의 조직확장이나 인기관리에만 열을 올리면서 득표요인을 무시하다가 대통령 입후보자를 낙선시켜 버리기도 한다. 일반의 사회통념에 따른다면 이런 사람을 미친 사람, 미친 참모라고 불러도 좋을 것이다. 입후보자를 망쳐버리는 자이기 때문이다.

정치계에서는 기발한 선거 전략안을 제시하여 득표요인을 창출하는 자는 정치에 이용만 당하는 것이 현실이다.

정치세계에서 건전한 정상인이란 단단하고도 확실한 세력 뒤에 줄을 서는 자를 말한다. 정치계에서 건전한 정상인은 자기가 믿고있는 정당의 입후보자가 당선되면 유력한 참모그룹과 동시에 부상하고, 만일 불행히도 입후보자가 낙선하면 다음 기회를 기약할 수 있다. 따라서 정치세계에서 줄을 서고자 하는 가장 중요한 이유는 대통령 입후보자가 당선뇌어도 실세진영에 줄을 서지 않으면 입후보자가 낙선한 것과 동일한 효과가 발생할 뿐이므로 자신의 출세나 이해관계에 직접적인 영향력을 행사하기 위한 의도로 분석된다.

이러한 관행에 익숙해 있는 우리 정치계는 국회의원은 물론이고 대통령 당선인조차도 자신이 당선된 전략·전술의 실체와 당선의 구체적 원인이 무엇이며 당선에 주요한 역할을 수행한 인물이 누구인지조차 모르고 실세 참모그룹의 판단에만 의존할 뿐이다. 따라서 실세 참모그룹에 줄을 선 참모들은 대통령 당선의 목표보다 실세 참모그룹 진용의 눈치를 더 중요시하는 모습과 부조리에 초점이 맞추어 있는 것이다.

경찰수사권 독립의 전략안도 그것이 어느 정도의 득표효과를 가져올 것인가라는 최고의 가치관에 입각한 득표효과 거양보다는 실세진용의 누가 반대한다는 생각과의 마찰을 고려, 실세진용의 참모와 의견 조율을 거치는 과정에서 박 후보의 경찰수사권 독립 선언이 진통을 겪은 후 뒤늦게 겨우 발표되었다 한다.

2012년 대통령 선거에서 새누리당 실세 진용의 유권자들과의 연계관계나 유권자를 통한 전략·전술 수집능력은 아주 소극적이고 부진하였다고 생각된다. 박근혜 당선인과는 물론이지만 새누리당 실세진용과 유권자들과의 접촉 자체가 차단되었다는 것은 잘 알려진 사실이다.

이에 반해 민주통합당은 오픈프라이머리(open primary) 과정에서 유권자들과 문 후보나 참모들과의 접촉이 자유스러웠기 때문에 득표효과를 거양하고 새누리당과의 득표 차이를 상당히 좁힌 것으로 판단된다는 것이 일반적인 여론이다. 이러한 민주통합당의 개방적이고도 적극적인 전략·전술에도 불구하고 새누리당이 근소한 차로 승리하게 된 원인은 크게 두 가지로 분석해 볼 수 있다 하겠다.

우선 첫째로 노인표 중에서도 박정희 전 대통령을 존경하는 노인고

정 향수표 200만표, 둘째로 경찰 및 경찰관련 득표 100만표가 문재인 후보를 따돌린 결정적 승리의 원인이 되었다고 보여진다.

두 번째의 경찰 및 경찰 관련 득표는 문재인 후보도 100만표 정도의 득표를 한 것으로 추정되며 양 후보에게 득표수가 비슷하게 양분되었지만 노인 고정표에서 박 후보가 문 후보를 200만표 이상 앞지르게 되었으므로 결국 승패가 여기서 갈리게 되었다.

그러나 문 후보가 경찰 및 경찰관련 득표에서 60만표 이상을 앞섰다면 승패는 뒤바뀌어 문 후보가 승리했을 것이다. 따라서 문 후보의 결정적 패인은 경찰수사권 독립을 독자적으로 선언하여 경찰 및 경찰관련 득표수를 확보하지 못한 것이라 생각한다.

원래 경찰 및 경찰 관련 예상 득표수는 300만 표의 예측이 가능(拙稿:대통령 선거 득표 전략방안 참조)했지만 박 후보가 2012년 11월 21일, 문 후보가 2012년 11월 29일 각각 MBN 방송에서 경찰수사권 독립을 발표한 결과 경찰 및 경찰 관련 득표수가 200만표 정도로 감소되었고, 그 득표수는 양 후보가 차별화된 득표를 획득하지 못한 채 비슷한 득표수로 양분된 것으로 판단된다. 경찰요원 10만명은 거의 매일 사람들과의 접촉을 통한 정보활동이 그들의 일상 업무이므로 대략 경찰 1명이 사람들 10여명 정도와는 가까운 인간관계 및 꾸준한 신뢰관계를 유지해오고 있다고 볼 수 있다.

따라서 2012년 대선에서 양 후보 중 어떤 후보가 경찰수사권 독립을 독자적인 정책공약으로 선언하였다면 300만표 중 20%를 경찰 및 경찰 관련 이탈 득표수로 잡더라도 240만표 득표는 가능하였으므로 선거결과의 양상은 크게 달라졌을 것이다.

한편, 경찰 및 경찰관련 득표수가 300만표가 아니라 200만표나 150만표밖에 되지 않았다고 가정하더라도 동일한 결과가 될 것이며 양 후보의 당락은 뒤바뀔 수 있었다는 사실은 다음의 가정적인 도표로 충분히 논증되리라 믿는다.

경찰 및 경찰관련 득표수가 300만 표가 되지 않는다면 200만 표나 150만 표는 될 것이다. 이 3가지 가정적인 득표수는 절대 벗어날 수 없을 것이다. 왜냐하면 경찰 및 경찰관련 득표수가 150만 미만이 되는 경우는 경찰의 업무능력을 제로(0)로 보거나 업무영역을 무(無)로 보고 있기 때문이다. 다시 말하면 매일 출근한 후 외근활동을 통하여 사람을 만나는 것을 일상업무로 하고만 있는 경찰 업무의 특성상 논리적 타당성이 없기 때문이다.

〈박근혜 · 문재인 양 후보의 가상득표 변수〉

도표 1. 박근혜 · 문재인 후보가 동시에 경찰수사권 독립을 선언한 경우

대통령 입후보자 / 경찰 및 경찰관련 예상투표자수	박근혜 예상 득표자수	문재인 예상 득표자수	두 후보간 총득표격차	승패결과
경찰 및 경찰관련 투표자수 : 300만표일대	150만	150만	108만	박근혜 승
경찰 및 경찰관련 투표자수 : 200만표일대	100만	100만	108만	박근혜승
경찰 및 경찰관련 투표자수 : 150만표일대	75만	75만	108만	박근혜승

※ 박근혜 · 문재인 후보가 경찰 및 경찰관련 투표수 중 각 50%를 취득했다고 예상.

도표 2. 박근혜 후보만 독자적으로 경찰수사권 독립을 선언한 경우

대통령 입후보자 / 경찰 및 경찰관련 예상투표자수	박근혜 예상 득표자수	문재인 예상 득표자수	두 후보간 실제 총득표격차	두 후보간 가상 총득표격차	승패결과
경찰 및 경찰관련 투표자수 : 300만표일대	240만	60만	108만	348만	박근혜 승
경찰 및 경찰관련 투표자수 : 200만표일대	160만	40만	108만	268만	박근혜승
경찰 및 경찰관련 투표자수 : 150만표일대	120만	30만	108만	228만	박근혜승

※ 박근혜 후보가 경찰 및 경찰관련 투표수 중 80%를 취득했다고 예상.
(20%는 상대 후보에 흡수되는 이탈표로 예상)

도표 3. 문재인 후보만 독자적으로 경찰수사권 독립을 선언한 경우

대통령 입후보자 / 경찰 및 경찰관련 예상투표자수	박근혜 예상 득표자수	문재인 예상 득표자수	두 후보간 실제 총득표격차	두 후보간 가상 총득표격차	승패결과
경찰 및 경찰관련 투표자수 : 300만표일대	60만	240만	108만	132만	문재인 승
경찰 및 경찰관련 투표자수 : 200만표일대	40만	160만	108만	52만	문재인 승
경찰 및 경찰관련 투표자수 : 150민표일대	30만	120마	108만	12만	문재인 승

※ 문재인 후보가 경찰 및 경찰관련 투표수 중 80%를 취득했다고 예상.
(20%는 상대 후보에 흡수되는 이탈표로 예상)

경찰 및 경찰관련 득표는 한국 최대의 유권자 집단이다. 그럼에도 불구하고 박 후보는 검찰개혁과 경찰수사권 독립의 실체 및 득표에 미치는 영향력에 대하여 정확한 판단을 하지 못한 것으로 생각된다. 물론 분·초를 다투는 막판 선거기간 중 득표에 대한 영향력 유무나 정도를 파악할 정신적·기술적인 여유가 없다는 데에도 그 이유가 있을 것이지만 법과대학을 나온 율사 출신의 문재인 후보까지도 검찰개혁과 경찰수사권 독립의 실체 및 득표의 파급효과를 예상치 못한 채 천재일우의 기회를 놓쳐버리고 뒷북을 친 것을 생각해본다면 법률전문가가 아닌 박후보의 치밀한 성격과 지혜가 아무리 출중하다해도 역시 인간은 누구나 허점이 있다는 것을 인정하지 않을 수 없을 것이다.(박근혜 후보가 2012년 11월 21일 경찰수사권 독립을 선언하고, 문재인 후보는 2012년 11월 29일 경찰수사권 독립을 선언하면서 뒷북을 두드렸다.)

검찰개혁과 경찰수사권 독립의 상관관계

1. 검찰개혁의 목적 및 그 타당성 여부

검찰개혁에서 검찰은 주로 검사를 의미한다. 검찰 공무원은 검사의 수사업무를 보조하는 자이기 때문이다. 검사는 증거를 수집하여 범죄를 수사하고 공소를 제기하며 그 유지에 필요한 행위를 하는 권한을 가지고 있는데 이 권한 행사가 동시에 검사의 임무라 하겠다.

요컨대 검사의 임무는 수사권과 기소권이라고 할 수 있다.

검찰개혁에서 검찰을 개혁하려는 목적이나 이유는 무엇인가?

국가는 검찰이 이제까지 수많은 부정부패와 비리에 연관되어 왔고 이제는 더 이상 검찰의 연결고리를 방치할 수 없으며 그 고리를 끊어야만 부정부패를 척결하고 비리를 예방할 수 있으며 국민의 권리와 이익을 보호할 수 있는 최선의 방책을 수립할 수 있다고 굳게 믿고 있기 때문이다. 부정과 비리의 연결고리는 다름아닌 검찰, 특히 검사가 가진 수사권이다.

수십년 전부터 검사의 뇌물 수수사건 등의 비리는 끊임없이 이어져 왔으므로 새삼스러운 일은 아니지만 최근에만 하더라도 2010년 스폰서 검사사건, 2012년 대선일에 임박하여 김광준 부장검사의 뇌물 수수사건, 전모 검사의 성폭행 사건 등 사건의 비리가 연속하여 터졌다는 데서 검사의 비리는 국민을 경악케 하고도 남았다. 현재 검찰에서 추진하고 있는 검찰개혁의 목적이나 대상은 한마디로 제도적·지엽적 개혁을 통하여 수사권과 기소권을 계속 행사하겠다는 복안인 것 같다. 예컨대 대검 중수부를 폐지하고 대검 중수부의 역할을 서울 중앙

지방검찰청에서 맡게 함으로써 그 이름만 바꾸는 식이다. 이것은 근본적인 개혁이 아니므로 검찰개혁의 목적이 될 수 없으며 타당하지 않다. 모름지기 근본적인 검찰개혁을 하려면 검사는 공소권만 행사하고 수사권은 경찰에 넘겨야 할 것이다.

검찰개혁의 주체는 정부의 정책 결정권자와 입법자가 되어야 할 것이며 검찰은 개혁의 대상일 뿐이다.

이제까지 검사는 범죄자가 처벌받아야 함에도 불구하고 돈을 받고 그 반대급부로 무혐의 처리하고, 비싼 의류를 받고 훈계 방면하였으며, 성접대를 받고 수사하지 않는 등 보통 사람들도 감히 못하는 짓을 서슴치 않고 해왔다.

2010년 스폰서 검사사건의 저자 (정용재)의 말대로 부정과 비리의 대명사인 검사는 그 위신이 추락할 대로 추락하여 대한민국 그 어느 곳에 가서도 '검사'라는 명함을 내보이기가 사실 남부끄럽다는 것은 자타가 공인하는 바이다. 이제는 더 이상 대한민국 1900여 명의 검사는 권력유지의 수단으로 계속하여 수사권을 장악하여 경제적 이권의 끈을 놓지 않겠다는 망상을 버리고 인간으로서의 최소한의 윤리와 도덕을 갖추고 세상을 살아가겠다는 자세를 정립해야 할 것이다.

주지하는 바와 같이 수수란 내사·잠복·체포·연행·조사 등 일련의 수사과정을 총괄하여 말한다고 할 것이므로 범죄혐의가 확정된 뒤 법률검토를 통하여 공소여부만을 결정하는 검사가 수사를 좌지우지한다는 것은 건전한 상식적인 입장에서 판단할 때 누가 보아도 부당하다고 하지 않을 수 없다. 범죄혐의가 있다고 판단할 때 내사하고 잠복·체포·연행·조사 등 일련의 중요하고도 고통스러운 수사활동을 경찰이 담당하고 있다는 것은 국민이 다 알고 있는 사실이다.

또한 검찰은 수사인력이 없기 때문에 이들 경찰의 협조 없이는 수사를 할 수 없다는 사실을 검사도 잘 알고 있다(이른바 손·발 없는 머리). 일반적으로 수사사건의 97~98%를 경찰이 담당하고 있다. 더욱 웃기고 놀라운 일은 검찰청에 접수되는 사건까지도 그 대부분을 경찰에 이첩하고 정치인 사건이나 기업체 회장 혐의사건 등만을 골라서 검찰이 수사하고 있는 것은 무슨 저의가 있는 것인지 많은 사람들은 곱지 않은 시선으로 보고 있지만 대부분의 국민도 그 저의에 대한 판단은 이미 하고 있는 것 같다. 그럼에도 불구하고 부정부패를 척결하고 국민의 자유와 권리를 보호해야 할 정부나 정치권에서는 검찰비리를 방관한 채 검찰개혁을 검찰자체에 맡기고 있다는 것은 고양이에게 생선가게를 맡기는 꼴이 아닐 수 없다.

검찰은 범죄수사에서 정말로 고통스럽고 어려운 일은 경찰에 떠넘기며 나 몰라라 하면서 왜 수사권을 계속 가지고 이니시어티브(주도권)를 행사하고자 하는 것일까? 그것은 한마디로 밥그릇 싸움일 뿐만 아니라 부당한 경제적 이권과 권력의 끈을 놓치기 싫어서일 것이다. 현실적으로는 경찰보다 수사와 깊은 관련성이 적다해도 검사가 기소권만 행사한다면 경제적 이권이나 권력의 조직에서 멀어지기 때문일 것이다. 이러한 발상은 국가와 국민에 대한 명백한 배신행위이다. 자신의 부낭한 경제적 이권이나 권력유지의 수단으로 국가의 조직비리를 방관 내지는 유지하는 행위이기 때문이다.

따라서 검사가 사법경찰관에 비해 수사와의 직접적이고도 현실적인 관련성이 적음에도 검사에게 수사의 주도권을 인정하는 것은 부당하며 당연히 사법경찰관에게 수사의 주도권이 인정되어야 할 것이다. 설령 사법경찰관에 주도권이 인정되어 검사에게 일어난 뇌물수수와 같은 부정부패 기타 비리가 경찰에게도 발생된다 하더라도 그것은 직접적인 자기 직무상의 공무원의 비리로서 엄단되어야 할 일이지만, 검사가 수사권을 행사하다가 일어난 비리는 현실적·직접적으로 수사권을 행사할 필요성이 적은 자가 잘못된 법률규정으로 수사 업무 수행상 발생된 결과이므로 차원이 다른 성질이라 할 수 있을 것이다. 여기서 잘못된 법률이란 형사소송법을 말하며 시급히 개정되어야 할 것으로 생각된다. 수사와 현실적·직접적으로 관련성이 적음에도 불구하고 법률적으로 수사의 주재자로 의제하는 것도 모순된 국가의 입법상 과오이며 다른 부처의 공무원을 검사가 지휘·감독하는 것도 부처간의 갈등과 충돌의 원인이 될 수 있을 것이다. 직접적인 수사업무와 관련되어 발생하는 사법경찰관의 수사비리는 고위 공직자 비리수사처 등의 기관을 신설함으로써 사후에 대처할 일이며 국민의 여망에 부응하는 담당업무의 명확한 한계만은 정책결정권자와 입법자가 시급히 결정해야 할 당면관제가 아닐 수 없다.

위와 같은 논리에 입각할 때 검찰개혁의 이유나 목적은 검찰이 계속 수사권을 행사하기 위한 미온적이고도 부당한 논리 전개의 호도로 판단되므로 근본적 개혁안은 될 수 없다고 본다.

2. 우리나라의 수사실태

(1) 수사란 무엇인가

일반적으로 수사란 범죄의 혐의유무를 명백히 하여 공소제기와 그 유지여부를 결정하기 위하여 범인과 증거를 발견·수집하는 수사기관의 활동이라고 한다. 형사소송법에 의하면 검사는 수사의 주재자이고 사법경찰관리는 검사의 보조기관이라고 규정(형사소송법 제195, 196조)하고 있다.

동법에 의하면 검사는 수사권·수사지휘권 및 수사종결권을 가지고 있다. 검사는 범죄혐의가 있다고 사료하는 때에는 범인·범죄사실과 증거를 수사하여야 한다(동법 제195조). 따라서 검사는 피의자 신문(제200조)·참고인 조사(동법 제221조) 등의 임의수사는 물론 체포(동법 제200조의 2)와 구속(동법 제201조), 압수·수색·검색(제215조 내지 제218조) 등의 강제수사도 할 수 있다.

사법경찰관은 독립된 수사기관이 아니라 검사의 지휘를 받아 수사를 행하는 검사의 보조기관에 지나지 않는다. 따라서 검사는 수사지휘권을 갖는다.

수사의 주된 목적은 공소제기의 여부를 결정하는데 있다. 공소의 제기 여부를 결정하는 수사종결권은 검사만 가지고 있다.(동법 제246~247조)

(2) 수사의 실태

이상 설명한 것은 형사소송법이라는 법률상 규정을 설명한 내용이고 실제상 수사의 실태는 어떠한가를 살펴보는 것이 중요할 것이다.

모든 사물이나 사건은 이론과 실제가 일치해야만 이론의 효과를 극대화할 수 있고 사물이나 사건의 존재 이유와 타당성을 뒷받침할 수 있기 때문이다.

법률규정대로 수사의 주체가 검사이고 경찰은 수사의 보조기관이라면 대부분의 수사는 실제로 검사가 수사를 담당해야 하고 경찰은 단순히 보조만 해야할 것이나 현재 우리나라에서 거의 대부분의 일반 수사는 정확하게 표현하면 97~8%는 경찰이 담당하고 있는 것이 현실이다.

경찰 수사활동의 실태를 살펴보면 수사경찰이 외근 활동 중 범인을 발견하거나 범죄혐의의 증거를 발견·수집하는 적극적인 수사활동도 있겠으나 고소인이 억울한 사정이 있을 때 경찰이나 검찰에 출두하여 구두로 고소하거나 서면으로 고소장을 제출하면 경찰이나 검찰이 고소나 고소장을 접수하는 소극적인 수사활동도 있다. 이때 경찰청에 접수된 사건은 모두 경찰이 수사하며 검찰청에 제출된 고소사건은 검찰청에서 접수하나 사건의 대부분은, 정확하게 97~8%는 수사지휘라는 명분으로 분류하여 각 해당 경찰서에 이첩하고 있으므로 검찰에 접수된 고소사건도 실제로 거의 대부분 경찰이 수사하고 있다.

따라서 우리나라에서 일반 수사의 주체는 실제적으로는 경찰이고 검사는 수사의 보조기관이라는 것이 현실적으로나 감정상으로 맞는 말처럼 생각되며 일반 국민들도 그렇게 인식하는 것이 대부분인 것 같다. 검찰청에 고소장을 제출했다 해도 경찰서의 수사형사가 만나자고 고소인에게 연락을 하는 것이 대부분이고 검찰청의 검사가 고소인에게 연락을 하는 경우는 없기 때문이다.

검사의 수사활동은 이처럼 극히 제한된 2~3% 미만의 수사만 담당할 뿐 대부분의 수사사건을 수사지휘라는 이름하에 분류하여 각 해당 경찰서에 이첩하는 업무가 주종을 이룬다고 보아야 할 것이다. 그러면 검사가 담당하는 2~3% 미만의 수사업무란 도대체 무엇일까?

이제까지 밝혀진 바로는 대기업체 그룹 총수나 국회의원, 장·차관의 수사, 기타 사회의 이목이 집중된 사건 등이 그 주요 메뉴가 될 것 같다. 수사 대상자를 그렇게 한정하는 이유나 목적이 무엇인지에 대하여 뚜렷히 밝혀진 바는 없다. 그러나 일반인들은 검찰이 그러한 유명인사를 수사함으로써 검사의 명성을 거양하는 동시에 검찰은 중요 사건을 수사하고, 경찰은 잡범을 수사한다는 인식을 국민들에게 각인시키고자 하는 저의라고 추정하는 것같다.

따라서 국민의 이러한 추정적 판단을 살펴본다면 검찰은 국민이 그렇게 어리석지 않다는 것을 알아야 한다. 국민들도 일반 평검사는 경찰서의 수사과장(경정)과 비슷한 지위에 있다는 것을 대부분 알고 있다.

검사가 상기 거명한 대상자를 수사한다고 검사의 지위가 높아지고 경찰서 수사과장이나 경찰간부는 지위가 낮다고 일반인들은 생각하지 않는다. 사법시험에 합격하여 검찰로 가면 검사가 되고, 경찰을 원하여 경찰에 보직되면 경정(사무관 급)으로 경찰서 과장이나 지방경찰청의 계장에 해당된다는 것을 소상히 알고 있다. 따라서 이러한 논리에 입각해 볼 때 평검사는 경찰 등 일반 행정관청의 사무관(사법부의 일반 평판사도 동일한 지위로 인식할 수 있다.)과 동급이라고 본다면 크게 무리한 해석은 아니라고 평가된다.

이러한 사실을 거론하는 이유는 경찰서에 고소를 제기한 고소권자가 경찰서 수사과장이나 기타 그 이상의 경찰간부를 만나려면 자연스럽게 만날 수 있을 뿐만 아니라 담당 형사의 수사 지연이나 잘못된 수사내용의 시정을 촉구하는 등의 역할을 요청함으로써 수사의 공정성과 적극적인 수사진행을 조성할 수 있다. 그런데 검찰에 고소를 제기한 고소권자가 담당 검사를 만나려 하면 업무가 바쁘지 않음에도 불구하고 고소권자를 만나지 않는 것은 물론이고 검찰 직원을 통하여 사건 이첩 경찰서에 고소권자를 연결시켜 주는 것이 고작이기 때문이다.

경찰서 수사과장은 고소권자를 만나 수사상 협조와 상황설명을 해 주나 검찰청의 담당검사는 경찰서 과장인 사무관과 동일선상의 지위에 보직된 자임에도 고소권자 접촉을 회피하는 이러한 양태는 어떠한 이유일까?

고소권자와의 접촉을 회피함으로써 경찰서 수사과장과의 차별화를 시도하여 검사의 명성을 거양하려는 목적일까. 그렇지 않으면 그저 국민의 혈세를 공짜로 타먹고 편안히 지내자는 것일까?

하긴 검사가 고소권자를 만나 수사상황을 설명해 준다는 것은 경제적인 이권이 생기는 것도 아니고 골치만 아프기 때문일지도 모른다. 그러면 경찰서 수사과장 등이 고소권자를 만나 수사상황을 설명해 주는 것은 그들이 바보이기 때문에 그런 것은 아닐 것이다. 자신의 직무에 충실하기 위한 것이며 그러한 직무수행이 공무원의 최소한의 의무이기 때문이다.

검사가 검찰청에 접수된 고소권자의 고소사항에 대하여 고소권자를 만나 수사상황을 설명하지 않고 경찰서에 미루는 행위는 법률규정에 의한 직무유기죄의 구성요건 해당성과 위법성에 해당하는 지의 여부는 별론으로 하고 공무원의 최소한의 정치적·윤리적인 의무에 위배되는 것은 아닌지 국민의 입장과 정책 결정권자의 입장에서 냉정하고 신중히 검토해 볼 가치가 있을 것이라 사료된다.

(3) 우리나라 수사기관의 존재여부

우리나라 일반 수사기관으로는 형식상으로 경찰청과 검찰청이 있다. 일반 형사사건은 고소인의 고소가 있으면 고소인으로부터 고소장을 접수한 후 피의자를 불러 피의자 자필 진술서를 받고 범죄혐의가 있다고 사료되면 피의자 신문조서(약칭하여 피신조서라 한다.)를 받는다. 그런데 조서라는 것은 국가기관이 작성하는 공문서인 것이다.

따라서 피신조서는 수사기관이 피의자를 신문한 결과 범죄가 될 만한 사실을 발견하였을 경우 그것을 조서에 기재하여 재판자료로 활용하기 위한 것이다. 그러나 현재 수사기관(경찰서가 대부분)에서 피신조서를 작성할 경우 피의자를 신문하여 피의자가 진실을 말하도록 유도하는 것이 아니고 피의자가 거짓된 진술을 하더라도 그대로 인정하고 조서에 기재하는 것이 보통인 것 같다.

물론 살인, 강도, 절도, 방화, 미성년자 성폭력 등 소위 강력범은 예외이지만 강력범죄 이외의 일반범죄에서 피신조서는 피의자를 신문하고 범죄사실의 발견을 통하여 해당사실을 정확히 조서에 기재, 범죄혐의를 규명함으로써 구체적 정의를 실현하려는 기능을 가지고 있으나 경찰은 이러한 역할을 포기한 것 같다. 따라서 사법경찰관은 일반범죄 사건에서 피의자 및 참고인과 접촉할 경우 거의 기계처럼 빠르고 무감각하게 피신조서나 참고인 진술조서를 피의자나 참고인이 불러주는 대로 그대로 기재하고 고소인의 고소내용과의 관련성 여부에 대하여는 알거나 관여할 필요가 없다는 태도이다.

이러한 방관적인 수사실태로 인하여 현실적으로는 수사과정에서 고소인이 피의자가 되는가 하면, 폭행·상해나 교통사고 피의자가 피해자로 둔갑하기도 한다. 이처럼 법치국가의 모습이 반법치·반민주적으로 변모되어 경찰과 검찰이 대립해 온 것은 벌써 반세기가 지났다. 이러한 원인은 사법경찰관의 개인적인 정의관과 윤리관에도 그 원인이 있겠으나 검사의 경찰관에 대한 부당한 업무지시나 재수사 지시에 의한 마찰과 충돌이 근본적 원인이라 할 것이다.

2012년 10월 발생된 김광준 부장검사의 수뢰사건도 검찰과 경찰의 충돌사건을 보여주는 것인 바 김광준 검사의 수뢰사건을 적발해 낸 것이 바로 경찰이기 때문이다. 이제는 경찰과 검찰의 충돌은 돌이킬 수 없는 견원지간이 된 지 오래이고 박근혜 정부의 최대 현안문제는 바로 경찰과 검찰의 수사권 조정이 될 것이며, 이는 경찰수사권 독립으로 해결하는 이외에는 방법이 없을 것이다.

경찰은 수사에 대하여 소극적이고 검사는 정치인이나 기업체 회장 등 지명도 있는 인사 이외의 피신조서나 참고인 진술조서의 작성에 대하여는 모두 경찰에 내맡기고 관심조차 없기 때문에 수사상 피해를 보는 것은 고스란히 국민의 몫이다. 비록 형식상으로는 경찰청과 검찰청이라는 수사기관이 두 개나 있으나 강력범죄 이외의 일반범죄에 대해서 경찰은 소극적인 자세로 수사를 해도 그만, 하지 않아도 그만이라는 태도를 견지하고, 검찰은 경찰수사상황을 통하여만 대처하고 있을 뿐이므로 사실상 수사기관이 존재하지 않는다고 보는 것이 정확하다고 할 수 있을 것이다.

경찰이 수사에 대하여 소극적인 자세로 임하고 있는관행은 이미 언급한 대로 검사의 경찰관에 대한 부당한 업무지시나 재수사 지시에 의한 마찰과 충돌에 의한 것이라고 보아야 할 것이며, 검찰 특히 검사는 부당한 업무지시나 재수사 지시에 의하여 경제적 이권 등의 새로운 적극적 비리관계를 창설하는 계기를 조성함으로써 소극·적극적인 양면에서 대한민국의 정상적 수사기능은 정지되고 썩어 문드러진 지가 오래되었다고 일반적으로 알려져 있다.

이러한 수사기능의 정지는 개인적으로는 법의 보호를 받지 못하거나 불이익을 강요당하는 것은 물론이고 국가적으로는 부정부패 세력이 창궐하여 국가를 파멸시키게 될 것임은 자명하다고 판단된다.

물론 살인·강도·방화·미성년자 성폭력 등의 강력범죄에 대하여 수사기능이 정지되지 않고 돌아가는 것은 그것마저 정지된다면 검사나 수사관의 무더기 구속사례가 발생되고 무법천지가 되어 국가위기 사태가 발생될 수 있기 때문일 것이다.

검찰이 이제껏 경찰수사권 독립을 결사적으로 반대해 왔던 것도 물론 여러 가지 이유가 있다고 말하고는 있지만, 사실 중요한 이유는 비록 현실적으로 수사를 직접 하는 경우는 많지 않아도 수사의 주재자라는 지위를 상실하게 된다면, 권력유지의 끈을 놓치게 됨으로써 경제적 이권을 상실하게 된다는 것 때문일 것이다.

그러나 부정부패 척결과 국가 백년대계의 꿈을 실현하기 위해서 검찰은 이제는 권력유지의 끈을 내려놓고 부정한 욕심을 버리고 극기(克己)해야 하는 수도승의 자세로 돌아가 수사권을 경찰에 넘겨주고 기소권만을 행사하는 것이 진정 검찰 자신을 구하고, 국가의 정의를 실현할 수 있는 길임을 명심해야 할 것이다.

수사권을 경찰에 넘겨준다는 것은 이미 여러 곳에서 언급했지만 바로 경찰수사권 독립인 것이다. 경찰수사권 독립이 되면 경찰은 수사권, 검찰은 기소권을 행사하게 될 것이고 양 기관은 대등협력관계를 유지하게 될 것이다. 검사가 수사의 주재자로 계속 남아있어 경제적 이권과 명성을 거양한다고 해보아야 결국에는 부정부패의 오명을 뒤집어 쓰고 말았던 일이 어디 한두 번 있어 왔던 일인가!

이제는 경제적 이권과 명성에 대한 욕망을 내려놓고 부정부패에 대한 유혹을 끊어줄 때가 되었다.

검사와 검사 출신의 변호사 등 이익단체의 경찰수사권 독립 반대의 이론적 근거로써 과거에는 경찰은 검찰에 비해 법률지식이 부족하므로 국민의 인권보장과 공정성의 측면에서 시기상조라는 주장이 대세를 이루었고, 지금도 그 이론을 일부세력이 주장하고 있으나, 결국 이들의 주장도 검찰이 권력유지의 축으로 남아 있어야만 자신들의 명성을 거양하고 행세할 수 있다는 자기보호의 사고 방식에 기인한 것으로 보인다.

그러나 이제는 경찰도 사법고시 출신 및 이와 대등한 실력의 행정고시 출신이 경찰에 포진하고 있으며 막강한 경찰대학 출신이 대거 배출되어 있기 때문에 검사와 경찰 간부 간에 있어 실력은 거의, 비슷하다고 보는 것이 일반적 시각이므로 경찰수사권 독립의 시기상조설은 그 명분을 잃었다고 보아야 할 것이다.

결론적으로 우리나라 수사기관의 업무조정은 경찰은 수사권, 검찰은 기소권을 행사하는 것으로 조정되어야 할 것이며 그 방법은 정부의 정책결정권자와 입법자가 협의를 거쳐 경찰 수사권독립의 입법화를 시급히 추진해야 할 것이다. 2012년 대선에서 새누리당의 박근혜 대통령과 민주당의 문재인 후보의 정책공약이므로 이 약속을 번복할 수는 없을 것으로 보이며, 이 약속을 실천하는 것만이 부정부패를 척결하고 대한민국의 정의를 구현하는 초석이 될 것임을 믿어 의심치 않는 바이다.

(4) 경찰 및 검사의 기능

경찰 및 검사의 기능을 한 마디로 규정해 본다면 경찰은 수사기능을, 검사는 법률을 적용하는 기능으로 구분되어야 할 것이다.

수사란 내사·잠복·체포·연행 등의 활동을 통하여 법률을 적용하여 기소하는 것이므로 외근활동이 중심이 되어야 한다. 따라서 내사·잠복·체포·연행 등의 외근 수사활동에 관여치 않는 검사는 수사와는 관계없이 법률을 적용하는 내근활동이 중심기능이므로 마땅히 수사 이외의 기소업무만 담당하는 것이 타당하고 효율적이다.

(5) 검찰의 독립성을 주장하는 변호사와 야당의원의 독선

검찰 출신의 박찬종 변호사는 2013년 9월 19일 10 : 00 TV 조선과의 인터뷰에서 2012년 대선 후보 당시 박근혜 대통령이 검찰을 방문하여 검찰의 독립과 지위를 보장해 주겠다고 약속하였음에도 청와대가 검사를 보호하고 이익을 대변해 준 채동욱 검찰총장을 찍어냈기 때문에 검찰의 독립성이 침해되었고 따라서 청와대와 박대통령의 의사에 동의할 수 없다고 발언한 바 있으며, 강지원 변호사도 채동욱 검찰총장 혼외자 사건에 대해서 검찰의 독립성을 흔들려는 저의라는 주장을 한 바 있었다.

또한 상기 두 변호사는 채 총장을 경질한 것은 검찰의 독립에 관한

약속 위반이라고 강변하였다.

한편, 민주당 전병헌 의원은 박대통령이 채동욱 총장을 문제삼아 총장직을 그만두게 한 것은 검찰을 장악하기 위한 수단이라고 말하고, 김한길 전 민주당 대표는 채동욱 검찰총장에 대하여는 캐도 캐도 미담만이 나온다는 낯간지러운 발언까지 하였다. 대통령이 검찰총장이나 검찰을 장악하지 못하면 어찌 대통령직을 수행할 수 있겠는가? 또한 야당대표가 행정부 고위 공무원인 검찰총장을 비호하는 것도 무슨 저의가 있는 것인지 알 만한 국민은 다 알고 있는데 검찰총장을 공개적으로 비호하는 것도 한심한 작태라 할 수 있다.

이들 검찰출신 변호사와 야당 의원들의 발언이 결과론적으로 채동욱 전 검찰총장에 대한 사태파악이 전혀 안된 상태에서 자신이 속했던 조직을 보호함으로써 자신의 명성을 거양하고 행세할 수 있다는 취지이거나 또는 자기 소속 정당의 당리 · 당략을 위한 소아적(小我的) 발언이었다는 것이 증명된 것일 뿐이다.

박근혜 대통령이 새누리당 대통령 후보 당시 검찰의 독립과 지위 보장을 약속한 것은 검사로서 인간적인 자격이 있고 윤리적인 품격을 갖춘 범위에서의 검찰의 독립과 지위보장을 말하는 것이지, 윤리적 · 정치적 · 법적인 면에서 문제가 있는 검사나 검찰을 보호하는 대통령이라면, 대통령으로서의 자격을 스스로 포기하는 것이라고 해야 할 것이다.

따라서 채동욱 사건과 관련하여서는 검찰의 독립성이라는 말이 나와서는 안되고 채동욱 전 총장의 행위에 대하여는 검찰 모두가 부끄러워 몸 둘 바를 몰라해야 할 입장이며, 박대통령이 대선 전 검찰에게 검찰의 독립성과 지위를 보장하겠다고 한 약속과 채동욱 전 총장 사건과는 아무 관련이 없는 별개의 사건일 뿐이다.

청와대나 법무부의 이번 채동욱 전 총장에 대한 면직결단은 지극히 정당하며 박찬종 씨 등 4명의 채동욱 전 총장에 대한 변호적인 발언은 사태를 전혀 파악하지 못한 그릇된 주관적인 편견에 불과하며, 그들도 자신들의 과오를 반성하고 있으리라 짐작된다.

3. 검찰개혁 대상의 범위와 경찰수사권 독립의 상관관계

진술한 바와 같이 검찰의 근본적인 개혁이 검사가 수사권을 포기하고 기소권만 행사하는 것이라면 경찰수사권 독립은 필요없는 것이고, 무의미한 형식적 절차가 될 뿐이다.

그러나 검찰개혁이 수사권과 기소권을 모두 행사하는 범위 내에서 미온적이고 소극적 개혁이라면 검찰개혁 따로 경찰수사권 독립 따로 양자의 병존관계가 설정되어야 할 것이다. 그런데 양자의 병존관계는 이론상으로만 가능하고 경찰수사권 독립이 인정된다면 검찰개혁은 그 존재 의미를 상실한 것으로 보인다. 왜냐하면 경찰수사권 독립이라는 경찰개혁이 인정된다면 검사는 수사인력이 없어지고 검찰의 수사권은 군인 없는 군대와 같이 무력화될 것이며 검찰기능은 자동적으로 공소제기권으로 한정, 검찰개혁은 그 필요성이 소멸되기 때문이다.

결론적으로 정부의 정책결정자와 입법자들이 경찰수사권 독립의 합의를 결정한다면 검찰개혁이라는 복잡하고 형식적인 입법절차를 거칠 필요는 없는 것이다. 검찰개혁이라는 입법 절차는 그대로 방치

하더라도 경찰수사권 독립 후 자동적으로 해결될 것이므로 경찰수사권 독립과의 관계에서는 전혀 무의미한 절차이기 때문이다.

4. 경찰수사권 독립에서 해결해야 할 문제점

원래 법률이란 국민의 권리와 이익을 위해서 존재하는 것이므로 잘못된 법률이 발견되면 법적 안정성을 해치지 않는 범위 내에서는 언제나 바르게 고쳐야 하는 것은 당연한 일이다.

박근혜 대통령이나 문재인 의원도 새누리당과 민주통합당 의원들의 절대적인 합의를 통하여 경찰수사권 독립을 선언하 바 있기 때문에 경찰수사권 독립에 따른 법률개정은 여·야의 합의사항이라고 보아야 할 것이다.

우선 형사소송법 개정 조문으로는 제195조와 제196조가 문제된다. 동법 제195조는 '검사는 범죄의 혐의가 있다고 사료하는 때에는 범인, 범죄사실과 증거를 수사하여야 한다'고 규정하고 있다 따라서 현행 형사소송법에는 검사만이 수사의 주체라고 명시하여 경찰에게는 수사 주체성을 인정하지 않고 있다. 그렇다면 현실은 어떠한가? 검사가 경찰 수사에 대하여 일일이 지휘할 수 없기 때문에 경찰은 사실상 자율적으로 수사를 하고 있다. 뿐만 아니라 검사는 현실적으로 범죄나 범죄자와 접할 기회가 없기 때문에 수사할 일은 없으며 거의 대부분을 사법경찰관이 수사하고 있다고 보아야 한다.

그렇다면 동법 제195조의 부당함은 다언을 요하지 않을 것이다. 왜냐하면 사법경찰관이 범죄의 거의 대부분을 수사하고 있음에도 경찰이 수사한 것을 간접적으로 접하는 검사만이 수사의 주체로 명시하고 경찰에게는 수사 주체성을 인정하지 않고 있기 때문이다.

따라서 경찰에게 현실적으로 수사권이 있는 것이 명백하므로 수사권의 기본규정인 형사소송법에 명문화하여 법적으로 명확히 하는 것이 법치주의 관점에서 타당할 것이며 동법 제195조는 '검사 또는 사법경찰관은 범죄 혐의 있다고 사료하는 때에는 범인, 범죄사실과 증거를 수사하여야 한다'로 개정되어야 할 것이다.

그러나 검찰은 국민의 자유와 권리를 보호하기 위하여 사법경찰관이 범인과 범죄사실을 적극적으로 수사해야 한다는 당위적 요청에도 불구하고 수사는 검사만 해야 한다는 형사소송법 제195조의 개정을 은근히 방해해 왔으며, 또한 입법자들도 마땅히 개정되어야 할 제195조의 법률조항에 대하여 돈이 생기는 일이 아니기 때문에 '나 몰라라' 하면서 방관적 자세를 취해왔던 사실에 대하여 우리는 실로 개탄을 금할 수 없는 일이다.

한편, 경찰 수사권 독립이 인정되면 경찰과 검찰은 별도로 수사를 해야 하므로 사법경찰관은 검사의 지휘를 받아 수사하여야 한다는 동법 제196조 제1항은 폐지되어야 할 것으로 보인다.

그 다음에, 헌법 제12조 제3항 및 제16조는 '강제처분 영장주의' 원칙을 제시하여 국민의 신체나 주거의 자유를 제한하는 강제처분인 체포·구속·압수·수색을 할 때에는 검사의 신청에 의하여 공정하고 독립적인 지위가 보장된 법관이 발부한 영장을 제시하여야 한다고 규정하고 있다.

영장주의란 체포·구속·압수·수색 등의 강제처분을 함에 있어서는 사법권 독립에 의하여 그 신분이 보장되는 법관이 발부한 영장에 의하지 않으면 안 되는 원칙(헌재 1997년 3월 27일 선고, 96헌바 28, 31, 32)을 말한다. 그런데 검찰은 이러한 헌법조항을 근거로 '검사가 수사절차를 주도해야 한다는 것은 국민의 헌법적 결단'이라고 주장하고 있으나 이는 지나친 해석이라고 생각된다.

헌법 제12조 제3항 및 제16조가 강조하고자 하는 점은 법관이 발부한 영장을 제시함으로써 국민의 신체나 주거의 자유를 제한할 때 인권 보장에 만전을 기하려는 취지일 뿐이며 검사의 신청이라는 조항은 수사기관의 대표성을 거명한 것에 지나지 않는 것으로 보아야 할 것이다.

따라서 검사의 신청에 의하여를 '검사 등 수사기관의 신청에 의하여'로 개정해야 하는 것이 타당하며 오히려 법관이 검사가 신청한 경우에만 영장을 발부해야 한다는 제약을 받는다면 법관의 영장 발부가 검사의 지배를 받는다는 오해의 소지가 있는 바 이는 법관의 영장 발부의 권위와 취지에도 반하므로 법관의 입장에서도 시급히 개정되는 것이 타당할 것이다.

5. 검찰과 경찰기능에 관한 세계 각국의 운영현황

• 영국과 미국 : 경찰이 수사의 주체이고, 검찰은 소추기관(기소권만 행사)으로 양 기관 간에 대등협력 관계를 유지하고 있다.

• 일본 : 경찰이 1차 수사기관으로서 수사를 주도, 검찰은 보완적인 2차 수사기관이자 소추기관으로서 양 기관이 대등협력관계를 유지하고 있다.

- 프랑스 : 법원 소속의 수사판사가 수사를 주재하고 있고, 검사는 주로 소추와 경한 범죄의 임의수사를 담당하며 경찰도 수사개시 · 진행권을 보유하고 있다.
- 독일 : 검사가 수사의 주재자이나, 경찰도 수사 · 개시 · 진행권을 보유하고 있고 검사는 자체 수사력이 없기 때문에 실제 거의 모든 수사는 경찰이 직접 실행하며 사실상 양 기관이 협력하는 구조를 채택하고 있다.
- 한국 : 검사가 수사권(개시 · 진행 · 종결 · 영장청구)과 수사지휘권 모두를 독점적으로 보유하고 경찰은 수사 보조자로서 기능을 할 뿐이므로 수사구조에서 견제와 균형이 실종된 상태이다.

6. 정치적 합의가 이루어진 경찰 수사권 독립의 가치

검찰개혁에서 검사가 기소권만 가진 개혁이거나 기소권과 수사권 모두를 행사하는 범위 내에서 개혁이든 간에 경찰수사권 독립이 인정된다면 검찰개혁은 무의미하고 그 존재 의미를 잃어버리게 된다는 것은 이미 자세히 설명한 바와 같다.

새누리당 후보였던 박근혜 대통령은 2012년 11월 21일 18:00 MBN 방송에서 경찰수사권 독립을 약속하였고, 문재인 민주당 후보는 2012년 11월 29일 18:00 MBN 방송에서 역시 경찰수사권 독립을 약속하였다. 박근혜 대통령이나 문재인 의원 모두 대통령이 되면 경찰수사권 독립을 실현하겠다고 하였으며, 그 약속은 동시에 두 후보를 대통령 후보로 추대한 새누리당과 민주당의 공통된 약속이기도 하다.

문재인 의원과 민주당은 대선에서 패배했으므로 적극적으로, 경찰
수사권 독립을 실현할 위치에 있지는 않다 해도 민주당과 합의에 의하
여 경찰수사권 독립을 정책공약으로 주장했던 만큼 박근혜 대통령의
경찰수사권 독립의 정책적 결단에 반대해서는 안될 정치적·도의적
인 책임을 져야 할 것으로 보인다.

　박근혜 대통령은 경찰수사권 독립의 실현을 위하여 정치적·도의
적인 책임은 물론이지만 그 정치적 결단을 조속히 촉구하는 제반의 절
차를 마련해야 할 것으로 생각한다.

　박근혜 대통령이 경찰수사권 독립을 실현한다는 것은 작게는 선거
공약으로 발표한 국민과의 약속을 이행한다는 의미일 뿐만 아니라, 크
게는 경찰은 수사권, 검찰은 기소권을 행사함으로써 권한이 양분되어
상호견제와 균형을 취하는 결과 부정부패와 비리를 척결하게 될 것이
라는 점에서 박근혜 정권의 존폐를 결정하는 분수령이 될 것이다.

노태우 정부의 노동정책

노태우 전 대통령은 그의 회고록 '경제정의와 민주화의 대가'(노태우 회고록 하권 33쪽)에서 다음과 같이 언급하고 있다.

… 6공화국을 출범시킨 나의 앞에는 민주화라는 절대적인 과제가 놓여 있었다… 1987년 6.29 선언 이후 민주화에 대한 욕구는 경제분야에서도 예외가 아니었다. 한마디로 6공화국은 민주화 요구를 수용해가면서 경제정책을 수립하고 실천해야 하는 운명을 안고 있었다.

경제정의는 6공화국 초기부터 강조되었다. 박정희 대통령 18년과 전두환 대통령 7년의 성장위주 과정 속에서 우리나라의 분배구조는 이른바 '가진 이들'에게 유리하게 되어 있었다. 6.29 선언과 동시에 터져 나온 노동자들의 요구에 부응하다보니 누구라도 경제정의를 강조하지 않을 수 없는 시절을 만난 것이다… 재계에서는 산업현장에서 법치와 질서가 파괴되었다고 비판하는 사람들이 있었다. 그들은 정부가 통제할 것은 해줘야 하는데 민주화를 명분으로 삼다보니 방임해 버리는 바람에 노동현장이 엉망이 되고 질서가 무너져 생산성이 주저 앉았다고 주장했다.

일부 경제학자들은 6공화국의 경제에 대해 '아무것도 하지 않았다'고 이야기하는 데 그것은 말도 되지 않는 소리다. '성장이냐 분배냐'를 놓고 신중히 검토한 결과 그동안의 잘못을 시정하자는 쪽으로 노력한 것인데 그런 측면을 다 떼어놓고 비판만 하는 것은 편견일 수밖에 없다.

또한 동 회고록 하권 35쪽 '경제전환기의 논리'에서는 다음과 같이 언급하고 있다.

　6공화국의 경제를 바라볼 때 정치적인 이유로 경제를 희생시킨 면이 있다는 시각도 있는 것 같다. 예컨대 기업주들은 1989년과 1990년 노사분규가 대대적으로 발생했을 때 정부가 왜 공권력을 동원해 대처하지 않았느냐는 점을 불만스러워했다. 먼저 6공화국의 역사적 소명과 책무가 무엇이었는지를 따져볼 필요가 있다… 정책의 비중이 민주주의와 경제정의로 갈 수밖에 없고 가진 이들 쪽에 서 있는 한 편이 어느 정도 희생될 수밖에 없었다. 과거의 성장 일변도를 달릴 때처럼 노동자들만의 희생을 강요할 수는 없었다. 이 과정에서 경쟁력이 다소 떨어졌다는 것은 인정하지만 그것은 민주주의를 실현하는 대가였다.

　여기서 노태우와 6공 정부가 주장하고자 하는 바는 경제정의와 민주주의라고 생각하는데 경제정의와 민주주의 실현의 공과는 차치하고 그에 대한 인식과 접근이 잘못되었음을 지적하지 않을 수 없으며 우선 경제정의와 민주주의, 경제민주화, 정의에 대한 일반적 고찰을 하면서 그의 잘못된 인식을 도출해 보고자 한다.

　경제정의란 한마디로 소득의 공정한 분배라고 할 것이다. 자본주의가 처음 도입되었을 때 시장은 보이지 않는 손에 의해 자동적으로 조절된다고 믿었다. 그런데 사실은 그렇지 못했다. 사람들이 간과한 것은 1억을 가진 사람이나 100만원을 가진 사람이나 동일선상에서 출발해도 결과가 비슷한 것이라고 생각했다. 그러나 세월이 흐르다 보면 돈 많은 사람은 더 많이 돈을 벌고 돈 없는 사람은 더 궁핍하게 되므로 자본주의 자체의 존립까지도 위태롭게 되었다. 여기서 도입된 것이 수정자본주의였다. 대표적인 제도의 실천사례가 누진세 제도이다. 누진세 제도는 많이 벌면 벌수록 세금을 내는 비율을 높여서 더 거두어들인 세금으로 상대적 빈곤층에 재투자하여 삶의 질을 평준화시키는 것이다. 선진국에서는 복지제도라는 형태로 누진세제도가 실현되고 있다. 정당하게 노력하여 돈을 번다면 얼마든지 벌어도 이상할 것 없는 것이 자본주의의 특징이지만 현실적으로 정직한 사람이 떼돈을 버는 것은 불가능하다. 이것이 경제정의가 나오게 된 원인이다.

그러나 6공은 소득의 공정한 분배를 추구하는 경제정의의 이념에 반하여 노동자 위주의 정책을 실시함으로써 노동자의 배를 불리며 노사분규만 불러와 정국불안과 무정부주의를 초래했다.

경제민주화란 경제활동이 민주적으로 이루어지도록 개혁하는 것이다. 따라서 개인의 경제적 자유를 기초로 시장경제를 효율적으로 작동하여 경제적 평등을 최대한 달성하는 것을 말한다. 구체적으로 자유경쟁의 장점을 유지하면서 노동계급 기타 저소득층 계급도 일반 중산층과 똑같이 보호하는 것을 목표로 하는 활동을 의미한다고 할 수 있으며 이것이 경제정의를 민주적으로 실현하는 수단이 된다고 할 수 있다.

현재 언론과 정치권에서 논의되는 점에 대하여 살펴보면 경제민주화란 빈부격차 해소, 양극화 해소 등을 의미한다고 생각되며 대기업을 규제하고 중소기업의 입지를 강화하는 것도 포함된다고 본다.

법적 근거를 살펴보면 한국헌법 제119조 제1항은 '대한민국 경제질서는 개인과 기업의 경제상 자유와 창의를 존중함을 기본으로 한다'고 하고 제2항은 '국가는 균형있는 국민경제성장과 적정한 소득분배, 시장지배와 경제적 남용방지, 경제주체 간의 조화를 통한 경제 민주화를 위해 경제에 관한 규제와 조정을 할 수 있다'고 명시되어 있다.

제1항은 자유시장 경제원칙을, 제2항은 그로 인한 부의 편중의 부작용을 막기 위해 국가가 개입할 여지를 둔 조항인 바, 현재 정치권에서는 제119조 제2항을 근거로 대기업에 쏠린 부의 편중현상을 법으로 완화시켜야 한다고 주장하고 있는데 이러한 법적, 정치적 주장을 통칭하여 경제민주화라고 한다.

경제민주화를 경제정의와 구별하는 것은 중요치 않으며 양자 모두 국민 각자에게 소득을 공정하게 분배하여 빈부격차를 해소함으로써 인간다운 삶을 유지하는 것을 목적으로 한다고 할 수 있다. 경제정의와 경제민주화를 구별해 본다면 경제민주화는 경제정의를 민주적으로 실현하는 수단이므로 경제정의에 포함된다고 할 수 있을 것이다. 양자 모두 그 기본은, 합리적 차별을 전제하고 있다고 보아야 한다.

정의란 무엇인가에 대하여는 견해가 다양하지만 일반적으로 정의란 공정한 것 또는 누구에게나 평등하게 다루어져야 하는 원리라고 말한다면 틀림없을 것으로 생각된다. 정의의 개념을 최초로 이론화하였고 가장 영향력있는 사람은 아리스토텔레스이다.

그는 정의를 사람이 이행하여야 할 최고의 덕이며 사회적인 도덕이라 했다. 그는 정의를 광의의 정의와 협의의 정의로 구별하고, 광의의 정의는 일반적 정의로서 법을 준수하는 것이고, 협의의 정의는 특수적 정의로서 평등을 의미한다고 했다.

협의의 정의는 다시 평균적 정의와 배분적 정의로 나누며 전자는 절대적 평등을 의미하고, 후자는 비례적 평등을 의미한다.

평균적 정의는 모든 사람이 모두 동등한 대우를 받아야 한다는 가치로 현대에서는 정치·사법 분야에서 강하게 적용된다. 평균적 정의는 개인 상호간의 매매와 손해배상 또는 범죄와 형벌의 균형을 찾아 적용되는 것이다.

배분적 정의는 각자가 개인의 능력이나 사회에 공헌·기여한 정도에 따라 다른 대우를 받아야 한다는 가치로 사회·경제적인 측면에 적용된다. 이것은 전체와 그 구성원 간의 관계를 조화하는 정의로서 단체생활에 있어서 각인은 제 각각 상위한 능력과 가치를 가지고 있음을 전제로, 그 가치의 차이에 따라 합리적 차별을 해야한다는 실질적 평등의 원리이다. '같은 것은 같게, 다른 것은 다르게' 원칙을 적용하면 배분적 정의가 이루어진다. 예컨대 일반 직원은 일반 직원의 봉급을, 과장은 과장 봉급을, 사장은 사장 봉급을 받는 것이 정의라는 것이며 일반 직원과 과장이나 사장이 동일하게 봉급을 받는 것은 정의가 아니라는 것이다.

민주주의란 무엇인가? 민주주의란 한 마디로 국가의 주권이 국민에게 있고 국민이 주인이 되어 국민을 위해 정치가 이루어지는 제도이다. 이에 대하여 공산주의란 사유재산제도를 부정하고 공유재산 제도의 실현으로 빈부격차를 없애려는 사상이고, 자본주의란 이윤추구를 목적으로 자본이 지배하는 경제제도이다.

민주주의의 기본 이념은 기본적 인권, 자유와 평등, 다수결의 원리, 법치주의 등을 그 구성요소로 하고 있으며 인간의 존엄성과 행복을 실현시켜주는 수단이다.

따라서 민주주의는 인간의 존엄성과 행복을 실현하는 것을 그 목적으로 한다고 할 수 있다. 그러나 민주주의란 다수의 이익을 위해서 소수를 희생하는 것은 아니다. 소수의 권익도 사회적 합의를 통해 보호해야 하는 과정이 민주주의의 기본이다. 민주주의는 결과보다도 과정을 중요시하는 것이다. 민주주의는 국민 모두가 서로 다르다는 차이를 인정하는 것에서부터 시작하는 것이므로 과정이 중요하다.,

노태우는 박정희 대통령 18년과 전두환 대통령 7년의 성장위주 경제정책은 '가진 이들'에게 유리한 구조였으며 이러한 정책은 경제정의에 반한다고 하면서 노동자들의 요구에 부응한 경제정책이 경제정의에 합치된다는 주장을 하고 있다.(동 회고록 하권 33쪽)

그러나 이미 논술한 바와 같이 경제정의란 소득의 공정한 분배라고 정의할 때 가진 이들이 되었건 노동자가 되었건 공히 소득의 공정한 분배를 받아야만 경제정의에 합치된다고 할 수 있을 것이다.

여기서 우리가 주의해야 할 것은 민주주의에서 국민이란 국민 한 사람 한 사람이 아니라 이념적 통일체로서의 국민이므로 주권자로서의 국민을 말하는 것이며, 대한민국 5,000만 국민 모두를 의미한다는 것이다. 한 사람 한 사람이 모두가 주권자라고 주장한다면 법치국가의 존립이 유지될 수 없고 혼란과 무질서만이 횡행할 것이다.

생각해보건대 노태우 6공 정부는 노동자 계급을 포함한 5,000만 국민 전체의 보호는 외면한 채 경제적 약자인 노동자와 노동자의 불법파업을 선동하는 노조조합장만을 비호하였던 결과 산업현장에서 법치와 질서가 파괴되었다고 비판하는 당시 재계의 주장에 대하여 긍정할 수밖에 없을 것이다.

따라서 경제정의, 경제민주화, 민주주의라는 개념상의 정확한 내용을 수용하지 못하고 경제적 약자인 노동자에 편향적 경제정책이었음을 부인할 수 없다고 생각된다.

다만, 박정희 전 대통령이나 전두환 전 대통령의 경제정책이 '가진 이들'에게 유리한 정책이었는지의 여부에 대하여는 일반국민 여론의 판단에 맡겨야 할 사항이지만 노태우 전 대통령이 노동자에게만 유리한 정책을 지속한 것은 명백히 경제정의에 반한 것이다. 가진 이들은 노동자들을 제외한 다수의 국민이 될 수도 있으므로 경제정의는 노동자를 포함한 기업인과 자영업자 기타 중·소 상공업자 등 모든 국민을 대상으로 실천해야 할 국가의 책무이기 때문이다.

또한 노태우는 '경제전환기의 논리' 항목에서는 6공의 정책비중이 민주주의와 경제정의로 가기 위해서는 가진 이들을 어느 정도 희생시켜야만 노동자들을 보호할 수 있다고 하면서 노동자들을 희생시키지 않는 것만이 민주주의를 실현하는 대가라는 논리를 펴고 있다.(동 회고록 하권 35쪽)

이미 지적한 대로 민주주의란 다수의 이익을 위해서 소수를 희생시키는 것은 아니다. 따라서 다수의 이익을 위해서 노동자라는 소수 집단만을 정책적으로 희생시키는 것은 올바른 정책적 결단이 아니다. 다른 한편 민주주의란 노동자라는 소수의 이익을 보호하기 위하여 노동자 계급 이외의 다수의 이익을 희생시키는 것은 더욱 안 되는 것이다. 소수의 권익도 사회적 합의를 통해 보호해야 하는 과정이 민주주의라면 다수의 권익도 보호해야 하는 것은 너무나 당연한 이치이기 때문이다. '가진 이들' 쪽에 서 있는 한편이 누구인가? 노동자를 제외한 다수의 국민을 의미한다고 보아야 한다. 당시 노동자의 노사분규로 인한 집단시위나 불법파업에 대하여 기업주는 물론 공무원을 포함한 전 국민이 정부를 외면하고 있었다.

따라서 노태우 정부의 극단적인 노동자 보호정책은 민주주의 기본 이념의 하나인 평등권을 침해했다고 보아야 한다. 평등이란 배분적 정의가 그 주요한 내용이 되고 있음에도 불구하고 노조원인 기능직 사원이 일반직 사원보다도 임금이 높은 경우가 있는가 하면, 노조조합장은 임원보다도 우대받고 있는 것이 현실이므로 이는 잘못된 정책임은 분명한 것이다.

그렇다면 6공 정부에 들어서 국민소득이 증대하고 국민의 경제생활이 나아진 것은 어떻게 이해해야 할 것인가? 특히 노태우 정부 시절에 북방외교의 성공으로 중국·소련과 수교하고 서울올림픽의 성공으로 한국경제가 발전했다는 역사적 사실은 부정할 수 없다고 보아야 할 것이다. 물론 당시의 국제적인 여건과 시대상황이 중국·소련으로 하여금 한국과 교류토록 하였으며 서울올림픽은 한국이 올림픽을 치를 만한 위치로 이미 성장해 있었기 때문이라는 반론도 만만치 않다.

어찌되었건 정치인의 공과에 대한 구체적 평가는 후대 사가의 몫이 될 것이나 노태우 정부의 노동정책에 대한 실정을 나름대로 분석하고 그의 공적의 편린을 살펴봄으로써 대한민국 역사의 올바른 인식과 평가에 도움이 되기를 진심으로 빌어마지 아니하는 바이다.

제2장

역대 대통령 이야기

대통령과 국민의 상관관계

대통령의 정책결정이 국민의 삶과 운명에 직접적인 상관관계가 있기 때문에 대통령이라는 자리는 한국의 정치에 있어서 가장 핵심적 위치를 점유하고 있다고 해야 할 것이다. 따라서 대통령에 대한 이해가 한국의 정치에 대한 이해의 우선순위가 될 수 있을 것이다.

정당의 목표는 정권획득이며 정권획득은 대통령을 배출하여 정부를 구성하고 정치를 실제적으로 운용하기 위한 권력작용이다. 정당의 목표가 정권획득이지만 정권획득의 목표는 정당의 정치 목표일 뿐만 아니라 경제, 사회, 문화적인 제반 인간의 행복을 추구하는 역할까지 포함되는 정치운용집단의 목표라고도 규정할 수 있을 것이다.

한편 이론상 정치의 목표는 국가 질서와 안정 유지, 국민의 복지 향상, 사회 정의의 실현이라고 규정할 수 있겠으나 현실적으로는 정치의 목표는 정당이 한결같이 추구하고 있는 정권획득이라고 해야 할 것이다.

정권 획득의 목표는 대통령의 업적이라는 결과물로 평가되어 나타나는 것이 보통일 것이다.

대통령의 업적은 대통령에 따라 그 업적이 각각 달리 평가될 수 있을 것이지만 최대의 업적의 평가기준은 양의 동서와 때의 고금을 막론하고 두 가지에 의해 그 대소가 결정된다고 할 수 있을 것이다. 그것은 안보와 경제이다.

안보란 대외적으로는 외국으로부터의 침략을 받아 나라를 빼앗기거나 침략국의 노예가 되는 일을 방지하고, 대내적으로는 국내 반정부

세력 등으로부터 발생되는 치안을 유지하는 일이 될 것이며, 경제란 국민을 배불리 먹일 수 있는 일이다.

논어에서도 자공이 공자에게 정치에서 국민의 가장 큰 관심사항을 묻자 공자가 이르기를 '먹을 것이 족하고 병(兵)이 족하면 백성이 이를 믿게 된다(子貢問政, 子曰足食足兵 民信之矣)'고 대답하였는데 공자의 이 말씀도 정치에서 최우선적인 기본목표는 안보와 경제임을 표현한 것이라고 보아야 할 것이다.

대통령의 권한은 크게 나누어 정책권, 예산권, 인사권으로 볼 수 있는데 하나를 더 추가하면 집권당을 자기 뜻대로 움직일 수 있는 당권이라고 볼 수 있다.

따라서 대통령은 사실상의 공천권과 당직 임명권 등을 통하여 여당 의원들을 청와대의 거수기로 만들 수 있다고 할 수 있으며 여기에서 한국 대통령을 '제왕적 대통령'이라고 불렀다. 미국 대통령에게는 당권이 없다는 의미에서 미국의 대통령보다도 막강한 권한을 행사한다는 분석이 지배적이나 이것은 피상적 관찰이라 생각한다. 미국인들은 대통령의 지위를 정당하게 평가하고 인정해 주는 예의와 법도가 상식화되어 있지만 우리나라는 이유없이 좌익 기타 반정부 세력들이 대통령을 비난하고 공격하는 것이 일반화되어 있다. 특히 야당 의원들은 자신의 신분을 망각한 채 반대를 위한 반대, 비난을 위한 비난만을 일삼고 있다.

따라서 국가안보와 치안유지 등을 위해 대통령의 권한을 오히려 강화해야 함은 물론이고 야당의원의 정치혼란과 반정부 투쟁을 저지하기 위해 국회해산권도 인정해야 한다는 여론도 상존(尙存)하고 있는 실정이다.

본서는 정치의 실제적인 목표인 정권획득에서 실행주체로 활동하는 대통령에 관하여 이승만 대통령에서부터 이명박 대통령까지 그 역할과 공적·과실 등을 개괄적으로 살펴볼 것이나, 모든 대통령을 수평적 입장에서 기술하지 않았고 이승만·박정희 대통령과 김영삼·김대중 대통령을 중점적으로 고찰하였으며 전자의 경우에는 우리 국민과 국가에 미친 긍정적인 가치평가의 관점에서, 후자의 경우에는 부정적인 관점에서 기술하였음을 밝혀둔다.

역대 대통령의 면면을 살펴본다면 공(功)과 과(過)가 병존하였다고 보아야 할 것이며 공이 많은 대통령도 있었고 과가 많은 대통령도 있었으나 특히 공이 많은 대통령으로 이승만·박정희를 언급하고, 특히 과가 많은 대통령으로 김영삼·김대중을 지목하였지만 그 시비에 대한 판단은 결국에는 독자들의 각자의 판단사항에 귀착될 것으로 보인다.

역사의 뒤안길로 사라져간 훌륭한 인물들, 그 중에서도 대통령들을 마치 현재도 살아있는 것처럼 묘사한다는 것은 현재를 살고 있는 사람들에게 단순히 감흥을 불러 일으킬 뿐만 아니라 인생을 살아가는 현명한 방법을 제시해 준다고 할 수 있을 것이다.

이승만 대통령

출생 성장 과정

이승만은 1875년 3월 26일 황해도 평산군 마산면 대경리 능안골에서 몰락한 양반가문인 망부 이경선과 서당훈장 김창은의 외동딸인 망모 김해 김씨 사이의 3남 2녀 중 막내 아들로 태어났다. 이승만은 두 살 때 서울로 이사와 남산의 도동에 정착했다.

영어를 배울 목적으로 1895년 4월 배재학당에 들어간 이승만은 배재학당에서 평생 동지 서재필을 만나게 된다. 서재필은 영어에 뛰어난 재능을 보였고 이승만이 정치무대에 등장하여 성장할 수 있는 계기를 마련해주었다. 이승만은 1896년 서재필의 강의를 듣고 서양 사람들에게 호기심을 갖게 되었다.

서재필은 이승만에게 한국 민중을 위하여 유럽이나 미국에 건너가 교육을 받을 것을 권유하였다.

서재필은 중국 사신을 맞이하던 영은문(迎恩門) 자리에 독립문을 세우고 독립공원 조성사업을 추진하기 위해 독립협회를 결성하고 고종황제의 재가를 받았다.

독립협회는 1896년 7월 2일 설립한 최초의 근대적인 사회 정치단체이다. 정부의 외세 의존정책에 반대하는 개화 지식층이 한국의 자주독립과 내정개혁을 표방하고 활동했다. 독립신문을 발간하고 민중계몽에 나선 서재필을 중심으로 이상재, 이승만, 윤치호가 적극 참여했다. 초기에는 토론회·연설회 등 민중 계몽운동에 힘썼으나 나중에는 정치문제에 관심을 표명하게 되었다. 독립협회가 점차 강경노선으로 치닫고 권력이양까지 요구하는 단계로 들어가자 고종은 강력하게 제동을 걸었다.

이승만 등 젊은 과격파들은 박영효를 배후에 두고 고종을 축출해야
한다는 대중 선동행위로 치닫다가 결국은 군대를 동원한 고종의 탄압
을 자초하게 되었다.

이승만 정권의 시대적 배경

먼저 이승만 정권의 시대적 배경을 규명하고 그에 따라 그의 정치이
념과 지배체제를 고찰하므로서 이승만 정권의 정치적 성격을 규정할
수 있을 것으로 보인다. 이승만은 1875년에 출생하였으므로 19세기
조선 왕조시대에 출생한 사람이다. 조선 왕조가 지향한 통치체제는
중앙집권적 전제 군주 시대로 유교정치사상을 기본이념으로 한 양반
관료체제였다. 가정에서는 부모에 효도하고 국가에서는 임금에 충성
하는 도리를 최고의 가치체계로 인정했던 것이다.

따라서 이승만 정권은 전제 군주시대와 동일한 정치적 양상이 그대
로 답습되는 과도기라고 볼 수 있을 것이며 제1공화국의 성격은 조선
왕조의 재현이라고 생각할 수 있었다. 당시 상황으로 볼 때 무지하고
순박한 국민들은 이승만 대통령을 전제 군주로 생각하였고 이승만 자
신도 자신을 전제 군주로 생각하는 시대상황을 벗어나지 못했던 것 같
다.

그러나 이승만이 자신을 국민 위에 군림하는 전제군주와 같은 존재
로 생각하는 인식을 가지고 있었다하더라도 국민의 희생하에 전제군
주와 일부 특권 계층만이 부유하고 탐욕스런 생활을 즐기던 그러한 조

선의 군주가 아니라 무지한 국민을 계몽하고 그 권리를 보호하는 근대적인 민주국가를 구상하고 있었다는 데에서 우리는 그 가치를 긍정적으로 평가해야 할 것이다.

이승만은 국민의 계몽과 한국의 독립운동만을 위해서 투쟁했으며 일신의 개인적인 욕망을 멀리했고 청렴하고 소박한 생활을 했다. 금욕적인 생활의 결과 비록 재혼이기는 했지만 59세의 나이로 프란체스카(34세)와 1934년 10월 뉴욕에서 결혼식을 올리게 되었고 1948년 7월 대통령이 되었을 때는 74세가 되어 버렸다.

이승만의 해외활동

이승만은 1904년 11월 독립보전에 대한 미국의 지원을 호소하기 위해 고종황제의 밀사 자격으로 도미하여 1905년 1월 5일 미국 신문 워싱턴 포스트지와 기자회견을 열고 일본의 한국침략을 폭로하는 인터뷰를 하였다.

이승만은 하와이 호놀룰루에서 1913년 9월 20일 순 한글로 된 태평양 잡지(Korean Pacific Magazine)를 창간하고 편집하였으며 이 잡지를 통하여 교포들을 계몽하고 애국심을 고취시켰다. 또한 학교를 인수하여 한인 중앙학원(Korean Central School)이라 명명하고 교포들에게 한국어, 한국역사, 한국관습을 가르쳐 민족정신을 심어주었다.

그 뒤 이승만은 한인 여자대학과 한인 기독학원까지 설립하고 운영하여 하와이에서 한인 사회교육과 독립운동을 지속하므로서 하와이 사회발전에도 크게 공헌한 인재를 배출시켰다. 대한민국을 침략하여 강제합병(1910. 8. 29)한 일본의 만행을 공공연하게 비판하고 하와이, 샌프란시스코 일대의 재미교포를 중심으로 언론을 통하여 한국 독립을 주장하였다.

물론 한반도의 국민과 러시아령 연해주와 만주, 중국 등지에서도 독립운동가들의 활동은 있었으나 항상 일제의 감시의 눈을 의식했던 관계로 활동은 미약했다고 볼 수밖에 없었다. 당시 하와이와 샌프란시스코에서는 7~8천명의 교포가 살고 있었는데 이승만은 미국의 언론자유를 최대한 이용하여 신문을 수단으로 교포들에게 한국의 독립운동을 고취시키므로서 본국보다 더 큰 애국적 활동능력을 발휘하고 있었다.

이승만은 1921년 7월 14일 하와이 내 교포들을 중심으로 대한동지회를 조직하여 샌프란시스코에서 이미 활동중인 안창호의 흥사단과 함께 독립운동을 비밀리에 전개하였다.

반공과 북진통일

1945년 8월 15일 일본이 패망했다. 반공을 이념으로 정부를 수립한 이승만은 공산주의 남침을 방어하는 정책수립에 고심했다. 1950년 6.25 발발 이후에도 이승만은 자주 전선을 시찰하였고 이러한 그의 태도는 군대의 사기를 고무시켰다. 1953년 휴전이 되자 전 국민의 휴전반대 궐기대회를 부추겼고 휴전반대와 북진통일의 시위는 전국적으로 파급되었다. 휴전 직전에는 반공포로 27,000여 명을 석방시켜 전세계를 놀라게 했다.

'뭉치면 살고 흩어지면 죽는다'고 그가 자주 애용하던 말은 아직도 우리 국민들의 귀에 생생하다.

북한에 소련이 주도하는 소련의 괴뢰정부가 수립되리라는 것을 간파한 이승만이 남한에 반공을 국시(國是)로 하여 남한 단독정부를 수립한 것은 올바른 구국의 결단이라고 생각된다. 혹자는 만일 이승만이 정권야욕을 부리지 않았다면 통일정부가 수립되었을 것이라는 가정을 하지만 이것은 공산정권으로의 통일이라면 몰라도 민주정권의 통일은 불가능했다고 생각된다. 북한에 의한 6.25의 남침사실로 이승만의 반공정부 수립을 긍정적인 가치로 평가토록 하는 증거가 입증되었기 때문이다. 만일 이승만이 반공의 단독정부를 수립하지 않았다면 한국전체가 공산화되는 것을 막을 수 없었을 것이다.

3.15 부정선거와 이승만 체제의 붕괴

3.15 부정선거

자유당은 발췌개헌(1952. 7. 4 개정, 1952. 7. 7 공포)을 통하여 대통령 선거를 직선제로 함으로써 1952년 8월 5일 실시된 대통령 선거로 이승만의 중임을 실현했다. 발췌개헌안은 대통령 직선제와 상·하 양원제를 골자로 하는 개헌안이다. 국회 단원제를 골자로 하는 국회안을 절충해서 통과시켰다고 하여 발췌개헌안이라 하지만 사실상 이승만 대통령의 재선을 위하여 실시된 개헌안이다.

1952년 6월의 제2대 대통령 선거를 앞두고 당시 국회를 통한 대통령 간선제로는 자신의 재선 가능성이 없다고 판단한 이승만은 1951년

11월 28일 대통령 직선제와 양원제를 골자로 하는 개헌안을 국회에 제출했다. 그러나 자유당 내에서도 원외 자유당과 원내 자유당으로 세력이 양분되어 이해관계가 상충, 의견의 합치를 보지 못하는 우여곡절을 겪다가 원외 자유당의 조선 민족청년단장 이범석과 국무총리 장택상의 도움으로 발췌개헌안을 통과시켰다.

이승만은 새로운 헌법에 의하여 1952년 8월 5일 실시된 선거에서 대통령에 재선되었다. 이 발췌개헌안은 일사부재의의 원칙에 위배되고 공고되지 않은 개헌안이 의결되었으며 토론의 자유가 보장되지 않았다는 점에서 위헌의 성격을 가진 것이었다.

발췌 개헌을 통하여 이승만의 중임이 이루어졌으나 이에 만족하지 않고 계속 연임하기 위하여 재선에 의하여 1차 중임할 수 있을 뿐인 3선 금지 조항을 철폐하고자 한 헌법개정안이 제2차 헌법개정안인 사사오입 개헌안이다. 이 개정안은 자유당의 김두한을 제외한 전체의원 도합 136명의 서명을 받았다. 표결결과는 재적의원 203명, 재석의원 202명 중 찬성 135표, 반대 60표, 기권 7표였다. 이것은 헌법개정에 필요한 의결정족수인 재적인원 203명의 3분의 2인 136표에 1표가 부족한 135표 찬성이므로 부결된 것이어서 당시 사회자는 부결을 선포하였다.

그러나 자유당 간부회의는 재적의원 203명의 3분의 2는 135.333…인데, 소수점 이하의 숫자는 1인이 되지 못하여 인격으로 취급할 수 없으므로 사사오입하면 135이고 따라서 의결정족수는 135이기 때문에 헌법개정안은 가결된 것이라고 주장하였다.

이들은 이 주장을 11. 28의 자유당 의원총회에서 채택하고 다음 날 야당의원이 퇴장한 가운데 번복하고 가결동의안을 상정, 재석인원 125명 중 김두한, 민관식 2명을 제외한 123명의 동의로 통과시켰다. 국회는 곧바로 개정헌법을 정부로 이송하고 정부가 당일 공포함으로써 이 헌법은 효력을 발생하였다.

그러나 이 헌법개정은 의족정족수가 숫자상 135.333… 이므로 이 숫자는 하나를 올려서 136으로 보는 것이 타당한 것인데, 사사오입의 억지논리를 전개하면서 의결 정족수가 135라고 해석하여 부결된 개정안을 가결한 것이므로 법리상 위헌으로 보아야 한다. 이 때문에 한국헌정사는 사사오입이라는 불명예스러운 멍에를 지게 되었다.

이승만의 하야

1960년 2월 15일 야당후보 조병옥의 사망으로 강력한 경쟁후보가 없는 상태에서 자유당은 이승만과 이승만의 러닝메이트인 이기붕의 부통령 당선을 위하여 1960년 3월 15일 부정선거를 감행하며 전력을 경주하였다. 그 결과 이승만과 이기붕은 각각 압도적 표차로 대통령과 부통령에 당선되었다.

부정선거에 반대하는 시위는 지방에서, 학생들로부터 시작되어 서울로 이동해 올라갔다.

최초의 발단은 마산시민의 제1차 항거였는데 많은 사상자를 내었으며 이 항거가 전국으로 확산되었다. 특히 4월 11일 마산 중앙 부두에서 발견된 김주열 군의 시체가 이 항거의 기폭제로 작용하였다.

서울지역 대학생들도 가두시위를 하기로 결정하고 4월 18일 시위에 나서 경찰 및 정치깡패들과 크게 충돌하였다. 이어서 4월 19일에는 시위가 서울지역 뿐만 아니라 전국적으로 학생과 시민이 합세하여 일어났으며 특히 서울지역에서는 10여만 명 이상의 군중들이 서울 도심을 완전히 마비시켰다. 결국 이승만은 1960년 4월 26일 하야성명을 발표함으로써 12년간 계속된 자유당 정권은 붕괴되었다.

이승만의 공과

이승만의 공적

이승만 대통령의 업적 중 첫째는 반공을 국시로 공산주의와 싸워 자유민주주의 국가를 건설했다는 점이다. 이승만의 업적을 평가하기 위해서는 해방정국에서 한국 지도자의 정부수립론을 살펴볼 필요가 있다.

해방정국에서 미국 중심의 냉전질서에 편승한 이승만의 남한만의 단정수립론, 소련에 의존하였던 김일성의 민주기지론(民主基地論), 남북협상을 통한 김구의 통일정부론 등 3개의 노선이 대립되고 있었다.

여기서 김일성의 민주기지론은 남과 북에 조성된 정세와 상황이 판이한 조건에서 우선 북한 내부의 개혁과 혁명을 공고히 하고 이를 기본으로 전국적인 개혁과 혁명, 민족의 통일을 달성한다는 것이다. 그 중 명분과 이상에서는 김구의 이론이 가장 타당성이 있었으나 현실정치에서는 그렇지 않았다. 남북한이 결과적으로 단독정부를 지향한 것은 미국과 소련이 타협할 수 없는 이유 때문이었다. 따라서 이러한 요인을 간파한 이승만과 김일성은 각각 대한민국과 조선인민공화국을 건국했으나 김구는 실패했다.

그러나 명분과 이상이 합리적이었다는 이유만으로 역사는 김구를 위대한 민족주의자로 평가하기도 하나 대한민국의 발전적 관점에서는 민족적 방해자로 보는 견해도 있다.

4.19때 내각 수반이었던 허정은 「이승만의 단정(單政)은 최선의 길이었다. 당시 정세로 보아 남한에 단정이 수립되지 않았다면 한국은 공산화될 수밖에 없었을 것」이라고 회고했다.

두번째 공적은 반공포로 석방과 그에 따른 한미상호방위조약체결이다. 반공포로 석방은 1953년 6월 18일 한국 각지에 수용되어 있던 공산군 가운데 반공포로를 이승만이 석방한 사건이다. 전쟁포로는 포로송환협정에 따라 마땅히 포로의 국가로 송환하는 것이 원칙이나 반공포로가 공산국가로의 송환을 원치 않으므로 3만 7,000여명의 포로 가운데 반공포로 2만 7,000여명을 이승만 단독으로 석방해 버린 사건으로 세계를 놀라게 했다. 이승만은 국가 안위를 위하여 포로송환협정을 파기하므로서 한미 상호 방위조약을 체결하기 위한 명분으로 보여졌다. 미국 감시원을 내쫓으면서 감행되었던 이 포로석방은 한미간의 갈등을 야기했으며 미국은 이승만의 동의없이는 휴전하기 어렵다는 점을 인식하게 되었다.

반공포로를 석방한 뒤 이승만은 한미상호방위조약 체결을 위한 협상, 아이젠하워 대통령과의 정상회담의 대미외교에서 주도권을 확보했다.

월남전쟁을 보면 미국이 월맹과 휴전협상을 맺은 2년 후 월남이 공산군 수중에 들어갔다. 이는 미국과 월남간에 방위조약이 없었기 때문에 미국과 월맹간 휴전이 이루어지고 난 후 미국이 월남을 포기한 결과였다. 그러한 의미에서 한·미 상호방위조약의 확보는 큰 의미가 있다고 할 것이다. 만일 한·미 상호방위조약 없이 휴전협정이 성립되었다면 한국도 월남같이 공산화 될 수도 있었을 것이다.

한·미 상호방위조약은 한국의 안정과 번영의 기반이 되었고 그 기반 위에서 박정희 시대의 고도성장이 가능하였다고 해야 할 것이다.

세번째 공적은 교육을 통하여 엘리트층과 산업역군을 양성하여 경제발전의 동력이 되었다는 점이다. 이승만은 국민이 무지하고 정치의식이 낮아서 국가가 발전하지 못했다며 국민계몽과 교육의 필요성을 절감했다. 그는 하와이 망명시절 스스로 학교를 세워 교포 2, 3세들에게 한국어를 가르치고 민족혼을 심어주었다. 이승만은 어려운 국가재정에도 불구하고 의무교육 제도를 도입함으로써 교육개혁에 역점을 두었다. 박정희 시대에 경제성장의 인력을 키워낸 것은 이승만의 교육개혁의 결과였다.

네번재 공적은 농지개혁이다. 농지개혁은 실제 경작자가 농지를 소유할 수 있도록 농지소유제도를 고치는 것이다.

인구의 73%가 농민이고 그 가운데 절반이 소작농이었다는 사실을 감안한다면 농지개혁은 이승만 정부의 가장 시급한 과제였다고 할 수 있을 것이다. 민주주의 제도를 실질적으로 만들기 위해서 가난한 농민을 경제적으로 자립하도록 만든 획기적 조치라 할 수 있다.

농지개혁은 8.15 해방을 계기로 추진하여 1949년 실시되었으며 일제시대의 지주적 토지소유를 해체하고 농민적 토지소유를 확립함으로써 자본주의 사회의 기반을 조성하는데 그 목적이 있었다. 다시 말하면 소작농을 자작농으로 만들고 지주는 산업자본가로 육성해 농업과 공업을 병행, 발전시키는데 그 목적이 있었다. 농지개혁에 의해 일본인들이 소유하고 있던 농지는 거의 대부분이 농민들에게 분배되었고, 지주가 소유하고 있던 농지는 지주에 의한 처분으로 농민에게 소유권이 이전됨으로써 일제 강점기에 형성된 식민지 지주제는 해체되었다.

이승만의 과단성 있는 농지개혁 때문에 6.25 전쟁에서 남한이 승리할 수 있었다.

북한의 경우 토지를 국가가 몰수해 경작권만 부여했으므로 일반 소작농은 토지를 마음대로 소유할 권리가 없었다. 당이 모든 것을 소유 관리하기 때문에 사실상 몰수나 다름없다.

대한민국은 이승만의 주도로 국회에서 치열한 논의 끝에 민주적 방법으로 농지개혁을 단행, 지주와 농민 모두 불만없이 토지를 소유하고 경작할 수 있었다. 따라서 이승만은 농지개혁으로 농민과 지주의 지지를 얻을 수 있었고 결과적으로 체제경쟁에서 북한보다 우위를 점하는 요인으로 작용했다. 농지개혁으로 농민들은 대한민국의 자유 민주 체제를 지지하는 세력으로 굳어졌다. 따라서 공산주의의 침투를 막는데 성공한 것이다.

여촌야도(与村野都)라는 말이 나올 정도로 농민표는 선거 때마다 여당 지지였고 이것이 정권의 안정을 가져왔다.

또한 농지개혁은 토지자본이 산업자본으로 전환되는 계기를 마련하였다. 따라서 이승만은 농지개혁으로 소작농을 해방시키고, 공산주의를 저지하고, 산업화를 촉진하였으므로 일석삼조(一石三鳥)의 전략적 승리를 가져왔다.

이승만 정권의 과오

이와 같은 이승만 정권의 공적에도 젊은 층을 위주로 하는 진보 · 좌파세력은 친일, 친미 독재자로 매도하고 있다. 특히 1998년부터 2007년까지 10년을 집권한 김대중, 노무현 좌파 정권이 현대사에 대한 편향적 인식을 가짐으로써 이승만 정권도 부정적 평가를 받게 되었다.

김대중은 취임 초 대한민국 건국이 친일파 주도아래 이루어졌다고 하면서 「대한민국은 첫 단추부터 잘못 끼워졌다.」고 말했다.

또한 노무현은 취임사에서 「대한민국의 역사는 불의가 정의를 눌러온 역사이다.」라고 말했다.

김대중 · 노무현 정권은 아무 근거도 없이 김구 암살의 배후자로 이승만을 지명하기도 했다.

김대중은 이승만과 김구를 대립시켜 대한민국 남한만의 단독정부 수립을 반대했던 김구에 대한 존경심을 극대화하고 김구 기념관을 건립했다.

한편 노무현은 친일파 민족행위 진상규명위원회를 만들어 김성수 등 대한민국 건국 공로자들을 친일파로 매도하는 작업을 시행하였다.

그러나 이승만은 무지한 국민을 계몽하고 개화시키기 위하여 당시 서재필을 중심으로 한 개화파 이상재, 윤치호 등과 함께 일본의 개화 문명을 이용하려는 것 뿐이었지 침략자 일본을 두둔하려는 것은 아니었으므로 정당한 비판은 아니었다. 친미에 관해서도 미국을 이용하여 한국의 독립을 쟁취하고 경제적·군사적 도움을 받기 위한 수단이었을 뿐이었으므로 이 또한 정당한 비판이라 할 수 없다.

그러나, 3선 개헌으로 영구집권의 길을 마련하였다는 것은 이승만 정권의 최대과오로 평가된다. 자유당은 1954년 9월 6일 '현재의 대통령에 한해 중임제한을 철폐한다.'는 내용의 개헌안을 제출했다. 이 개헌안이 그 유명한 사사오입 개헌안임은 이미 설명한 바와 같으며 이 3선 개헌으로 후유증이 컸다.

독립운동가로, 건국의 아버지로 국민 대다수에게 존경받던 이승만은 독재자로 매도되었다. 3선 개헌이 없었다면 대통령의 인생이 비극으로 끝나지 않았을 것이며 4.19때 꽃다운 젊은 생명들이 희생되지 않았을 것이다.

이승만의 인간적인 모습

1960년 3월 15일 부정선거로 인한 학생, 시민, 교수단의 시위로 이승만은 4월 26일 하야를 결심했다. 그는 하야 성명에서

「나는 해방 후 조국에 돌아와서 애국애족하는 동포들과 잘 지내왔으니 이제는 세상을 떠나도 한이 없다. … 한가지 부탁하고자 하는 것은 38선 이북에서 지금도 호시탐탐 공산군이 기다리고 있다는 것을 명심하고 그들에게 기회를 주지 않기를 바란다.」고 밝혔다.

이승만은 4.19 학생의거에 대해

「부정을 보고 일어서지 못하는 백성은 죽은 백성이다.」고 말해 국

민저항권을 인정하는 발언을 했으며

「국민이 원한다면… 그만두겠다.」는 사임발표를 했다.

후진국의 수많은 독재자들이 붕괴될 때 유혈진압을 하다가 비명횡사하는 일이 많았으나 이승만은 스스로 권좌를 떠났기 때문에 독재자에 대한 차별화를 보여주었다고 할 수 있다.

그는 권좌에서 물러난 후 하와이 망명시절 생활비와 병원비가 없어 주위의 도움을 받았다. 권력과 함께 돈을 쫓다가 오명을 남긴 후대의 몇몇 대통령과 비교하면 도덕성의 리더십이 돋보이는 점이다.

결국 이승만은 스스로 85세 노인의 국가에 대한 정열과 욕심을 포기하며 국민에게 권력을 돌려주는 용기를 보여주었다는 점에서 인간적인 한계와 연민을 엿볼 수 있다 할 것이다.

윤보선 대통령

출생성장 과정

윤보선은 1897년 8월 26일 충남 아산군 둔포면 신항리 새말부락에서 중추원 의관을 지낸 망부 윤치소와 이범숙의 장남으로 출생하였다. 윤보선은 부잣집 아들로 태어나 영국 에딘버러 대학을 졸업하였다. 여운형의 도움으로 중국 상해로 건너가 상해 임시정부의 의정원 의원이 되고 임정 대통령 이승만으로부터 자금조달을 부탁받고 자기 동생을 시켜 3천엔(현 시가로 7~8억원에 해당)을 가져다 이승만에 바쳤다.

그 공으로 1948년 8월 15일 초대 대통령에 오른 이승만으로부터 서울시장과 상공부 장관 등에 기용된다. 그러나 1952년 5월 부산 정치파동이 터지고 독재를 강화하는 이승만과 결별한다. 그 후 야당인 민주당에 들어가 3, 4대 국회의원에 계속 당선되었으며, 1959년에 민주당 최고위원에 피선되었다.

윤보선 급부상의 배경

민주당 구파를 이끌던 신익희와 조병옥 등의 거물들이 세상을 떠나자 지도자급으로 남게 된 인물은 윤보선과 김도연이었는데 윤보선의 당내 위상은 김도연에 미치지 못했다.

윤보선이 급부상하게 된 배경은 조병옥 밑에서 민주딩 조직을 사실상 운영해 온 유진산이 조병옥 死后 당내 계보가 없는 윤보선을 등에 업고 김도연을 제압하기 위한 포석으로 풀이된다. 김도연은 비록 규모는 작았지만 자기 계파를 갖고 있어 차기 당수를 노리는 유진산으로서는 계파없는 윤보선을 택하는 것이 유리하다고 판단하였던 것이다.

　　윤보선은 평소 정치적 두각을 내타낸 인물은 아닌 것 같다. 윤보선이 상공장관 시절 그를 만났던 미국인들은 업무를 전혀 모르면서 자리만 지키는 인물이라고 평가한 적이 있었다. 윤보선의 부인 공덕귀(孔德貴) 여사까지도 그의 사후 여성신문사에 게재한 글에서 「남편이 대중의 공감을 불러일으킬만한 언변이 없었다.」고 증언한 바 있었다.(「나, 그들과 함께 있었네」 여성신문사, 1994년)

윤보선의 오판

　　1960년 민주당 대통령 후보였던 조병옥이 급서한 후 윤보선은 민주당 지도자의 위치에 오르게 된다. 1960년 4월 19일 혁명이 일어나자 그는 제2공화국의 국무총리로 선출된 장면과 함께 대통령에 오르는 행운을 잡게 된다.(1960, 8. 13~1962. 3. 23 제4대 대통령)

　　그러나 1961년 5월 16일 군사 쿠데타가 일어났을 때 그는 이를 추인함으로써 자신을 대통령으로 만들어 준 제2공화국을 배신하게 된다. 그는 쿠데타 세력이 자신에게 정권을 넘길 것으로 기대하였으나 결과는 달랐다. 윤보선이 쿠데타 진압을 반대한 사실에 대해 한 신문은 다음과 같이 보도했다.

　　「윤 전 대통령은 1961년 5월 16일 쿠데타 당시 쿠데타 진압에 반대했던 것으로 미국무부 문서에서 밝혀졌다. 카터 매그루더 당시 주한 유엔군 사령관이 미 합참의장에게 보낸 비밀전문에 따르면 윤 대통령은 5월 16일 상오 청와대를 방문한 장도영 육군 참모총장에게 '군사계엄선포에 반대하지만 군사혁명을 무산시키는 어떠한 단호한 조치도 반대한다'고 말했다. 또 이날 하오에 있는 매그루더 사령관 및 마셜 그린 주한 미 대리대사와의 면담에서 장면 정권의 무능력과 부패상 등 급박한 현안과 직결되지 않은 문제를 거론하면서 거국내각 구성을 주장했다고 이 비밀전문에 기록돼 있다.」

그린 대리대사가 국무부에 보낸 전보에 따르면 박정희는 5월 16일 윤보선을 처음 만났을 때 곧 민정이양을 실시할 것이라고 말했다 한다. 여기서 윤보선은 자신을 정점으로 한 민주당 구파와 쿠데타 세력의 일부가 연합된 새로운 권력형태를 구상할 것으로 오판한 가능성이 높다는 것이다.

윤보선은 민주당 구파 일부 의원들에게도 민정이양시기가 되면 내게 정권이 올 것이라는 요지의 말을 자주 했다고 한다.

윤보선과 사쿠라

사쿠라라는 말은 다른 속셈을 가지고 어떤 집단에 속한 사람을 가르킨다. 특히 여당과 야합하는 야당 정치인을 이를 때 사용한다. 한 마디로 첩자, 스파이라고도 표현하며 사기꾼, 야바위꾼으로도 부른다.

그 말의 시작은 1963년 8월 15일 제5대 대통령 선거를 앞두고 야당의 대통령 후보로 거명되던 윤보선과 허정이 강세였는데 유진산 의원이 윤보선을 만나 허정에게 양보할 것을 권유하였고 거기에 앙심을 품은 윤보선이 「허정이 대통령이 되고 유진산이 국무총리를 하기로 되어 있다.」고 폭로하면서 부터였다.

그런데 대통령 선거에 패배한 윤보선은 1964년 8월 2일 언론윤리법이 국회에서 통과되는 과정을 지켜본 뒤「유진산이 공화당 측 협상파들과 묵계하여 정계개편을 위한 개헌 약속을 하면서 모종의 뒷거래를 했다.」는 모함을 하고 그의 조직 참모 정해영을 사주, 정해영이「사쿠라는 유진산이다.」 외치며 당내에서 소란을 피운 후 유행어가 되었다.

1964년 8월 5일 윤보선은 당의 소요사태를 수습하기 위해 중앙 상무위원회를 열고 뚜렷한 증거도 없는 유진산의 여당과의 묵계설을 이유로「나와 유진산을 양자택일하라」고 압박하며 제명 표결을 강행한 결과 찬성 189표, 반대 171표로 제명안을 통과시켰다. 이에 유진산은「당의 결정에 승복한다」며 당을 떠났다. 소위 진산파동이다.

그러면 윤보선은 근거도 없는 묵계설을 이유로 왜 유진산을 제명시켰을까?

그것은 대략 3가지 이유로 설명하는 것이 대체적 시각인 것 같다.

첫째로 윤보선은 처음에는 유진산의 조직력에 힘입어 지도자로 올라섰지만 제5대 대통령 선거 후 국민적 인기를 확보한 후로는 더 이상 유진산 등에 업혀 다닐 수만은 없다는 판단을 한 것 같다. 따라서 차제에 유진산의 날개를 꺾고 지도자로서 확고한 독자적 입지를 구축하려는 계획을 세운 것 같았다.

둘째는 윤보선은 강경론자인데 유진산은 합리적 온건론자로서 정치에 대한 시국관이 서로 달랐다. 윤보선은 3공의 합헌성을 부정하면서 강경론을 주장하였으나 유진산은「극한 투쟁만이 능사는 아니다. 헌법 테두리 안에서 합리적인 대여전략이 필요하다」는 입장을 주장해왔다.

셋째는 유진산이 허정에게 후보 양보를 종용했던 사실을 극히 불쾌하게 생각한 윤보선은 정해영을 중심으로 당권 장악을 구상하게 되었고 언론 윤리법 통과를 제명의 명분으로 삼았던 것이다.

당으로부터 제명된 유진산은 자기계파를 중심으로 반윤보선 세력을 결집하여 1965년 6월 민중당을 창당한 후 박순천 여사를 대표 최고위원으로 하고, 유진오를 대통령 후보로 추대하여 윤보선을 무력화시킨다. 이에 윤보선은 민중당 일부 강경파와 함께 분당하여 1966년 3월 30일 신한당을 창당하고 대통령 후보로 추대되나 1967년 5월 3일 6대 대통령 선거를 끝으로 대통령 꿈의 도전은 끝나 버리고 만다.

장면 총리

출생성장과정

장면은 일제 강점기인 1899년 8월 28일 부산 세관장을 지내던 망부 장기빈과 망모 황루시아의 3남 3녀 중 장남으로 인천에서 출생한 후 1917년 수원 농림학교를 졸업하고, 1919년 YMCA영어학교를 나와 도미, 1925년 미국 맨해튼 카톨릭 대학 문과를 졸업했다.

장면 총리는 정치를 해본 경험도 없고, 정치를 해보겠다는 생각도 해본 적이 없는 사람이다. 파란만장한 삶을 경험해 보지도 못했으며 그저 운이 좋아서 국무총리에 오른 사람이라고 해야 할 것이며 미국 맨해튼 대학 유학시에도 교육학을 전공했고 상업학교 교장을 지냈을 뿐이다.

해방 후에 천주교 노기남 주교가 미국 하지 사령관과 접촉시 그 통역을 맡아 노주교를 수행했다. 장면은 유창한 영어실력 덕분에 하지 사령관의 추천을 받아 1946년 2월 14일 천주교 대표로 미군정 자문기관인 민주의원(民主議院) 의원(議員)에 지명되는 행운을 얻게 되었다.

그는 종로 을구에서 무소속으로 출마하여 1948년 5월 10일 제헌의원이 되었으며 초대 대통령 이승만에 의해 유엔총회 한국대표로 발탁되었다. 유엔 수석대표가 된 장면은 1948년 12월 8일 한국의 유엔 승인을 얻어낸 공로로 미국 초대 대사로 임명된 바 있으며, 6.25 당시에는 유엔군의 한국 참전 결정을 이끌어 내어 국민들에게 민족적 영웅으로 부각되었고, 1950년 11월에는 임명직인 제2대 국무총리에 지명되었다.

그는 민주당의 민주계(구파)를 대표하는 신익희, 조병옥과 대비되는 비민주계(신파)의 지도자로 추대되어 최고위원이 된 후 1956년 제3대 정·부통령 선거에서 신익희 민주당 후보와 함께 러닝메이트로 부통령에 출마해 자유당 이기붕 후보를 20여만 표차로 누르고 부통령에 당선되었다.

1960년 4월 19일 이후 동년 7월 29일 새 헌법에 따라 내각제 개헌으로 내각 책임제 하에서 국무총리로 지명되어 정책을 추진하였으나 1961년 5월 16일 혁명으로 정권에서 물러나게 되었다.

데모로 날이 새고 해가 저물다

자유당 이승만 시대는 반공으로 날이 새고 반공으로 날이 저물었다면 민주당 장면 정부는 데모로 날이 새고 데모로 날이 저물었다고 할 것이다.

경찰집계로는 하루 평균 3회 시위가 있었고, 당시 주한 미 대사관에 따르면 4.19 혁명에서 5.16 혁명에 이르는 1년 동안에 약 2천 건의 데모가 발생했고 연 100만명이 참가한 것으로 추정된다는 보도가 있었다.

이러한 사태 발생의 원인은 장면의 정치철학에 대한 신념 때문이라고 해야 할 것이다. 장면 측근들은 정권 안정을 위하여 군·검·경(軍·檢·警) 합동 특별기구를 총리 직속으로 창설하자는 제안이 있었으나 장면은 거부했다.

장면이 민주주의에 대한 신념을 가진 정치가였다는 사실은 확실하였다. 그러나 그의 교과서적인 자유 민주주의 원칙은 고도로 발전한 미국 등 선진국에는 어울린다고 할 수 있는 것이나 신생 한국의 정치 여건 속에서는 수용될만한 현실 인식을 갖지 못하고 있었던 것 같다.

국가 사태는 날로 악화되어 갔고 마침내 학생과 혁신계 일부의 성급한 통일논의가 '북으로 가자, 남으로 오라!'는 선까지 급진전되자 장면 정부는 부랴부랴 손을 쓰게 되었으니 그것이 1961년 3월 19일 반공 특별법과 데모규제법이었다.

그러나 혁신계와 신민당 일부, 민주당 소장파들이 야권 탄압을 위한 악법이라면서 들고 일어났다. 데모대의 구호는 「장면 물러가라」에서 「양키 고 홈」으로 바뀌기 시작했으니 이는 5·16 혁명이 잉태되는 징조를 암시하고 있었다.

장면의 인품과 당시 정권 동향

그는 자신에 대해서는 엄격했고 남에게는 너그러운 외유내강의 인격을 갖춘 사람이었다. 그러나 정치경륜이 없었고 정치경험이 미숙하였다. 경제안정이 전제되어야 정국안정과 민주주의 실현이 가능하다는 정치관을 가지고 있었으나 현실정치는 그렇게 녹녹치 않았다. 정치안정이 선행되어야만 경제발전이 가능하다는 현실적인 정치의 기본감각을 전혀 몰랐던 것 같다.

장면은 윤보선과 외무장관 정일형, 서울 시경국장 등으로부터 쿠데타 통보 및 보고를 받았으며 심지어 미 CIA 한국 지부장으로부터 쿠데타에 대한 정보를 통보받았으나 별 것 아니라고 치부했던 것을 보면 그의 정책판단 능력을 알만하다고 할 것이다.

특히 장면은 1961년 5월 16일 쿠데타가 발생한 직후 주한 미국 그린 대사와 통화한 이후에도 숨어 들어간 혜화동의 수녀원에서 나오지 않고 계속 기도드리며 전화를 통해 미국의 동정만을 살폈다고 하는 것을 보면 상황 대처능력이 전혀 없었다.

민간정보를 가장 정확히 포착하는 것은 경찰이라고 할 수 있다. 나무의 실뿌리처럼 세세한 곳까지 정보망이 전국적으로 뻗어 있기 때문이다. 그런데 장면은 자유당 시절 부정부패 원흉과 민중탄압의 지탄을 받던 경찰관을 숙청하고 각급 정보기관들을 정리하는데만 신경을 쓰고 그들을 이용하는 정보 처리 능력이 수준 이하라고 평가할 수밖에 없었다.

박정희 대통령

출생성장과정

박정희는 경북 선산군 구미면 상모동에서 1917년 11월 14일 무관인 망부 박성빈과 망모 박남의 5남 2녀 중 막내로 출생하였다. 구미 보통학교 시절 공부를 잘하여 3학년 때부터 내내 급장을 맡았다. 그의 담임 선생은 박정희에 대하여 「성적은 전과목이 고루 우수하며 암기력이 좋아 산수, 역사, 지리 등은 언제나 만점을 받았으며 조리있는 발표력과 예민한 사고력을 가졌다」고 기록하였다.

군인을 동경하였으며 그 중 나폴레옹과 이순신의 위인전을 탐독해 읽었다. 구미 공립 보통학교를 우수한 성적으로 졸업하였으나 가정형편이 어려워 상급학교에 진학을 포기하고 있던 중 보통학교 교장과 담임선생이 부모를 설득하여 대구사범에 입학하였다. 박정희는 대구사범학교를 졸업하고 문경공립보통학교에서 교사로 3년간 재직타가 군인생활을 동경한 나머지 학교를 사직하고 북만주로 떠난다.

박정희는 1940년 봄, 만주 군관학교 제2기생으로 입교하여 수석으로 졸업한 후 일본육군사관학교 3학년 과정에 편입하여 졸업, 만주 보병 제8사단에서 패망시까지 만주국의 장교로 근무하였다.

1945년 8월 15일 해방 이후 광복군 제3지대 제1대대 제2중대장을 지내다 1946년 7월 귀국하였다. 귀국 이후 대한민국 육군장교로 지내다 한국전쟁이 나자 육군장교로 참전하였다.

한국전쟁 이후

1950년 6월 한국전쟁 중 소령으로 복무타 육군본부 작전정보국 제1

과장을 거쳐 1950년 9월 15일 인천상륙작전이 감행될 때 중령으로 진급하였다. 1950년 10월 육영수를 소개받고 약혼식을 올렸으나 육영수의 부친 육종관은 박정희와 결혼하는 것을 반대하였으므로 육영수와 그의 모친 이경령은 집을 나와 대구 시내에 있는 박정희의 거주지 주변에 머물러 있게 되었다. 1950년 12월 12일 박정희는 대구시의 한 성당에서 육영수와 조촐하게 결혼식을 올렸다.

박정희는 1952년 피난지인 부산에서 이승만 대통령이 계엄령을 선포하고 헌병들을 동원하여 공포분위기를 조성한 뒤에 국회에서 개헌을 통과시키고 직선제 대통령으로 출마하려는데 반발하여 상급자인 이용문 준장과 함께 정변을 계획하였으나 미수로 끝났다. 1953년 11월 25일 육군준장으로 승진하여 장군이 되었다. 1957년 소장으로 진급하였고 1959년 7월 1일 제6관구 사령관을 거쳐 1960년 1월 21일에 부산군수기지 사령부 사령관이 되었다. 1960년 3월 15일 정·부통령 선거일이 닥쳐오자 자유당에 투표하라는 지시가 내려왔다. 3.15 부정선거를 규탄하는 학생들이 대규모 운동을 벌이다 경찰과의 충돌로 희생되는 사태도 벌어졌다.

부정선거를 규탄하는 운동이 전국적으로 확산되자 계엄령이 선포되었고 계엄사령관에 송요찬 육군참모총장, 부산지구 계엄사무소장에 박정희가 임명되었다. 박정희는 학생과 시민에게 발포명령을 내리지 않았다. 관공서를 습격하려는 시민들에게 군병력을 지휘하던 박정희가 말했다.

「여러분! 우리는 여러분을 해치러 온 것이 아닙니다. 이 앞에 있는 장갑차는 여러분의 혈세로 구입한 국가재산이며 이 장갑차는 여러분의 생명을 보호할 것입니다. 우리의 소원대로 이승만 부패정권은 물러났습니다. 이제는 흥분을 진정시킵시다.」

4.19 학생의거로 1960년 5월 이승만이 하야하고 허정 대통령 권한 대행 겸 내각수반이 과도내각을 이끌다가 총선거를 거쳐 1960년 7월 민주당이 압승하므로 민주당 정권이 들어서게 되었다.

민주당은 신·구파로 분당되어 대통령은 구파의 윤보선이 당선되었으나 실세 총리는 신파의 장면이 지명되었다. 장면 총리 내각은 시작부터 불안했다. 민주당은 집권 9개월 간에 세차례나 개각과 정쟁에 정치적 불안을 수습치 못하고 국민의 민심은 이반되기 시작하였다. 전국적으로 데모가 극에 달했으며 9개월 동안에 전국에서 2,000여 회의 데모가 일어났고 동원된 인원도 100만명에 달했다. 데모로 날이 새고 해가 졌다.

또한 운동권 학생들은 '가자 북으로! 오라 남으로'라는 구호를 외쳐대는 것이 인사처럼 되었다. 이런 극도의 사회혼란 속에서 정쟁과 불순 용공세력의 발호가 결국은 5.16 혁명을 불러왔다.

5.16 군사 정변

박정희 장군이 군사정변을 결심한 데에는 그가 부산 군수기지 사령관을 역임하던 시절 4.19 혁명 발생이 그 계기가 되었다고 알려져 있다. 박정희는 1960년 부산 군수기지 사령관 역임 후 제2군 사령부 부사령관을 역임하면서 김종필 중령을 비롯한 지지세력을 규합하였고 이듬해인 1961년 5월 16일 새벽, 반공·친미·구악일소·경제재건 등을 명분으로 5.16 군사정변에 참여하여 제2공화국 장면내각을 붕괴시켰다.

미국은 군사정부가 들어선 뒤에도 박정희를 승인하지 않고 정권교체 의지를 분명히 표현하였으나 박정희가 제5대 대통령 선거에서 윤보선을 누르고 대통령에 당선된 뒤 1964년 베트남 전쟁의 지원을 약속하자 정권교체 의사를 보류하였다.

1963년 3월 16일 군정 연장과 함께 구정치인들의 정치활동 금지해제 성명을 발표했다. 성명발표와 동시에 전 대통령 윤보선, 전 국무총리 장택상, 신민당 위원장 김도연, 초대 국무총리 이범석 등과 면담하였다. 박정희는 1963년 예비역 대장으로 예편한 후 민주공화당에 입당하여 제5대 대통령 선거에 출마하였다.

박정희는 1963년 10월 15일 제5대 대통령 선거에서 윤보선을 15만 표차로 누르고 대통령에 당선되었으며, 12월 대한민국 제5대 대통령에 취임하였다. 박정희에 대한 지지율은 도시보다 농촌에서 월등한 것으로 나타나 여촌야도(与村野都) 현상을 가져왔다. 이후에는 지역 감정으로 인해 호남의 지지율이 떨어졌다.

베트남 전쟁 파병

1964년 미국으로부터 베트남 파병 지원요청을 받았다. 일부 야당의 반대를 무릅쓰고 베트남 파병을 단행하였는 바 1964년 7월 18일부터 의사와 태권도 교관단의 파월을 시작으로 1973년 3월 23일까지 8년 8개월간 맹호부대, 백마부대, 해병 청룡부대 등 한국군을 파견했다.

한국군은 월남 파병으로 한 · 미 우호관계를 증진시켰을 뿐만 아니라 한국 경제발전에 상당한 역할을 하였다.

한 · 일협정 전후(1964~1966)

미국의 주도하에 1951년부터 한국과 일본의 수교를 위한 조약의 교섭이 추진되어 오다가 1961년 이후 혁명 정부의 초대 중앙정보부장 김종필과 일본 외무장관 간에 비밀회담이 계속 추진되었다.

1964년 3월 정부는 한 · 일 협정을 통해 국가기틀을 다질 자금을 마련할 목적으로 한 · 일 외교 정상화 방침을 밝혔으나 학생과 야당의 반대에 봉착한다. 특히 한 · 일 협상 반대운동은 1964년 6월 3일 항쟁으로 그 정점에 달했다.

정부는 학생데모와 야당의 결렬한 반대를 무릅쓰고 꾸준히 한 · 일 회담을 추진한 결과 1965년 6월 22일 한 · 일 양국 정부가 14년동안 끌어온 국교정상화 교섭을 마무리 짓고 한국의 외무장관 이동원, 한 · 일 회담 수석대표 김동조와 일본 외무장관 시이나 에쓰사부로, 수석대표 다카스키 신이치 사이에 한 · 일 기본조약이 조인되었다.

6.3항쟁의 학생시위가 수그러들지 않자 박정희는 1965년 8월 25일 전국방송을 통해 특별담화를 발표하였다.

그는 담화에서 학생들이 국회해산과 조약무효를 주장하는 것과 데모 만능풍조를 비판하였으며 구정치인을 학생데모에 의존하여 정부를 전복하려는 반동분자라고 강한 어조로 비난하였다.

다음날인 1965년 8월 26일에도 한 · 일협정 반대 분위기가 심했다.

박정희는 경찰력만으로는 치안유지가 불가능하다는 서울시장 윤치영의 건의를 받아들여 서울시 일원에 위수령을 선포하여 학생시위를 진압하였다.

3선 개헌과 유신헌법 전야(1967~1971)

1967년 5월 3일 제6대 대통령 선거에서 박정희는 경제개발의 성과와 비전을 내세우면서 정치적 지지를 호소했다. 신민당의 윤보선은 쿠데타 이후에 추진된 경제개발의 폭력성과 독재성을 규탄하였다. 이어 윤보선은 월남전 파병을 미국의 '청부전쟁'이라고 비판했고 윤보선을 지지하던 장준하는 「일본천황에 충성을 맹세하고 일본군 장교가 되어 우리 광복군에 총부리를 겨누었다. 우리나라 청년들을 베트남에 팔아먹고 피를 판 돈으로 정권을 유지하고 있다.」라며 박정희의 베트남 파병을 맹렬히 규탄했다. 그러나 박정희는 윤보선을 116여 만 표차로 꺾고 재선에 성공하여 12월 제6대 대통령에 취임하였다.

박정희는 농촌지역의 지지를 얻은 한편 윤보선은 도시와 지식인층의 지지를 얻었다. 1967년 12월 농어촌개발공사를 창립하였고, 1968년에는 국민교육헌장을 제정하였다. 1969년에는 3선 개헌을 골자로 한 개헌안을 국민투표를 통해 통과시켰다. 1970년 4월에는 새마을 운동을 제창하였으며 그해 수출 10억달러를 달성하였다.

1971년 4월 27일 대한민국 제7대 대통령 선거에서 박정희는 김대중을 95만 표차로 이기고 3선에 성공하였다.

박정희 정권의 공과(功過)

박정희의 공적

박정희의 업적은 한 마디로 한국의 경제부흥이다. 주요한 경제발전의 과정과 항목이 많아 일일이 열거하기가 어렵겠으나 경제발전의 2대 지주(支柱)만 열거해 보면 다음과 같다.

박정희는 1963년 12월 10일 서독 뤼프케 대통령의 초청으로 서독을 방문했다. 박정희는 서독에 파견된 광부와 간호사들의 참담한 모습을 보고 눈물을 흘렸다. 박정희는 서독 총리 에르하르트를 만나 한국 경제개발에 관한 조언을 듣게 된다.

「한국은 산이 많다고 하던데 산이 많으면 국가가 발전할 수 없습니다. 각하가 내일 본에서 쾰른으로 가는 길이 바로 히틀러가 만들어 놓은 아우토반입니다. 아우토반은 독일을 경제적으로 부강시킨 역사적인 도로가 되었습니다. 고속도로가 건설되면 고속도로를 질주할 자동차 산업도 필요하고 자동차에 필요한 부품공장도 자연적으로 건설해야 됩니다. 자동차를 만들려면 철이 필요하므로 제철산업에 필요한 공장건설이 필요하게 됩니다. 또한 휘발유 생산을 위하여는 석유화학 공장도 필요합니다.」에르하르트는 '라인강의 기적'을 예로 들며 고속도로와 제철산업, 자동차 산업, 정유산업, 조선산업 등의 건설에 눈을 뜨도록 박정희를 설득하였다.

박정희는 귀국 후 에르하르트 총리가 조언한 산업분야에 대하여 오랫동안 면밀한 검토연구와 생산적인 고민을 통하여 경부고속도로와 포항제철공장이라는 엄청난 역사적인 보물 건설을 착안하게 된다.

박정희는 자나깨나 세계 최초의 고속도로인 아우토반 생각뿐이었다. 서독 방문기간 달리던 아우토반의 기억이 머릿속을 떠나지 않았다.

서울—부산간 고속도로 건설은 당시 국가 예산으로는 불가능한 일이었다. 국가 예산이 1,600억원이었다 하는데 서울—부산간 428㎞에 429억원이 들어갔다 하니 말이다. 그러나 주변의 참모진이나 전문가들의 한결같은 반대에도 불구하고 고속도로가 건설되지 않는다면 한국의 미래는 없다는 집념으로 박정희는 1968년 2월 1일부터 1970년 7월 7일까지 2년 5개월만에 428㎞의 경부고속도로를 개통시켰다.

이 고속도로의 개통으로 수송 물류비 절감에 따른 경제효과는 막대하였다. 1970년대 경부고속도로 개통에 대한 명실상부한 국가산업과 국민생활의 대동맥으로 그 중요성에 대하여는 각계 각층의 인사들과 국민들 모두가 인식을 함께 했다는 점은 역사가 증명하게 되었다.

한국에 제철소를 건립하려면 국제 제철차관단을 만들어 자금을 조달하는 방법이 있다는 말도 듣게 되었다. 사실 우리나라는 제철건립에 관하여 이승만 정권이래 지속적으로 산업의 쌀이라는 철을 생산하기 위하여 제철소 건립을 구상해 왔으나 그것은 예산상의 현실적 어려움으로 역부족이었다.

1966년 박정희의 미국 방문 이후에 이르러서야 제철소 건립이 태동되었다고 해야 할 것이다. 박정희는 귀국 후 선진국가들의 철강사에 의사를 타신하고 세세은행(IBRD)과 접촉하는 한편 1967년에는 내한 국제철차관단 KISA(Korea International Steel Associates)와 제철소의 규모 및 자금동원 방법에 관한 협의를 하였고 그해 미국, 영국, 독일, 이탈리아 4개 국가와 이들 나라의 7개 철강업체로 구성된 KISA가

정식 발족되었다.

대한 국제철차관단(KISA)과의 합의사항은 한국에 종합제철 건설을 위해 차관단이 1억달러, 한국이 2,500만 달러를 출자하여 1967년 봄까지 공장을 착공토록 최선을 다한다는 내용이었다.

박정희는 제철산업의 적임자를 물색하던 중 군대 후배 박태준을 떠올리며 즉시 그를 불렀다.

「임자, 철은 인간의 뼈대이며 양식으로, 말하자면 쌀이야. 쌀이 없다면 사람이 생존할 수 없는 것과 같은 이치지. 자네가 제철소 건설을 맡아 주어야겠어.」

그러나 대한국제철차관단(KISA)로부터 한국의 종합제철소 건설자금을 지원할 수 없다는 통보를 받고 제철소 건립은 난관에 봉착했다. 결국 돈은 일본에서 나왔다. 김학렬 당시 경제기획원 장관이 일본을 오가며 설득해 일본이 주기로 한 자금 중 일부가 농업용수 개발용으로 남아있었던 것이다.

이때 박태준은 대일 청구권이 1억 달러 정도 남아있다는 말을 박정희로부터 전해듣고 1억 달러를 이용하겠다는 생각을 가지고 일본의 오히라 통산성 장관과 로비를 시도한다. 로비는 성공하여 대일 청구권 금액은 오직 농업용으로만 사용해야 한다는 제약이 있었음에도 불구하고 전용해도 된다는 오히라 장관의 통보를 받아내게 된다. 이제 포항제철 건립은 순풍에 돛을 달았다.

1969년 12월 한·일 양국 정부는 포항제철 건립을 지원하는 각서에 서명하므로서 종합제철에 관한 기본협약이 체결되었다. 대일 청구권 자금은 포항제철의 뼈대가 될 수 있었다.

포항제철 공장은 1970년 4월 1일 착공하여 1973년 7월 3일 준공, 만 3년 3개월만에 건립하게 되었다. 이 공장은 내·외자를 합쳐 우리나라 돈으로 약 1,200억원이라는 돈이 투입되었다.

상기 2대 핵심산업 이외 울산공업단지 조성에 따른 자동차 산업, 석유화학 공업과 조선사업 공장건설, 전국의 임야에 조성된 산림녹화사업 등 이루 헤아릴 수 없는 수많은 산업화 사업 등으로 세계 경제대국과 어깨를 나란히 할 수 있는 경지에 도달해 있다는 것은 누가 뭐라해도 박정희의 공적인 것이다.

그 중에서도 포항종합제철과 경부고속도로는 산업구조면으로나 경제발전 단계면에서나 가장 중요한 기간산업이며, 한국 경제의 제조업과 물류의 기본틀을 완전히 바꾸어 놓았다고 평가된다. 전문가 집단과 여론도 반대하면서 모두 등을 돌렸음에도 불구하고 오로지 박정희의 집념으로 성공시켰다. 박정희는 물·불을 가리지 않고 모든 수단과 방법을 동원하였다. 만약 두 개의 사업이 당시의 반대에 부딪쳐 무산되었다면 오늘날의 한국 경제발전은 있을 수 없었을 것이다. 오늘날 한국 국민이 잘 살고 있는 것도 경부고속도로나 포항 종합제철 건설로부터 기인되었다는 것은 그 누구도 부정할 수 없는 역사적 사실일 것이다.

박정희 정권의 과오

3선 개헌과 유신체제는 비민주적이었다. 헌법이 3선개헌을 금지했음에도 개헌을 하였고 기존의 헌법절차에 의하지 않고 국회해산을 했으며 국민투표로 결정하였기 때문이다.

그러나 3선개헌과 유신체제가 최선의 해결책은 아니었다해도 비민주적인 결정을 할 수밖에 없었던 사정이 있었다는 점도 우리는 간과해서는 안될 것이다. 우선 유신헌법을 선포하기 전의 국내상황과 국제상황을 살펴 보아야 할 것이다.

국내적으로는 1968년 1월 21일 김신조를 위시한 무장공비의 대통령 암살시도와 신민당 김대중 대통령 후보의 예비군 폐지 공약 등은 박정희 대통령에게 커다란 충격을 주었다.

또한 국제적으로도 1969년 미국 닉슨 대통령의 월남전 종결선언으로 1971년 봄까지 30만 파월 미군 감축 발표, 주한미군 7사단의 철수, 아시아 방위의 1차적 책임은 자국이 져야한다는 닉슨 독트린 선언 등은 박 대통령에게 자주 국방에 박차를 가하는 큰 충격이었다.

유신체제가 민주화에 역행되었다는 잘못이 있음에도 불구하고 위와 같이 유신체제의 등장에는 국내·외적인 상황의 상관관계가 있었다는 점을 우리는 결코 간과할 수 없을 것이다. 한편 박정희 정권하에서 억울하게 탄압을 받은 민주화 인사가 있었던 것도 사실이지만, 당시 정권이 국보법 위반사건 대부분을 조작했다는 주장은 너무 터무니없는 것이다.

현재 대부분의 국민들이 박정희의 일부 잘못된 점을 인정하면서도 산업화의 기적을 가능케 했던 박정희 리더쉽을 그리워하고 동경하는 이유를 우리는 결코 부정할 수 없을 것이며 이는 한 마디로 역대 대통령 그 누구도 박정희의 공적을 능가할 수 없으리만큼 크나큰 공적이 있다는 반증이 되고 있다 할 것이다.

특히 역대 대통령 재직 중 특별한 공적이 없었다고 평가되고 있는 김영삼은 「박정희는 역사의 죄인이다. 박정희의 경제개발은 장면 정권으로도 가능했으며 5 · 16 군사정변이 없었다면 장면이 나라를 잘 이끌어 갈 수 있었다.」고 폄하하는 동시에 박정희의 죽음에 대해서까지 「박정희는 나를 제명해서 죽은 겁니다.」라는 막말까지 서슴치 않았지만 김영삼의 박정희에 대한 평가의 시비는 오직 독자의 몫이 될 것이다.

박정희의 인간적인 모습

1979년 10월 26일 비정한 인간 김재규에 의해 피살된 후 국군병원에 옮겨진 박정희의 손목에 채워진 평범한 세이코 손목시계, 도금이 벗겨져 빛바랜 넥타이 핀, 해져있는 혁대 등 권력자의 이 검소하고 서민적인 모습은 누가 보아도 최고 권력자의 사치와 탐욕과는 달라도 너무 달랐다.

반정부 좌파세력과 야당정치인, 도시 지식인층으로부터 독재자로 비난받으면서도 묵묵히 오직 국가와 민족을 위해서 일해왔던 위대하고 검소한 지도자의 참모습을 아직도 오만과 독선이라 할 것인가? 10.26의 역사적 비극을 아직도 독재자의 인과응보라고 비난만 할 것인가!

최규하 대통령

출생성장과정

최규하는 1919년 7월 16일 강원도 원주에서 출생하여 1941년 일본 도쿄 고등사범학교 영문과를 졸업하고 1943년 7월 만주국립대학원을 졸업하였으며 광복 후 서울대학교 사범대학 교수가 되었다. 1963년 박정희 국가재건 최고회의 의장 외교담당 고문이 되었고, 1967년 외무장관에 발탁되었으며 1975년 국무총리에 임명된 후 1979년 10월 26일 박정희 대통령이 암살되자 대통령 권한 대행이 되고 1979년 12월 6일 통일주체 국민회의에서 대통령으로 선출되었다.

최규하의 정치력의 한계

1979년 10월 26일 사태이후 헌법규정에 따라 대통령 권한대행이 된 최규하는 국민들의 열망에 따른 민주화를 실현할 입장에 있었다. 국민들은 그를 지지할 준비가 되어 있었으며 미국 정부도 민주체제로의 전환을 기대하고 있었다고 보아야 할 것이다.

무엇보다도 계엄령 해제는 대통령의 독자적인 권한이므로 계엄령 해제를 통해 국민적 지지와 미국의 후원을 기반으로 정국을 주도했다면 신군부도 민간정부에 의한 민주화 정권수립의 정책결단을 수용할 수밖에는 없었을 것이다.

그러니 그는 군부의 압력을 두려워했으며 그들의 군사정권을 제압할만한 결단력과 배짱이 없었다고 보여진다. 만일 그가 민간정부에 의한 민주화를 성공시킬 배짱과 정치적 역량이나 지혜가 있었다면 여·야 정치인과 협의하고 민주화 일정을 국민에게 공포함과 동시에 헌법개정을 실시하여 역사의 물줄기를 바꿀 수 있었을 것이다.

최주사, 최면장이라는 칭호

최대통령 내외는 고아원이나 양로원, 사회복지시설을 두루 방문하여 사회에서 격리된 불쌍한 사람들을 어루만지며 인간적인 동정과 배려를 아끼지 않았다는 미담은 널리 전해졌다.

그러한 덕행은 물론 가상스럽고 감격적인 일임에는 틀림없지만, 대통령으로서 직접 실행해야 할 일은 아니다. 군수나 면장이 실무담당 직원과 똑같이 군민이나 면민을 한 사람씩 만나러 직접 돌아다니면서 주민활동을 직접 시행하기만 한다면 시골 군수나 면장이 담당직원과 다른 것이 무엇이겠는가. 군수나 면장은 직원들이 군민이나 면민을 위해 무엇을, 어떻게 할 것인지의 방향을 제시해 주는 일을 하는 것이 중요한 것처럼 대통령이라면 국민의 행복을 위하여 국민이 원하는 것을 제도적 입법조치를 통하여 근본대책을 강구했어야 했다.

최 전대통령은 공직자로서 청렴결백했고 특별히 권력을 탐하지도 않는 인격자로서 자질을 구비하였음에도 그의 정신력(mentality)은 대통령의 수준이 아니라 실무부서의 실·국장(室·局長)의 그것이었다는 설이 많다. 그래서 항간에서는 그를 최주사, 최면장이라고 불렀다. 60~70년대에 면장은 6급(주사)으로 보하고 있었던 사실에 근거하여 최대통령을 비하하여 그렇게 불렀다.

최규하, 그는 대통령이었다. 어떠한 일이 있어도 유혈의 참극만은 막았어야 할 대통령이었다. 힘이 아무리 부쳐도 최소한 군부세력에 대항해 보는 시도는 보여 주어야 했다. 설사 그들에게 살해되는 한이 있더라도 그것은 5,000만 국민을 대신한 고귀한 희생이기 때문이다. 그러한 적극적 흔적이 전혀 발견되지 않았다는 데에 국민으로부터 원망을 들을 수밖에 없다.

전두환 대통령

출생성장과정

　전두환은 1931년 1월 18일 경남합천에서 농업에 종사하는 망부 전상우와 망모 김정문의 6남 4녀 중 4남으로 출생하여 대구 희도소학교를 졸업한 후 대구공업중학과 대구공업고등학교를 거쳐 1951년 육군사관학교에 입학, 1955년 3월 육군사관학교를 11기로 졸업하였다.

　1961년 5월 16일 군사정변이 발생하자 그는 육군사관학교로 가서 육사 생도들의 5 · 16 군사정변 지지 시위를 주도해 국가재건 최고회의 부의장 박정희의 신임을 얻었다.

5.17의 성격

　1979년 10월 26일 박정희 대통령이 중앙정보부장 김재규에 의해 피살된 후 계엄이 선포되고 계엄사령관이 권력을 장악하게 되자 계엄사령부에서 수사권을 쥐고 있던 전두환이 계엄사령관을 제거하고 실권을 잡게된다. 소위 5 · 17 정변이라 불리우는 또 다른 군부 쿠데타였다.

　그러나 5 · 17은 5 · 16과는 여러가지 점에서 다르다.

　우선 박정희 전 대통령의 5.16은 국가를 구하겠다는 우국충정에서 비롯되었고 거사의 배경도 사회혼란을 수습하고 가난을 퇴치하겠다는 국민적 공감대가 작용되었으며 무엇보다도 무혈로 권력을 장악했지만, 전두환 전 대통령의 5 · 17 쿠데타는 평소 자신이 받들던 상관을 제거하고 그 위에 올라서는 하극상의 동요이며 민주화를 외치며 저항하던 학생과 시민들을 무참히 살육하고 이룩된 권력찬탈의 유혈 군사

쿠데타이기 때문이다.

광주항쟁으로 희생된 사상자는 사망자 163명, 행불자 166명, 부상자 3,139명이라는 결과를 초래하였다는 점에서 양자는 분명 그 성질과 가치를 달리한다고 해야 할 것이다. 따라서 사람들은 법률적인 성격의 동일성 여부에 불문하고 5·16은 군사혁명이라 하고 5·17은 군사 쿠데타 내지는 군사반란이라고 부르기도 한다.

그러나 이와같은 부정적인 가치평가에도 불구하고 경제적인 국민의 삶의 질에 대하여 살펴본다면 인프레를 잡고 높은 경제성장률을 기록하였고 만성적인 무역적자를 흑자로 바꾸어 놓았다는 점에서는 다른 평가를 하는 여론이 많다는 점 또한 부정할 수 없다.

「만약 전두환이 등장하지 않았다면 한국인들은 더 많은 자유를 향유하게 되었을 지도 모르지만 경제는 전혀 다른 방향으로 빠져들었을 가능성이 컸다.」는 이론을 펴는 학자(대통령과 국가경영 : 김충남, 서울대학교출판부, 2006년) 등도 있다는 사실이다. 역사의 아이러니라고 할 수밖에 없다.

노태우의 배신

전두환은 노태우를 후계자로 세우고 퇴임 후에도 국정자문회의 의장에 취임하여 계속 정치적 영향력을 행사하려고 마음먹고 이를 실현하기 위하여 일해(日海)재단도 설립한 바 있다. 그러나 전두환으로부터 후계자 바통을 물려받은 노태우는 반기를 들고 전두환을 배반한다. 전두환은 노태우에 의해 1988년 11월 23일 쓸쓸히 백담사로 유배를 떠나고 만다.

집권기간 계속된 철권통치로 국민적 반발을 사고 끝내는 백담사에서 유배생활을 보낸 전두환은 유배생활을 끝내고 돌아와 추종세력을 규합, 정권 재창출을 시도하였으나 무위로 끝나고 김영삼 정권에서는 전격 구속까지 되는 수모를 겪는다. 집권기간 중 7,000억원 규모의 비자금 조성 사실까지 밝혀졌고 비자금을 그의 아들 · 딸 · 처남 등의 명의로 분산, 은닉해 놓았지만 결국은 국가의 재산 압류 조치에 승복하고 만다.

대통령이라는 지도자가 돈을 탐한다는 것은 어떠한 명분을 내세운다 해도 그것은 자격미달이다. 물론 후임 노태우 전 대통령에 비해 통이 크며 부하를 잘 돌보며 의리가 있다고 평가하는 사람도 있는 것은 사실이나, 그것은 돈을 탐하고 엄청난 비자금을 조성했다는 비리를 상쇄(相殺)할 수 있는 명분이나 조건이 될 수는 없다.

비정한 김재규에 의해 피살된 후 국군병원에 옮겨진 박정희 전 대통령의 손목에 채워진 평범한 세이코 손목시계, 도금이 벗겨져 있는 넥타이 핀, 해져있는 혁대 등 권력자의 이 검소하고 서민적인 모습과 전두환의 모습은 달라도 너무 달랐다.

노태우 대통령

출생성장과정 및 인물개요

노태우는 1932년 12월 4일 경북 달성군 공산면 신용리 팔공산 부근에서 공산면사무소 면서기로 재직하던 망부 노병수와 망모 김태향의 장남으로 출생하였다. 그는 1946년 2월 공산소학교를 졸업하고 대구공업중학교와 경북고등학교를 거쳐 1951년 육군사관학교에 입학, 1955년 2월에 육군사관학교를 졸업하였다.

노태우는 전두환과 같이 육사 11기로 1979년 10·26 사태 이후 5·17 군부 쿠데타의 주역으로 등장한 인물이다. 노태우는 쿠데타의 주역이었음에도 불구하고 5공 실세들의 괄시를 받았다. 그가 처음 국회에 진출할 때 민정당 대표였던 권익현은 노태우의 고향 출마계획을 좌절시켰고, 5공 실세의 한 사람인 권정달 사무총장을 찾아갔으나 1시간 이상이나 기다리는 등의 모욕을 당하였을 뿐만 아니라 5공 후기의 실세였던 장세동 안기부장으로부터 안기부의 사찰을 받는 수모도 겪었다.

일반적으로 그는 소극적인 성격이었고 결단력이 부족하다고 하여 6공시대에는 '물태우'로 불리어졌다.

그는 소극적이고 과단성 없는 성격에도 불구하고 어떤 목적을 달성하기 위해서는 자신의 감정을 밖으로 드러내지 않고 상대방에게 항상 고분고분한 태도를 취하여 상대방의 마음을 사로잡고 그는 상대방보다 못하다는 심리적 안정감을 심어줌으로써 상대방을 기쁘게 해주었다.

그는 「만에 하나 내가 대통령이 되고 싶어하는 언동을 하였다면 대통령이 되기는 커녕 어떤 비운을 겪었을 것이 틀림없었을 것」이라는 말을 회고록에서 기술한 바 있다.

6·29 선언

노태우 정권에서는 6·29선언이 특기할만한 사건이다. 6·29선언은 한마디로 국민의 민주화와 직선제 개헌요구를 정부가 받아들인 특별선언이다.

1985년 2월 12일 총선 이후 야당과 재야세력은 간선제로 선출된 제5공화국 대통령 전두환의 도덕성과 정통성의 결여를 비판하면서 직선제 개헌을 주장하였다. 이에 전두환은 직선제 개헌을 잠재우기 위해 1987년 4월 13일 일체의 개헌논의를 금지하는 호헌조치를 발표하였다. 그런데 이런 상황에서 서울대생 박종철이 경찰의 고문으로 사망한 사실까지 알려지자 1987년 6월 10일 전국의 도시에서 민주헌법쟁취 국민운동본부가 주최하는 대규모 가두집회가 열리고, 학생과 시민들의 시위가 연일 계속 되었다. 이른바 6.10항쟁이다.

6.26에는 전국의 각 도시에서 사상 최대인원인 100여만 명이 밤늦게까지 격렬한 시위를 벌였다. 이에 정부는 국민의 직선제 개헌을 받아드리기로 하고 6·29선언을 발표하게 되었다.

어찌보면 6·29선언은 당시의 시대상황이 6·29선언을 발표하지 않을 수 없었기 때문이라고 보아야 할 것이며 전두환이나 노태우가 민주화를 보장하기 위한 구국의 결단을 표명한 것은 아니라고 볼 수 있었다.

6·29선언은 1988년 2월 대통령 직선제 개헌을 통한 평화적 정권이양 보장, 김대중 사면 복권과 시국관련 사범의 석방, 지방자치 및 교육자치의 실시 등을 내용으로 하였다.

노태우는 6·29선언은 전두환 대통령과 상의한 일이 없으며 자신의 독자적 작품이라고 주장하였다. 그러나 6·29선언은 전두환의 권유에 의한 것이었다. 직선제를 수용하면 대통령이 될 수 없다고 판단한 노태우는 전두환의 강력한 권유에도 받아들일 수 없다고 배짱을 부렸으나 민주화를 요구하는 국민의 함성에 어쩔 수 없이 승복하고 직선제를 받아들이고 만다. 노태우는 그의 4촌 처남인 박철언에게 선언문을 작성하라고 지시하고 박철언은 노태우가 민족과 겨레를 위한 구국의 결단을 한 것처럼 포장해 발표문을 작성하였으며 1987년 6월 29일 민정당사에서 준비한 선언문을 발표하였으니 그것이 유명한 6·29선언이다.

6·29선언은 전두환이 직접 구상해서 노후보를 설득·지시했고, 노후보가 보다 구체화시킨 것이라는 내용을 주장하고 있는 점으로 볼 때 전두환과 노태우의 합작품인 것으로 보는 것이 정확한 판단이 아닐까 생각된다.

6·29선언이 노태우가 독자적으로 선언했건 전두환의 강력한 권유에 의한 선언이건 그것은 중요한 것이 아니고 6·29선언으로 16년만에 대통령 직선제가 실시되었고 한국 민주화가 시작되었다는 데에서 역사적 의의가 크다고 하겠다.

민정당 대표 노태우는 1987년 6월 29일 직선제를 수용하고 김대중을 사면·복권한다는 것을 골자로 민주화 특별선언을 발표하고 그 말미에 「이 선언이 수용되지 않으면 대통령 후보와 당 대표위원 직을 포함한 모든 공직에서 사퇴하겠다.」는 말을 첨가하므로써 전두환의 뜻까지 거스르며 직선제 요구를 수용한 정치지도자의 이미지를 구축했다.

모든 국민들은 열광했다. 김영삼은 「만시지탄의 감은 있으나 이 시점에서 가장 희망찬 발표로서 전적으로 환영한다.」고 논평하였고, 김대중은 「노대표의 선언은 고무적인 것으로서 이를 환영한다. 인간에 대한 신뢰감이 느껴졌다.」고 논평했다.

물론 노태우가 6·29선언을 한 것은 야권을 분열시키므로서 충분히 이길 수 있다는 계산이 있었기 때문이었다. 김영삼과 김대중도 직선제 개헌이 되면 자기들에게 유리한 상황이 전개되리라고 판단했고 특히 김대중은 김영삼과 노태우가 그들 출신지역의 영남표를 서로 나눠가질 것이고, 충청의 표는 김종필에게 갈 것이므로 자신이 승리할 수 있다는 점에서 회심의 미소를 지었을 것이며 각자가 동상이몽에 심취했기 때문에 환영의 의사를 표명했던 것 뿐이며, 6·29선언이 진정한 가치가 있느냐 없느냐에 대하여는 아무런 관심도 없었던 것이 사실이었다. 그러나 1987년 12월 16일 제13대 대통령선거 결과는 노태우의 승리였다. 노태우 36.6%, 김영삼 28%, 김대중 27%, 김종필 8.1%였다.

노태우의 배신과 비정한 인간성

노태우는 13대 대통령에 당선되자 태도가 완전히 뒤바뀐다. 그는 자신의 뒤에서 상왕노릇을 하려던 전두환의 요구를 거부하고 그를 백담사로 유배보냈다.

노태우의 부인 김옥숙은 전두환의 부인 이순자에게 「우리는 국민이 직접 뽑아준 대통령이므로 체육관 대통령과는 다르다.」고 언동하며 상스런 욕까지 섞어가면서 싸웠다는 일화가 널리 퍼졌다. 전두환과 노태우의 갈등은 1988년 2월 25일 대통령 취임식 문제부터 표면화되기 시작하였다. 전두환은 '평화적 정권교체'의 의미를 강조하기 위하여 이·취임식을 함께 하자고 했으나, 노태우 측에서는 취임식 때 이임식도 함께 한다면 국민들이 6공은 5공의 계승자로 생각할 것을 두려워 했기 때문에 반대하였다.

전두환 측에서 본다면 자신이 후계자로 세웠고 대선에서도 금권(金權)과 관권(官權)으로 크게 지원해 주어 노태우가 대통령에 당선되었으므로 노태우 정권은 5공(共)의 연장선에 있었으며 이를 부인하는 것은 누가 보아도 은혜를 원수로 갚는 비정한 처신으로 억울하기 짝이 없는 일이었다. 우리는 여기서 노태우의 비정한 인간성을 엿볼 수 있다.

그러나 이러한 갈등은 노태우 배신의 시작에 불과하였다. 전두환의 동생 전경환의 공천요구를 탈락시킴은 물론이고 새마을 비리사건을 터트리면서 전경환을 구속, 수감하였다. 이어서 전두환이 의장으로 있는 국가원로자문회의도 위헌요소가 있다며 공직삭탈의 처분을 단행했다.

5공 청문회

1988년 4월 26일 13대 총선이 실시되었다. 총선결과 299석 중 민정당은 125석을 얻었을 뿐 과반수 의석 확보에 실패하였다.

한편, 김대중의 평민당은 70석, 김영삼의 민주당은 59석, 김종필의 공화당은 35석을 얻었다. 이로서 3김은 각 지역에 확고한 기반을 구축하였다. 13대 국회는 사상 초유의 여소야대(与小野大)의 국회가 되었다.

1988년 5월 28일 청와대에서 4자회담을 개최하였다. 여기서 노태우는 올림픽 성공을 위해 3김의 협조를 구하자 3김은 양심수 석방과 '5공 비리'청문회 문제를 요구하고 나서므로 노태우는 이를 수용하게 되었다.

청문회의 대상은 광주학살의 발포책임자, 전두환의 일해(日海)재단의 설립배경, 전경환의 비리가 그 주제이었고 모두가 전두환을 대상으로 한 것 뿐이었다. 물론 청문회는 야당이 요구한 것이었지만 노태우가 반대하면 그 실시가 불가능한 것이었음에도 노태우가 소극적인 태도를 취하므로서 노태우의 찬성이 있었다고 보여진다.

올림픽이 끝나고 1988년 11월 2일 청문회가 시작되자 전두환의 사촌 동생, 친형, 동서 등이 구속되었으며 처남 이창석도 수사대상에 올랐다. 여기서 노태우 측은 전두환이 재산을 헌납하고 백담사로 귀양살이 가는 것으로 합의하고 5공 청문회를 종결하기로 하였다.

5공(共) 청문회는 한 마디로 노태우 측이 야당이라는 제3자를 이용하여 전두환을 완전 제거하고 6공의 5공과의 완전 차별화를 구축하기 위한 차도살인(借刀殺人)의 전략이었다고 평가되고 있다.

노태우의 3당 합당

6공의 노태우 대통령은 민주정의당만으로는 정국을 이끌어가기 어렵다고 판단, 여소야대를 탈피하고 국민대화합과 민주발전·민족통합을 위해 의원내각제 헌정체제를 골자로 1990년 2월 9일 민주·공화당과 서울 여의도 중소기업회관에서 통합신당인 민주자유당을 창당했다.(노태우 회고록 상권 489쪽)

이로써 민자당은 216석(민정계 127석, 민주계 54석, 공화계 35석)의 의석을 보유하는 거대여당이 되고, 4.26 총선 이후의 4당구조는 양당체제로 바뀌게 되었다.

합당 과정에서 내각제 개헌합의 각서까지 작성했던 김영삼 최고위원은 불과 한달도 지나지 않은 1990년 2월 12일 관훈클럽 초청토론회에서 「대통령 직선제를 실시한 지 2년밖에 되지 않았기 때문에 내각제 개헌 문제를 지금 거론하는 것은 옳지 않다.」고 주장했다.

2월 말에는 김영삼 최고위원은 박철언 장관을 자신의 차남 김현철 군의 아파트에 불러 「내각제 합의는 없었던 것으로 하자.」고 했다.

당시 박 장관의 보고에 따르면 김영삼 최고위원은 「내각제를 하려고 보니 평민당이 반대하고 국민여론도 좋지 않다. 그러니 내각제 합의는 없었던 것으로 하고 이번에 대통령 후보로 나를 밀어달라. 노대통령도 박장관을 밀어 주려고 하니, 다음에 박장관이 대통령하면 될 것 아닌가. 박장관이 내각제 하려고 무리하게 압박할 필요가 없지 않은가.」라며 설득했다.

이에 대해 박 장관은 「무슨 말씀을 하십니까? 내각제는 국민과 역사

앞에 한 약속입니다. 3당 통합이 권력 나눠먹기식 야합이 아니라면 내각제 약속은 반드시 지켜져야 합니다. 그 약속을 지키지 않으면 김 최고위원님을 대통령 후보로 밀 수 없습니다.」라고 했다는 것이었다. (노태우 회고록 상권 490~491쪽)

노태우 공과(功過)

3당 합당으로 안정된 통치기반을 조성한 노태우는 사회간접시설 확충의 일환으로 서해안 고속도로, 경부고속철도, 인천국제공항, 신도시 건설 등의 대역사를 시작했다. 무엇보다도 서울올림픽(1988. 9. 17~10. 2)을 계기로 소련을 위시한 45개국 동구권 국가들과 북방외교를 시작으로 1990년 9월 30일 소련과 외교를 수립하였고, 1992년 8월 24일에는 중국과도 외교를 수립하였던 것은 그의 공적이라고 해야 할 것이다.

그러나 다른 한편 그의 6공 시대는 파업과 시위가 끊일 날이 없었으며 다른 정권에 비해 사회혼란과 불안의 연속이었다고 해야 할 것이다.

특히 5공때 200여 건 미만이던 노동운동이 2,000건이 넘었다는 것만 보아도 당시 사회 혼란상을 짐작하고도 남을 것이다.

또한 정경유착의 고리를 끊지 못해 부정과 비리가 끊이지 않았던 것도 그의 정권에 대한 부정적 평가이며 자신이 직접 밝힌 비자금의 규모는 5,000억원에 달했다.

김영삼 대통령

출생성장과정

김영삼은 1927년 12월 20일 경남 통영군 장목면 외포리에서 망부 김홍조와 망모 박부련의 3남 5녀 중 3남으로 출생하였다. 김영삼의 부 김홍조는 어선 10여척 이상을 보유하였고 멸치어장을 꾸려가는 인근 마을에서는 상당히 알려진 부유한 집안이었다.

1943년 4월 통영중학교에 입학하였으나 3학년이 되던 1945년 11월 경남중학교로 전학했다. 1948년 9월 서울대학교 문리대 철학과에 입학하여 1951년 2월에 졸업했다.

김영삼은 서울대 2학년에 재학 중 정부수립 기념 웅변대회에 참가하여 2등을 차지하고 외무부 장관상을 수상한 것을 인연으로 하여 당시 외무부 장관이던 장택상과 가까워졌다. 제2대 민의원 선거에 출마할 결심을 한 장택상은 서울대 문리대 교정으로 짚차를 보내 김영삼에게 선거 도움을 요청하게 되었다.

김영삼은 서울대 동료 20여명과 함께 경북 칠곡에서 40여 일 동안 장택상과 침식을 함께 하며 찬조연설을 하는 등 장택상의 당선을 위해 노력하였다. 1952년에 국회의원 장택상의 비서가 되었고 그해 5월 장택상이 국무총리에 취임하자 국무총리실 인사담당 비서관이 되었다.

김영삼은 1954년 5월 20일 제3대 국회의원 총선거에서 자유당 후보로 26세에 최연소 국회의원에 당선되었다.

정치일정 초기활동

김영삼은 초대 대통령 연임제한철폐를 주장하는 개헌안이 투표에 붙여지자 민관식, 김두한 등과 함께 부표를 던지고 1954년 12월 3일 자유당을 탈당하고 민주당에 입당했다. 민주당 창당 초 민주당 신파의 장면을 찾아갔으나 장면이 권모술수를 쓰는 것을 반대하고 성경구절을 인용하는 등 고리타분한 모습을 보고는 정치적으로 더 이상 배울 것이 없다고 단정하고 민주당 구파의 조병옥과 유진산을 찾아갔다. 이후로 김영삼은 민주당 구파를 활동무대로 하여 정치활동을 전개하였다. 1958년 5월 제4대 총선에서 고향인 경남 거제군을 떠나 선거구를 부산 서구로 옮기고 출마했으나, 낙선하였다.

4.19혁명 이후 1960년 5월 치러진 제5대 총선에서 당선되어 재기하게 된다. 1960년 12월 윤보선 등 민주당 구파가 민주당을 탈당하고 신민당을 창당하였으며 김영삼도 신민당에 합류하고 원내 부총무에 발탁됐다.

1961년 5월 16일 직후 신민당은 김병로, 윤보선을 중심으로 한 민정당과 박순천, 장면을 중심으로 한 민주당으로 분당되었다가 1965년 5월 4일 민중당으로 합당되었으나 민중당 강경파가 다시 분당하여 신한당(윤보선을 대통령 후보로 추대)을 창당하는 우여곡절을 겪다가 1967년 2월 7일 합당하여 다시 신민당으로 재창당하였다.

김영삼은 민정당 시절 대변인으로 활약하였고 1965년 5월 4일 민중당으로 통합된 뒤 민중당 원내총무에 피선된 바 있었다.

1968년 1월 21일 심신조 등 31명의 부장공비가 정와대를 습격하는 사건이 발생하자 정부는 1968년 3월 향토예비군 설치법 시행령을 제정 공포하였으며 1968년 4월 1일 향토예비군이 창설되었다. 이에 김영삼은 1968년 6월 17일 김대중 등 야당의원 40명과 함께 향토예비군 폐지안을 발표하였다.

당권경쟁

1970년 9월 신민당 대선 예비후보 선출을 위한 전당대회에서 김영삼은 최고득표를 얻었으나 과반수 미달로 경선 2차 투표에서 김대중에게 역전패 당했다. 따라서 1971년 4월 27일 대통령선거에서 김대중이 신민당 대통령 후보로 확정되었다. 김영삼은 패배를 승복하고 김대중의 지지유세를 다녔지만 김대중이 당권장악 의사를 보이자 김대중의 당권장악을 반대하였다.

김대중은 4월 27일 대선에서 공화당의 박정희 후보에게 94만 여 표 차로 패배했다. 신민당은 대선에서 패하고 연이어 5월 25일로 예정된 총선에 여념이 없었다.

「그런데 신민당 당수 유진산이 1971년 5월 25일 실시예정인 국회의원 총선거 후보등록 마감일인 1971년 5월 6일 자신의 지역구인 서울 영등포 갑구 출마를 포기하고 전국구 1번 후보로 등록하면서 진산파동이라는 사건이 발생했다.

진산파동은 당수 유진산이 전국구 후보등록을 하면서 이에 불만을 품은 당내 소장층과 영등포 갑구 당원 등이 강력하게 반발하면서 당수직 사퇴를 요구하는 사태까지 발전하였으며 유진산은 당직을 사퇴하게 되었다.

1971년 4월 27일 대통령 선거, 5.6 진산파동, 5.25 국회의원 총선거 등을 거치면서 신민당의 파벌은 또 다시 변화하였다. 유진산을 중심으로 뭉쳤던 범주류는 다시 김영삼·고흥문계와 양일동계로 갈라지고, 이철승과 정해영이 독자세력을 형성하였으며, 비주류는 김대중 중심의 단일세력으로 파벌이 재편되었다.

이러한 신민당의 파벌변화는 1972년 9월을 기해 국한적인 대립과 분열을 보였다. 9월 26일 신민당 전당대회는 유진산, 고흥문, 김영삼, 이철승 등이 이끄는 구 주류계와 김홍일계의 일부만 참석한 가운데 강행되어 유진산을 총재로 선출하였다.

1974년 4월 유진산 당수가 사망하자 1974년 8월 김영삼이 총재가 되었으며 1979년 5월 정기 전당대회에서도 다시 총재로 선출되었다.

반정부 야당정치인 김영삼의 횡포

YH무역 파업의 발단

우리는 1970년대 종업원 3,000명을 거느린 대기업으로 수출순위 15위로 대한민국 최대의 가발 수출업체였던 YH무역 농성사건을 회고함으로써 당시 야당 정치인 김영삼의 면모와 품격을 살펴보는 동시에, 한국의 정치활동무대에서 활동하고 있었던 여타 야당 정치인의 당시의 진정한 현주소가 어디였는가를 반추해보는것도 의미있는 일이라 생각된다.

YH부역 농성사건은 YH무역업체가 경영난으로 폐업을 하자 노동자들이 이 폐업조치에 대항하여 회사운영의 정상화와 노동자들의 생존권 요구를 주장하며 투쟁을 벌인 단순파업사건이다. 물론 YH무역 노동조합은 회사 정상화 방안을 모색하기 위하여 기업측과 여러 방면으로 해결책을 모색했으나 기업측이 회생불능이라는 결론에 도달하여 폐업을 선언하자 노조도 파업하게 된 것이었다.

김영삼과 신민당의 대응태도

YH무역 여성 노동자 200여 명은 1979년 8월 9일부터 도시산업선교회의 알선으로 사회적 파급효과가 큰 서울특별시 마포구 신민당 당사로 들어가 농성을 시작했다. 당총재 김영삼은 이들을 위로하면서 「여러분이 마지막으로 우리 당사를 찾아준 것을 눈물겹게 생각한다. 우리가 여러분을 지켜주겠으니 걱정말라.」고 노동자들을 안심시켰다. 8월 9일부터 8월 10일까지 김영삼과 신민당 의원들은 신민당 당사 주변에 배치된 경찰 정보과, 보안과 형사들을 발견하기만 하면 멱살을 잡고 발길로 차고 따귀를 치며 경고를 하였다. 8월 11일 경찰은 신민당에 최후 통첩을 내렸다. 이순구 서울 시경 국장이 당사에 전화로 총재를 바꾸어 달라고 요구하였으나 김영삼은 건방지다며 받지 않았다. 김영삼은 작전지휘에 나선 마포경찰서장을 만나자 「너희들이 저 여공을 다 죽이려 하느냐」며 뺨을 올려 붙였다. 여기에서 경찰은 더 이상 모욕과 폭행을 견딜 수 없어 신민당의 반대에도 불구하고 치안상 이유를 들어 8월 11일 새벽 2시에 경찰 2,000여 명을 투입, 시위대를 해산시켰다. YH무역 노동자들은 모두 강제 연행되었다. 경찰의 연행 과정에서 건물 옥상에 올라간 노동자들 중 김경숙(당시 21세, 노조집행위원장)이 추락하여 사망하고 김영삼은 경찰에 의해 상도동으로 귀가조치되었고, 여성근로자 10여 명, 신민당원 30여 명, 취재기자 10여

명이 부상을 입었다. 신민당은 김경숙의 추락사가 강제해산 도중에
발생했다고 주장하였으나, 경찰은 '경찰의 신민당 진압과 무관하다'고
발표하였다.

경찰은 이날 여성노동자 170여 명을 연행했으며 농성 주동자 3명과
문익환, 이문영, 고은, 인명진, 서경석 등 5명을 배후조종혐의로 구속
했다. 경찰의 대처방법이 너무 지나쳤다는 것이 국내 · 외 여론의 일
반적 판단인 것으로 여론이 비등하였다.

사실 YH사건 자체는 대단한 것이 아니었다. 기업이 더 이상 경영할
수 없어 폐업한다는데 더 이상 무슨 말이 필요한가? 기업주는 망해도
노동자들의 생계보장을 위해 기업은 계속해서 유지하라고 강요할 수
는 없지 않는가?

YH무역 농성사건을 살펴본다면 김영삼 정권이 수립되기 전 야당정
치인 김영삼은 대통령이 아닌 신분으로서 이와같이 노조파업을 선동
하여 반정부 활동을 적극적으로 전개하였음은 물론 일개 국회의원의
신분으로 경찰들에게 폭행을 가하는 등의 불법적 범죄행위를 공공연
히 자행하였음에도 정부가 소극적 태도로 대응하며 눈감아 주었다는
것을 생각해 볼 때 박정희 정권이 민주국가였다는 반증이 될 것이라고
할 수 있을 것이다.

YH당시 사건과 관련하여 김영삼의 대응태도를 구체적으로 살펴보
면 1979년 8월 9일 서울 중랑구 면목동 소재 YH부역 노농자 200여명
이 서울특별시 신민당 당사로 들어가 농성을 시작했을 때 김영삼은
「…여러분을 지켜주겠으니 걱정말라」고 하였다. 여러분을 지켜주겠
으니 걱정말라는 말은 도대체 무슨 말인가? 박정희 정권이나 경찰이

YH무역 여성 노동자들에게 무슨 위해라도 가했단 말인가, 마치 경찰이 YH노동자들에게 위해나 폭력 등 해코지를 가할 수 있다는 선동적인 감정을 불러 일으키는 수법이다.

또한 야당총재가 무슨 권한으로 경찰서장의 뺨을 칠 수 있으며 그러한 불법적인 범죄자를 용서해 주는 박정희 정권의 활동무대는 진정 반정부 정치인의 천국이었다.

한편 YH무역 농성사건을 위요하고 경찰의 과잉진압이 모두 정당했다는 것은 아니다. 야당 총재 김영삼과 그를 추종하는 국회의원, 재야인사, 종교인 등이 YH무역의 정상화와 생존권을 요구하는 노동자들의 파업에 편승하여 그들을 선동하였다는 데에서 사건이 확대된 것이며 경찰의 과잉진압이 발생할 수밖에 없었다는 것이다.

어찌되었건 불행한 사건이 아닐 수 없었다.

10.26 이후 야당의 동향

야당은 10.26 이후 1980년 11월에 공포된 '정치풍토쇄신을 위한 특별조치법'에 묶여 정치활동의 규제를 받아오다가 1987년 해금되어 김영삼, 김대중이 중심이 되어 1987년 5월 1일 통일민주당을 창당하였다.

이들은 신민당 총재 이민우의 내각제 구상에 반발하며 1987년 4월 8일 이민우 계열만 신민당에 남겨둔채 신민당 소속 74명의 국회의원들을 탈당케 하고 69명의 현직의원이 직선제 개헌추진을 목표로 창당하였으며 1987년 8월 8일에는 김대중이 입당하여 김영삼을 총재로,

김대중을 고문으로 선출하였다.

그러나 제13대 대통령 선거를 앞두고 대통령 후보가 되려는 양 김씨의 분열로 김대중이 그 해 10월 말 탈당하여 11월 12일 평화민주당(약칭 평민당)을 창당하였다.

결국 통일 민주당은 1987년 12월 16일 제13대 대통령 선거에서 김영삼을 후보로 내세워 28.0%의 득표를 획득하였으나 36.6%의 노태우에게 패배하였다.

13대 총선

1988월 4월 26일 13대 총선거가 실시된 후 헌정사상 최초의 여소야대(与小野大)가 이루어졌다. 여당의 의석보다 야당의 의석이 더 많아진 것이다. 구체적으로 민정당 125석, 평민당 70석, 민주당 59석, 공화당 35석, 무소속 9석, 한겨레 민주당 1석이었다. 여소야대 정국은 1988년 5공 청문회, 전두환의 국회중언, 전두환의 백담사행으로 가능했던 사건으로 여소야대가 몰고 온 열풍은 그만큼 대단했다.

특이한 것은 YS와 JP는 지역구로 나와 당선됐고 DJ는 평민당의 전국구로 나와 당선됐다.

야당은 헌정사상 유례없는 일을 계획하여 민정당과 노태우, 전직 대통령 전두환을 곤혹스럽게 만드니 이것이 바로 5공 청산작업인 5공 비리 청문회이다. 여기서 노무현, 이인제, 이해찬이 청문회를 등에 업고 청문회 스타로 출현하게 된다.

1988년 총선에서 민정당의 참패결과로 나온 여소야대 대통령 노태우는 곤혹스러울 수밖에 없었다. 노태우는 이 난국을 수습할 묘책을 짜내느라 고심타가 생각해 낸 것이 바로 민주당·공화당과의 합당인 보수대연합이었다. 바로 민주자유당(약칭하여 민자당)의 탄생이었다.

노태우의 제안을 받은 김영삼은 오랜 고민 끝에 노태우의 제안을 받아드리기로 하고 3당 합당의 사실을 측근들에게 선포한다. 민주당 의원들은 총재를 버리느냐, 국민을 버리느냐의 기로에서 대부분의 의원들은 후자를 선택하게 된다. 여기서 김영삼의 제안을 따르는 자와 김영삼의 설득을 거절하고 자신의 독자노선의 길을 가는 자로 나뉘었으니 이 후자의 길을 택한 자들이 노무현, 이기택, 김정길, 박찬종, 홍사덕, 이철 등이었다.

이들은 민자당과의 합류를 거부하고 민주당에 남게 되니 훗날 꼬마민주당으로 불리웠으며 이들은 김대중의 평민당과 야권통합을 이루게 된다.

김영삼 정부

김영삼 정부의 출범과 사정작업

김영삼은 1992년 12월 18일 대선에서 14대 대통령에 당선되었다.

김영삼 정부(1993. 2. 25~1998. 2. 24)는 대한민국 제6공화국의 노태우 정부에 이은 두번째 정부이다. 김영삼 정부는 군부출신의 대통령이 아닌 민간인 최초의 정부라는 의미에서 문민정부로 불리게 되었다.

민주당의 김영삼은 민정당의 노태우, 신민주공화당의 김종필과 3당 합당으로 대통령에 당선된 후 흥분한 나머지 집권 초기부터 개혁과 부패일신 정책을 강력하게 추진했다.

1993년 2월 25일 대통령에 취임한 직후부터 군사 사조직인 하나회를 해산하여 쿠데타의 가능성을 원천 봉쇄하였고, 공직자들의 재산등록과 금융실명제 등을 법제화했다. 1994년 말 지방자치제에 관한 법률에 서명하여 1995년 6월 27일 지방선거가 실시되었다.

김영삼은 전두환, 노태우 두 전직대통령의 처벌을 두고 고심타가 1995년 10월 19일 민주당 박계동 의원을 통하여 비자금 비리사건을 폭로케 하여 비판여론을 고조시키며 구속명분을 조성한 후 1995년 11월 16일에 노태우를, 1995년 12월 3일 전두환을 구속시켰다.

집권초와 집권말기의 정국동향

김영삼은 취임하자 1993년 2월 27일 자신과 가족의 재산을 먼저 공개하고, 공직자의 재산 공개를 종용하였다. 이에 따라 3부 요인을 비롯한 고위 공직자들이 재산을 공개하였다. 그러나 김영삼의 공직자 재산내역 공개는 박근혜 정부에서 추진하는 공기업 개혁 등 부정부패 척결과는 그 성격이나 국민에 미치는 영향이 전혀 달랐다.

전자는 김영삼 개인의 정치적인 인기를 거양시키기 위한 것으로서 추상적이고 막연한 전시효과로서 재산 공개 대상인 공무원 등에게 어떤 위협을 주거나 반성을 촉구하는 성과를 전혀 기대할 수 없고 저소득 층을 포함한 일반 국민에게는 오히려 위화감만을 줄 뿐이었다.

그러나 후자는 구체적으로 국민 전체의 피해를 보상하고 범죄행위로 취득한 재산을 소득분배를 통하여 전체 국민에게 되돌려주기 위한 구체적 정의의 실현에서 나온 취지였다. 물론 그 결과는 박근혜 정권의 추이를 지켜보므로서 밝혀질 일이 될 것이다.

집권 말기인 1997년 1월 23일 한보철강이 부도로 도산했다. 이때 김영삼의 아들 김현철이 한보비리에 연루되어 1997년 2월 뇌물수수 및 권력남용 혐의로 체포되었다. 또한 기아자동차를 위시한 재벌기업의 도미노식 부도사태가 발생했다. 그러나 대통령인 김영삼은 외환위기의 심각성을 전혀 모르고 있었다.

1997년 12월 5일 대한민국은 외환위기를 겪으며 국제통화기금에 자금지원을 신청하며 경제정책의 실패를 자인하게 되었다. IMF사태를 맞이하게 되었다.

김영삼과 이회창

김영삼의 인사정책은 일관성도 없고 즉흥적이다. 그의 아들 김현철이나 참모들이 추천하면 면밀한 검토와 검증도 없이 선발하고 임명해 버린다. 김영삼은 문민 정부의 개혁 드라이브에 어울릴만한 사람을 찾던 중 참모들의 추천에 따라 이회창 대법관의 소문을 전해듣고 그를 호출한다.

「아, 이 대법관, 만나서 반갑습니다.」

「예, 만나뵙게 되어 영광입니다.」

「감사원을 맡아 주시오!」

「…」

그의 인사 스타일은 매번 이런 식이다.

이회창은 김영삼 정부시절 감사원장과 국무총리를 지내게 된다. 그러나 1997년 12월 제15대 대통령 선거에서 이회창과 사이가 좋지 않았던 김영삼은 내적으로 경기도지사 출신의 이인제를 밀고 있었다. 이 당시 한보 비리에 측근과 차남이 연루돼 대국민 사과까지 해야 했던 김영삼의 인기도는 9%까지 추락했다.

이에 반해 3김 청산의 기치를 걸고 김영삼을 간접 공격하므로서 반김영삼 세력인 TK와 민정계 지지를 확보한 이회창은 대세를 장악하였고 1997년 7월 21일 개최된 전당대회에서 신한국당 대선후보로 선출되었다. 그의 지지율은 야당 후보인 김대중보다 무려 20%나 앞섰던 것으로 나타났다.

그러나 이회창은 아들 병역문제로 지지도가 하락된 자신의 인기를 만회하려고 1997년 10월 7일 사무총장 강삼재를 통하여 동화은행 등 365개 차명계좌에 670억원의 비자금을 은닉하고 있다며 김대중의 비자금을 폭로케 하였다. 이어 이사철, 송훈석, 정형근 의원을 통하여 4차까지 비자금을 폭로케 하고 그 비자금 총액이 모두 1,300억원이 넘는다고 발표하면서 1997년 10월 16일 비자금 폭로자료를 근거로 대검찰청에 고발했다.

그런데 김영삼은 김대중도, 이회창도 편들지 않고 방관만 하고 있자 검찰은 수사에 착수해야 할 지 그 여부에 대해 난감해 하지 않을 수 없었다. 김영삼은 그의 회고록에서 「이회창씨는 김대중씨의 비자금 수사가 이뤄지면 자신이 대통령 선거에서 승리할 것이라고 판단한 것 같다. 하지만 사태는 그렇게 간단치 않았다. 대통령 선거를 불과 2개월 앞둔 시점이었다. 일단 김대중의 부정축재를 수사하게 되면 그의 구속은 피할 수 없을 것이다. 만약 그렇게 되면 전라도 지역은 물론 서울에서도 폭동이 일어날 것이고, 그럴 경우 대통령 선거를 치를 수 없게 될 것은 불을 보듯 뻔한 일이었다. 선거 자체가 없어질 상황인데 어떻게 당선될 수 있단 말인가」라고 말하고 있다.

김영삼은 검찰총장 김태정에게 수사유보를 지시하고 김태정은 1997년 10월 21일 「국민회의 김대중 총재에 대한 비자금 의혹 고발사건 수사를 제15대 대통령 선거 이후로 유보한다.」고 공식 발표하게 된다.

결국 이회창이 대통령이 되는 것이 보기 싫어 김대중 손을 들어주기는 했으나 그렇다고 김대중이 대통령이 되는 것을 원치도 않았고 이인제에게 대거 표가 몰려 이인제가 대통령이 되는 것을 원한 것으로 보인다. 아들 김현철이 그의 경복고 선배인 이인제를 추천했다고 하여 이인제가 대통령이 되도록 지원했다는 풍문이 있으나 진위를 떠나 김영삼은 충분히 그럴만한 사람이라는 여론이 무성한 것은 사실이다.

김영삼이 전라도 지역, 서울지역 폭동 운운한 것은 수사를 유보하기 위한 명분에 불과했다. 김대중이 아무리 지역감정을 유발하는 선수라고는 하나 부정축재하여 수사대상이 된 사람을 전라도 지역민이 두둔하고 폭동을 일으킨다는 것은 명분이 없는 일인 것이다.

단단이 뿔이 난 이회창은 1997년 10월 22일 기자회견을 열고 김영삼의 탈당을 요구했다. 이에 김영삼은 능청스럽게도 「어처구니 없는 일이었다. 나에게는 한 마디 상의도 없이 김대중 비자금 사건을 터트

리더니 이제는 내가 만든 당에서 날보고 나가달라고 한다」고 그의 회고록에서 기술하고 있다.

김영삼은 1997년 10월 24일 김대중과의 조찬회동에서 「김대중씨는 내가 비자금 수사를 유보한데 대해 좋아서 어쩔 줄 모르는 표정이었다. 김대중씨는 이날 나에게 '감사합니다'는 인사를 수없이 했다」고 그의 회고록에서 회고했다.

한때 재집권이 확실시되던 신한국당이 이인제에 이어 김영삼까지 탈당하는 자중지란에 빠졌다. 이회창은 김영삼이 아들의 구속 등으로 인기가 바닥권에 있으므로 김영삼을 쳐내는 것이 유리하다고 판단했지만 이것이 결정적 오판이었다. 김영삼의 인기가 아무리 바닥권에 있었다고는 하나 영남지역에서는 김영삼을 미워하는 마음이 김대중을 미워하는 마음보다는 작기 때문에 그래도 김영삼의 세력인 영남표는 김대중에게 가지 않고 김영삼 세력에 남아있는 표가 더 많다는 사실이 밝혀졌다.

요컨데 영남지역에서는 김영삼, 김대중 다 같이 얄미운 인간들이지만 그래도 김대중 보다는 덜 미운 김영삼을 찍겠다는 것이다. 따라서 김영삼 지지기반인 부산, 경남지역에서는 이회창 대신 김영삼이 지지하는 이인제 표가 30%이상 나왔던 것이다.

김대중은 1997년 12월 18일 39만의 표차로 이회창을 누르고 제15대 대통령에 당선되었다. 그야말로 근소한 표차로 아슬아슬하게 당선되었다. 실로 운명의 장난이라고 할 수밖에 없었다.

김영삼은 김대중이 대통령 되기를 원치 않았음에도 불구하고 검찰수사를 자신이 유보시켰기 때문에 김대중이 대통령에 당선되었다고 말했는데 이 말은 맞는 말이라고 생각된다.

김영삼은 김대중이 대통령이 된 후 IMF사태를 극복해 가는 김대중의 활약상이 꼴보기 싫다며 「월간 중앙」과의 인터뷰에서 「김대중 5년 동안 나는 한국 TV는 보지 않고 일본 NHK TV만 시청했다」고 말한 바 있다. 또 김영삼은 김대중이 노벨 평화상 탔다는 소식을 듣고 「노벨상의 가치가 땅에 떨어졌다.」고 말하기도 했다.

김대중이 그렇게 꼴보기 싫다면 왜 검찰수사를 유보시켜 대통령 당선에 공헌해 놓고 이제와서 원망하는지 보통인의 감정으로 이해할 수 없는 일이며 김영삼은 인간적으로 보통인의 정서도 갖추지 못한 비정한 인간상이라고 아니할 수 없다는 여론이 비등한 것은 사실이었다.

김영삼 정권의 정치자금 논란 사건

안풍(安風)사건과 그 배경

안풍사건은 1996년 4월 11일 실시된 제15대 총선거에서 신한국당이 안기부 예산을 가지고 선거자금으로 사용했다는 의혹이 제기된 사건이다. 이 사건은 안기부 예산과 관련되어 있기 때문에 안풍사건이라 불리우게 되었다.

안풍사건은 당시 김기섭 안기부 기조실장이 안기부 내에서 불법자금을 조성하여 신한국당 사무총장이던 강삼재를 통하여 신한국당 의원 180명 등에게 총선자금을 배포한 내용이었다.

김영삼 정권 이전 군사정부의 대통령들이 안기부에 통치자금을 숨겨놓고 사용했다는 것은 공공연한 비밀이었지만, 현재까지 그 실체가 밝혀진 바는 없었다. 그러나 안기부 통치자금이 여당의 총선자금이나 대선자금으로 사용되어 왔다는 것이 일반적 여론이며 1995년 지방선거와 1996년 총선에서도 안기부 통치자금이 사용되었을 가능성에 대한 추정적 여론이 상존(尙存)하고 있었다는 것도 숨길 수 없는 사실이다.

수사 및 재판상황

검찰은 2001년 1월 김기섭 전 안기부 차장이 안기부 예산 1,197억원을 1996년 총선과 기타 1995년 지방자치단체 선거자금으로 여권에 제공했다는 수사결과를 발표했고 김기섭 전 차장은 구속됐으며 강삼재 전 사무총장은 계속 검찰의 소환에 불응했다. 검찰은 2001년 1월 29일 강삼재 전 의원을 불구속 기소했다.

기소 이후 재판과정에서 강삼재 전 의원과 한나라당의 반발 등으로 파행이 거듭되어 오다가 2년 8개월간 28차례의 공판이 열리고 재판부가 3번이나 바뀌었으며 강삼재 의원 측의 법관 기피신청과 위헌심판 제청, 변호인단 집단 불출석 등 우여곡절을 겪었다.

결국 안풍사건은 기소 이후 2년 8개월만인 2003년 9월 23일 1심 판결선고가 내려졌는데 법원은 공소사실을 상당부분 유죄로 인정하며 강삼재 의원에게는 징역 4년에 추징금 731억원을, 김기섭 전 안기부 차장에게는 징역 5년과 자격정지 2년에, 추징금 125억원을 선고하고 법정구속했다.

그러나 안풍사건 당시 문제의 자금이 김영삼 전 대통령으로부터 당

사무총장이던 강삼재 전 의원에게 직접 건너간 것이라는 주장이 2004년 1월 제기되면서 다시 논란이 일었다. 검찰은 이에 따라 재수사에 들어갔고 법원은 김영삼을 증인으로 소환하도록 요구했다. 그러나 김영삼은 강삼재에게 돈을 준 적이 없다고 부인하며 검찰의 두 차례 소환에도 불응하며 출석하지 않았다.

재판결과

2004년 7월 5일 열린 항소심 공판에서 항소심은 위의 주장을 받아들여 김영삼의 정치자금이었음을 인정하였다. 따라서 강삼재 전 사무총장은 벌금 1,000만원을, 김기섭 전 차장은 무죄를 선고받았다. 강 전 사무총장은 돈 세탁을 도와 준 경남종금 직원에게 1억 6,700만 원을 건넨 혐의만 유죄로 인정됐다. 그리고 대법원은 2심 판결을 확정했다.

항소심 재판부가 무죄판결을 한 논리적 근거를 적시해 본다면 다음과 같다.

「피고인 김기섭이 선거자금 등으로 지원한 1,197억원은 안기부 예산이 아니라 피고인이 은밀히 관리하던 김영삼 전대통령과 관련된 정치자금일 가능성이 높다」는 판결이다. 서울고법이나 대법원 모두 같은 내용이다.

누가 생각해도 판결결과에 대해서는 비논리성, 불명확성, 비합리성이 금방 도출되므로 안타깝고 한심하다고 밖에 달리 표현할 길이 없을 것이다.

우선 당장 안풍사건의 자금이 김영삼 전 대통령으로부터 나온 돈이 확실하다면 강삼재 전 의원이 무엇 때문에 돈 세탁을 할 것이냐는 의문이 들 것이므로 눈가리고 아웅하는 식이다.

대법원의 판결은 피고 김기섭이 안기부 기조실장의 신분으로서 김영삼 개인의 사금고를 관리했다는 것인데 이것은 상식적으로 납득이 가지 않는다. 당시 김영삼이 대통령의 신분이었다고는 하나 자신의 개인 재산을, 그것도 불법으로 조성된 정치자금을 안기부에서 관리한다는 것이 자신의 치부를 드러내는 일이 될 것이며 또한 당선 축하금이나 기업을 상대로 조성한 자금을 총선자금으로 선뜻 내놓는다는 것이 세속적인 정치인으로서 실행에 옮기는 것이 어렵다고 보아야 할 것 같다.

결론적으로 안풍사건에 관련된 김기섭 전 안기부 차장과 전 신한국당 강삼재 의원이 김영삼 전 대통령의 지시나 승인하에 안기부 통치자금을 1995년 지방선거와 1996년 총선에 유용하였는가 아니면 92년 대선잔금, 김영삼의 대통령 당선축하금 또는 기업을 상대로 김영삼이 조성한 불법적인 개인정치자금을 김기섭 차장에게 맡겨 놓은 돈이었는가에 대하여 우리 대법원은 후자라고 결론을 내리고 안풍사건의 주도적 인물이었던 김기섭에게 무죄판결을 내렸다.

대법원 판결에도 불구하고 많은 사람들은 안기부 통치자금일 것이라고 주장하고 있는 바 그 근거는 김영삼이 대선잔금, 당선축하금 또는 기업들로부터 받은 개인 정치자금을 총선이나 지방선거비용으로 내놓는다는 것은 기대가능성이 전혀 없는, 세속인의 경지를 초월한 행위이기 때문이다.

안풍사건과 관련한 자금 출처에 대하여는 대법원 판결과는 별도로 독자들이 판단할 몫이 될 것이다.

김영삼의 대선자금

대통령 선거에서 대선자금이 얼마나 소요되는지에 대하여 정확한 액수는 알 수 없고 각 대통령 선거마다 차이가 있겠지만, 13대와 14대 선거에서는 정확한 기록이나 증언이 있으므로 그 액수에 대하여 '노태우 회고록'을 근거로 살펴보고자 한다.

1987년 13대 대통령 후보로 지명된 노태우는 전두환 전 대통령으로부터 1,400억원을 지원받고 기타 후원회 등에서 500억 정도를 지원받은 금액을 합치면 민정당의 선거자금은 2,000억 정도라고 설명하고 있다.

1992년 14대 대통령 후보로 지명된 김영삼은 노태우 전 대통령으로부터 1차적으로 금진호 전 장관과 이원조 전 의원을 통하여 각각 1,000억 정도와 2차적으로 김영삼의 추가 지원요청에 따라 금진호 전 장관을 통하여 1,000억 정도를 지원받은 것을 포함하여 총 3,000억원 정도를 지원받은 바 있다.(노태우 회고록 하권 511, 512쪽)

그럼에도 불구하고 김영삼은 대통령에 당선된 이후 자신의 측근들에게 자신의 대통령 당선은 전적으로 투쟁에 의하여 쟁취한 것이지 노태우의 도움을 받아 이루어진 것이 아니라는 점을 여러차례 강조하였다고 한다. 오히려 「후보 경선 과정에서부터 노대통령은 나를 반대하는 입장이었다. 그래서 그가 선거를 앞두고 민자당에서 탈당한 것」이라고 했다는 이야기까지 들려왔다면서 서운한 감정을 피력하고 있

다. (노태우 회고록 하권 513쪽)

김영삼의 연설기교

김영삼은 우선 정치인으로 연설이나 웅변술의 최소한의 기교인 의사전달 능력이 부족하다. 예컨대 「저의 승리는 위대한 국민 여러분의 승리입니다. 민권의 승리입니다.」라는 내용을 표시할 때 「이대한 궁민의 승리다. 민건의 승리다」라는 강한 악센트가 거슬리며 거부감을 주고 있다. 악센트가 수없이 들어가 듣는 사람에게 무슨 말인지 언뜻 이해되지 않고 감동을 주지 못한다. 또한 웅변이나 대중연설의 기본을 잘 모르고 있다. 연설이나 웅변의 기본은 음량의 고저(高低)에 있다. 처음부터 끝까지 천편일률적으로 강한 악센트가 섞인 음량의 강도가 동일하기 때문에 청중에게 감동을 주지 못한다.

김영삼 정부의 대형참사사건

건국이래 최대의 대형사건이 발생한 시대는 김영삼의 문민정부시대이다. 땅에서, 바다에서 그리고 지하에서 사건이 쉴 새 없이 터졌다. 사건을 연대순으로 개관해 보면 다음과 같다.

1993. 1. 7   김영산이 대통령에 당선되고 2주 되었을 무렵 청주 우암상가 아파트에서 화재가 발생하여 28명이 사망하고, 48명이 부상, 300명 이상의 이재민이 발생하였다.
1993. 3. 28   김영삼이 대통령에 취임한 후 한달 뒤 부산 구포역에서 무

궁화 열차 전복으로 78명이 사망하고, 198명이 부상당한 사고가 발생하였다.

1993. 6. 10   연천 예비군 훈련장에서 폭발물 사고로 19명 사망, 5명의 중상 사고가 발생하였다.

1993. 7. 26   김포발 목포행 아시아나 보잉737 비행기가 해남군 산속에 추락하여 승객 68명이 사망했다.

1993. 10. 10   전북 부안군 위도에서 서해 페리호 침몰사고로 292명이 사망하였다.

1994. 8. 17   서울 팔레스 룸살롱 화재로 14명이 사망하였다.

1994. 10. 24   서울 성수대교 붕괴로 32명이 사망하고, 17명이 부상했다.

1994. 10. 24   충북 충주호 유람선 화재사고로 25명이 사망, 1명 실종, 33명이 부상했다.

1994. 12. 7   서울 아현동 도시가스 폭발사고로 12명이 사망, 65명 부상, 600여명의 이재민이 발생했다.

1995. 2. 7   한진중공업 선박화재로 19명이 사망했다.

1995. 4. 28   대구지하철 공사장 폭발사고로 102명이 사망하였고, 117명이 부상했다.

1995. 6. 30   서울 삼풍백화점 붕괴로 502명이 사망하였다.(미확인 숫자 제외)

1995. 8. 21   성남의 여자기술학원 화재(방화사건)로 40명이 사망하였다.

1996. 4. 3   경기도 양평에서 버스가 강으로 추락하여 22명이 사망하였다.

1996. 9. 29   서울 창천동 지하 카페에서 화재발생으로 12명이 사망했다.

1997. 8. 6   괌에서 KAL801 비행기 추락으로 228명이 사망했다.

김영삼의 여성편력 의혹

요정출신 이경선은 LA선데이 저널과 인터뷰를 통하여 김영삼이 생활비와 양육비 명목으로 안기부 김기섭을 통하여 23억을 지원했다고 말한 바 있다(이경선과 김영삼의 딸 김현희 : 일본명 가네코 가오리).

김현희는 자신이 김영삼 대통령의 친자라는 것을 확인해 달라며 2009년 10월 서울 가정법원에 인지청구소송을 제기했다. 김영삼은 유전자 감식과 출석요구에 응하지 않았으며 2011년 2월 25일 법원은 일부 증거를 인정하며 김씨를 친생자로 인정하는 판결을 내렸다는 기록이 있다.

김영삼의 공과

김영삼의 공적

김영삼 정권은 이렇다 할 공적이 없다고 해야 할 것이나 구태여 명목상의 공적을 나열한다면 고위공직자 재산공개, 군대 사조직인 하나회 해체, 금융실명제 실시, 지방자치제도 실시 등으로 요약할 수 있을 것이다.

김영삼은 14대 대통령에 취임한 이틀 후인 1993년 2월 27일 국무회의에서 고위공직자의 부정부패를 예방하기 위해 자신의 재산을 먼저 공개하고, 고위공직자 재산공개를 하겠다고 하여 정치 사회적인 파문을 일으켰다. 그 결과 서울시장을 비롯한 일부 장·차관이 물러나고 국회의원과 사법부의 대법원장까지 물러나는 결과를 초래하여 공직사회 전반에 도덕성을 제고하는 영향을 끼쳤다.

고위공직자 재산공개는 형식적·절차적 요식행위일 뿐 공무원들의 불법재산 추적에 아무런 역할도 하지 못하고 결과적으로 남이 재산공개 하니까 마지못해 나도 공개하는 천덕꾸러기로 전락하게 되었을 뿐이다.

　군대 사조직인 하나회는 육사 11, 12기생 회원들을 중심으로 보안사령관 전두환의 뜻에 따라 12.12군사반란을 주도하였다. 김영삼은 취임직후인 1993년 초 12.12사건 관련자를 포함한 하나회에 대대적인 숙군작업에 착수하여 쿠데타의 위험을 원천봉쇄하였다.

　지방자치제는 주민이 자신들이 선출한 대표를 통하여 지방행정업무를 추진하는 제도이다. 김영삼 정부는 1995년 6월 27일 자치단체장 및 의원 등의 선거를 통하여 완전한 지방자치제를 실현하였다.

　지방자치를 실시하는 까닭은 지역의 살림살이와 주민의 문제를 주민 스스로 해결하기 위한 것이며 한편 지방의 실정과 주민의 요구에 맞는 정치를 할 수 있다는 점에서 그 장점을 찾을 수 있겠으나 과연 우리 한국의 현실에서 시·군·구의 기초 자치단체까지 지방자치제도를 실시할 것인가에 대하여는 국민 다수가 아직까지도 이론이 많은 것이 사실이다.

　금융실명제는 금융기관과 거래할 때는 가명이나 차명이 아닌 본인의 실명으로 거래해야 하는 제도이다. 금융실명제는 '금융실명거래 및 비밀보장에 관한 긴급명령'에 의거하여 김영삼 정부가 1993년 8월 12일 모든 금융거래에 도입하였다. 금융실명제는 금융거래의 투명성을 기할 목적으로 도입되었고 가명이나 무기명 자산들이 실명화되어 지하경제를 억제하고 부정한 자금 추적에 성과를 거양한 것은 사실이나 도입취지와는 달리 사정(査正)과 사회정의 등 지나치게 정치적인 면을 강조한 결과 제도의 정착에 실패했다.

따라서 금융실명제는 1997년 말에 이루어진 대체입법에서 사실상 종말을 고하게 되었다. 1997년 12월 30일 '금융실명거래 및 비밀보장에 관한 긴급재정경제명령'을 정부가 제출한 '금융실명거래 및 비밀보장에 관한 법률'이라는 대체입법안으로 통과시켰다.

이 대체입법에서는 제도의 핵심인 금융소득 종합과세가 무기한 연기되었다. 또한 자금출처를 묻지 않는 무기명 장기채권을 한시적으로 발행할 수 있도록 하였다.

결국 금융실명제는 도입취지와는 달리 현재는 하나의 사장된 제도로 그치는데 불과하게 되었다. 김영삼의 기타공적도 명목상의 공적의 나열에 불과하다고 할 수밖에 없게 되었다.

김영삼의 과오

김영삼 정부의 과오는 IMF사태로 인한 경제파탄과 김영삼의 아들 김현철의 뇌물수수사건에 따른 도덕성 부재라고 해야할 것이다.

1997년 2월 김영삼의 차남 김현철이 한보철강으로부터 2,000억원의 뇌물수수 및 권력남용 혐의로 체포되었고, 이로 인하여 김영삼 정권은 도덕성에 치명상을 입었으며 김영삼은 대국민 사과 성명까지 발표하였다.

설상가상으로 1997년 12월 5일에는 외환위기를 겪으며 김영삼은 국제통화기금에 자금지원을 신청하면서 경제정책의 실패를 자인하였다. IMF사태로 대한민국의 경제는 큰 위기를 맞았고 김영삼은 임기 중 최대의 시련을 겪었으며 국민들은 실직과 기아에 허덕이게 되었다. 경기악화로 전 국민들은 무능한 김영삼을 원망하기 시작하였다.

김영삼의 인간적인 모습

1992년 14대 대통령 후보로 지명된 김영삼은 민정당 노태우, 신민주공화당 김종필과 3당 합당을 통하여 민주자유당(약칭하여 민자당)이라는 유리한 여당 후보로 출마하였고, 노태우의 3,000억원의 선거자금까지 지원받아 제 14대 대통령으로 당선되었다는 것은 그 누구도 부인할 수 없는 역사적 사실이다.

그럼에도 불구하고 김영삼이 5 · 6공 비리 청산이라는 대의명분을 앞세워 노태우를 구속한 행태를 국민들은 어떻게 평가할 것인지 궁금하지 않을 수 없다.

또한 김영삼은 취임 초 장 · 차관 임명시 안기부 기조실장 겸 차장으로 김무성 의원을 임명했다가 그의 아들 김현철로부터 김기섭으로 교체임명하라는 압력을 받고서 일주일만에 교체임명하는 해프닝을 벌인 일들을 생각하면 김영삼이 과연 대통령의 임무를 제대로 수행할 그릇이 되는지에 대하여 많은 사람들로부터 의구심을 받아 왔었던 것이 사실이었다.

뿐만 아니라 김영삼 정권시절 2인자로 불렸던 최형우 전의원과의 관계는 어떠했는가를 알아보는 것도 흥미로운 일일 것이다.

최형우는 15대 대통령 신한국당 입후보자로 자신이 공천되리라는 확신을 가지고 있었으나 갑자기 김영삼으로부터 뒤통수를 얻어맞는다. 최형우는 1997년 3월 초순경 신한국당 한 의원을 통하여 「신한국당 대표임무를 수행하고 경선에는 출마하지 말라」는 통지문을 전달받는다. 그는 며칠 동안 고통과 불쾌한 감정을 억누르지 못했다.

그는 1997년 3월 11일 서울프라자 호텔에서 서석재, 김덕룡 등과 만나 대화 중 화가 치밀어 갑자기 뇌졸중(腦卒中)으로 쓰러졌으며 그 이후 사실상 정계를 은퇴하고 칩거하고 있으며 현재까지 의사소통에 장애가 있어 말을 못하고 있다.

그런데 평소 건강하던 최형우 전 의원이 왜 갑자기 뇌졸중으로 쓰러졌는가에 대하여 여러가지 설들이 있지만 YS가 최의원을 당대표로 임명하고 경선 불출마를 요구하는 행위에 대하여 극도의 충격을 받았기 때문이라는 것이 가장 설득력있는 판단으로 보인다.

그것은 필자가 2010년 6월경 최의원의 장충동 주거지를 방문했을 때 최의원의 부인이 김영삼이 근일 중 최의원 집을 찾아온다며 최의원과 대화하는 소리를 들었기 때문이다.

「그 영감××가 왜 우리집을 찾아오나. 그 영감 나를 보면 내 눈을 똑바로 바라보지 못한다… 못 바라본다. 몹쓸 ×의 영감…」

최의원의 부인 원영일은 눈물을 훔치며 계속 혼자말처럼 중얼거렸다.

「그 영감 외아들로 커서 심보따리가 밴댕이 소갈머리 같은 사람이다. 자기에게 싫은소리 한마디도 듣지 못하는 위인이다」

이때 최의원은 아내의 노여움을 달래려고

「어…씨, 어…씨」

하면서 말을 하려고 했으나 끝내 말 한마디도 하지 못하고 만다.

權不十年, 花無十日紅이라 했던가.

인생무상, 권력무상이 새삼스럽다.

김대중 대통령

출생성장과정

김대중은 1924년 1월 6일 전남 신안군 하의면 후광리 97에서 농업에 종사하던 망부 김운식과 서모 장수금(일설에서는 장노도라고도 한다)의 4남 3녀 중 2남으로 출생하여 1939년 3월 목포 북교 초등학교를 거쳐 1944년 3월 목포 상업학교를 졸업하였다.

목포상업학교를 졸업한 김대중은 일본의 징집을 피하기 위하여 목포 상선 회사에 경리사원으로 입사하였다. 1945년 8월 15일 해방이 되자 여운형이 이끄는 건국준비위원회 목포지부에 참여하여 선전부원으로 활동하였다. 건국준비위원회 선전책의 추천으로 목포 청년동맹에 가담하여 활동하였으며 1945년 10월에는 신민당(후에 공산당, 인민당과 합당하여 남로당이 됨)에 입당하여 조직부장으로 활동하는 한편, 1946년 6월에는 민주청년동맹 목포시 지부에 가입하여 부위원장으로 활동한 바 있었다.

1948년 10월에는 목포일보를 인수하여 1950년 10월까지 사장을 역임하였다. 1951년 3월에는 목포해운회사 사장에 취임했다. 1954년 3대 국회의원에 무소속으로 목포시에서 출마했으나 낙선했다.

정치활동 일정

1955년 소설가 박화성의 소개로 박순천, 조재천 등과 같은 야당인사들과 알게되어 민주당에 입당하였다. 1956년 9월 28일 민주당 전당대회에서 장면 저격사건을 인지하게 된 후 장면과 인연을 맺었고 1957년에는 장면을 대부(代父)로 하여 당시 서울 대교구장 노기남 대주교

집무실에서 천주교 영세를 받았다.

1959년 강원도 인제의 재보선에서 민주당 후보로 출마했으나 낙선했다.

이철승이 조병옥과 장면으로 양분된 민주당에서 장면을 찾아 신파에 몸을 담게 되자 김대중도 1960년 장면을 찾아 민주당 신파로 들어가 인연을 맺게 되었다. 1960년 원외위원으로 민주당 대변인이 되었다. 1960년 7월 실시한 제5대 국회의원 선거에 인제군 후보로 출마했으나 또 다시 낙선했다.

1961년 5월 14일 강원도 인제에서 현역의원의 자격박탈로 실시된 재보권설거에 출마하여 민의원에 당선되지만 이틀 후에 5.16 쿠데타가 일어나 국회가 해산되는 바람에 의원활동이 중지되고 말았다.

1963년 11월 26일 민주당 소속으로 고향 목포에서 제6대 국회의원으로 당선되어 재선 국회의원이 되었다.

1967년 2월에 신민당 창당에 참여해 신민당 정무위원 겸 대변인으로 발탁되었으며 1967년 6월 8일 실시된 제7대 국회의원 선거에서도 목포지역에서 당선되었다. 1970년 개최된 신민당 대통령 후보 경선에서 이철승, 김재광 등의 지원을 받아 김영삼을 꺾고 신민당 대통령 후보에 지명되었다.

신민당 대통령 후보로 출마한 김대중은 1971년 4월 27일 제7대 대통령 선거에서 박정희 후보에게 94만여 표자로 낙선하였다.

진산파동 개요

신민당 당수 유진산이 1971년 5월 6일 국회의원 총선후보 등록 마감일에 자신의 출신지역구인 서울 영등포 갑구를 포기하고 전국구 1번으로 등록하였다. 이에 불만을 품은 당내 소장층과 영등포 갑구 당원 등이 강력하게 반발하여 당수직 사퇴를 요구하는 사태가 벌어졌다. 다음날인 5월 7일 신민당 비주류인 김대중은 6인 수권위원회의 구성원 중 고흥문, 홍익표, 정일형 등 3인과 협의해 유진산을 당에서 제명하고 총선기간 동안 자신이 당수권한 대행을 맡는 수습안을 발표했다. 그러나 운영위원회 소집에 앞서 김영삼, 이철승, 이중재, 김재광, 김형일 등은 비공식적인 의견교환을 통해 김대중의 당수권한대행직 장악을 저지키로 하고 당헌에 따라 운영위원회 부의장에게 당수권한 대행을 맡기는 것으로 합의를 보았다.

유진산은 5월 8일 성명을 통해 「나는 이미 당수직 사퇴와 정계은퇴도 각오하고 있으나, 당수에게 선거구를 팔아먹었다는 누명을 씌워 당권을 가로채겠다는 행위를 먼저 규명하고 제재를 가해야 한다」고 선언하며 김대중을 비판했다.

김대중은 기자회견을 통해 반박하였다.

「책임을 지겠다고 한 당수가 이제와서 태도를 바꾸어 당의 혼란이 마치 당권투쟁인 것처럼 말하는 것은 당을 사지(死地)에 몰아넣는 것으로서 이는 국민을 우롱하는 것」이라고 비난하였다. 그러나 이러한 유진산과 김대중 간의 공방에도 불구하고 김대중이 당수권한대행직을 차지할 수는 없었다. 유진산이 자진해서 사표를 내지 않는 한 합법적인 당수권한 대행에의 취임이 불가능했기 때문이다. 결국 사태는 김홍일 전당대회 의장을 당수권한대행으로 한다고 결의하여 김대중의 신민당 당수권한대행직 취임은 저지되었다.

이에 대한 진산파동의 실체는 뒤에서 자세히 언급될 것이다.

유신시절 김대중의 활동

진산파동이 수습되고 1971년 5월 25일 제8대 국회의원 선거에서 신민당 소속 전국구로 당선된 김대중은 교통사고 후유증 치료차 일본을 자주 왕래하였다. 1972년 10월 11일 일본 정계 순방차 도쿄에 체류하던 김대중은 10월 유신이 선포되자 일본 정치인들과 회견을 통하여 비상계엄령과 유신체제를 비판하였으며 1972년 11월 미국 워싱턴에서도 기자회견을 통하여 반유신투쟁을 벌였다. 미국과 일본을 수시로 왕래하던 김대중은 미국 내에 거주하는 반정부 지식인, 예비역 장성, 종교인 등을 중심으로 1973년 7월 6일 워싱턴에서 한국 민주회복통일촉진회의(한민통)를 결성하여 초대의장에 선출되었다.

또한 1973년 7월 15일에 일본에서 한민통 일본지부를 결성하여 미국뿐만 아니라 일본의 교포를 규합하여 유신 반대 민주화 운동과 박정희 독재정권, 국가보안법 폐지 등을 주장하면서 반정부 활동을 전개하였다.

한민통은 그후 발전적 개편에 따라 1989년에 한국민주통일연합(한통련)으로 명칭을 변경하였다. 그러나 1978년 대법원에 의해 반국가단체로 규정된 이래 구성원들의 한국왕래가 허용되지 않고 있다가 김대중이 대통령 재임기간 중인 2003년에 일시귀국이 허용되었다.

한통련의 활동은 김대중이나 그 지지세력들에게는 반독재 투쟁이지만 한국민의 관점에서는 실질적으로 반한 활동이며 한국의 치부를 선전하는 매국적인 활동이라 생각하는 여론이 많았던 것 또한 숨길 수 없는 사실이었다.

한민통 즉 한통련이 결성된 이후인 1973년 8월 8일 김대중은 납치되었다. 그러다가 10.26사건으로 박정희가 암살된 후 긴급조치 9호가 해제되고 1979년 12월 8일 김대중은 가택연금에서 해제되었다. 그 뒤 김대중은 재야인사들과 함께 신민당에 재입당하려 했으나 김영삼 총재가 입당 때 심사하겠다고 하면서 받아들이지 않자 김대중은 재입당을 포기했다.

김대중 내란 음모사건

1980년 12월 12일 군사반란으로 실권을 장악한 신군부는 1980년 5월 17일 비상계엄을 전국으로 확대하면서 정치활동 금지를 내용으로 한 포고령 10호를 발표하면서 김대중을 포함한 재야인사 20여명을 사회혼란 및 학생, 노조 배후 조종혐의 및 내란음모혐의로 연행하였다.

김대중은 김대중 내란 음모혐의 사건으로 신군부의 군사재판에서 사형을 선고받았으나 지미카터 전 미국대통령 등 미국지도자들의 구명운동에 힘입어 감형을 받았다. 김대중은 신군부의 군사정권에 겁을 먹고 더 이상은 정치를 포기하기로 결심, 전두환에게 목숨만을 살려줄 것을 간청하게 된 것은 물론이었다. 당시 김대중이 전두환에게 보낸 편지는 1, 2차 두번 있었으나 1차 편지(탄원서) 전문 내용을 공개하면 아래와 같다.

대통령 각하

본인은 광주사태 배후 조종혐의 및 국가보안법, 반공법, 내란예비 음모, 계엄 포고위반 사건 등으로 1, 2심에서 사형선고를 받고 현재 상고중에 있습니다. 본인은 그간 본인의 행동으로 국내외에 물의를 일으켰고 이로 인하여 국가안보에 누를 끼친데 대하여 책임을 통감하며 진심으로 국민 앞에 미안하게 생각해 마지 않습니다.

본인은 앞으로 자중자숙하면서 정치에는 일절 관여하지 아니할 것이며 오직 새 시대의 조국의 민주발전과 국가발전을 위하여 적극 협력할 것을 다짐합니다. 본인은 본인과 특히 본인 사건에 연루되어 수감중에 있는 사람들에 대하여 전두환 대통령각하의 특별한 아량과 너그러운 선처가 있으시기를 바라마지 않습니다.

1981년 1월 18일 김대중

그러나 김대중은 그의 자서전에서 다음과 같이 그의 탄원서(전두환에게 보낸 편지)내용을 미화하여 변명하고 있다.

… 1981년 1월 18일, 정보부 간부가 관계기관으로 날 데려갔다. 그는 느닷없이 대통령에게 감형을 탄원하는 글을 써달라고 했다. 나는 당연히 거절했다. 하지만 그는 거듭 거듭 요구했다.

「김선생님은 지금 사형수입니다. 형량을 줄이려면 국무회의 의결이 필요하다는 것을 아실 것입니다. 여태까지에 책임을 느끼고, 차후 정치활동을 하지 않겠다는 글이 필요합니다. 이 모든 것은 형식적인 절차에 불과할 뿐입니다. 지금 정부 내에서는 감형을 반대하는 그룹이 있는 것 또한 사실입니다. 그들을 설득할 구실이 필요합니다. 그리고 이런 사실은 절대 공개하지 않을 것입니다.」

나는 그의 말이 일견 일리가 있어 보였다. 강경세력들을 설득할 구실이 있어야 할 것 같았다. 그리고 그는 자신도 카톨릭 신자라며 공개하지 않을 것을 하느님께 맹세한다고 말했다. 나는 다음과 같은 요지의 글을 써주었다.

「나는 앞으로 되도록 언동을 신중히 하고 정치에 절대로 참여하지 않을 것을 약속한다. 그리고 우리 조국의 민주주의 발전과 국가의 안전보장을 위해 적극적으로 협력할 각오다.」(김대중 자서전 1권 430~431쪽)

1987년 제3대 대통령 선거

1987년 5월 1일 김대중은 김영삼을 도와 통일민주당을 창당하였으며 1987년 7월 9일에는 사면 복권되었다. 그는 1987년 7월 10일에 이중재, 노승환, 이용희, 정대철 등이 함께한 동교동 자택에서 기자회견을 갖고 「나는 대통령이 되는 데는 관심이 없다. 현재로선 대통령 불출마선언은 변함이 없다」라고 발표하였다가 하루만에 불출마 의사를 번복하게 된다. 7월 11일 신동아와 가진 인터뷰에서 「작년의 불출마선언은 전두환 대통령이 자발적으로 대통령 직선제를 하면 불출마한다고 한 것이지, 이번처럼 국민의 압력에 의해 이루어진 것과는 아무런 상관이 없다. 전두환 대통령은 4.13 호헌선언으로 이미 내 제의를 거부한 것이다. 그런데 왜 그 약속에 내가 묶여 있어야 하느냐는 논리가 나온다」고 하였다.

사람들은 「아무리 정치세계가 신의가 없고 조변석개처럼 변화무쌍하다하지만 해도 해도 너무한다」고 김대중에게 비난을 쏟아부었다.

통일민주당에서는 김대중의 입당을 요청하였고 통일민주당의 김대중계는 입당을 놓고 의견이 나누어져 있었으나 결국 8월 8일 입당에 동의하고 김대중은 김영삼이 총재로 있는 통일민주당의 고문으로 입당하게 되었다.

김영삼과 김대중은 비록 통일민주당에 함께 속해 있었지만 이들이 추구하는 목적은 오로지 대통령 입후보였기 때문에 제13대 대통령 선거 출마를 놓고 다시 주도권 쟁탈전이 전개되었고 후보단일화 회담을 하였으나 이견을 좁히지 못했다. 양 김씨는 또 다시 분열하였다.

김대중은 1987년 10월 18일 통일민주당을 탈당하였고, 11월 12일 평화민주당(약칭 평민당)을 창당하였다.

김대중은 평민당 후보로 제13대 대통령 선거에 출마하였으나 노태우와 김영삼에 밀려 3위로 낙선하고 말았다.

노태우 정부시절

김대중은 1990년 3월 노태우, 김영삼, 김종필의 3당이 합당하여 민주자유당을 창당하자 3당 야합이라며 반대하고 규탄했다. 김대중은 1991년 4월 15일 평민당을 신민주연합당으로 확대, 개편한 후 이기택이 총재로 있던 민주당과 합당하여 1991년 9월 16일 통합민주당을 출범시켰다. 1992년 5월 15일 민주당 전당대회에서 김대중은 제14대 대통령 후보로 지명되었다. 그러나 1992년 12월 18일 치러진 제14대 대통령 선거에서도 김대중은 낙선하고 1992년 12월 19일 정계은퇴성명을 발표하고 영국으로 출국했다.

1997년 제15대 대통령 선거

1993년 7월 귀국한 김대중은 1994년 12월 아시아·태평양 민주지도자 회의(통칭 아태재단)을 설립하고 상임공동의장에 취임했다.

1995년 7월 18일 김대중은 정계복귀를 선언하였고 민주당 탈당파(소위 꼬마민주당)들과 함께 새정치국민회의를 창당했다. 김대중은 1996년 제15대 국회의원 선거에서 새정치국민회의 비례대표 14번으로 출마했으나 13번까지만 당선되어 국회의원에서 낙선하였다. 당시 그의 정책 참모기구였던 아태재단의 상임고문 이강래는 호남 고립구도를 깨기 위해서는 김종필의 자유민주연합과 연합해야 한다고 조언하자 김대중은 김종필과의 단일화를 추진했다.

새정치국민회의에서 1997년 제15대 대통령 후보에 대한 논란이 있었으나 전당대회를 통해 김대중이 무난히 대통령 후보로 결정되었다.

신한국당에서는 이회창이 대선후보로 선출되었다. 그러나 야당의 끊임없는 이회창 아들 병역기피 의혹제기로 인해 이회창의 지지율이 크게 추락하고 이인제가 경선에 불복하면서 독자출마를 강행하여 여권은 분열하게 되었다.

한편 신한국당 강삼재 의원이 비자금 사건을 폭로하였는데 그 내용은「김대중 총재가 처조카 이형택을 통하여 670억원을 관리해왔다. 또한 1991년 초에 노태우로부터 20억＋α를 받았다」는 것이었다. 이에 김대중과 국민회의는 날조라고 반박하며 위기를 모면하려했으나, 신한국당은 비자금 계좌까지 공개하며 김대중 후보를 고발했다. 여기서 김대중은 최대의 위기를 만났으나 김영삼이 수사중지를 명하며 15대 대선 이후로 수사를 보류시켰다.

1997년 11월 13일 국민회의는 내각제 개헌을 약속하며 자민련의 김종필, 박태준과 후보 단일화에 합의했다. 신한국당도 민주당과 합당하고 당명을 한나라당으로 개명하였고 민주당의 조순 후보와 단일화를 이루었다.

1997년 12월 18일 제15대 대통령 선거 개표결과 김대중 후보가 1,032만 6천표를 얻어 이회창 후보를 39만여 표차로 누르고 그야말로 어렵게 제15대 대통령에 당선되었다.

김대중 정부

국정방향과 IMF위기 극복

김대중 정부가 내세운 국정과제는 외환위기 극복과 민주주의와 시장경제 병행 발전이다. 이의 구체적 실현을 위해서는 국정 전반의 개혁, 경제난의 극복, 국민화합 실현, 법과 질서 수호 등을 제시하였다. 또한 신자유주의 경제정책도 병행, 추진하였다.

국민의 정부는 문민정부 말년에 발생한 IMF외환위기를 극복해야할 책임을 부과받았다. IMF에서 구제금융을 받는 대가로 강도높은 기업 구조조정 실시를 요구받았다. 그 결과 부채비율 축소정책을 추진하여 기업, 노동, 금융, 공공 4대 분야에 일대 개혁을 단행하였고 2001년 후반기에는 IMF차입금을 전액 상환하게 되었다.

신속한 구조조정을 위해 64조원에 이르는 대규모 공적자금을 투입, 부실금융사와 기업의 퇴출작업을 진행했다. 뿐만 아니라 재벌의 독·과점 폐해 견제와 재무구조 건전성 강화, 순환출자 및 상호지급 보증 해소 등 시장경제규율을 확립하였다. 2001년 IMF에서 빌린돈 195억불을 전액 상환하여 외환위기를 극복하였다 하나 IMF사태 이후 한국사회는 평생직장이 사라지고 명예퇴직으로 인해 수많은 중산층 가정이 몰락하는 일대 변혁을 초래하였다.

대북정책

대북정책은 한 마디로 햇볕정책이다. 이는 북한에 협력과 지원을 함으로써 평화적인 통일을 목적으로 하는 정책이다. 국민의 정부 이전에는 북한과의 관계는 형식적이고 교류가 이루어지지 않는 상태로 군사적 대치관계에 놓여있었으나 '선평화 후통일'을 통일의 기본원칙으로 계승해 교류를 기반으로 한 화해, 협력 등을 강조하는 포용정책이 대북정책의 기본적 내용이 되었다.

햇볕정책을 통해 남북 정상회담과 개성공단 설립 등의 가시적 성과가 있었다 하나 현대가 북한에 대북사업권 구입을 위해 5억달러를 송금한 대북 불법 송금사건에서 1억달러가 정상회담 대가로 포함되어 있는 것으로 밝혀져 햇볕정책의 투명성에 문제가 생겼다.

이 문제는 뒤에 관련된 사항에서 다시 언급될 것이다.

김대중의 공과

김대중 정권의 공적

김대중의 경제적 성과는 국가 부도직전까지 몰렸던 외환위기를 조기 극복했다는 점이다. 한국은행과 통계청에 따르면 김대중 집권시기인 1998~2002년 경상수지 흑자는 906억 달러 증가했다. 김대중 정권은 한국전쟁 이후 최대의 국란이라는 외환위기 직후 취임했으나 대외지급능력을 의미하는 외환보유액 확충과 물가 관리측면에서도 안정적이었다.

한 마디로 김대중 정권은 김영삼 정부가 망가뜨린 국가재정의 뒤치다꺼리를 하고 경제를 정상궤도에 올려 놓았다는 점은 인정해야 할 것이다.

김대중 정권의 과오

* 햇볕정책과 북한의 핵개발

햇볕정책에 따른 북한에 대한 경제적 지원은 북한의 핵개발 자금을 조성하는 계기가 되었다. 북한의 핵개발은 지금끼지 우리 국가와 국민에게 멍에가 되어 불안과 고통을 안겨주고 있으며 햇볕정책은 단순한 과오가 아니라 씻을 수 없는 상처가 되고 있다.

* 연평해전에 대한 김대중의 태도

햇볕정책 추진시점에 이루어진 북한의 무력도발로 1999. 6. 15 제1 연평해전, 2002년 6월 29일 제2 연평해전이 발발하자 햇볕정책이 북한의 무력도발을 막지 못했다는 비난여론이 비등하였다.

제1 연평해전 이후 김대중은 선제공격을 하지 말라는 교전수칙을 지시했다. 제2 연평해전에 국군 피해가 컸던 것은 교전지침 때문이라는 증언이 있었다고 한다.

2002년 6월 29일 한 · 일 월드컵 종반기에 제2 연평해전이 발발하여 국군 6명이 전사하였음에도 국가안전보장회의를 4시간 35분만에 여는 등 늦장대응을 했다. 국군통수권자인 김대중의 주재로 열린 국가안전보장회의(NSC)는 우발적 충돌로 결론지었고, 같은 내용의 북한 통지문이 오자 그대로 수용했다. 제2 연평해전 발발 다음날인 30일 김대중은 월드컵 결승전이 열리는 일본으로 출국하여 결승전 경기를 관람했고 부상당한 해군들이 입원해 있던 국군 수도병원은 박지원 당시 비서실장만을 보내고 직접 방문하지는 않았다. 이러한 김대중의 행보에 대해선 당시 남북관계의 원만한 유지를 위해서였다는 주장이 있었다.

그렇다면 남북관계의 원만한 유지를 위해서는 대한민국의 숭고한 6명의 병사들이 희생되어도 괜찮다는 말인가? 남북관계의 원만한 유지로 인하여 보호할 대상자는 대한민국 병사도 아니고 국민도 아니라면 도대체 누구란 말인가? 남북관계의 원만한 유지로 인하여 보호되어야 할 대상자는 김대중 혼자란 말인가?

* 김대중의 연방제 통일방안

김대중의 연방제 통일방안은 북한의 연방제와 맥락을 같이하고 있다. 연방제란 2개 이상의 주권이 결합하며 국제법상 단일적인 인격을 가지는 복합형태의 국가이다. 일반적으로 연방(중앙)정부만이 외교권, 군사권과 같은 대외주권을 행사하고, 지방정부는 자치적으로 내정을 담당한다.

이에 비해 국가연합은 영토 안전과 국가이익을 추구하기 위하여 체결한 공동체이다. 연합은 각각의 실체가 독자적으로(예컨데 남과 북이 각각) 국방과 외교권을 행사한다.

북한은 연방제, 남한은 국가연합을 주장한다.

연방은 1민족 1국가 2체제(제도) 2정부이고, 국가연합은 1민족 2국가 2체제(2제도) 2정부라고 할 수 있다.

91년 신년사에서 김일성 주석은 이른바 '느슨한 연방제'를 제안한 바 있다. 이것은 지역정부의 권한을 대폭 확대해 정치적 결합을 느슨하게 함에 따라 사실상 국가연합에 가까운 연방제라고 볼 수 있다. 2000년 6월 15일 남북 공동선언에서 김대중 대통령과 김정일 국방위원장은 「남측의 연합제안과 북측의 낮은 단계의 연방제안이 서로 공통성이 있다고 인정하고 앞으로 이 방향에서 통일을 지향하기로 하였다」고 밝혔다.

낮은 단계의 연방제는 1민족, 1국가, 2제도, 2정부의 원칙에 기초하되 남북의 현정부가 정치, 군사, 외교권을 비롯한 현재의 기능과 권한을 그대로 보유한 채 그 위에 민족통일기구를 구성하는 것이다.

6.15선언은 2000년 6월 15일 평양에서 김대중 대통령과 김정일이 발표한 남·북 공동선언이다. 6.15선언 제2항은 대남적화전략의 가장 중요한 고려연방제 통일방안을 상당부분 인정한 점이다.

황장엽씨가 1997년 12월 18일자 문제 발언에서 북한이 김대중의 당선을 위하여 움직이고 있는 것은 그동안 그에게 투자한 것이 많기 때문에 그를 대통령으로 당선시켜 경제원조를 얻어내려는 의도라고 풀이하고 있다. 북한은 김대중이 김일성 부자로부터 도움을 받았으므로 대통령이 되면 그 도움에 대한 보상성격으로 막대한 대북경제지원을 기대할 수 있다는 추정을 했다. 김대중은 대통령이 된 이후 남북정상회담을 개최하면서 현대그룹을 내세워 적어도 5억달라를 김정일 정권의 대남공작부서 비밀계좌 등으로 넣었다. 이 돈은 북한의 핵개발 능력 강화와 대남공작에 쓰였을 가능성이 크다(조갑제의 추적보고 김대중의 정체 245쪽 이하 참조)

김대중 관련 의혹사건

진산파동의 실체

* 진산파동의 경위와 배경

신민당은 1971년 4월 27일 대통령 선거에서 대통령 후보로 김대중이 출마하여 싸웠으나 실패하였다. 그러나 5월 25일에 실시되는 제8대 국회의원 총선거라는 또 하나의 넘어야 할 무거운 장벽이 가로놓여 있었다.

이에 유진산 당수를 비롯한 신민당 지도층은 당의 다수의석을 확보하기 위하여 동분서주하던 중 당수는 전국 각지를 돌면서 각 후보에 대한 지원연설과 입후보자들을 도와줄 수 있는 자금을 마련하는 등의 역할이 중요하다는 당내 여론이 대세를 이루었다. 그 중 양일동, 김대중 의원은 유진산 당수의 전국구를 강력하게 주장하였으며 특히 김대중은 기자회견을 통하여 「당수는 전국구로 나가야 한다」는 발언을 한 바도 있었다.

이러한 이유로 유진산 당수는 개인적인 이익을 버리고 1971년 5월 25일 총선거 후보 등록 마감일인 5월 6일 자신의 지역구인 서울 영등포 갑구를 포기하며 전국구 1번으로 등록하였다. 이에 불만을 품은 당내 소장층과 이해관계가 얽혀 있던 영등포 갑구 당원 등이 강력하게 반발하며 당수직 사퇴를 요구하는 사태가 벌어졌는 바 이것이 세칭 진산파동이며 5월 6일 발생하였다 하여 5.6파동이라고도 불린다.

그런데 유진산 당수는 입후보자들의 당자금을 마련하기 위한 문제에 전념하기 위하여 5월 1일에 전국구 순위 지정문제를 양일동, 김대중 양인에 맡겼다. 양·김 양인은 전국구 순위 지정문제 수임을 수락하고 회합을 계속하였다.

전국구 등록 마감일이 5월 6일로 임박했으므로 유진산 당수는 5월 5일 앰배서더 호텔에서 작업하던 양·김 양인에게 「밤샘을 해서라도 5월 6일 아침 일찍까지 전국구 후보자 명단을 내게 넘겨주시오」라는 말을 남기며 헤어졌다.

그런데 이들은 유당수가 5월 6일 아침 세차례 연락한 후 10시 경이 되어서야 상도동의 유당수 집을 찾아와 명단을 내놓았는데 전국구 순위 명단은 전국구 1번 김대중, 2번 유진산으로 되었고 54명의 명단이 막연한 순서로 적혀 있었으며 당 원로격인 박순천 여사는 35번째로 기록되어 있었다.

유진산 당수가 「이것이 어떻게 된거요?」 하고 묻자 양일동은 「우리로선 이 이상 합의를 볼 수 없으니 당수가 알아서 하는 수밖에 없지 않습니까?」 하는 대답이었다. 그때 김대중이 유당수와 단독 면담하겠다고 하면서 양일동이 자리를 비켜주었다. 그 자리에서 김대중은 모 사업부서에서 국장을 지낸 퇴직관리인 김 모씨를 당선권에 넣어달라는 부탁을 했다. 유당수는 거절하였다.

유진산 당수는 당 조직국장 정규헌과 직접 전국구 순위작업을 하면서 전국구 1번 유진산, 2번 김대중으로 수정하였다. 그 날 1시 20분 경에 김대중이 다시 찾아와 전직 국장이던 김 모씨를 꼭 넣어달라 부탁하였지만 다시 거절했다.

김대중은 그때 유진산 당수가 정리하고 있던 명단 중에서 자기가 원치 않던 명단을 보고 「왜 내가 추천하는 사람은 넣지 않고, 원치 않는 사람은 넣느냐」의 발언을 한 후 「선생님, 참으로 섭섭합니다」는 말을 남기고 상도동을 떠났다.

한편 양일동과 김대중 양인의 의견 불일치로 엉터리로 작성된 신민당 전국구 순위 지정 입후보자 명단을 받아 본 유진산 신민당 당수는 새롭게 전국구 입후보자 명단 순위 결정을 마치고 후보 등록서류 탈취에 대비, 백관옥, 박용구, 박천식 세 사람의 수행원을 대동하고 중앙선거관리위원회에 직접 출두한 후 후보등록을 마쳤다.

후보등록을 마치고 유당수가 상도동 자택에 도착하자 3백여명의 청년들이 「돈 받고 당을 팔아먹은 당수는 사퇴하라」, 「사쿠라는 물러가라」고 외치며 유당수 집 유리창에 돌을 던지고 집안으로 난입하여 가구를 부수고 난장판을 벌였다.

이들은 영등포 갑구에서 출마할 생각을 가지고 있던 부위원장 김여산과 김대중의 수행비서 이윤수가 청년들을 지휘하고 있었다는 것을 보면 김대중의 사주를 받았다는 것은 분명한 사실이었다.

진산파동은 한 마디로 유진산, 양일동, 김대중, 홍익표, 고흥문, 정일형으로 구성되어 있는 6인 소위원회 위원 중 김대중이 홍익표, 고흥문, 정일형을 사주하여 그들과 함께 법적 근거도 없는 4인위라는 것을 개최한 후 유진산에 대한 제명을 결의하는 동시에 김대중을 당수권한 대행으로 추대한다는 당내 파벌싸움이었다.

따라서 진산파동의 주동자가 누구인가는 어렵잖게 추정할 수 있으며 그 배경은 김대중이 1971년 4월 27일 대선에 출마하여 비록 패배는 했지만, 당내 입지를 굳히고 세력을 확대한 여세를 몰아 온갖 수단과 방법을 동원하여 당수직까지 차지해 보려는 저의에서 비롯된 것임이 당내 모든 의원들에게 인식된 것임은 물론이었다.

* 유진산의 대응태도

5월 6일 오후 2시 방송뉴스는 어이없는 보도를 쏟아내고 있었다. 유진산이 공천을 팔아서 막대한 돈을 가지고 해외 도피를 위해 공항으로 나갔다는 내용이었다. 이 소식을 접하기 전부터 유진산 당수는 진산파동의 주동자가 김대중이며 그가 소문을 유포하고 있다는 것을 확신하였지만 그를 처벌하기로 한다면 당장 목전에 임박한 총선을 망치고 당이 분열될 것이 두려워 고민을 할 수밖에 없었다. 당수직을 물러나는 것만이 당을 구하는 길이라고 인식하며 후선에 물러나기로 결심하게 된다. 자신이 유고시에는 양일동이 대행할 수 있게 되어 있으나, 양일동은 김대중의 친위 청년들의 폭행·폭언에 의해 이미 당무위원회 부의장 사퇴서와 탈당계를 강제로 제출한 상태였다.

유진산은 5월 9일에 정식으로 당에 당수직 사퇴서를 제출했고 당수 권한대행에는 당헌에 따라서 김홍일 전당대회 의장을 선출하게 되었다.

그 무렵 지방에서는 신민당 후보들이 당의 지도부가 붕괴한 가운데에서도 어려운 투쟁을 벌이고 있었다. 그럼에도 불구하고 김대중은 4월 27일 선거를 전면 부정선거로 규정하고 사후대책으로 총선거 포기론을 들고 나왔다. 이러한 선거포기론으로 말미암아 국민과 신민당 후보들은 큰 혼란에 빠지게 되었다.

이때 유진산 당수는 진산파동에 대하여 함구함은 물론 선거포기론의 시비에 대해서도 침묵할 수밖에 없었다. 당수가 정치적으로 희생되는 한이 있어도 그 시비를 따지는 것 자체가 당내분을 폭로하는 것이고 총선 후보들의 선거에 지대한 영향을 줄 것을 염려하였기 때문이었다.

* 진산파동의 결과

1971년 5월 26일 총선결과 신민당은 89명의 의석을 차지하게 되었다. 진산파동이라는 신민당의 내분에도 불구하고 국민들은 신민당에 성원을 보내주었다.

4월 25일 총선이 끝나고 첫번째의 정무회의가 소집되자 유진산 의원은 회의에 참석하여 5.6파동의 진상을 밝히는 것이 당의 중요한 과업임을 강조하면서 특별조사 위원회 구성을 요망하였다. 유진산의 요청이 받아들여져 특조위(特調委)가 구성되었다. 유진산과 김대중을 포함한 많은 증인들이 출두하였고 김대중이 대중집회에서 연설한 녹음테이프까지 등장하였다.

김대중은 5월 6일 유진산이 세차례나 연락을 취하고 있을 때에도 5.6사태를 몰랐다고 주장하면서 5월 6일 한 시경에 유진산이 전국구로 나가는 것을 알고 이제는 당이 망했다는 울적한 심정을 달랠 길이 없어 수원 등으로 몇 시간 드라이브를 하고 필동 처가집으로 돌아와 외부와 연락을 끊고 잠을 잤을뿐 5.6사태는 5월 7일 아침에 뉴스를 통하여 알게 되었다는 증언을 했다. 김대중 자신이 당수는 전국구로 나가야 한다고 주장하였음에도 불구하고 당수가 전국구로 진출한 것을 가지고 당수 제명의 명분으로 삼으려는 저의를 드러낸 것을 보면 그의 인격을 알 수 있는 대목이었다.

그러나 3주야에 걸쳐 중앙상무위원회에 참석한 300여명의 중견당원들은 김대중이 5월 6일 당일에 당수가 전국구로 나오기 때문에 당이 망했다는 울적한 생각을 달랠 길이 없어 드라이브를 하고 처가에서 외부와 연락을 끊고 지냈던 것이 아니라 5월 6일 밤늦게까지 필동의 처가에서 송원영, 김상현, 조희철 등과 같이 시간을 함께 했다는 사실을 밝혀내고야 말았다.

중앙상무위원회(中央常務委員會)에는 5.6파동 특조위의 조사내용이 보고되었다. 상무위원 대다수는 5.6파동이 악의에 찬 당권도전이라는 것과 그 배경 및 조종인물의 윤곽이 드러나게 되어 다음과 같은 결의문을 채택하였다.

決議文

(1971년 6월 30일, 7월 2일, 7월 3일에 걸친 제7차 중앙상무위원회에서 최용근 위원 동의로 가결된 것임)

主文

5.6파동을 처리하고 다음 전당대회를 단합된 모습으로 치르기 위하여 다음과 같이 동의한다.

1. 5월 6일 하오 9시경 유진산 당수 댁에서 야기된 지역구 포기에 대하여 항의하는 지구당원에게 사실무근한 금전수수설을 고의로 유포시켜 난동을 확대시키고 전국민을 공분케 만든 주모자는 즉각 제명할 것을 요구한다.

2. 김대중 전 대통령 후보는 5.6파동으로부터 국회의원 선거기간 중을 통하여 이 파동의 확대를 막고 수습할 지도적 책무가 있음에도 불구하고 수습과정에서 여러가지 점을 확대시켰고 유당수에 대하여 너무도 과도한 정치적 비난을 함으로써 이와같은 혼란을 초래한 그 진의를 국민과 당원에 밝히고 유당수와 전 당원에 대하여 공개사과할 것을 요구한다.

3. 이 동의에 대하여는 정기 전당대회 이전에 완전히 처리되어야 한다.

김대중은 꼼짝할 수 없이 5.6사태와 그 이후 자신이 전개한 과정에 대하여 1971년 7월 중앙상무위원회 중견 당원 300여명이 참석한 자리에서 「국민과 당과 당수에게 사과한다」라는 말을 공언하므로서 자신이 진산파동을 모의한 주모자이었음을 자백하게 되었다(유진산의 해 뜨는 지평선 433쪽).

아버지 같은 당수에게 못된 짓을 한 김대중은 개망신을 당하게 되었던 것이다.

* 진산파동 수습 후 유진산의 연설

유진산은 1971년 5월 6일 발생된 진산파동이 해결된 후 1971년 7월 경 300여 명이 모인 당원들 앞에서 자신은 자신에게 가해진 치욕스런 5.6파동에 대하여 더 이상 집착하지 않는다고 말하고 다른 정치인은 다시는 겪지 말아야 할 것이며 이러한 어리석은 역사가 기록되지 않기를 바란다고 하면서 다음과 같이 연설하였다.

우리가 집권층을 비판하고 국민의 동의를 얻어 정권을 교체해야 한다고 주장해왔지만 집권층을 공격하고 궁지에 몰아 넣기 이전에 신민당이 겪은 5.6파동은 무엇으로 말해야 하는가.

연로한 당수가 일찌기 대통령 후보가 될 것을 포기하고 젊은 후보를 따라 전국을 누비며 국민이 주시하는 가운데 「김대중 선생을 밀어 평화적으로 정권교체를 이룩하자」고 역설했다. 당수와 후보는 단상에서 '아버지와 같은 당수님' '아들 같은 후보'로 서로 추켜세우면서 국민의 지지를 호소하던 만족할만한 광경들이 국민의 눈 언저리에서 채 사라지기도 전에 또한 '아버지 같은 신민당 당수, 유진산 선생'(1971년 4월 18일 장충단공원 유세연설에서 김대중의 언동)이라고 말하던 바로 그 입술이 마르기도 전에 난동(亂動)과 욕설과 모함과 제명, 당수대행 등 쿠데타적 수법으로 모습이 변했다는 사실을 놓고 우리 국민에게 무슨 방법으로 어떻게 말해야 이해가 되겠는가.

이런 사태를 지켜 본 국민은 분명히 인생의 허무와 정치의 무상(無常), 그리고 인간성의 추악상이 지닌 표본을 5.6사태의 신민당에서 찾았을 지도 모른다.

음해와 모략과 중상으로 상대방을 꺾고 자기만의 영광과 발전을 꾀하려는 5백년 정치사의 누습(累習)이 아직도 이 땅의 정치사회에서 판치고 있음은 통탄할 일이다. 나는 지난 수삭동안 나 자신이 겪은 고통과 슬픔은 오늘 이 시간부터 깨끗이 씻어 버릴 결심을 하였다. 그러나 민족과 조국은 영원해야 할 것이고 따라서 보다 나은 내일을 쌓아 올리기 위하여 우리들의 간단없는 투쟁이 계속되어야 할 것이다. 여러분의 더욱 끊임없는 건투를 빌어마지 않는다(해뜨는 지평선 1972년판 434쪽 이하).

* 김대중 공개사과의 허구성

김대중은 1971년 5월 6일 진산파동(5.6파동)에 대하여 1971년 7월 중앙상무위원회의 중견 당원 300여명이 참석한 자리에서 자신이 「국민과 당과 당수에게 사과한다」고 공언하였음에도 그가 대통령이 되고 나서 그의 死后 발간된 김대중 자서전(2010. 8. 10 발행, 1권 254쪽)

에서는 오히려 유진산을 비판하면서 자신과 진산파동은 무관한 것처럼 자신의 양심을 감추고 있다.

… 유총재는 한 시간 동안 선거관리 위원장실에 갇혀 있었다. 그가 귀가하자 선거구인 영등포 갑구 당원들이 배신행위를 규탄했다.

「진산이 전국구 1번이다」

「진산이 선거구를 팔아 먹었다」

여기서 배신행위란 누가 누구를 배신했다는 말인가? 김대중이 영등포 갑구 당원을 속이고 당원들과 신민당 당수 모두를 배신한 것이 아니고 그 무엇이겠는가. 총재는 전국구로 나가야 한다고 주장한 사람이 바로 김대중이었다. 또한 당총재가 전국구 1번이 되어야지 김대중이 1번이 되어야 한단 말인가. 유진산이 전국구 순위 지정문제를 김대중 · 양일동 양인에게 맡겨 놓았더니 김대중은 '전국구 1번 김대중'이라고 기재한 후 총재에게 제출했다는 것은 이미 기술한 바 있다.

자신이 속한 신민당에서는 당내분을 선동하여 반대자인 동지들을 축출 · 제거하며 반대당인 여당의 박정희에 대해서도 모략과 중상으로 비난함은 물론 일본과 미국 등지에서도 교포들을 선동, 한민통(한국민주회복통일촉진국민회의) 등의 반국가단체를 결성하고 그 의장에 취임한 후 반정부 활동을 통하여 「한국은 독재국가」라고 공표 · 비난하고 조국 대한민국의 위신과 명예를 실추시키는 한편 자신의 개인적 인기만을 기양하며 모든 불법적인 수단방법을 동원하여 오직 대통령이 되기 위하여 이 세상을 살아왔던 인간 김대중, 그는 과연 누구인가.

정치공학적인 관점에서 정권창출이 불가능하였음에도 불구하고 운명사적인 관점에서는 돌발사태로 김대중 좌익 정권이 탄생했다는 것은 대한민국 국민을 더욱 혹독하게 훈련시키겠다는 운명적인 역사의 「아이러니」라 하지 않을 수 없다.

* 유진산의 생애

유진산은 충남 금산군 진산면에서 부유한 농가의 아들로 태어나 1919년 3.1운동때 독립만세 벽보사건에 연루(連累)되어 경성고등 보통학교를 자퇴하고 일본으로 건너가 와세다 대학 정경학부에 재학중 독서회 사건으로 투옥, 동대학을 3년 중퇴했다.

그후 만주로 건너가 대한민국 임시정부의 연락원으로 활동하다 일경에 체포되어 한국으로 강제송환되었다. 광복 후에는 우익 청년조직을 결성, 반공대열의 선두에 섰고 금산에서 1954년 3대 국회의원에 출마해 당선된 이후 7회 연속 당선되었다.

「정치란 칼로 두부를 자르듯 일도 양단으로 되는 것이 아니라 토론하고 타협하는 것이다」

1955년 민주당 창당에 참여하여 신익희, 조병옥에 이어 민주당 구파의 리더로 불리며 줄곧 야당의 중진으로 활약하던 유진산 총재가 입버릇처럼 하던 말이다. 그는 권모술수의 화신이라 할 만큼 정치적 임기응변에 능했으며 정적과의 타협에서는 명분보다 실리를 추구하는 합리주의자였다.

그는 1971년 5월 25일 국회의원 총선거 때 신민당 총재로서 자신의 선거구였던 영등포 갑구에서 출마를 포기하고 자신이 전국구 1번 후보로 결정한 이른바 '진산파동' 때문에 총재직을 사임하였다가 다시 당권에 도전하여 1972년 총재에 재선되었으나 불법전당대회라는 법원의 판단에 따라 당수권한이 정지되었다.

1973년 전당대회에서 다시 당수로 당선됐으나 2차 진산파동으로 총재직에서 물러났다가 얼마뒤 다시 당선되는 등 그야말로 파란만장한 인생정치역정의 소용돌이에 휩싸였다.

그는 항상 극단적인 극한투쟁보다 대화로써 권력에 맞섰으며 거리투쟁보다 의회주의자로 자임하면서 민주정치의 기본을 대화와 타협에 두었던 정치인이었다. 따라서 극한투쟁을 일삼던 소장파들은 그를 '사쿠라'로 지칭하여 그 이미지가 고착되었다. 그렇지만 그는 그러한 비난도 아랑곳하지 않고 자기 소신을 관철하였다.

그는 일체의 금전거래는 거절했고 평생을 청빈하게 살았다. 정치가의 제일조건은 금전이 안중에 없어야 한다. 정치가는 정치가이기 이전에 하나의 인간으로 성숙해야 한다. 무엇이 정의이고 국가의 장래가 어느 방향으로 흘러가야 하는가를 판단할 능력이 있어야 한다. 유진산 의원은 대한민국의 야당 대표 중 이러한 요건을 갖춘 대표적 인물이라고 평가된다고 볼수 있다.

그가 1974년 4월 28일 결장암으로 타계했을 때 남긴 재산이라고는 상도동에 있는 자택 한 채 뿐이었는데, 그것마저 2천만원의 부채로 은행에 저당잡힌 상태였고 당시 김종필 총재가 모금운동을 주도하여 모금한 3천만원을 전달, 저당잡힌 주택을 찾아주었다는 일화가 있다.

그는 비록 보수 야당의 정치인이었지만 애국자였고 도량이 넓으며 세계정세에 밝은 배짱있는 정치인이었다고 평가되고 있다. 그는 20세기 한국 정치사에 큰 족적을 남긴 전통 보수정당의 최고의 리더라고 할 것이다.

평생 그를 '사쿠라'라고 몰아 붙이며 정치적 이득을 취해왔던 한 수 아래의 김영삼이나 김대중이 권력을 얻고 난 뒤에 보인 정치행태와는 확실히 비교된다 할 것이다.

김대중은 현역의원이나 정치 지망생간의 지역구 공천을 에워싼 경쟁을 유발시키고 이를 이용하여 정치자금을 뜯어내는 비상한 재주를 가지고 있었다. 예컨데 자기에게 충성을 바치는 사람에게 공천을 해줄것처럼 하면서 경쟁자간 경쟁을 유발시켜 정치자금 헌납경쟁을 통하여 정치자금을 손쉽게 거두어 들인다. 유진산 당수는 운전기사가 1명이었지만 김대중은 당수가 아닌 야당의원임에도 불구하고 야당국회의원으로부터 뜯어낸 돈으로 자금을 축적, 3명의 운전기사와 수많은 경호원을 거느리며 거들먹거리고 지냈다는 것은 알만한 사람은 다 알고 있는 사실이다.

유진산은 청렴하고 올곧은 인생관과 뛰어난 정치적 역량을 겸비하였음에도 대통령이 되지 못한 것을 보면 대통령이라는 자리는 정치적 능력이나 올곧은 인생관과는 무관한 하늘의 선택인 것인지도 모른다. 하늘은 그 선택을 통하여 불량하고 포악한 대통령에 나라를 맡기기도 하면서 국가와 국민을 훈련시키는 운명을 창출하는 것일까.

현대그룹 정몽헌 회장은 왜 죽었는가?

＊남북정상회담의 추진경위

남북정상회담을 맨 먼저 추진한 주체는 김대중 정부가 아니라 한국의 기업 현대그룹이었다. 정몽헌 현대그룹 회장의 진술을 들어보자.

『저희가 대북사업을 위해서는 남북관계의 긴장완화가 필요하였으며, 긴장완화를 위해서는 남북간 정상회담의 개최가 필요하다고 판단을 하고서, 1999년 12월말경 1998년부터 대북사업을 위해 북측과 접촉을 했던 이익치(李益治) 현대증권 회장에게 「우리가 남북회담을 성사시킬 수 있는 방법을 찾아보라」고 하였으며 이익치 회장이 한국계 일본인 요시다의 중개(仲介)로 다시 북측의 아태평화위원회 부위원장 송호경과 접촉을 하였으며, 이익치 회장으로부터 북측에서 남북 정상회담 추진에 긍정적인 반응을 보였다는 보고를 받았습니다』

* 현대그룹과 요시다의 인연

현대그룹과 요시다의 인연은 1989년 정주영 명예회장이 북한을 처음 방문하던 때부터 시작했다. 바로 요시다가 그의 방문을 성사시킨 거간이었다. 현대가 대북사업을 본격화하면서 요시다는 북한과 현대의 중개자로 활약했다.

요시다와 접촉한 사람들의 진술을 들어보자.

『1998년 2월 하순경 북경에서 이익치 회장, 북측의 조선아태평화위원회 부위원장 송호경, 황철참사를 만났으며 이때 저희 측이 금강산 관광사업을 북측에 제의하니까 북측은 물자지원을 요청하였습니다』(정몽헌 진술)

『요시다의 아버지가 김일성과 친분관계가 있었습니다. 요시다는 북한에서 잡은 꽃게와 같은 물건을 넘겨받아 직접 일본으로 판매하는 무역중개업을 오랫동안 하면서 북한측과는 상당한 친분관계가 있었던 것으로 알고 있습니다. 2000년 2월 남북정상회담 가능성 검토를 하면서 요시다를 알게 되었고 요시다는 김정일 위원장의 의전비서인 전희정(현 이집트 대사)과도 잘 안다고 하여 가능성이 높다고 판단하였습니다』(김보현 안기부 제3차장 진술)

『1999년 1월경 현대아산이 설립된 이후 요시다의 북한내 영향력을 인정하여 현대아산의 고문으로 임명하였는데, 정몽헌 회장이 저에게 「이런 일은 보안을 요하므로 이 회장(李益治)께서 요시다를 만나 북한측 의사를 타진하라」는 지시를 하였습니다. 정확한 시기는 기억에 없으나 요시다가 국내 입국하였을 때「정몽헌 회장님께서 남북정상회담을 알아봐 달라고 한다」고 하자 요시다는 얼마의 기간이 지난 후 가능하다고 하면서 「저쪽에서 안기부 사람을 대표로 해서는 안된다」고 하였습니다.(이익치 진술)

* 朴智元 문화관광부장관의 개입

정몽헌 회장은 2000년 1월 박지원을 서울의 플라자 호텔에서 만나「북쪽에서 남북정상회담에 긍정적인 반응을 보여왔다」고 말하자 박장관은「내가 한 번 알아 보겠다」고 약속했다. 그 후 정회장은 2000년 1월 하순경 박장관으로부터「이 일을 내가 맡기로 했다. 한 번 추진해 보라」는 공식입장을 전달받았다.

그 후 2000년 2월 하순경 요시다는「3월 9일 싱가포르에서 예비접촉을 하자」는 북측의 뜻을 현대측에 전했고 정회장은 이 사실을 박지원에게 통보했다. 2000년 3월 9일 싱가포르 예비접촉에 대한 정몽헌 회장의 진술이다.

『저는 2000년 3월 9일 싱가포르에서 예비접촉을 위해 3월 8일 프랑스에서 싱가포르로 혼자 이동하여 이익치 회장, 요시다와 합류하였고 다음날 리츠칼튼 호텔에서 남북 당국자 간 예비접촉이 이루어졌습니다. 저와 이익치 회장, 요시다가 참석하여 박지원과 송호경 양측을 소개하고 인사를 나누는 정도에서 저희는 물러났습니다』

* 남북 정상회담을 위한 당국자간 예비회담

예비회담은 중국 북경에서 3차례 접촉하였는 바 제1차회담(2000. 3. 17~18)은 북한측이 김대중 대통령의 「베르린 선언」(김대중 대통령이 베르린에서 북한에 대한 대대적인 지원을 강조한 내용)을 언급하면서 「가급적 많이 도와달라」고 요청하였고 남한측은 「정상회담이 잘 진행되면 비료든지 쌀이든지 지원할 수… 있다」는 제의를 하는 선에서 종료되었다.

북경 제2차회담(2000. 3. 23)은 북한측에서 정상회담 대가로 남한측에 무리한 돈을 요구하는 바람에 결렬되었다. 예비회담에 참석한 김보현 차장의 진술이다.

『회담을 하던 중에 북한측의 송호경이 5억불을 현금으로 요구하였습니다. 이런 말을 듣고 저(김보현 국정원 3차장)와 박장관이 거의 동시에 어떻게 그런 큰 돈을 줄 수 있겠느냐고 강하게 우겼습니다… 그러면 우리는 포기할 수밖에 없다고 말하고 회의장을 박차고 나왔습니다』

남북 당국자간 3차 예비회담이 정몽헌 회장의 중재로 4월 8일 북경에서 열렸다. 북측의 송호경은 박지원과의 당국자간 협상에서 「남북정상회담 합의의 대가」로 5억달러의 현찰을 요구하였다.

3차 예비회담에 참석한 김보현 차장의 진술이다.

『합의문 작성을 하기 전에 북측에서는 5억불을 요구하다가 우리측의 1억불이 맥시멈이라는 주장을 듣고… 1억불 지원을 수용하였습니다』

  * 남북정상회담을 위한 현대와 북한측의 합의서

남북 정상회담의 주체가 남과 북의 정상간의 회담이라면 실무자 간의 예비회담도 행정 당국자들이 주도해야 마땅함에도 불구하고 정몽헌 현대그룹 회장은 남북 당사자간 3차 예비회담 이후 북경차이나 월드호텔에서 북측의 송호경을 상대로 주도적으로 '남북정상회담의 대가'를 지불하기로 하고 합의서에 서명하였다. 합의서의 내용은 현대가 북측에 지불할 '남북정상회담의 대가'를 4억달러로 하고, 정부가 '남북정상회담의 대가'로 내놓기로 한 1억달러에 대한 현대의 지급보증이었다.

그런데 우리는 국가간 정상회담에 있어서 돈을 주고 회담하는 국가가 세계에서 그 유례를 찾아볼 수 없을 뿐만 아니라 설령 국가간 회담에서 일방 국가가 타방 국가에 돈을 지급하는 일이 있다 가정해도 일방국가가 금전지급의무자가 되어야지 국가기관이 아닌 기업체가 의무자가 된다는 것은 있을 수 없는 일이라고 생각한다. 논리적으로나 윤리적으로 있어서도 안되는 일인 것이다.

물론 기업체의 추구하는 목적이 이윤이므로 현대가 북한의 경협 사업권을 독점하기 위한 포석이었다는 의도는 짐작되는 바이나 남측 정부가 북측 정부의 경협사업권을 확실히 따낼 수 있다는 보증을 현대그룹에 해줄 수 없다면 '남북정상회담의 대가'를 현대가 지불케 해서는 안될 것이다.

그런데 아태평화위원회 부위원장인 송호경이 북한의 통신사업을 포함한 대규모 국책사업의 독점권을 즉석에서 정몽헌에게 약속할 위치가 아니었음에도 정몽헌이 정상회담 비용을 지불하기로 결정한 잘못이 있었다고 할 것이다. 그러나 이것은 중요한 일이 아니다. 김대중 정부가 나서서 이것은 정부의 일이니 그 대가로 북측의 최고책임자 김정일의 추인을 받아 북한의 경협 사업권 독점의 확실한 보장을 해주던가 또는 정부가 마땅히 '남북정상회담의 대가'를 현대측에 지불해 준다면 해결될 사항이기 때문이다.

여하튼 4억달러를 주기로 현대가 북측과 합의를 한 이후 현대는 북한측과 구체적으로 사업권 문제를 협의했다. 이렇게 해서 2000년 5월경에 나온것이 '현대의 7대 경협 사업권에 대한 잠정합의서'이다.

7대 경협 사업권은 SOC사업권과 몇 가지 사업권이지만 그 내용이 무엇인가는 중요한 사항이 아닌 것이며 김대중 정부가 경협 사업권을 '남북정상회담의 대가'로 현대그룹 정몽헌 회장에 확실한 보장을 해줄 수 있는가의 여부만이 중요할 뿐이다.

* 임동원 · 박지원과 이기호 경제수석의 대화내용

이기호(李起浩) 경제수석은 2000년 5월 초순 朴智元과 林東源으로 부터 「현대가 북한과 대북사업의 사업권 대가로 5억 달러를 주기로 잠정합의했는데, 여기에는 정부부담 1억 달러도 들어있다. 현대가 정상회담 성사에 큰 역할을 했으니 경제수석이 현대를 많이 지원해주었으면 좋겠다」는 이야기를 들었다고 했다.

우리는 여기서 임동원과 박지원이 현대가 남북정상회담의 대가로 북측에 5억달러를 부담한 점을 부각시키면서 현대를 많이 지원해 주었으면 좋겠다는 이야기를 이기호에게 했다는데 이 말이 김대중 대통령의 의사인가 아니면 임동원, 박지원의 개인적인 의사인가에 대하여 그 한계를 분명히 해야 할 것이다. 만일 전자라면, 김대중은 '남북정상회담의 대가'를 현대에 갚아줄 위치에 서있는 사람이므로 정몽헌 회장을 이용하여 사기치려는 의도는 없었던 것으로 추정되나 정몽헌 현대그룹에 경협사업권의 확실한 보장을 해줄 수 없는 입장이므로 북한에 속아 넘어간 무능한 정치 지도자라고 규정할 수밖에 없는 것이며 후자라면, 임동원과 박지원이 처음부터 현대 정회장의 돈 5억달러를 빼앗아 정부가 이용하기 위한 의도가 있는 것이라고 판단해야 할 것이라는 의견이 지배적 여론인 것 같다. 왜냐하면 이들 양인은 현대가 지불한 '남북정상회담의 대가'를 현대에 대하여 변제할 위치나 능력이 없는 사람으로서 무책임한 주먹구구식 발언을 했기 때문이다.

임동원과 박지원 양인이 정몽헌 회장을 도와주는 방법은 '남북정상회담의 대가'를 남북정상회담을 돈주고 산 국가가 부담해야 하므로 남북정상회담의 대가를 현대가 북한에 지불하지 말도록 종용하는 것 뿐이었다. 현대가 이윤을 추구하기 위해서 그 비용을 스스로 부담하기로 했다고 하더라도 그 양인은 남한정부가 북측으로부터 현대에게 경협사업권을 취득하도록 해줄 수 없다는 것을 알고 있었기 때문에 현대가 '남북정상회담의 대가'를 지불하는 것을 용인(容認)해서는 안될 윤리적 의무를 지는 것은 당연하다.

현대그룹 정몽헌, 4억 5,00만 달러 김정일 계좌로 송금

현대그룹 정몽헌 회장의 지시로 현대상선이 조달한 2억달러는 2000년 6월 9일 북한 대남공작기구 대성은행 계좌로 송금되고, 현대전자와 현대건설이 조달한 2억 5000만 달러는 홍콩과 싱가포르에 있는 김정일의 비밀계좌에 송금되었다.

* 현대그룹 정몽헌 회장, 남북 정상회담 관련하여 남북한에 뜯긴 금액

전술한 바와 같이 남·북 정상회담이 성사되도록 주관한 것은 정몽헌의 현대그룹이었다. 정몽헌은 정상회담 성사에 따른 이익을 노렸겠지만 정회장은 그에 따른 부담만 고스란히 떠 안았다. 2000년 상반기 6개월 동안 북한 정권은 현대로부터 5억달러를 뜯어갔다.

김대중 정권은 처음에는 1억 달러를 정부가 부담하기로 했다가 결국은 현대로 하여금 정상회담 개최 비용 전부를 부담하게 만들어 버렸다. 정상회담도 주선하고 경비도 부담하게 된 정몽헌의 현대그룹을 등친 것은 김대중 정권의 실세들이었다는 것이 대북(對北)불법송금

사건에 대한 특검 및 중수부 수사기록의 주장이다.

박지원씨는 150억원, 권노갑씨는 200억원을 정몽헌씨로부터 받아 갔다는 것이다.

대북사업에 편의를 봐주겠다며 추가로 권노갑이 3,000만 달러를 요구하자 정몽헌은 「권씨가 요구하는대로 3,000만 달러를 스위스 은행에 송금했다」고 진술한 직후 자살했다. 지금까지 수사로 확인된 것만도 약 700억원이 김대중 정권의 실세들에게 넘어갔다는 것이다.

현대그룹 정몽헌은 남북정상회담과 관련하여 남북한에 약 7,000억원을 뜯긴 것으로 추정된다.(조갑제의 김대중의 정체, 250쪽)

여기서 현대그룹 정몽헌 회장이 뜯긴 돈이 구체적으로 얼마인가에 대한 계량적 판단은 논자에 따라 다를 수 있으며 미세한 금액의 다과(多寡)는 중요한 사항이 아니겠으나 필자가 기록한 금액은 對北불법 송금사건에 대한 특검 및 대검중수부 수사기록을 입수하여 저술된 김대중의 정체(正體)라는 책자(저자;조갑제, 동책자 258쪽 이하 참조)를 인용하였음을 밝혀둔다.

* 현대그룹 정몽헌이 부담한 대북 송금금액의 성격

정몽헌 회장은 특검조사에서 「4억달러는 북한이 남북정상회담과 연관시켜서 요구한 돈」이라고 돈의 성격을 분명히 밝혔다. 구체적인 대북사업의 독점권을 확정짓고 그 대가로 준 돈이 아니라는 것이다. 다시 말하면 자신의 사업을 위해서 쓴 돈이 아니고 정부의 남북정상회담을 위하여 정부를 대신하여 지출한 돈이라는 것이다.

그렇다면 어떤 형태로든 정부가 현대를 위하여 현대가 지불한 돈을 갚아주어야 하는 것이 원칙일 것이나 그것이 어려울 경우에는 최소한 對北사업의 독점권이라도 확정시켜 주어야 할 최소한의 윤리적·정치적·법적 책임을 지어야 할 것이며 그렇지 못할 경우 고등 사기꾼의 비난을 면치 못할 것이다.

* 남북정상회담에 대한 김대중의 의도

남북정상회담의 대가로 현대그룹의 정몽헌이 5억달러의 불법자금을 북측에 송금하려 했던 사실을 김대중은 인식·인용하였음은 물론 그런 행위를 적극적으로 지시했다고 보여진다. 그 근거는 당시 김보현 대북담당 차장과 국정원장 임동원의 진술에서 알 수 있다.

김보현은 북한에 넘어간 5억달러가 군사적으로 전용될 수 있다는 사실을 알고 있었다고 특검에서 밝혔다. 또한 김대중은 임동원으로부터 「정상회담 합의의 대가로 정부가 지불하기로 한 1억달러를 현대에 부담시키기로 했다」는 보고와 함께 對北송금의 실정법상의 문제점을 보고받고 「실정법에 어긋나더라도 대북송금을 하라」고 지시한 것으로 드러났기 때문이다(조갑제의 김대중의 정체 278쪽).

현대는 5억달러라는 돈을 송금하고 남북의 정상회담이 성공했지만 남북한의 협력사업은 단 1건도 실행된 게 없었다.

현대의 등을 떠밀어 5억달러를 송금하게 만든 김대중 정부도, 5억달러를 챙긴 북한의 김정일 정권도 현대가 과연 생돈 5억달러를 뜯기고도 경쟁력 있는 기업으로 살아남을 수 있을지에는 관심이 없었다.

김대중은 김정일 정권이 남북정상회담 대가로 요구하는 5억달러를 국회의 동의라는 복잡한 절차를 생략하고 현대라는 한국의 대표기업을 희생양으로 삼기만 하면 남북정상회담이 실현될 것이며 그 결과 자신의 국내에서 명성과 정치적 인기를 거양시킴은 물론, 세계평화를 위해 인류의 인권을 신장시킬 수 있다는 찬사와 함께 노벨평화상까지 획득할 수 있다는 과대망상의 꿈을 꾸게 되었다. 하나의 거대기업의 장래나 한 인간의 눈물같은 것은 안중에도 없었던 것이니 김대중 정권은 정치적인 윤리나 도덕 등 최소한의 인간적인 도리까지도 저버린 패륜적인 정치집단이었으며 정몽헌 현대그룹 회장을 자살로 몰고 갔다는 것을 생각해볼 때, 그들의 비정함과 생래적(生來的) 범죄성이 남다르게 뛰어나다는 추정이 가능하다는 여론이 비등하였던 당시의 사실을 우리는 생생이 기억하고 있다 할 것이다.

한편 김대중 정권이 한국의 대표적 기업을 자신들의 이익을 위해서 헌신짝처럼 버리는 마당에 김정일 정권이야 자신들과는 아무 관계도 없는 현대라는 기업체를 사기친다는 것은 오히려 비난의 정도가 가볍다고 해야 할 것이다.

따라서 북한은 남북정상회담 이후 현대의 독점사업권 확보에 냉랭한 반응을 보였고, 한국의 김대중 정부는 현대에 대한 특혜금융지원도 포기해버렸다.

김대중과 김대중 정권의 실세그룹들은 현대그룹 정몽헌의 자살을 도의적·정치적 인과관계로 치부하고 말 것인가? 법률적으로 자살관여죄는 성립할 수 없었단 말인가? 자살관여죄가 성립할 수 있다면 누가 정범이고 누가 방조범일까? 그것은 독자들의 판단사항이 될 것이다.

김대중은 그의 자서전에서 북한의 김정일 위원장과 정상회담을 하였다는 과정만을 기술하고 있을 뿐 그 정상회담이 현대그룹 정몽헌 회장이 지불한 「정상회담 대가」에 의한 성과였다는 언급은 피하고 있을 뿐만 아니라 정회장의 자살이 김대중 정권에 의한 결과였다는 죄의식을 전혀 반성하지 못하면서 눈을 감았다는 것을 생각할 때, 죽음을 맞이하여 모든 인간은 선해진다는 인간의 속성이 무색해지는 그야말로 상상을 초월한 인간이라는 것을 우리 모두에게 실감케 하고 있다고 할 수 있을 것이다(김대중 자서전 2권, 깊은 밤, 북으로 간 특사를 기다리다 244쪽 이하 및 두려운, 무서운 길을 오셨습니다 264쪽 이하).

김대중 관련자료

대북송금사건에 대한 김대중의 구차한 변명

'대북송금사건'이 터졌다. 대북송금사건이란 현대그룹 정몽헌 회장의 송금사건이다. 야당의원이 「현대상선이 4억달러를 대출받아 금강산 관광의 대가로 북한에 보냈다」고 주장했다. 사건은 눈덩이처럼 커졌다. 야당은 대출에 청와대가 개입했고 남북정상회담의 대가라며 의혹을 키웠다. 나중에는 정상회담을 돈을 주고 샀다고 주장했다.

임기 말에 터진 사건이라서 마땅히 대처하기도 어려웠다. 언론은 물론 노무현 당선자 측에서도 검찰수사가 불가피하다며 압박해 왔다. 당선자 비서실장은 「김대중 정권에서 털고 가야한다」고 공개적으로 밝혔다. 국민의 정부가 얼마나 대북관계 개선을 위해 심혈을 기울였는지 당선자 측에서도 알고 있었을 것이다. 그러나 대북관계보다 정치논리를 따졌다. 임기 말의 정권은 진정 무력했다. 내가 다시 나서서 직접 국민들에게 사실을 제대로 알리기로 했다. 2월 14일 '국민에게 드리는 말씀'을 직접 작성했다. 방송은 이를 생중계했다.

「최근 현대상선의 대북송금문제를 둘러싼 논란으로 인하여 국민 여러분께 큰 심려를 끼치게 되었습니다. 참으로 죄송하기 그지없습니다. 저 개인으로서도 참담하고 가슴아픈 심정일 뿐입니다.

정부는 남북정상회담의 추진과정에서 이미 북한 당국과 많은 접촉이 있던 현대측의 협조를 받았습니다. 현대는 대북송금의 대가로 북측으로부터 철도, 전력, 통신, 관광, 개성공단 등 7개 사업권을 얻었습니다. 정부는 그것이 평화와 국가 이익에 크게 도움이 된다고 판단했기 때문에 실정법상 문제가 있음에도 불구하고 이를 수용했습니다. 그러나 이것이 공개적으로 문제된 이상 정부는 진상을 밝혀야 하고 모든 책임은 대통령인 제가 져야 한다고 생각합니다. 저는 여기에 대한 책임을 지겠습니다.… 다만 국민 여러분께서는 저의 평화와 국익을 위해서 한 충정을 이해해 주시기를 간곡히 바라마지 않습니다. 그리고 모처럼 얻은 남북간의 긴장완화와 국익발전의 기회를 훼손하지 않도록 최대한 아량으로, 관대한 아량으로 협력을 아끼지 말아 주시기를 바랍니다」

나의 간절한 호소에도 불구하고 야당의 공세는 계속되었다. 특별검사제 도입을 주장했다(김대중 자서전 2권, 515~517쪽).

… 국민의 정부가 1억달러를 북에 지원하려 한 것은 사실이었다. 잘 사는 형이 가난한 동생을 찾아가는데 빈 손으로 갈 수 없는것 아닌가.

하지만 법적인 문제가 있어 현대를 통해 제공했다. 현대는 1억달러에 대한 또 다른 대가를 북으로부터 얻었다.

현대가 4억불을 북에 송금하기로 합의했다는 사실을 보고받고 화를 냈지만 4억불의 대가로 돌아오는 일곱가지 사업내용을 보니 수긍이 갔다(김대중 자서전 2권 528쪽).

2003년 4월 22일 노무현 대통령과 부부동반 만찬을 했다. 자리에 앉자마자 노대통령이 「현대 대북송금은 어찌된 일이냐」고 물었다. 참으로 이해하기 힘들었다. 몹시 황당하고 불쾌했지만 담담하게 말했다.

「현대의 대북송금이 사법심사의 대상이 되어서는 안된다는 소신에 변함이 없습니다」

노대통령은 나와 국민의 정부 대북 일꾼들을 의심했다…

… 특검은 사정없이 진행되었다… 끝내 국민의 정부 이근영 금융감독원장, 이기호 경제수석, 박지원 청와대 비서실장이 구속되었다.…

박지원 전 실장이 현대로부터 150억원을 뇌물로 받았다는 것이다. 그러나 이는 훗날 대법원 판결에서 무죄로 드러났다. 또 재판이 진행되는 도중에 정몽헌 회장이 자신의 집무실에서 투신자살하는 비극적인 사건이 일어났다. 대북송금 특검은 이렇듯 우리사회에 엄청난 파장을 몰고 왔다. 나는 이를 지켜보며 아프고 또 아팠다.(김대중 자서전 2권, 529쪽)

이상에서 언급한 바와 같이 김대중은 그의 자서전에서 북한의 김정일과 개최한 남북정상회담이 돈을 주고 산 것임에도 돈을 주고 산 것

이라는 비판적인 여론이 서운하다는 감정을 시작으로

　1) 김대중 정부가 남북정상회담의 추진과정에서 현대측의 협조를 받았다.

　2) 현대가 북측에 4억불을 송금했다고 하나 현대는 반대급부로 북측으로부터 철도, 전력, 통신, 관광, 개성공단 등 7대 사업권의 특혜를 받았다.

　3) 현대는 김대중 정부를 대신하여 1억달러를 또 다시 부담했지만 또 다른 대가를 북으로부터 얻었다. 1억달러는 잘사는 형이 가난한 동생을 찾아가는데 빈 손으로 갈 수 없으니 당연하다는 논리까지 곁들이고 있다.

　4) 노무현 대통령이 「현대의 대북송금은 어찌된 일이냐」고 물은것은 너무나 당연한 질문임에도 김대중은 참으로 이해하기 힘들었고 불쾌했다고 사건을 호도하면서 「현대의 대북송금이 사법심사의 대상이 되어서는 안된다」고 협박하고 있다.

　5) 정몽헌 회장이 자신의 집무실에서 투신자살하는 비극적인 사건은 자신과는 직접적인 관계가 없었다는 사실을 부각시키고 있다는 등의 주장을 하고 있다.

　생각컨데 국가대 국가가 정상회담을 하는 과정에서 개인기업의 협조를 받아, 그것도 정상회담의 대가로 기업의 돈을 뜯어 갖다 바치고 회담을 하는 국가가 이 지구상에 어디 있겠는가 생각할 때 한마디로 서글픈 일이다. 또한 현대가 북측에 정부 부담금 1억불을 포함하여 5억불을 송금하였으나 북한으로부터 얻어낸 사업권의 특혜는 단 1건도 실행된 게 없고 북으로부터 얻은 대가도 전혀 없었다는 것은 이미 언급한 바 있다. 김대중이 2월 14일 「국민에게 드리는 말씀」의 생방송은 진실한 내용이 거의 없고 모두가 자신의 행위를 합리화하기 위한 구차한 변명이었음을 알 수 있다.

그럼에도 불구하고 김대중은 국민의 정부가 얼마나 대북관계 개선을 위해 심혈을 기울였는지에 대하여 몰라준다고 하소연만 하고 있으며 한국의 대표기업을 통하여 남북정상회담의 비용을 부담토록 유도한 자신의 행위를 변명하고 있다는 것을 생각한다면 통탄을 금할 수 없는 것이다. 개인에 대한 김대중 정권의 사기행위라고 해야 할 것이다.

당리당략의 이익과 반대를 위한 반대만을 일삼고 무위도식하는 불쌍한 인생의 집단인 국회의원들, 특히 당시 야당의원들은 왜 막판에는 침묵을 지키고 있었는지 이해할 수 없다.

20억+α 수수설

김대중은 그의 자서전에서 「사실 나는 14대 대선 즈음에 노태우 대통령으로부터 격려금을 받은 일이 있었다. 김중권 정무수석이 그 돈을 내놓았을때 나는 많이 놀랐다. 그런데 김수석의 자세가 정중했고, 다른 모든 후보들에게 대통령이 인사를 하는 거라고 하기에 믿었다. 사실 현직 대통령의 격려금을 뿌리치기는 참으로 어려웠다. 그리고 당시는 정치자금법이 없었기 때문에 법에 저촉되지도 않았다. 그러나 이것이 논란이 된 이상 나는 모든 것을 털어버리고 선거에 임하겠다는 결심을 하고 국민들에게 공개했다.

하지만 그 돈은 받아서는 안될 돈이었다. 국민들에게 고백은 했지만, 내 정치 인생에서도 돈과 관련된 추문이었으니 부끄러운 일이었다」(김대중 자서전 1권 657~658쪽)

김대중이 14대 대선 즈음에 노태우 대통령으로부터 받은 뇌물에 대하여는 그 시기는 14대 대선 즈음이므로 1992년 경으로 추정되나 그 시기와 20억원에 대하여는 전혀 언급이 없었으며 당직자들이 받아놓은 것을 마지못해 수령했다는 투의 변명이었다.

그후 15대 대선당시인 1997년 10월 7일 여권에서 신한국당 강삼재 사무총장이 「김대중 비자금사건」을 터트리며 김대중이 670억원의 비자금을 관리해 왔다고 주장하며 비자금 일부는 그의 처조카인 이형택이 365개의 가·차명으로 관리하고 있다고 공격하자 김대중은 그때 비로소 노대통령으로부터 받은 자금이 20억원 밖에 되지 않는다고 공개했다.

신한국당은 여기서 그치지 않았다. 1997년 10월 10일, 1992년 대통령 선거를 앞두고 10개 기업으로부터 134억원을 받았다고 추가로 발표했다. 그러나 김대중은 「야당정치인으로 친지와 기업들의 도움을 받은 것은 사실이나 어떤 경우에도 부정하거나 문제있는 돈은 받은 적이 없다」고 변명했다(같은책 1권 662~663쪽)

기업으로부터 받은 돈이 부정하거나 문제있는 돈이 아니라면 어떤 돈이 부정하거나 문제있는 돈이란 말인가?

김대중의 이승만 정권 비판

나라가 걱정이다. 우익을 가장한 독재세력이 고개를 쳐들고 있다. 한국의 우익은 친일파들을 뿌리에 두고 있다. 그들은 부와 권세를 붙들기 위해 두 가지를 택했다. 첫째로 해방된 후 이승만 박사에 접근했다. 김구 선생보다 모든 것이 열세였던 이 박사는 주저없이 반민족 세력을 감쌌다. 둘째로 그들의 반민족 죄상을 은폐하려 반공을 면죄를 위한 대의로 삼았다.

친일세력은 장면 민주정권을 불과 1년여 만에 전복시켰다. 이것이 5.16군사쿠데타였다. 그러자 민주세력은 격렬하게 저항했다. 마침내 국민의 힘으로 평화적 정권교체를 이뤄 나와 노무현의 민주화 시대 10년이 펼쳐졌다.… 지난 10년의 민주정부를 생각하면 오늘의 현실이 참으로 기가 막힌다. 믿을 수 없다. 지난 50년간 반독재 투쟁에서 얼마나 많은 사람이 사형, 학살, 투옥, 고문을 당했는가. 어떻게 얻은 자유이고 남북화해였던가. 그 자유와 남북화해가 무너져 가고 있다.…(같은책 2권, 584~585쪽)

여기서 김대중이 「김구선생보다 모든 것이 열세였던 이 박사는 주저없이 반민족 세력을 감쌌다」라는 추상적인 선동적 표현을 사용한 것은 김대중 자신이 1945년 10월에 신민당(후에 공산당, 인민당과 합당하여 남로당이 됨)에 입당하여 조직부장으로 활동한 사실이 있었으나, 이는 해방정국의 정부수립론에서 미국 중심의 냉전질서에 편승한 이승만의 단정수립론보다 소련에 의존하였던 북한과 미국에 의존하던 남한세력이 합작하여 정부수립을 하자는 김구의 통일정부론이 우세하였다는 것을 부각시키므로서 자신의 좌익사상을 합리화시키려는 의도로 추정된다.

생각해보면 명분과 이상에서는 김구의 통일정부론이 타당성이 있었다고 할 수 있겠으나 미국과 소련이 타협할 수 없는 이유때문에 남북한의 합의에 의한 통일정부론은 불가능하였다.

4.19때 내각수반이던 허정은 「이승만의 단정(單政)은 최선의 길이었다. 당시 정세로 보아 남한에 단정이 수립되지 않았다면 한국은 공산화될 수밖에 없었을 것」이라고 회고했다는 것은 이승만 편에서 언급한 바 있다.

백범 김구 선생이 한국의 위대한 지도자 중 한 사람인 것은 분명하지만 해방정국의 정부수립론에서 남북협상을 통한 김구의 통일정부론은 미국중심의 이승만의 남한만의 단정수립론과 소련 중심의 민주기지론(民主基地論)에 패배하여 이승만의 대한민국과 김일성의 조선인민공화국에서 발붙일 수 없게 되자 자연스럽게 사라지게 되었으며 김구의 정치적 생명도 사실상 종언을 고하게 되었다고 보아야 할 것이다.

경부고속도로 건설 비판의 허구성

내리는 눈발을 보며 문득 야당의원으로 경부고속도로 건설을 반대했던 당시가 생각났다. 박정희 정권은 1968년 2월 경부고속도로를 착공했다.… 당시 전국에서 도로사정이 가장 괜찮은 서울~부산구간에 다시 고속도로를 건설하는 것은 국토의 균형발전을 위해서도 옳지 못했다. 고속도로가 뚫리면 한쪽으로 물류가 집중되고 그러다보면 산업 발전도 한 곳으로 치우치게 마련이다.

그렇게 졸속으로 추진된 경부 고속도로는 공사도 날림이었다. 잦은 보수공사로 누더기가 되어 버렸다. 나는 어느 연설장에서「저놈의 고속도로가 누워 있으니 그대로 있지 만약에 서 있었다면 벌써 쓰러졌을 것」이라고 호통을 친 적이 있었다. 그후 나의 이같은 반대를 두고 단견이라고 비난하는 사람들도 있는데, 지금도 그때 내 주장이 옳았다고 생각한다.(김대중 자서전 2권 462쪽)

생각해보면 대한민국 국민 중 김대중의 경부고속도로건설 비판에 찬동하는 국민이 얼마나 될지 정말로 의심스럽다. 오직 타인이나 반대정당을 헐뜯어 깎아내리고자 하는 반대를 위한 반대일 뿐이다.

김대중의 북한지지 발언

2002년 2월 20일 조지 부시 미국 대통령이 내한하여 청와대에서 정상회담을 하는 자리에서「햇볕정책을 지지합니다」「김정일 위원장은 자기 백성을 굶주리게 하고 인권을 유린하는 악랄한 독재자 입니다」는 등의 발언을 했다. 이에 김대중은 그 대답으로「북한의 안전을 보장하고 북한의 살 길을 열어주면 북한은 핵과 대량 살상무기를 틀림없이 포기할 것입니다. 북한에게 기회를 주십시오. 그래도 안되면 그때 제재해도 늦지 않을 것입니다」고 말했다.

또한 김대중은 햇볕정책으로 남북긴장완화, 이산가족 상봉, 인적교

류 등을 가져왔다며 그 효과를 적시했다(김대중 자서전 2권, 466~467쪽)

김대중은 퇴임 후에도 계속 북한을 옹호하는 발언을 했다.… 나는 6자회담에서 북한 핵문제가 평화롭게 해결돼야 한다고 기회 있을 때마다 강조했다. 그리고 미국의 대북 강경정책을 비판했다. 북한은 여전히 미국과 대화하고 싶어했다. 그렇지만 미국의 네오콘(신보수주의자)들은 여전히 전쟁의 불씨를 살리며 여론을 몰고 다녔고, 미국 정부는 북한과의 약속을 번번이 어겼다.(같은 책 2권 532쪽)

김대중은 미국이 북한의 안전을 보장하고 살 길을 열어주면 북한이 핵과 대량 살상무기를 포기한다고 주장하나 미국이 북한의 안전을 위협한 사실도 없거니와 북한에게 살 길을 열어주어야만 핵을 포기하고, 살 길을 열어주지 아니하면 핵을 더 만들겠다는 논리는 보통의 상식적인 판단으로는 납득하기 어려운 해석이다. 미국은 지금까지 북한의 안전을 침해한 사실도 없고 보장해 왔는데 이제와서 김대중의 말대로 제재해도 과연 늦지 않다는 말인가. 이미 늦어버린 것이다. 생각해보면 김대중의 북한지지 발언의 저의는 알기 어려우나 미국이 바보가 아니기 때문에 김대중의 당시 발언은 전혀 설득력이 없는 것으로 판단할 수밖에 없을 것이다.

결국 김대중의 북한 지지발언과 경제지원이 북한의 핵무기 개발에 결정적 기여를 했다는 지적은 정확한 분석으로 판단된 것이다.

김대중의 연설내용

김대중의 웅변이나 연설은 어떤 심오한 철학이나 해박(該博)한 지식에 근거한 논리전개가 아니며 청중의 감정에 호소하여 청중을 웃기고, 울리는 선동적인 기교를 발휘한다고 할 수 있다.

어떤 확고한 정치이념이나 건전한 미래의 국가발전의 비전은 찾아볼 수 없으며 가난에 찌들린 일반 대중의 현실에 대한 불만과 반정부활동을 선동하는 특기가 그의 웅변의 주된 내용이다. 그의 특유의 쇳소리와 사투리의 강한 악센트가 귀에 거슬린다. 특히 선동적인 내용이 처음에는 감동을 느끼다가 계속 듣고 나면 속이 뻔히 드러나 보일때 감동적인 느낌이 사라진다.

1969년 7월 19일 효창운동장에서 3선개헌 시국강연회

3선 개헌을 반대하는 데모가 지난 방학전에 전국에서 퍼졌습니다. 데모를 제일 치열하게 한데가 어디냐? 서울이 아닙니다. 박정희씨가 나온 경상북도라 그말이여! 대구서는 대학교뿐이 아니라 모든 고등학교가 총동원됐어! 그런데 한 가지 재미있는 것은 박정희씨가 대통령을 그만두고 나면 그 대학교의 총장을 할 것이라는 영남대학교 학생들의 데모 구호가 재미있다 그말이여! 무엇이라 했느냐? 「미친 황소의 갈길은 도살장 뿐이다」그랬디 그말이여!(김대중, 내가 걷는 70년대, 98쪽)

오늘날 이 나라 현실이 어떻습니까? 언론의 자유는 완전히 말살되었어.… 국회는 어떻소? 국회는 온통 가짜투성이여, 사법부는 어떻소?

사법의 독립은 완전히 유린됐어!

학원은 지금 짓밟힐대로 짓밟히고, 학원은 진리탐구의 장소도 아니요 대학의 자치도 없는 것이요, 학생들이 나라의 일에 대해서 관심을 가졌다가는 최루탄과 곤봉에 의해서 대가리가 터지고 갈비가 부러지고 대학은 자유의 낙원이 아니라 창살없는 감옥이요, 대학의 교수와 학생들은 번호표 없는 죄수라는 것을 여러분은 알아야 한다 그말이여!

이 나라의 국시(國是)인 민주주의는 지금 빈사상태에 들어갔어, 국체는 이미 변혁(變革)중에 있는 것이며, 여러분 이 더러운 민주주의에 대한 원수들, 이 용서못할 조국에 대한 반역자들, 나는 분노와 하염없는 통분된 심정을 금할 수 없으면서 내가 호소하는 것은 「하나님이여! 이런 자들에게 벌을 주소서, 국민이여! 궐기해서 이런 자에게 철추를 내리라」는 말을 나는 호소하고 싶습니다. (같은책 101~103쪽)

마키아벨리의 후계자

미국의 워싱턴 포스트」지는 1985년 2월 5일자 서울발 기사에서 김대중에 대하여 「그가 위험한 것은 권력을 잡기 위하여는 수단방법을 가리지 않는 그의 속성 때문이다」라고 지적한 바 있었다. 한 마디로 김대중의 마키아벨리적 정치술수를 비난한 말이다.

정치란 필요악이기 때문에 윤리나 도덕만으로는 통하지 않는 세계라고 볼 수 있다. 이른바 「토마스 홉스」의 주장대로 「만인의 만인에 대한 투쟁」 상태라고 할 수 있을 것이다.

김대중의 정치술수를 요약해보면 다음과 같다.

첫 번째 특징은 마타도어 기교다. 김대중 후보의 선거운동원이 상대방 후보의 선거운동원으로 가장하여 지역 유권자에게 선물을 배포한 후 다음날 배달사고였다며 선물을 회수하는 작전이다. 이 작전으로 선물을 회수당한 유권자는 상대방 후보에 대한 불쾌감으로 상대방을 증오하게 되고 반드시 김대중을 찍게 된다.

두 번째 특징은 상대방 비난술이다.

행정부의 국장이나 장·차관들의 약점을 수집하였다가 국회에서 성토하고 막후에서 무마를 조건으로 돈을 뜯어내는 수법이다.

세 번째 특징은 필요시 약속을 하고 합리적 이유를 제시하여 약속을 파기하는 기술이다.

40대 기수론을 들고 나왔을 때 김대중은 김영삼, 이철승과 1차 투표에서 가장 많은 표를 얻은 사람을 대통령 후보로 밀기로 합의했다. 그러나 김대중은 1차 투표에서 김영삼이 우세하자 이철승에게 「당신은 총재, 나는 대통령 후보」란 서약을 조건으로 자신을 밀어줄 것을 부탁하고 지지를 얻어냈으나 대통령 선거가 끝난 후 이철승을 밀지 않고 배신했다.

네 번째 특징은 폭력의 동원능력이다.

1971년 신민당 당수선거에서 패하자 김대중은 추종자들을 동원하여 투표장에서 퇴장하는 요인들을 폭행한 사실이 있었다. 김대중지지 청년들은 김홍일(金弘壹) 새 당수의 화형식을 거행한다면서 김홍일의 피켓을 뜯어 사진을 불태웠고 시민회관 정문으로 나오는 서범석과 김영삼을 향해 각목을 휘두르며 「김영삼을 죽여라」고 고함을 질렀다. 때마침 뒤따라 나오던 최형우 의원이 김영삼을 감싸는 바람에 최의원은 심한 폭행을 당해 메디칼센터로 실려 갔고 김영삼은 광화문 네거리를 가로질러 시민회관 맞은편 전매청 안으로 피신했다. 그 폭행 사건의 주모자는 김대중의 경호원이었던 정호영(당시 27세)으로 확인되었다.

김대중의 반정부 활동 기타 대국민 선동 발언

김대중은 1967년 6월 제7대 국회의원 선거유세 중 목포 북교초등학교에서 다음과 같이 발언하였다.

「여러분! 나는 지금 박정권의 독이 서린 칼날 앞에 서 있습니다. 이 약한 나 하나를 놓고 비수를 들고, 칼을 들고, 도끼를 들고, 낫을 들고 덤비고 있습니다… 나는 저 유달산에 대하여, 저 흐르는 영산강에 대해서, 삼학도에 대해서 말합니다.

유달산이여! 너에게 넋이 있으면, 삼학도여! 너에게 정신이 있으면, 영산강이여! 너에게 뜻이 있으면 목포에서 자라고 목포에서 커온 내가 이 나라를 위해서 무엇인가를 해보겠다는 이 김대중이를 박정권이 때려 잡으려 하고 있으니 유달산과 삼학도가 넋이 있고 뜻이 있다면 나를 보호해 달라는 것을 목포시민 여러분과 같이 호소하는 바입니다.」 (동교동 24시 60~61쪽)

1971년 4월 27일 대통령 선거가 끝난 후인 4월 29일 김대중은 성명을 통해 「장기 부정부패 정권에 종지부를 찍기 위해 사상 유례없이 궐기했고 국민의 열망은 공화당 정권의 부정선거에 의해 무참히도 좌절되었다… 박정희 후보의 승리는 결코 정당한 것이 아니며 우리는 이러

한 불법·부정선거의 결과에 결코 승복할 수 없다.」고 주장했다.(같은책 95쪽)

1972년 10월 유신전 신병 치료차 일본에 있던 김대중은 미국과 일본을 수시로 왕래하며 반정부 활동을 하고 있었다. 김대중은 1973년 2월 23일자 뉴욕타임스 기사에서「한국은 자유도 빵도 없는데 반해 북한은 비록 자유는 없다고 하여도 빵은 보장된다」고 주장하였다. 김대중의 말대로라면 자유도 없고 빵도 없는 한국보다는 빵 한 가지만이라도 보장되는 북한 사회가 더 낫다고 하는 이 발언은 용공성을 부인할 수 없다고 할 것이다.(대법원, 피고인 김대중 등 24명 내란음모사건 판결문)

또한 김대중은 미국에서「한국민주회복통일촉진국민회의」(약칭 한민통)를 결성하고 일본에서도「한국민주회복통일촉진국민회의」일본지부를 결성하여 맹렬한 반정부 활동을 전개하고 있었다.(같은책 146쪽) 이 한민통은 조총련과 관계를 맺고 있는 불순 용공단체임이 대법원에서 판결된 단체였다.

1980년 3월 1일 김대중이 복권되자 신민당 내 잠적해 있던 김대중 지지세력인 재야세력과 김영삼의 제도권 내 세력인 주류계의 알력은 표면화되기 시작하였다. 김대중은 1980년 3월 26일 명동소재 YWCA(Young Women's Christian Association;기독교여자청년회의의 약칭으로 세계적인 기독교 여성운동단체)에서「민족혼과 더불어」라는 제목으로 정권획득을 위한 정치활동을 전개하게 되었다.

김대중은 YWCA 강당에서 「민주주의라는 나무는 그 나라 국민의 피를 마시고 자라며, 민주주의는 국민의 피와 땀과 눈물을 통해서 이루어진다」고 말하자 미리 동원된 김대중의 친위 청년단체구성원들의 「옳소」와 박수가 터져나왔다. 이때 김대중은 감정이 고조되어 자신이 천주교 신자라는 점을 강조하면서 「예수는 나의 형님」이라고 말하고 이어서 자신은 「원할 때면 언제나 하느님을 볼 수 있으며 예수님과 직접 대화를 한다」고 크게 오버하는 허황되고 불순한 발언을 하게 되었다.(같은책 194~195쪽)

김대중은 전두환에 탄원서를 낸 지 열흘 후인 82. 12. 23 김홍일만 남겨두고 부인과 두 아들을 데리고 미국으로 떠나 워싱턴 근교 버지니아 알렉산드리아에 있는 워터게이트 아파트 16층에 거처를 정했다.

교포신문에 의하면 김대중의 미국 내 생활은 반한 활동으로 일관되고 있었다. 그때 그는 「인권문제연구소」를 차렸고 이 연구소에서 「행동하는 양심」이라는 간행물을 발간하여 미국인, 한국인, 유럽인, 일본인들에게까지 배포하였다. …김대중은 샌프란시스코의 어느 클럽에서 행한 연설에서 「미국은 한국의 민주화를 위해서 한국 정부에 경제적 압력을 가해야 한다」는 발언을 하였다.(같은책 209~211쪽)

또한 「시카고 트리뷴」지에는 「…만약 미국이 현재의 대한 정책을 바꾸지 않는 한 한국 내 반미 감정은 더 악화될 것이다. 미국이 공개적으로 언론자유와 공명선거를 촉구하고 대한 경제원조를 한국정부에 대한 상벌로 이용해야 한다」는 보도를 한 바 있었다.(같은책 212쪽)

노무현 대통령

출생성장 과정 및 정치일정

노무현은 1946년 9월 6일 경남 김해시 진영읍 본산리 봉하마을에서 농업에 종사하던 망부 노판석과 망모 이순례 사이에서 3남2녀 중 막내로 출생하여 본적지에서 초 · 중학교를 거쳐 1966년 부산상업고등학교를 졸업하였다.

부산상고를 졸업한 후 어망제조업체에 취직하였으나 최저 생계비도 안 되는 낮은 임금으로 그만두고 독학으로 사법시험을 준비하였다. 입대관계로 시험을 중단하였다가 만기제대 후 다시 도전하여 시험을 준비한 후 9년만인 1975년 사법시험에 합격하였다.

1977년 대전지방법원 판사로 임용되었으나 이듬해인 1978년 5월 사직하고 부산에서 변호사 개업을 하던 중 1981년 발생한 부림(釜林) 사건의 변론을 맡은 것을 계기로 학생 · 노동자 등의 인권사건을 변호하는 인권변호사의 길을 걷게 되었다. 1987년에 민주헌법 쟁취운동본부 부산본부 상임집행위원장을 맡아 6월 항쟁에 앞장섰다. 1988년 통일민주당 김영삼 총재의 제안으로 정치에 입문하였고 1988년 4월 26일 부산 동구에서 통일민주당 소속으로 제13대 국회의원 선거에 출마하여 당선되었다. 같은 해 제5공화국 비리조사 특별위원회 위원으로 활동하면서 정연한 논리와 날카로운 질문으로 '청문회스타'로 떠올랐다.

1990년 통일민주당, 민주정의당, 신민주공화당의 3당 합당에 대하여 밀실야합이라고 비난하며 정치적 후원자였던 김영삼과 결별하고 통일민주당 잔류세력과 함께 민주당 창당에 동참하여 이듬해 통합민주당 대변인으로 활동하였으나 1992년 제14대 국회의원 총선거에서 낙선하였다.

1997년 새정치 국민회의 부총재를 역임하고 이듬해인 1998년 서울 종로구에서 국회의원 보궐선거에 출마하여 당선, 재선의원이 되었다.

2002년 4월 전국의 16개 시·도에서 실시한 새천년민주당 국민참여 경선에서 승리하여 대통령 후보로 선출되었고, 2002년 11월 18일에는 '국민통합 21'의 대통령 후보인 정몽준과 후보단일화에 합의한 뒤 국민여론 조사를 거쳐 최종적인 단일 후보가 되었다.

노무현은 2002년 11월 19일 치러진 제16대 대통령 선거에서 한나라당의 이회창 후보를 57만 표차로 이기고 당선되었다.

노무현 정부

정치분야 및 대미관계

노무현 정부는 부패없는 사회, 지방분권과 국가균형발전, 참여와 통합의 정치개혁을 내세웠다. 2003년 12월 29일 국회는 여·야 합의로 지방분권과 국가균형 발전의 일환으로 노무현 정부의 정책공약이었던 신행정 수도의 건설을 위한 특별조치법(이른바 신행정 수도법)을 통과시켰다. 또한 선거공영제를 실시하여 돈이 들지 않는 선거제도 확립, 시민단체의 활발한 정치참여 유도 기타 인권신장을 가져온 것은 정치분야의 발전된 현상과 결과였다.

미국에 대하여는 불평등 SOFA(미국 군대의 관할권에 관한 한국과 미국과의 협정) 등으로 비후호적인 점은 있었다. 그러나 실제적으로는 부시 행정부의 요청에 따른 이락전쟁 파병, 주한미군 용산기지 이전문제, 한미 FTA추진 등에서 부시 행정부의 요구에 적극적이었다.

경제정책

노무현 정부에서는 수출이 꾸준히 증가하였고 경상수지 역시 흑자를 가져왔으며 미국과 FTA(Free Trade Agreement: 자유무역협정, 국가간 상품의 자유로운 이동을 위해 모든 무역장벽을 완화하거나 제거하는 협정)협상으로 대미시장을 개척하였다. 그러나 노무현의 참여정부가 경제적 측면에서 YS정부나 DJ 정부에 비해 성과를 거두고 있다는 것 뿐이지 체감경기는 좋아진 것이 없으며 현실적으로 덕을 본 것은 부유층과 기업주들이었고 서민들은 제외되었기 때문에 빈부격차가 커져 양극화 현상이 심화되었다.

YS말기에 IMF가 있었고 DJ때 IMF를 극복했다고 하나 신자유주의 사조의 영향으로 개방화·자유화·민영화·세계화·탈복지화의 물결이 확산되었으므로 이를 극복하기 위해 서민대중이 노무현을 선택했지만 노무현도 DJ의 신자유주의 정책을 크게 반전시키지는 못했다.

노무현은 「대통령이 사고만 치지 않으면 경제는 돌아가게 되어 있다」「누가 대통령이 되었어도 어쩔 수 없었으며, 앞으로 누가 대통령이 되어도 경제는 크게 달라질 수 없을 것」이라는 등의 이상한 말만 하였다. 이에 대하여 손학규 의원은 노무현에게 「경포대」라는 별명을 지어주기까지 했다. 경제를 포기한 대통령이라는 말이다.

그러나 노무현 정부가 경제분야에서 부동산 정책의 일대혁신을 가져왔다는 사실을 우리는 결코 간과해서는 안될 것이다.

부동산 거래 후 부동산 등기시에 반드시 부동산 거래계약서를 제출하도록 함으로써 「다운계약서」 작성을 원천적으로 봉쇄했다는 점이다. 이는 부동산 거래를 통하여 국가적으로는 증세효과를 가져오고, 개인적으로는 탈세방지 효과를 거양하므로 국가 경제발전과 개인의 도덕성을 제고시켜 건전한 사회생활을 영위할 수 있다는 점에서 획기적인 성과라고 할 것이다. 즉 종래 부동산 거래시 터무니없는 다운계약서를 작성하여 너나 할 것 없이 국민 모두가 세금을 떼어먹는 것이 일반적인 관행이 되었으며 사실대로 부동산 매매 · 거래가액을 기재하여 계약서를 작성하는 사람은 바보로 취급되어 왔었다. 그러나 이제는 다운계약서를 작성하면(예컨대 5억짜리 부동산 거래시 1천만원 부동산 거래로 신고하여 작성) 취득세는 줄어들어도 부동산 취득자가 매각시에는 엄청난 양도소득세를 내게 되므로 거래 당사자인 매도자와 매수자 모두가 거래관행의 존중이나 장래의 불이익을 방지하기 위해서 스스로 다운계약서 작성을 기피하게 되는 것이다. 따라서 부동산 등기 시 거래계약서 첨부제도야말로 노무현 정부의 최대업적이라고 해야 할 것이며 이제까지 그 어떤 정권도 해내지 못한 획기적 공헌이라 할 것이다.

대북 안보관

노무현 대통령이 2007년 10월 3일 남북정상회담에서 NLL(Northern

Limit Line, 북방한계선)을 포기했다는 주장이 있었다.

NLL은 한반도에서 1950년 6.25 전쟁을 치르고 양쪽이 휴전을 하면서 1953년 UN사령부가 정전 협정 체결시 북한측과 UN군 측이 합의하여 육지의 경계를 그으면서 바다는 서해 5도인 백령도, 대청도, 소청도, 연평도, 우도를 따라 그은 선으로 육지의 비무장지대 같이 그은 북방한계선을 의미한다.

북방한계선은 육지와 바다 모두에 해당되는데 요즘은 주로 바다, 바다 중에서도 특히 서해에 한정되며 머리글자를 따라서 NLL이라고 부른다.

노무현이 북한을 방문하여 김정일과 대화 중 「NLL은 UN군이 일방적으로 그려 놓았으니 북한배가 인천 앞바다까지 내려와 고기잡이 하면서 그 지역을 공동어로수역으로 해도 어떠냐」고 했다는 김정일의 발언에 동조했다는 것이 새누리당의 주장이며 이 주장은 사실로 확인되었다.

김정일의 NLL무시 발언에 노무현이 동조했느냐의 여부를 규명하기 위해서는 국정원이 NLL에 관련한 양인의 대화록을 검토해보면 어렵잖게 확인할 수 있다.(노무현 · 김정일 회담 대화록 2008. 1. 3 최초 작성; 2013. 6. 24 공개)

그런데 노무현 · 김정일 양인의 대화록에 대하여 양국의 원수가 공개하지 않기로 합의한 것이므로 법적으로 공개해서는 안된다는 주장을 하면서 국정원으로부터 대화록을 넘겨받아 그 내용을 공개한 새누리당의 책임이 크다고 주장하는 견해가 있다.(박찬종 변호사) 그러나 NLL이 남한과 북한의 해상경계선이며 그 내용을 변경하여 NLL 이남

지역에 공동·평화어로구역을 설정하여 공동관리한다는 것은 NLL을 포기하는 것이고 이것은 안보에 위협을 가져오는 것이 명백하며 이러한 안보 위협사실을 공개한다는 것은 국가기관의 당연한 의무이므로 국정원이나 새누리당이 양인의 대화록을 공개한 것은 타당하다고 해야 할 것이다.

노무현이 NLL 이남지역에 평화어로구역을 설정하는 것은 김정일과 합의할 대상이 아니다. 노무현이 대한민국 5천만 국민인 주권자의 의사에 반하여 NLL을 포기하는 이적행위를 하라고 언제 위임을 받았단 말인가!

노무현의 NLL포기발언은 노무현 정부의 최대 실책이라고 해야 할 것이다.

노무현의 인간적인 모습

누무현은 격식을 싫어하는 순수한 인간의 모습이 묻어난다. 취임 직후에는 탈권위주의라는 표현을 사용하였고 청와대 내·외에도 대인관계에 있어서 부드러운 이미지를 부각시킨 것은 사실이다. 그러나 이러한 탈권위주의나 반권위주의가 과도하게 나타나 대통령의 권위나 정부에 대한 신뢰가 실추되는 지적이 있었던 것도 사실이었다.

의욕과 정열을 가지고 국가정책을 추진했던 점은 인정되나, 돈키호테 같은 불안정한 언행으로 많은 물의를 빚었다. 「대통령 못해 먹겠다」는 평범한 일반인들이 주고받는 감정을 그대로 노출하는 등 대통령의 권위를 실추시켰다. 일종의 리더십과 정서의 불안이었다.

그러나 그래도 밉지 않은 단순하고 정감이 묻어나는 시골 아저씨의 인상은 그만이 갖는 매력이다.

노무현의 파격적인 인사 스타일

공무원은 사무관까지는 시험제도로 승진하지만 사무관 이후로는 능력에 따라 승진하는 것이므로 파격적으로 능력에 따라 승진하는 것도 큰 문제가 될 것은 없다. 사실 공무원의 능력을 평가해본다면 사무관 시절이 가장 학문적인 실력이 향상되어 있다고 보아야 할 것이고 그 이상부터는 실력이 오히려 퇴보한다고 보아야 할 것이다. 따라서 사무관 이후로는 승진년도에 구애받지 않고 승진하는 사람도 있고 정치적인 영향에 따라 몇 단계 건너 뛰어 승진하는 사례도 있다.

그 일례로 중앙정보부 7급 공채로 입직한 김만복 국정원장은 노무현에 발탁되어 몇 단계 건너 뛰어 승진한 케이스다. 이처럼 파격적인 노무현의 인사 스타일은 기존의 정부가 장관이나 국회의원 등 요직을 지낸 사람만을 장·차관 기타 요직에 임명하였던 것과는 확실히 다른 신선하고 능력에 따른 배려로서 고무적인 현상이라 할 것이다.

이명박 대통령

출생성장 과정 및 정치일정

이명박은 1941년 12월 19일 일본 오사카에서 목장 노동자인 망부 이충우와 망모 채태원 사이의 4남3녀 중 3남으로 출생하여 거주타가 1945년 11월 부모를 따라 귀국한 후 포항에 정착했다.

귀국 후에는 목장일에 종사하는 아버지와 과일 행상을 하는 어머니를 도와 초·중·고를 어렵게 졸업하고 고려대학교 경영학과에 입학하였다. 대학 3학년 때 상과대학 학생회장에 선출되었고 1964년에는 한·일 국교 정상화를 반대해 6.3시위사건으로 수배되어 도피생활을 하다가 자수하여 징역 3년과 집행유예 5년을 선고받고 풀려나기까지 6개월간 서울구치소에 복역했다.

이명박은 졸업 후 1965년 현대건설 평사원으로 입사했다. 그는 자신이 불우한 시절을 생각하면서 항상 근면과 성실성을 가지고 노력한 결과 2년 후에는 대리로 승진하였고, 29세에 이사 승진에 이어 1977년에는 불과 35세의 젊은 나이로 현대건설의 사장이 되었다. 1988년에는 회장의 자리까지 올랐다.

정주영 현대그룹 회장이 1992년 통일국민당을 창당하여 대통령 후보에 출마하였음에도 세간의 예상과는 달리 그는 민주자유당 전국구 국회의원 공천을 받아 화제가 되었는데 이때 현대그룹 정주영 일가와는 관계가 단절되었다. 그는 정주영 회장과 결별 후 1992년 민자당의 제14대 전국구 국회의원으로 정계에 입문하였다.

1995년 지방자치단체장 선거에서 정원식 전 국무총리와 민주자유당 서울시장 후보 경선까지 치렀으나 패배하였다.

1996년 4월 11일 제15대 총선에서 출마하여 이종찬, 노무현 등 야당 후보에 승리하여 재15대 국회의원이 되었으나 선거 기획 담당자의 선거비용 누락신고로 서울고등법원에서 400만원의 벌금형을 선고받고 1999년 4월 의원직을 상실하였다. 의원직을 상실한 이명박은 2000년 8.15 특사로 복권되었다.

그는 2002년 민선 3기 서울특별시장 선거에 출마, 당선되면서 새로운 정치 인생을 맞이하게 되었다.

청계천 복원사업

이명박의 청계천 복원은 서울시장 재직시 구상되고 이루어진 사업이지만 청계천 복원사업은 이명박이라는 명성을 서울시민에게 각인시키는 효과를 거양하였으며 이 청계천 복원 사업이야말로 이명박이 대통령에 당선되는데 결정적 역할을 하였던 것으로 평가된다.

이명박은 2002년 서울시장 취임 직후 복원사업에 착수하여 2003년 7월 청계 고가도로를 완전 철거하고 2년간 복원공사를 추진하였고, 2005년 10월까지 4,000여회 이상의 주민과의 협의를 통하여 10여만 명 이상의 상인의 협조를 얻었고 5.84㎞의 청계천을 복원하여 청계천을 명실공히 서울시민의 문화시설로 변화시키는데 성공하였다. 청계천 복원사업으로 한여름 도심의 온도가 내려감으로써 오염물질이 줄어들었고 시민들이 맑은 물을 감상하고 가로수, 산책로 등으로 모여들면서 인근 상권의 가격이 상승함은 물론 생태계 환경이 개선되었다는 것이 공통된 평가다.

이명박이 대통령에 당선된 것은 위와같은 청계천 복원사업이 결정적 역할을 했다고 할 수 있을 것이다. 또한 경제 전반에 대한 규제완화로 기업투자와 일자리가 창출되었기 때문에 경제도 청계천 복원사업과 같이 활성화 되어야 한다고 말하고 있는 바 이는 노무현 정부의 경제적 혜택에서 제외되었던 서민대중 다수의 기대감의 표현이라고 해야 할 것이다.

특히 노무현은 친서민 정책을 시행한다고 했으나 먹고 사는 현실적인 면을 다루지 못하고 사람 사는 세상, 정의구현, 도덕성 같은 추상적이고 이념적인 면에 치우쳤으며 현실적으로 덕을 본 사람은 부유층과 기업주들이었고 서민들은 제외되었다. 따라서 다수의 서민들은 이에 대한 반작용으로 이명박을 선택했다고 해야 할 것이다.

이명박 정부

이명박 정부는 7% 경제성장, 4만불 소득, 세계 7대 선진국 진입의 이른바 「747 성장」을 정책 목표로 하면서 환경오염을 줄이는 지속가능한 발전 위주의 녹색성장을 패러다임으로 정했다.

외교 · 안보 정책은 실용주의를 표방하였고, 김대중 · 노무현 정부가 추진했던 햇볕정책에 대하여는 비판론적 입장을 취했다.

2008년 미국산 쇠고기 수입협상 논란을 겪었으나 이명박 정부는 2008년 5월 야당과 노동계, 농민단체들의 반대에도 불구하고 FTA비준안을 통과시켰으며 수입협상 논란을 잠재웠다. 이로 인하여 쇠고기 수입에 항의하는 촛불시위가 계속되었고 정국은 혼란에 빠졌으나 한·미 관계는 상당히 강화되었다.

이명박 정부는 출범하자마자 고환율 정책 등 친기업 정책을 폈다. 그는 높은 물가 상승률을 감안하면서 대기업 위주의 수출산업을 적극적으로 지원하는 고환율 정책을 추진하며 경제성장률을 높이려 했으나 연평균 성장률은 상승시키지 못했다. 2008년 말 미국의 금융위기로 인해 발생한 글로벌 금융위기는 한국의 경제에도 크나큰 타격을 주었다. 무역수지가 적자로 돌아섰다. 1천원 이하이던 원·달러 환율이 1천 500원을 넘어섰기 때문이었다. 그 결과 한국의 돈 가치는 급락하였다. 2010년 대한민국 정부의 채무가 400조를 돌파하였다. 이는 2년 동안 100조가 증가한 것으로 재정부 관계자는 「OECD 국가들에 비하면 안정적인 수준」이라고 말했으나 증가 속도가 매우 가파랐다는 점 때문에 경제계에서 우려의 목소리가 나왔다.

그러나 2010년의 무역수지는 417억 달러 흑자를 기록했다. 이는 연속 400억 달라 이상의 흑자를 기록한 것이었으며 경제성장률도 2010년 6.1%를 기록했으며 기업의 실적도 증가해 상장기업 157개사의 순이익 2분기 19조원, 3분기 22조원으로 분기사상 최대치를 기록했다. GDP 성장률은 글로벌 금융위기 직후 -4.5%에서 0.2%로 플러스 전환했는데 이는 OECD(Organization for Economic Cooperation and Development;경제협력개발기구) 국가 가운데 가장 빠른 회복으로 알려졌다. 이러한 글로벌 금융위기에서 이명박 정부는 금융위기를 가장 빠른 속도로 극복한 나라로 평가되었으며 고환율이라는 불리한 조건을 수출증대라는 기회로 활용하며 세계시장 점유율을 높였다.

이러한 금융위기의 극복은 국제사회에서 한국의 위상을 높이는 성과를 가져왔으며 그 결과 G20 정상회의를 한국에서 유치하게 되는 계기를 조성했다. G20 정상회의(Group of 20, 주요 20개국 모임으로 기존의 선진국 중심의 G7에다 신흥국 12개국과 EU를 포함하여 1999년에 만들어졌다)는 한국이 비서구권으로서는 최초로 의장국이 되어 글로벌 금융 안전망 구축을 주도하게 되었다.

G20 정상회의는 금융의 시대에서 발생하는 각종 모순된 문제점을 교정하고 새로운 금융이나 경제적 질서를 조성하기 위한 국제적 협의체라고 할 수 있다. 서울 G20 정상회의는 2010년 11월 11일~12일 국립중앙박물관과 서울 코엑스에서 G20 회원국 정상 등과 UN, 국제통화기금(IMF), 세계은행(WB), 금융안정위원회(FSB), 경제협력개발기구(OECD), 세계무역기구(WTO), 국제노동기구(ILO)의 7개 국제기구 정상들이 참석하여 개최되었다.

서울 G20 정상회의는 환율문제, IMF 개혁 등의 의제에 관하여 G20 국가간 합의를 도출해 냄으로써 국제사회에서 한국의 조정자로서의 역할과 위상을 높이는 계기가 되었다.

한편 이명박 정부는 국내적으로 경제성장의 혜택이 대기업에만 몰려서는 지속 가능한 경제와 사회를 지향할 수 없다는 생각에서 대기업과 중소기업의 동반성장도 강력하게 추진하였다.

이명박 정부의 공과(功過)

이명박 정부의 공적

이명박 정부는 친서민 정책 및 중도 실용정책을 통하여 지지기반을 확보하였다. 글로벌 금융위기를 맞이하여 미국 등 선진국이 금융위기로 어려운 처지에 있을 때 고환율이라는 불리한 조건을 수출증대라는 기회로 활용하며 우리나라는 OECD 국가 중 가장 빠른 속도로 그 위기를 탈출하였다는 점은 이명박 정부의 공적이다.

한편 기업 친화적 정책으로 좌파정권에 기울어졌던 기업경제를 회생(回生)시켰다. 삼성과 현대 등 대기업과 중소기업을 포함한 한국의 기업이 큰 성장을 할 수 있었다. 일부 비판론자들은 이명박 정부가 기업과 부유층만을 위한 정책을 집중하였고 서민복지는 외면하였다고 하나 서민 복지에만 정책의 초점을 맞춘다면 국가 경제는 위기에 봉착할 수밖에 없는 것이다. 무분별한 복지정책만 집행하면 국가와 국민 모두가 불행해질 수 있다는 것을 알아야 할 것이다. 서민을 위한 복지정책도 결국은 기업이 성장하고 생산물을 외국에 수출하여 외화를 벌어들여야 가능한 것이다.

이러한 의미에서 이명박 정부가 기업과 부유층을 서민의 복지정책과 대등한 입장에서 동시에 추구한 정책수행은 타당한 경제정책이었다고 판단된다.

이명박 정부의 과오

이명박 정부는 보수정권을 주축으로 수립된 정부이었음에도 친북·종북 세력에 대하여 철저히 대처하지 못하고 방관적인 태도를 취했다는 비판이 제기되고 있다. 김대중·노무현의 10년간 친북·종북 세력이 집권하는 동안 정치, 언론, 학원, 종교계는 물론이고 공무원 조직까지 좌파세력이 깊숙이 침투하여 언론의 자유와 인권을 외치며 사회혼란을 조장하고 정부·여당을 공격, 정부 전복을 획책함으로서 이명박 정부는 김대중·노무현 정부에서 시작된 안보상황이 큰 위기에 처해 있었다.

또한 이명박 정부가 기업과 부유층 뿐만 아니라 서민의 대중경제 정책도 동시에 추구했다고 하지만, 소득분배의 상대적 차이에 따라 노무현의 참여정부 시절 빈부격차의 양극화 심화현상이 계속 되었다는 비판이 제기되었다.

한편, 4대강 사업은 이명박 정부가 추진한 한국형 녹색 뉴딜사업이다. 이명박 정부는 야당과 시민단체의 강력한 반대에도 불구하고 한강, 낙동강, 금강, 영산강의 4대강 사업을 핵심사업으로 한다며 이명박이 대통령으로 당선된 해인 2008년 12월 발표하였고, 2009년 2월 「4대강 살리기 기획단」이 만들어져 추진한 후 2013년 초 완료하였으며 공사비는 22조원이 투입되었다. 4대강 사업은 2013년 1월 감사원이 「4대강 사업 주요시설물 품질과 수질관리 실태」에 대한 감사결과에서 4대강 사업이 총체적 부실을 안고 있다고 발표하면서 논란은 더욱 커졌다.

이명박 정부는 4대강 사업을 퇴적토를 준설해서 홍수를 예방함은 물론 갈수기에도 항상 맑은 물이 넘치게 하고 관광지로 개발, 수익까지 창출하겠다는 목적을 명분으로 제시하고 있다. 그러나 4대강 댐 건설사업은 보를 설치함으로써 수질이 악화되고 환경이 오염됨은 물론 생태계가 파괴될 것이므로 이명박 정부의 최대실책으로 여론이 비등하고 있는 현실을 부정할 수 없을 것이다.

4대강 사업의 성과는 역사적으로 평가가 이루어질 것이며 긍정적인 평가를 받는다면 문제될 것이 없을 것이나 부정적인 평가를 받는다면 두 가지 측면을 생각해 볼 수 있을 것이다.

　먼저 4대강 사업의 결과가 국민의 세금만 낭비했다는 지적을 받는다면 그 비난은 단순히 22조원의 국민의 세금만 날렸다는 금전적인 비난에 그칠 것이다. 그러나 4대강 사업의 결과가 수질이 악화되고 생태계 등의 자연을 파괴하는 현상이 초래되는 지적을 받는다면 이명박 정부는 민족과 역사의 영원한 죄인이 될 수밖에 없는 슬픈 운명을 감수해야 할 것으로 보인다.

제3장

나의 가족과 안기부

행복이란 무엇인가

사람은 자기 의지와는 아무 상관없이 이 세상에 태어나 일생을 살다가 이 세상을 떠나게 된다. 사람은 누구나 이 세상에 태어나면 본능적으로 무엇을 해야겠다는 욕구나 욕망을 가지게 된다. 사람은 그 욕구나 욕망을 달성하기 위하여 노력하고 투쟁하는 것이다.

그런데 그 욕구나 욕망의 대상이 어떠한 성질의 것인가에 따라서 그 사람의 인생의 가치가 달라지는 것이다. 추구하는 욕구나 욕망이 무가치하고 유해한 것인가 아니면 가치있고 사람들에게 도움이나 즐거움을 줄 수 있는가에 따라서 인생의 가치는 달리 결정되는 것이다.

물론 사람의 욕구나 욕망은 육체적인 것과 정신적인 것이있지만 육체적인 것은 본능적인 것이므로 인간을 포함한 모든 동물에게 요구된다 할 것이며 정신적인 욕구나 욕망만이 사람이 추구하는 행복과 특별하고 밀접한 함수관계가 있다고 말할 수 있을 것이다.

사람의 욕구나 욕망은 항상 유동적이고 증가해 가는 성향이 있다. 만일 어떤 사람이 처음 계획과 목표가 연 1,000만원의 수입을 예상했지만, 그것을 실현하고 나면 연 1,000만원 보다는 더 많은 1억원의 수입을 목표로 하고 그 목표를 욕구하고 소망하게 된다. 직장생활의 목표도 계장만 되었으면 좋겠다고 하다가도 계장이 되고 나면 이제는 계장은 마음에 차지 않고 과장이 되고 싶고 과장이 되고 나면 국장, 국장이 되고 나면 장관이 되고 싶은 것이 사람의 욕구이고 욕망인 것이다. 이렇게 생각해본다면 인간에게 완전하고도 충분한 만족이란 있을 수 없으며 완전한 행복도 소유할 수 없다는 결론에 도달하게 되는 것이다. 사람의 욕심이란 끝이 없기 때문이다.

그렇다고 모든 사람들이 행복할 수 없고 불행하다고만 할 수는 없는 것이다. 어떤 고생 속에서도 사람은 그 나름대로 행복이 있는 것이다. 완전한 행복을 추구하며 지향하는 생활 그 자체가 더 가치있고 행복하다고 할 수 있을 것이다.

뙤약볕이 내려쬐는 폭양 아래서 자식들을 먹이고 교육시키기 위해 김을 매고 땀을 흘리는 농부의 얼굴은 비록 육체적으로는 고생스럽지만 행복스러운 밝은 미소가 흐르고 있다. 어떤 고생스럽고 괴로운 일이라도 자기 스스로 선택해서 보람을 느끼고 일할 때에는 행복을 느끼게 되는 것이다.

진정한 행복의 여건은 가치있는 정신적 욕구나 욕망을 채우고 이루어나가는 과정이라고 해야 할 것이다. 진정한 사람의 행복이란 정신적 욕구의 대소나 양의 다과에 의해서 결정되는 것이 아니고 자신이 선택한 정신적 욕구의 성질에 따라서 결정된다고 보여진다.

오늘날의 서구의 사회적 경향은 소유를 극대화하려는 것이며 소유의 극대화가 행복의 조건처럼 인식하려는 경향이 있는 것은 사실이다. 그러나 물질이 풍부하고 과학이 발전할수록 비극은 늘어가고 위험이 커지는 현실을 인식할 때 동양의 금욕(禁慾)과 극기(克己)와 절제(節制)적인 생활을 통하여 앞날을 통찰하면서 행복이 무엇인가를 바라보아야 할 것이다.

행복은 결국 마음의 평정 없이는 소유할 수 없게 된다. 마음의 평화·평정은 욕구나 욕망에 대한 건전한 정신자세에서 얻을 수 있는 것이다. 동양에서 가장 소중하게 여기는 것이 중용의 도이다.

아무리 많은 소유로도 마음 속에 생기는 욕구나 욕망을 충족시킬 수 없을 뿐만 아니라 그 과도한 소유 자체가 크나큰 고통의 불씨가 되어 파멸을 가져오게 되는 것이다.

인간은 누구나 극기와 절제의 인격적 바탕 위에서만 행복을 소유할 수 있다. 서양의 발달된 물질문명 속에서 무제한적으로 팽창하고 있는 욕심과 쾌락을 자제하는 내면적인 자기완성의 정신자세로 인간 상호간의 행복을 위한 사회건설과 봉사 속에서 보람을 찾는 것만이 행복의 길이 될 것이다.

중앙정보부라는 곳

나는 대학을 졸업하고 내 인생에서 행복을 가져다 줄 직장이 무엇인지 오랫동안 심각한 고민을 하지 않았다. 우리 세대 이전의 부모들이 자식의 결혼문제에 관하여 당사자의 의견은 무시한 채 부모끼리 단독으로 자식의 성혼문제를 결정했던 것같이 나는 성급하게 취직하였기 때문이다. 법과대학을 나오면 보통 졸업 후 2~3년을 더 공부하여 판사가 되는 것이 정상적인 코스이지만 나는 아버지가 생계수단이 없었고 나이가 많다는 현실적인 제약을 의식하고 고시는 보류한 채 졸업과 동시에 직장의 현장으로 들어섰다.

기업체 몇군데에서 입사통지를 받았으나 안정된 직장을 가져야 한다는 판단으로 중앙정보부 7급 공채 수사관 시험 합격통보를 받고 입직하였다.

사람이 직장을 선택하는 것은 행복한 인생을 누리기 위한 수단일 것이다. 그러나 사람이 자기가 선택한 직장이 최상이라고 생각하고 직장생활을 하는 사람은 많지 않을 것이며 직장생활을 하면서 그 직장의 장·단점과 만족도 여부가 밝혀지게 될 것이다.

내가 대학을 졸업하고 정보부에 들어간 74년도만 하더라도 사람들은 최고의 권력기관이라 생각하였고 나 역시 그러한 인식하에 젊은이의 꿈을 펼치면서 일해보겠다는 집념을 가지고 입직한 것은 사실이다.

그러나 밖에서 바라 본 중앙정보부와 안에서 느끼는 중앙정보부는 너무나 달랐다. 신분노출금지, 이권개입 엄단 등의 제한과 외부와의 무수한 장벽이 가로놓여 있으며 고도의 인격적 수양을 요구하는 사항들이 직원들의 마음을 짓누르고 있었다.

이러한 조치들은 직원의 품격을 높은 인격적 수준으로 끌어 올리려는 것이므로 고무적인 현상이라고 생각되었다. 국가의 어느 조직이나 제약과 규제가 없다면 그 조직은 유지될 수 없을 것이므로 당연한 조치라 생각되었다.

아버지와 가족들의 나에 대한 기대와 요구사항은 점점 늘어만 갔다. 한마디로 더 풍족한 생활을 해보겠다는 기대였을 것이다. 그러나 나는 이 기대에 부응할 수 없었다.

아버지와 가족들의 기대에 부응하여 풍족한 생활을 유지하며 나와 가족의 욕구나 욕망을 충족시킨다면 그것은 중앙정보부 직원의 자세가 아니고 더 나아가 공무원의 청렴의무를 포기하는 태도가 될 것이다.

외부에서 보는 것처럼 중앙정보부는 결코 무소불위의 권력을 휘두르며 화려하고 풍족하게 사는 곳이 아니며 공무원의 기본적인 의무를 준수하는 범위 내에서의 생활일 뿐이다.

솔직히 내가 선택한 직장이 정신적인 나의 욕구나 욕망을 충족시키고 내 인생이 행복할 수 있을지에 대하여 의구심을 가져본 것은 사실이나 사람의 욕심이란 끝이 없기 때문에 완전한 만족이란 달성하기 어려운 것이며 행복을 지향(指向)하는 생활 자체를 극기(克己)와 절제(節制)를 통하여 유지하므로서 만족을 느껴야 한다고 생각한다. 나는 이러한 사고작용을 통하여 일정기간 직장생활에 임하게 되었다.

나는 중앙정보부 조직이 비정하다고 생각은 하면서도 직원들 대부분이 수많은 사건과 사실을 통하여 무리하고 부당한 욕구를 충족하는 것은 반드시 화를 부른다는 체험을 인지하고 극기하는 자세를 간직하고 있다고 자부한다.

인생은 체험을 통하여 성장한다. 체험을 통한 이야기와 논리적 사고에 따른 이야기는 가슴을 울리는 감동의 정도가 다르다고 할 수밖에 없다. 체험을 통해서 얻은 진리야말로 가장 뿌리가 깊고 또 확실한 신념의 토대가 될 수 있는 것이다.

대통령의 명에 따라 중앙정보부장이나 차장으로, 또는 행정 각 부 장관으로 1~2년씩 근무하다 떠나는 수뇌부가 실무부서의 중견 간부들에 비해 욕구나 욕망을 극기하고 절제하는 체험의 기회는 많지 않을 것이며 그 체험이 과연 확실한 인간의 생활실태에 관한 신념을 도출해낼 수 있을지는 의문이다.

기독교의 바이블이나 불교의 경전도, 유교의 경서도 탁월한 성인들의 체험을 통한 생활의 교훈이지만, 그 대상은 중견간부 이하의 보통 사람들의 생생한 체험을 통한 이야기가 그 핵심이 되어 있다고 할 것이다. 중견간부 이하의 체험을 통한 이야기는 수뇌부의 논리적 사고에 따른 이야기와는 가슴을 울리는 감동의 정도가 다르기 때문이다.

중앙정보부에 대한 일반적 시각

중앙정보부는 사람들에게 비밀경찰이라고 알려져 있으며 국가안전보장과 관련되는 국내외 정보 및 범죄 수사와 군(軍)을 포함한 정보수사활동을 조정 · 감독하는 것을 본분으로 하면서 모든 정치범에 대한 정치공작, 첩보활동, 정보수집 · 분석 이외에 수사기관에 대한 지휘권을 장악하고 있는 무소불위의 권력기관으로 인식되었던 것이 이제까지의 일반적인 국민의 시각이었으며 국민에게나 여타 국가기관에게 환영받는 존재로 각인되지는 못했던 것 같다.

그러나 국민들이 중앙정보부(안전기획부, 현재는 국가정보원)를 긍정적인 가치를 가지고 보는가, 부정적인 시각으로 평가하는가는 각자의 독자적인 판단사항이겠으나 나는 1990년대 어떤 계기를 맞이하여 중앙정보부를 떠날 결심을 굳혔고 1996년에는 타의로 동 직장을 떠나게 되었다. 나는 만 22년간 대한민국의 국가기관에서 봉직(奉職)하는 동안 보고 느꼈던 바를 국민에게 알린다는 것은 국민에게는 또 다른 감동을 줄 것이고, 국가의 정책 결정권자들에게는 국가 정책결정에 새로운 이정표(里程標)를 제시할 것으로 생각할 때 결코 무의미한 것은 아니라고 믿어의심치 않고 있다.

물론 중앙정보부(현 국가정부원) 직원은 재직 중은 물론 퇴직한 후에도 직무상 지득한 비밀이나 직무와 관련된 사항을 누설하여서는 안 된다는 제한이 있으나 여기서 비밀은 비밀을 알리지 않는 것이 국가에게 이익이 되는 것을 말한다. 따라서 비밀을 알려도 국가에 손해가 없다면 비밀이 아닌 것이다.(판례 1996. 5. 1, 95도 780, 이문옥 감사관 사건)

또한 비밀이 공무상 비밀누설죄(형법 제127조)의 범죄 구성요건에 해당된다 할지라도 인간으로서의 존엄과 가치 및 행복을 추구할 권리를 가지는 범위 내에서 비밀누설은 더 큰 헌법상 보호를 받는 권리가 현재 대한민국 헌법에 의하여 기본적 권리로 보호(헌법 제10조)되므로 공무상 비밀누설죄는 위법성 조각사유에 해당된다 할 것이다. 관련되는 곳에서 국정원 대선개입사건, 국정원 수뇌부가 직원을 쫓아내는 방법 등에 관한 실례를 밝혀 다양한 인간생활의 실체를 조명해보고자 한다.

대공수사관 시절

나는 교육을 마치고 1975년 1월 남산 수사국 본부에 배치되었다. 먼저 수사국장 훈시가 있었다.

「대공수사국장 김기춘입니다. 여러분의 전입을 진심으로 축하해마지 않는 바입니다. 여러분들은 가장 우수한 수사국 요원으로 선발된 분들입니다. 대공수사국 수사관들은 명실공히 중앙정보부의 중앙정보부 직원이라는 긍지를 가지고 열심히 근무해 주시기를 진심으로 부탁드리겠습니다. 감사합니다.」

수사국장은 훈시 후 50명이 넘는 전입 직원들과 일일이 악수를 나누었다. 국장의 훈시가 끝나자 직원들은 소속된 해당과로 돌아갔고 해당과에서 각 계로 다시 배치를 완료했다. 우리 계는 계장 이하 12~13명의 수사관으로 편성되었다.

내가 소속된 계장은 서울 지역에서만 2개 지역의 경찰서장을 지낸 총경 출신의 50대 후반의 나이 지긋한 분이었다.

나는 매일 오전 8시에 출근하여 오후 8시 이후에 퇴근하는 생활을 계속했다. 수사관 생활은 외근활동이므로 아침 간부회의가 끝나면 늦어도 오전 10시 이전에는 사무실을 나가 일터로 향해야 하며 오후 5시나 6시에는 사무실에 들어와야 하는 것이 외근 수사관의 일상 업무의 양상이다.

외근 활동 중 주요 업무 내용은 하명사건 처리, 첩보수집(대공첩보 및 기타 일반첩보), 정보 분석 등으로 요약할 수 있을 것이다. 그 중에서도 첩보(生 情報) 수집은 가장 중요한 기능이라고 해야 할 것이다. 정보란 정치 · 경제 · 사회 · 문화 등 모든 영역에서 그 수집이 가능하며 정보를 수집하여야만 그 정보를 근거로 간첩도 검거할 수 있는 것이므로 정보의 중요성에 근거하여 현대사회를 정보화 사회라고 부르는 이유이기도 한 것이다. 한마디로 신문기자는 사선(私選) 기자라고 하고 중앙정보부 직원을 공선(公選) 기자라고 불리어지고 있었던 것을 보면 정부수집의 중요성을 알 수 있을 것이다. 신문사 기자는 주식회사라는 기업체에 소속되고 정보부 직원은 국가기관에 소속된 데에서 연유한 것임을 알 수 있다.

하명사건을 처리할 때에는 보통 2~3명 또는 3~4명이 함께 행동했지만 첩보(정보) 수집은 각자에게 그 책임량이 맡겨져 있으므로 매일 1~2건씩 첩보를 수집해야 한다는 부담감은 상당한 압박으로 작용했다.

전입한 지 20여 일이 지난 어느 날이었다. 회의가 막 끝나고 외근활동 나가기 전에 고참 직원인 박수사관이 「자네들, 오늘 나하고 행동을 같이 하지.」 하고 제안했다. 박수사관은 당시 50에 가까웠으며 헌병 대위 출신으로 당시 직급은 6급이었다. 신임 수사관들은 7급이었으나 7급 이상은 동일한 수사관으로 호칭되었고 8급과 9급은 수사리(捜査吏)이므로 큰 차이가 있지만 6급과 7급은 큰 차이가 없었다. 그러나 수사 세계에서는 신참과 고참은 큰 차이가 있었고 특히 15년 이상의 나이 차이는 숙부와 조카 관계 같았다.

우리 신참 직원 4~5명은 고참 직원인 그의 개인 짚차를 타고 따라 나섰다. 일행은 시내 중심가 다방에서 커피를 마셨다.

「나, 박이다. 오늘 점심 약속 없으면 점심이나 하자.」고 말하자 은행지점장이라는 사람이 「나는 별다른 약속은 없는데….」 라고 대답했다.

「그러면, 내가 우리 아이들 4명과 함께 갈테니, 12시에 그 중국집 2층에서 만나자.」

그 중국집에 우리가 도착하자 지점장은 직원 1명을 대동하고 벌써 나와 있었다. 박선배는 우리 일행을 한 명씩 소개하면서 그 지점장과 인사시켰다. 그 지점장은 우리들에게 가장 비싸고 맛있는 메뉴를 시킬 것을 요청하자, 박선배가 나서서 우리는 평상시 잘 먹어보지도 못했던 메뉴를 골라 시켰다.

식사가 끝나고 나오자 음식점 주인은 묻지도 않은 말을 했다.

「식비는 모두 계산되었습니다.」

박선배는 당연한 것 아니냐는 듯 인사를 받았으며 우리들은 박선배를 따라 나왔다.

그 후에도 박선배는 열흘이나 보름에 한 번꼴로 기업체 상무나 전무 또는 중앙행정부처 실·국장과 접촉시 우리들 신참 직원들을 데리고 다녔으며 음식을 사주었다. 이러한 그의 태도는 우리 신참 직원에 대한 '오리엔테이션'이며 일종의 길들이기라는 것을 쉽게 짐작할 수 있었다.

박선배는 자신의 스폰서 역할을 하는 그의 친구인 은행지점장이나 회사의 임원들과 만날 때는 우리 신참 직원이 들으라는 듯 「내가 5·16 혁명 후 국가재건 최고회의 있을 때는…」 이라는 말을 하곤 했다. 물론 우리들은 그가 듣지 않을 때는 「최고회의 의원 보좌관이면 모를까 무슨 최고위원?」 이라며 비아냥 거렸다. 하긴 지금 생각하면 차지철 같은 육군대위 출신의 건달도 막강한 파워가 있었던 것을 보면 헌병대위 출신인 박선배의 말이 전혀 거짓만은 아닐지도 모른다.

당시는 TV가 귀할 때였으므로 사무실에는 과장실에 1대, 기획팀에 1대가 있었을 뿐이었다. 계장이나 과장이 TV나 고가품의 물건을 싸게 구입하려면 으레 박선배를 불렀다.

어느날 계장도 사무실에 TV를 설치하려고 박선배를 불러 부탁했다. 우리는 박선배를 따라 남대문 시장에 들렀다. 남대문 시장에 들어서면 깡패같은 장사꾼들은 그를 알아보고 예의를 깍듯이 갖추며 45도의 인사를 한다. 당시만 해도 남대문 시장이나 동대문 시장에 가서 물건을 사려면 들어갈 때는 마음대로 들어가지만, 나올 때는 마음대로 나오지 못하고 반드시 물건 한 개씩은 사야만 시장에서 빠져나올 수 있으리만큼 시장 분위기는 살벌하고 험악했다.

박선배가 물건을 살 때는 흥정이라는 것이 없고 항상 원가매수이다.

「이것은 얼마냐?」고 물건값을 물으면 장사들은 항상 원가 가격을 말하면서 박선배에게 물건을 내주었다. 물건값의 원가가 얼마이고 수입가가 얼마인가는 박선배가 훤히 알고 있다는 것을 누구보다도 상인들이 더 잘 알고 있었기 때문이었다. 물건값의 원가를 약간 높여 불렀다가 남대문 시장에서 좌판을 걷어친 상인도 있었다 한다.

그렇지만 우리는 박선배의 태도를 나쁘게만 생각할 필요는 없으며 인생의 선배로 좋은 점은 받아들이고 버릴 것은 버리면 된다고 속 편하게 생각하였다.

문제는 매일 겪어야 하는 업무상 스트레스 극복이 가장 중요한 현안문제가 아닐 수 없었다. 일반 행정 공무원처럼 출근하여 퇴근시간까지 시간만 때우면 해결되는 것이 아니고 매일 보고해야 하는 첩보(정보)가 가시적으로 입수되어야 하기 때문이다. 기관 출입시 원만한 대인접촉 방법, 정보수집 요령, 기타 수사기법 등에 대하여 사무실에서 누구 하나 알려주는 사람이 없고 스스로 터득해야 하는 것도 가중되는 스트레스다.

어느 여름 날 오후, 활동을 끝내고 사무실에 들어오는 보안사령부(현 기무사) 대위 출신인 전입동기이자 교육동기인 신참 이직원을 만났다.

그는 나를 보더니 「변 형, 날씨는 덥고 정말 죽겠네. 군대 있을 때는 그래도 운전기사와 내 차까지 있었는데…」 하면서 신세한탄을 했다.

「어찌하겠는가. 이 형이나 나나 열심히 노력해서 승진하는 길밖에 더 있겠는가. 우리는 그래도 간부 출신의 수사관이 아닌가!」

우리 계(係)의 수사관들은 경찰, 헌병, 보안사령부 등의 수사나 정보업무 유경험자가 상당수 포함되어 경력이 풍부했다.

국제정보국 시절

그럭저럭 고통스럽고 지루했던 1년이 지났다. 그런데 나는 뜻밖에 해외 정보부서인 국제정보국으로 전출명령을 받았다. 국제정보국은 외국어를 번역하여 국외정보를 수집하고 분석하는 업무가 주된 기능이다. 정보분석 업무가 적성에 맞고 아니 맞고는 이젠 판단할 입장은 아니고 정보분석 업무에 적응할 수밖에는 없게 되었다.

우선 매일 외국 신문이나 잡지를 읽어야 하기 때문에 업무의 특성상 미일 3~4시간 이상은 영어나 기타 외국어를 공부하게 된 것은 다행스런 일이었으나, 사무실에 앉아있는 것은 고통이었다.

사람은 누구나 자신의 직업에 만족하는 사람은 없다고 하지만 국제정보국이나 인근 사무실의 해외파트 직원들은 상당수가 내근부서나 해외에서 근무하는 것을 못마땅하게 생각하였고, 어떤 직원들은 자신의 신세를 한탄하기도 했다.

어떤 해외 공작부서 직원은 「1년 중 10여 개월은 외국에 나가 있고 1~2개월만 본국에 있어야 하니 도대체 내가 한국사람 맞아?」 라고 말하기도 했다.

그런데 국제정보국 업무도 대공수사국에서 근무할 때처럼 출·퇴근 시간이 일정하지 않은 것은 매일반이었다. 물론 매일 오후 8시나 9시 이후에 끝나는 것은 아니었지만, 일반 행정기관처럼 오후 6시가 되면 업무가 종료되는 그런 체제는 아니었다. 대통령이나 부장께 보고해야 할 긴급 보고사항이 하달되면 밤을 새워서라도 보고서를 완료해야 하였기 때문이다.

1976년 12월 미국 대통령 선거가 있었다. 미국 대통령이 누가 되느냐의 문제는 미국과 전 세계가 초미의 관심사항이었다. 한국도 물론 예외는 아니었다. 현 미국 대통령 포드가 재선되느냐, 카터가 당선되느냐에 따라 우리 한국에도 미치는 영향이 크게 달라질 것으로 예상되고 있었다. 만일 카터가 미국 대통령에 당선된다면 인권문제와 주한미군 철수 문제를 가지고 한국과 불편한 관계가 생길 것이고 박정희 정부와 심한 마찰이 있을 것으로 예상되었기 때문에 우리 정부로서는 바람직스러운 일이 아니었다.

이때 한국 여론기관과 분석가들은 대부분 공화당 포드대통령의 재선을 점쳤지만 중앙정보부만은 민주당 카터의 당선 가능성을 예견하면서 박정희 대통령에게 카터의 당선이 유력하다는 보고를 했다. 박대통령은 「포드가 재선된다는데? 정보부가 오판하는 것 아니야?」 하면서 중정부장의 답변을 기다렸다.

「국제 정보분석국의 심층적인 분석을 저는 믿고 있습니다만…」 하면서 신직수 중앙정보부장은 박정희 대통령의 기대를 저버리는 것 같아 말끝을 흐렸다.

결과는 정보부가 예상한대로 미국 제39대 대통령으로 민주당의 지미 카터가 당선되었다. 예상 밖의 결과에 대해 언론기관과 청와대도 놀랐다. 박정희 대통령이 정보부의 정보분석 능력을 더 신임하게 된 것은 물론이었다. 나는 국제 정보국과 판단기획국을 오가며 약 6년간 내근부서에서 근무했다.

나의 가족 및 결혼생활

내가 재학 중에는 아버지가 무직 상태였기 때문에 학비조달이 무척 어려웠다. 고등학교 졸업 후 대학은 2년이나 늦은 1966년도에 입학하였으며 1974년도가 되어서야 대학을 졸업하게 되었다. 대학을 졸업하고 보니 공부를 더 계속해야 할 것인지 고민하지 않을 수 없었다. 시골 집에 내려가 형편을 살펴보니 학자금 지원을 요구하기는커녕 내가 당장 가족의 식생활을 책임질 형편이었다. 아버지도 「이제는 더 이상 내가 돈을 벌 수 없으니 가족을 네가 책임지어야 겠다.」고 노골적으로 말씀하셨다. 이제는 졸업 후 고시공부를 하느냐 마느냐가 아니라 먹고 살아야 하는 식생활이 절박한 당면과제가 되었다.

나는 나의 진로문제에 대해 동향분인 주임교수님을 찾아가 상의해 보았다. 주임교수님은 「자네가 졸업하고 바로 취직해도 좋은 일이나 자네 실력이면 충분히 고시에 합격할 수 있나고 생각하네. 우선 필체도 좋고 문장력도 우수하지 않은가. 더욱이 자네는 법과대학 모의고사에서도 우수 성적으로 입상하지 않았나. 이번 벽보 게시판에 게시된 모의고사 성적순위에서도 자네가 상위 등급에 올라있는 것을 나도 보았네… 1~2년만 더 공부해 보는 것도 좋지 않겠나.」

그러나 아버지의 생각은 달랐다.

「우리 집 형편상 네가 돈을 안 벌어온다면 당장 식생활 해결이 어렵다는 이유보다는 좋은 기회가 올 때 그 기회를 잡는 것이 훌륭한 처세의 방법이 되기 때문이다. 나도 군청에서 공무원 생활을 해보았지만 별 희망이 없었다. 고시에 합격해서 판사나 검사가 되는 것도 좋지만, 그래도 힘 있는 권력기관에서 근무하는 것이 안정되고 대접받는 길이다. 중앙정보부에 들어가는 것이 판사나 검사가 되는 것보다 훨씬 더 낫다고 생각한다.」

아버지는 열을 올리면서 설득하였다. 그러면서 「공부가 더 하고 싶으면 정보부에 들어가서도 가능할 것이다.」고 나의 결심을 촉구하면서 간청까지 했다.

나는 진로를 고민하던 중 대기업체 입사를 고려의 대상으로도 해보았으나 아버지의 강요도 무시할 수 없었으며 특히 당시 대학 내에서 대학생들간에 선망의 대상이 되고 있었던 점을 인정하면서 중앙정보부 7급 공채 수사관 시험에 응시하여 봉직하게 되었다는 것은 이미 기술한 바와 같다.

나는 합격 후 이문동에서 하숙을 하며 연수교육을 받았다. 매달 시골집에 3만원을 생활비로 송금하였다. 당시 3만원은 큰 돈이었다.

그 돈으로 할머님을 비롯하여 아버님, 어머님, 동생들과 생질 등 8식구가 생활했다. 물론 생활비가 충분하지는 아니했지만 그럭저럭 먹고 사는데는 큰 불편이 없는 것 같았다. 내 힘으로 가족을 부양한다는 자부심과 화기애애한 분위기를 느끼는 가족간의 정은 내 가슴을 뭉클하게 했다.

나는 벌어놓은 돈도 없고 당장 결혼자금도 없었지만 결혼 적령기가
지났으므로 아무 준비없는 상태에서 1976년 1월 10일 결혼까지 했다.
아버지는 신부 반지값으로 7만원을 주었을 뿐이었다. 우리는 결혼 후
단칸 전세방을 수차례 전전하며 1년 6개월을 지냈다.

그런데 아내는 3만원의 생활비를 시부모에게 보내고도 부족한 생
활비를 절약하면서 처숙모에게 낙찰계(落札契) 끝번을 들어 계금을
붓고 있었다.

낙찰계 끝번은 낙찰계 몫돈을 먼저 타는 사람보다 불입계금은 적지
만 끝번으로 탈 때 몫돈이 많다고 하는 이점이 있었다. 낙찰계금을 언
제부터 월 얼마씩 부었는지는 모르나 계금을 부은 지 2년이 되어서 70
여 만원의 몫돈을 타왔다. 나는 1974년부터 3년동안 통장에 예금해 두
었던 30만원과 합해보니 100만원이 되었다. 우리는 경기도 성남시 단
대동에서 출·퇴근하는 직원의 소개를 받아 1977년 6월 경 성남시 단
대동 주공아파트 13평(지금은 고층 상가건물이 들어서 있음)을 105만
원에 구입하여 그 직원과 함께 이웃하며 거주하게 되었다.

통근버스가 경기도 성남시까지도 운행되고 있어 출·퇴근하는 데
는 큰 문제가 없었으나 육체적으로 힘이 들고 활동하는데 불편이 뒤따
랐다. 그렇지만 경제적으로 당장 서울로 주소지를 이전할 형편도 되
지 않았으므로 2년 가량은 그런대로 견디었다. 그럴즈음 부동산 특히
아파트 투기 붐이 불어닥쳐와 자연스럽게 처분할 기회가 도래했다.
1979년 5월 경 580만원에 아파트를 처분하고 서울 성북구 석관동 청
사 부근으로 전세 입주하게 되었다.

나는 서울로 이주하게 되자 출·퇴근하는 시간이 절약되어 마음의 안정을 찾은 후 그동안 미루어왔던 법률공부를 위해 아침, 저녁으로 연구를 계속했다. 그런데 서울로 이사온 뒤 한 달도 되지 않아 아버지께서 상경, 수심에 가득찬 얼굴로 나를 쳐다 보셨다.

내용인 즉 5~6년 전에 아버지가 생활비에 충당하기 위해 1백만 원을 융자받고, 동생 광섭이가 100만 원을 융자 받아 오토바이를 매입하고 선원이 되려고 교제비로 사용한 경비 등 농협으로부터 총 200만 원의 융자금액이 있는데 이 돈을 이번에 변제하지 않으면 주택을 경매처분한다고 하니 200만 원만 해결해 달라는 것이었다. 한 마디로 아파트 판 돈을 내놓으라는 것이었다. 사실 아파트 판 돈은 신주택을 매입하기 위해 아내와 내가 조그만 꿈을 꾸면서 마련한 돈이었으므로 정말 빼 쓰기에는 마음이 너무 아팠다. 그러나 아버지의 부탁을 차마 거절할 수 없었다. 나는 아내와 의논한 후 아파트 매각대금 중에서 200만 원을 통장에서 인출하여 아버지께 드렸다.

그런데 79년 8월 경 동생 광섭이가 또 우리 전셋집을 찾아왔다. 아버지의 심부름으로 K면 소재 임야 5,454㎡(1,650평)를 형의 명의로 이전등기하라는 아버지의 말씀이 있어 그 말씀을 전하기 위해 왔다는 것이다. 내 명의로 이전등기하겠다면 고향에서 대신 등기하면 될 일이지 그 말만 하러 서울까지 올 필요가 있을까 하는 생각이 들었다.

역시 내 추측대로였다. 광섭이는 한참 뜸을 들인 후 옥주와 미주 3명이 다방을 경영하여 생활비를 보태고 싶다면서 다방 전세금과 인테리어·소파 등 제반비용으로 100만 원을 지원해 달라는 것이었다. 성남 아파트 매각대금은 차마 더 쓰고 싶지 않아 아내와 상의했더니 내가 1976년부터 아내에게 매달 용돈에서 일정 금액을 맡겨놓았던 100만 원이 있는데 현재 처제를 통하여 어음할인으로 이자를 받고 있었다. 어음할인을 포기하고 원본을 돌려받을 수밖에 없었다. 사실 당시 100만 원이란 큰 돈이었다. 아내의 눈치를 보니 달가워하는 것 같지는 않았다. 아내에게 너무 미안했지만 광섭에게 100만 원을 해줄 수밖에 없었다.

1개월이 지난 1979년 9월경 고향에 내려갔더니 동생 광섭이는 아버지가 내 앞으로 이전등기하라고 했다던 임야 5,454㎡(1,650평)를 자신 앞으로 이전등기해 놓은 것을 알게 되었다. 아버지가 나의 아파트 매각 비용 중 200만원을 가져간 것에 대한 미안함 때문에 동생을 시켜 그러한 배려를 한 마음만으로 자위할 수밖에 없었다.

아버님의 입원

그런데 불행은 쉬지 않고 찾아왔다. 아버지는 내가 보내는 생활비 이외 용돈을 타기 위해 보통 2개월에 한번씩 서울 우리 전셋집에 오셨는데 1980년 5월 20일 쯤 목이 잔뜩 쉰 목소리를 내고 걱정스런 표정을 지으면서 찾아오셨다. 병원에 가서 진단결과 뜻밖에도 병명은 후두암이었다. 아내는 1980년 5월 24일 막내 아들을 출산하여 거동이 불편하였으므로 어머니를 급히 상경토록 조치한 후 어머니와 함께 아버지를 연세대 세브란스 병원 이비인후과에 입원시켰다.

나는 5월 30일부터 직장에서 퇴근 후 출산한 지 1주일 밖에 안되는 나의 아내와 함께 버스를 두 번 씩 갈아 타고 세브란스 병원 입원실에 들러 어머니와 함께 간호하였으며 반정부 시위대에 최루탄 가스를 퍼붓는 경찰과 시위대의 활동이 잠잠한 늦은 밤시간을 이용하여 귀가하는 생활을 1개월이나 계속했다.

그러나 이것이 결정적인 실수가 되어 내 인생에서 최대의 불행과 슬픔을 맞이하게 될 줄을 나는 까마득하게 모르고 있었다. 아내가 출산한 지 일주일밖에 되진 않았음에도 환자에게 좋다는 죽을 쑤어가지고 멀리 떨어진 세브란스 병원까지 간병을 다녔으니 무쇠인들 그 고통을 이겨낼 수 있었을까.

출산한 여자들이 한 달 이상 몸조리를 하는 이유를 나는 전혀 몰랐다. 지금 아내가 류마티즘 관절염의 오랜 병치레로 장애인이 된 것은 모두 이 못난 남편 때문이라는 생각을 하면 가슴이 찢어질 것 같다.

아버님의 수술은 1980년 6월 말경 세브란스 병원 이비인후과 홍박사(명 미상)의 집도로 성공적으로 마쳤다. 그런데 이상한 것은 목 밑 부분에 구멍이 뻥 뚫려 있는데 이 부분의 봉합수술은 언제 할 것인지가 궁금했다. 내과의사나 기타 전문의들 이야기를 들어보니 일정기간이 지나면 자연히 그 부분은 봉합된다고 말했다. 그러나 정작 이비인후과 담당의사에 물어본 결과 「그 구멍으로 숨쉬는 역할을 하기 위해 뚫어놓은 것인데 그 구멍을 막으면 되겠습니까?」 하는 핀잔을 듣고 나는 무척 실망했다. 어찌되었건 수술이 성공했으므로 아버님의 생명에는 문제가 없다는 것만으로 만족할 수밖에 없었다. 아버지는 7월 말경 고향으로 내려가시고 8월 경에는 건강하던 아내가 신장염으로 경희대 병원에 입원하게 되었다. 시아버님 간병으로 과로탓에 발병된 것이었다. 아내는 15일 가량 입원했다가 퇴원했다.

국내정보와 국외정보의 기로(岐路)에서

내가 국외 정보부서로 전입한 이래 어학공부와 정보분석 업무를 통하여 국제적인 분석 판단능력을 조금 인식한 것은 사실이나 경제적으로나 가정적으로 상당한 갈등과 고통에 시달림을 당했다. 특히 아버님의 건강상태가 대단히 불편하였으므로 앞으로 내가 가정을 이끌어야 할 사명감을 가져야 한다는 압박감이 국제적인 견문을 넓히고 외국어를 통달한다면 승진도 훨씬 빠를 것이라는 판단력과 의지를 상쇄(相殺)시키고 있었다. 빨리 승진하고 출세하는 것도 좋지만 먼저 인간이 되어야 한다는 생각이 앞섰다.

따라서 고향 근처로 내려가 국내 정보업무에 종사하며 가족과 합류하는 편이 낫다는 결론에 도달했으며 또한 내가 국내 정보에 더 적성이 맞다는 판단도 하게 되었다. 그런데 뜻밖에도 아내는 대전으로 가는 것을 극력 반대했다. 나는 수 개월 동안 아내를 설득하여 마침내 대전으로 전출하는데 합의를 이끌어 내었다.

나는 1981년 10월 10일 대전지부 전출명령을 받았다. 대전 변두리 지역의 31평 아파트에 700만원을 주고 전세입주 하였다. 대전지부에서는 수사관 업무를 수행하였고 업무담당 요소는 정치를 담당하였다.

나는 각 기관의 공무원들과도 접촉하였으며 공무원 중에서도 특히 경찰공무원들과 폭넓은 관계를 유시하였다.

너의 봉급을 나에게 맡겨라

1981년 11월 초순 경 주말을 이용해 시골집에 들렀다. 집에서 된장찌개로 점심을 먹고 아버지와 함께 친척집을 방문한 후 귀가하는 도중에 아버지는 갑자기 「네가 받는 봉급을 나에게 맡기고 필요할 때마다 가져다 쓰면 안되겠느냐?」 하시는 것이었다.

「…?」 나는 내가 뭘 잘못 들었나 의심하면서 아무 말을 하지 않았다.

「내가 특별한 뜻이 있어서 그러는 것이 아니라 부자지간에 내 돈, 네 돈이 어디 있느냐 하는 생각이 들어서 그러는 것이다.」 하고 부연설명을 하시었다.

「아버지, 제가 드리는 생활비와 용돈이 부족하시겠지만 조금 기다려주세요. 봉급이 오르면 더 지원해 드리겠습니다.」

라는 말로 아버지의 요청을 거절할 수밖게 없었다. 아버지의 요청을 거절하기는 처음이었지만 당연한 거절이라고 생각했다. 나이 40이 다 된 가장이 봉급을 부모에게 맡기고 생활비를 타 쓰는 것도 말이 안되지만 나의 처자식을 기본적으로 부양하고 교육시켜야 할 의무도 부모공양 만큼이나 중요하기 때문이었다.

저녁 7시에는 대전에서 고향 선배인 대전 KBS 간부인 Y를 만나기로 되어 있었다. 약속 장소에 도착하자 Y는 KBS 해직기자 출신인 K와 함께 나와 있었다. K의 이야기는 들어보았지만 만나기는 처음이었다. Y는 K를 나에게 소개했다. K는 나보다 8년 가량 선배였다. K는 아무 잘못없이 80년 경 해직된 자로서 복직하고자 하니 상부에 선을 대어 구제해 달라는 부탁이었다. 당시 보도에 의하면 1980년도의 언론통폐

합으로 전국 언론인의 수는 대략 2,000명 가량이 줄어든 것으로 추정된다고 발표되었다. 사실 해직기자를 복직시킨다는 것은 큰 정치적인 배경이 없다면 불가능하다는 것은 누구나 짐작할 수 있는 사실이었다. 그럼에도 불구하고 이런 부탁을 나에게 하는 것을 볼 때 그 심정을 헤아리고도 남음이 있었다. 따라서 일언지하에 내 힘으로는 불가능하다고 거절할 수가 없었다. 헤어지면서 Y는「적극적으로 한 번 힘 써 주시오.」하면서 다시 한 번 부탁했다.

「알겠습니다. 노력하겠습니다.」라는 말 이외 별다른 말을 할 수 없었다. 나는 고향 선배 Y와 K를 만난 후 일주일 정도 고민하다가 나의 상사가 본부 국장과 직접 선이 닿는다는 직원들의 이야기를 몇 번 들은 기억을 생각해내고 K계장 댁을 방문하였다.

내 말을 듣고 난 K계장은 이 부탁은 상당히 어렵다고 전제한 뒤「내가 본부국장과 통화로 가능성 여부를 타진할 수 있는 문제가 아닌 것 같네. 변형도 잘 아다시피 언론통폐합은 전두환 정권의 실세(實勢)인 3허(許)가 주도하고 있지 않나, 지금 3허(許)에 대적할 사람들이 누가 있겠는가. 우선 본부 국장님과 3허(許)가 어떤 관계인가를 알고 난 후에 일을 추진하는 것이 순리라고 생각하네.」라고 말했다.

K계장은 나보다 10년이나 연장이었지만, 항상 나에게는 변형 또는 변수사관이라고 호칭하며 존중해 주었으므로 나는 K계장을 대하는 것이 항상 조심스러웠다. K계장은 나와같이 정규 법과대학을 나온 분으로 헌병 중령 출신의 보기드문 베테랑 수사관이었다.

나는 그후 고향 K선배한테는 구체적인 설명은 할 수 없었지만 가부간의 해결책을 강구하기 위하여 부심하고 있다는 개괄적인 설명을 하였다.

그러나 K선배의 복직문제는 예상보다 빨리 불가판정이 나고 말았다. 본부국장이 3許와 접촉할 수 있는 충분한 관계는 형성되어 있었으나 복직문제를 꺼내기 이전에 국장 이상의 고위직 회의석상에서 3許가 앞으로 당분간은 해직자 언론인의 복직문제는 일체 불허한다는 정부방침을 이미 천명했기 때문이었다.

3년 동안만 네 동생을 맡아다오

아버지는 연로한 할머님을 모시고 대전 우리집 아파트에 자주 래왕하셨다. 1981년 11월 중순 경에는 아버지가 동생 광섭이를 데리고 나의 아파트 전셋집을 찾아 오셔서 급하게 상의할 일이 있다고 하셨다. 나는 속으로 무슨 일일까 하면서 겁이 났다. 아버지는 광섭이가 중학교 1학년을 중퇴하고 사회생활을 하면서 현실적으로 지장이 많으므로 최소한 고등학교 졸업장은 있어야 할 것 같으니 3년 동안만 공부할 수 있도록 데리고 있으며 돌보아 달라는 것이었다.

나이 30이 된 동생을 데리고 있는 것도 그렇고 과연 검정고시 공부를 할 수 있을지도 의문이었다. 아버지는 그 대신 매월 주는 생활비 20만원을 10만원만 주고, 동생에게 학비 3만원, 할머님께 용돈 5천원을 주기로 잠정 합의를 보았으나 아버지에게 매달 6~7만원 이상이 지출되었으므로 생활비 지원은 20만원에서 조금도 줄어들지 아니하였다.

동생은 1982년 봄에 고입 검정고시에 응시하였으나 예상대로 떨어졌다. 본인 말로는 앞에 있는 학생이 시험답안지를 보여주기로 합의가 되었으나 그 학생이 시험답안지를 늦게 작성하는 바람에 답안지를 볼 수 없어 떨어졌다고 했다. 그러면서 학생들 대부분이 모범 답안지를 보고 답안지를 체크하므로 대부분 합격할 수 있는데 아쉽다고 말했다. 지금의 검정고시는 감시가 심해 남의 답안지를 보고 답안지 체크를 할 수 없겠지만 30년 전이었던 1980년 초에는 엉망이었다고 한다. 예나 지금이나 부정부패는 정치·경제·사회는 물론이고 학원이라고 아니 찾아갈 이유가 있겠는가.

동생 광섭이의 말대로 그 후에는 모범답안지가 잘 유통된 결과인지 1983년에는 고입 검정고시를, 1984년에는 대입 검정고시를 무난히 통과하였다.

나는 1983년 초 어느 날 후배 직원이 매달 봉급에서 20만원씩 3년동안 재형저축 부금을 부어 1,000만원을 타고 별도 저축해 놓은 1,000만원을 합하여 2,000만원 짜리 주택을 구입하였다고 하는 소리를 들었다.

누구는 3년간 재형저축 부금 20만원을 붓고도 집을 살 수 있는데 나는 10년 동안 가족들 뒷바라지 하느라 휘어진 허리를 펼 수도 없는 것을 생각하니 한심하다는 생각 밖에 들지 않았다.

그런데 이런 내 마음을 알아주기라도 하는 듯 83년 봄 어느 날 우리 아파트 전셋집에 아버지와 함께 오셨던 할머님께서 갑자기 아버지를 거실로 나오라고 부르셨다.

「애비 좀 나오너라, 너는 솔직히 말해서 아들에게 효도를 받는다. 나는 이제까지 너 하나 믿고 31세부터 80이 넘을 때까지 청춘을 혼자 살았지만, 너한테 5천원이나 1만원 한 번 받아본 적이 없다. 그런데 이렇게 큰 손자에게 용돈을 계속 받아왔고 앞으로도 5천원씩 배려해 준다니 그 마음이 가상하다. 애비는 매달 생활비도 받아쓰고 둘째 손자까지 맡긴다는 것은 너무 지나치다. 물론 생활이 어려워 그런다고는 하나 큰 손자의 정성은 알아야 한다. 애비나 내가 돈이 없어 손자의 집을 사줄 수는 없다해도 시골 주택을 담보로 융자받아 주택을 구입토록 도움을 주는 것이 도리일 것이다.」라고 말씀하시는 것이었다. 시골 고향주택은 할머님이 집의 대지도 마련했고 주택도 손수 건축했다고 하는 말씀을 할머님으로부터 들은 기억이 난다. 주택이 아버지 명의로 되어있지만 실제로는 할머님의 소유 주택인 것이다. 할머님이 시골 주택을 담보로 나의 주택을 마련해 주려고 하셨던 깊은 배려심을 생각하면 지금도 가슴이 뭉클해진다.

우리는 할머님의 덕택으로 주택담보 대출금액 1,200만원을 받아 아파트 전세보증금 700만원과 합하여 대전시내의 공기좋은 변두리 지역에 1,850만원에 단독주택을 마련하였다.

그런데 할머님께서는 우리가 전세 아파트에 살 때부터 장손자인 나를 좋아하셨기 때문에 우리 집에 자주 와 계셨고 특히 추운 겨울에는 1개월 또는 2개월 이상씩 함께 생활했으므로 집안의 화목을 더하게 해주었으며 할머님을 대할 때마다 항상 기쁨과 즐거움이 넘쳐났다.

우리가 할머님의 배려로 단독주택으로 이사온 후에도 할머님은 우리집에서 기거하시는 때가 많았다. 그런데 1983년 가을이 되면서부터 갑자기 몸이 편치않아 충남대병원에 입원하시게 되었는데 진단결과 병명이 간암이었다. 할머님은 워낙 고령이어서 수술도 받지 못한 채 1984년 1월 4일 타계하셨다. 슬픔이야 말로 표현할 수 없었지만 운명을 받아들일 수밖에 없었다.

단독주택으로 이사온 이후에도 동생 광섭이는 물론 우리를 따라와 방 한 칸을 차지하고 있었다. 그러나 아내로부터 동생이 함께 기거하니 불편하다고 원망하며 불평하는 소리를 단 한 번도 들어본 적이 없었다. 동생은 아침 밥을 먹고 학원에 가면 밤에는 불규칙적으로 귀가하기 때문에 하루 두 번 별도로 식사를 챙겨주는 아내의 고통은 충분히 짐작하고도 남을만 하였다.

우리 집에 들어와 동거한 지 만 3년이 지난 1984년 12월 경, 동생은 내년에 대학에 진학해야겠다며 학자금을 지원해 줄 것을 요청하였다. 또한 아버지와 어머니를 부추겨 함께 대학 진학을 설득하기 시작했다.

나는 이 제안에는 제동을 걸고 반대의사를 분명히 했다. 내가 반대하는 이유는 동생이 33세나 되는 만학도라는 이유 때문이 아니고 이제까지 만 3년동안 공부하면서 검정고시로 중·고등학교 졸업 자격증을 취득했다고 하나 정말 고등학교 졸업자로서 자격이 있는지에 대하여 의심을 가지고 있기 때문이었다. 그럼에도 불구하고 또 다시 인원 미달된 대학에 입학하여 형식적인 전시용으로 대학 졸업장만을 취득한다는 것은 본인 스스로의 양심에 부끄러운 행위일 뿐만 아니라, 국가나 사회에도 나쁜 영향만을 끼칠 것이라고 생각되었기 때문이었다. 그러나 나의 이러한 심정을 조금도 이해하지 못하고 동생은 물론이고 아버님, 어머님 두 분 모두가 나를 야속하다고 원망하기 시작하였다.

그런데 어느날 토요일 오후로 기억되는데, 퇴근 후 들어오니 동생이 숨을 쉴 수 없다고 고통을 호소하고 있었다. 나는 급히 택시를 타고 아내와 함께 동생을 데리고 내과 병원을 찾았으나 내과 소관이 아니므로 내과 의사의 소견서를 가지고 다시 흉부외과를 찾았다. 진단결과 허파에 바람이 들었다 하여 흉부외과에서 수술을 받았다. 입원치료하는 바람에 다시 아내는 죽을 쑤어 가지고 20일동안 간병하며 동생의 병수발을 들어야 했다.

퇴원 후, 동생은 수술 후에는 개고기를 먹어야 회복이 빠르다는 말을 어디서 들었는지 아내에게 개고기를 사다 끓여 달라고 요청했다.

사람의 삶이란 본래 즐거운 일보다는 고통스럽고 서글픈 일이 많다고는 하지만, 나의 경우는 한 해도 거르지 않고 고통의 연속이 꼬리에 꼬리를 물고 일어나는 것을 생각해 볼 때 우선 아내를 대할 면목이 없었다.

1985년 2월경 만 3년을 넘게 우리 집에서 기거하던 동생은 간다 온다 말 한마디 없이 시골 집으로 짐을 옮긴 후 나의 뜻과는 상관없이 아버님, 어머님의 도움을 받아 인원 미달의 대전시내 명 미상 전문대학에 입학하였다.

공무원의 생활실태

동생이 대학에 입학하고 난 후 아버지는 생활비는 그대로 받았지만 동생 학비는 주지 않아도 된다고 말씀하셨다. 그런데 학비는 어떻게 조달하려는지 궁금하기도 했으나 학비는 조달할 수 있는 방법이 충분히 있는 것 같은 자신감이 아버지의 모습에서 묻어나는 것을 느낄 수 있었다.

그런데 부모님을 비롯하여 남동생, 여동생 모두 나를 대하는 태도가 전과는 다른 것을 느낄 수 있었다. 아버지, 어머니는 어디서 들었는지 모르나 「네가 주는 생활비는 너의 수입 중에서 과자값이나 커피값 밖에 더 되겠느냐?」 하시는 것이었다.

나는 너무나 어이가 없어 「… 제가 받는 봉급이 얼마나 된다고 그런 말씀을 하십니까.」 라고 대답하자 부모님은 「공무원이 봉급 가지고 사는 사람이 있느냐?」 라고 하셨다. 나는 흥분한 나머지 한 말씀 드리지 않을 수 없었다.

「공무원이 봉급만 가지고 살아야지 다른 부수입이 있다면 공무원 생활을 그만 두어야지요.」

1985년 늦은 봄으로 기억된다. 내가 어머니와 단 둘이 대화를 하게 되었는데 어머니는 동생 광섭이의 결혼식 날짜가 정해졌으니 결혼식장을 무료로 잡아달라는 말씀을 하시었다. 나는 소스라치게 놀라 정색을 하며 「어머니, 결혼식장을 예약하려면 돈을 내야지 누가 무료로 예식장을 빌려주겠습니까?」

어머니는 곧바로 대답하였다.

「정보부 끗발이면 문제없다고 다들 그러더라.」

나는 이때 정보부 직원들이 사회에서 이처럼 후안무치(厚顔無恥)한 사람들로 취급받고 있다는데 대해서 너무나 서글퍼 소리내어 엉엉 울고만 싶었다. 일반인이 인식하는 공무원과 실제 공무원의 구체적인 생활 실태가 다르다는 것을 몰라도 너무 모르는 것 같았다. 며칠 전에 아내는 생활비가 모자라 아이들 우유도 끊었다고 하는 말을 들은 것을 생각하면서 어머니가 야속하게만 느껴졌다.

1985년 8월, 동생의 결혼식에 직원들이 대거 참석해 주었으며 결혼식을 무사히 마쳤다. 나는 방명록에 직원들 명단을 꼼꼼하게 체크하였다. 장차 그들에게 축하의 답례를 해야 할 예의를 잊지않기 위한 최소한의 도리였기 때문이다.

그로부터 만 1년이 지났다. 주위 친척들을 만났을 때 여러 사람들이 아버지께서 읍내 소재 임야 일부(5만여 평)를 매각하였으며 매각대금으로 2억원을 받았다고 말해주었다. 당시 2억원이라면 엄청나게 큰 돈이었다.

아버지께서 동생 광섭이의 학비는 주지 않아도 된다고 하셨던 말씀을 생각하면서 임야를 팔아 2억원을 받았다는 것이 사실임을 짐작하게 되었다.

아버지도 큰 아들인 나에게 임야 매각사실을 알리려 했겠지만 동생 광섭이가 「형은 전화만 하면 돈가지고 오는 사람들이 있어요.」하는 말을 자주 듣는 아버지의 서운한 감정은 큰 아들에 대한 부모의 사랑과 감정을 메마르도록 하기에 충분히 익숙해 있었다.

일반인들이 시중에 근거없이 유포되고 있는 소문을 듣고, 정보부 직원이 무소불위의 권한을 행사하고 이권에 개입하는 것처럼 잘못 인식하고 있다해도 사랑하는 부모나 형제 자매들에게만은 있는 그대로 순수하게 인정받고 싶은 것이 솔직한 바램이다.

내가 1974년 공직에 발을 들여놓은 이래 나와 처자식의 생활이 부모님이나 형제자매들의 생활보다 더 풍족하게 살아본 적이 있었던가. 나 자신의 있는 그대로의 모습을 식구들에게 각인(刻印)시키지 못하는 것은 상당한 스트레스일 뿐만 아니라 서글픈 생각마저 들었다. 아마도 이때부터 정보기관이 내 생전의 직장이 되어야 할 것인가에 대하여 고민하기 시작한 계기가 된 것 같다.

고부(姑婦)간의 갈등

부모님의 애정은 2남 5녀 중 다른 아들, 딸들에 비해 유독 나에게 각별했다. 여동생들은 모두 중학교만 나왔고 남동생은 본인이 공부에 취미가 없어 중학교 1학년을 중퇴했다. 따라서 믿을 자식은 큰아들뿐이라는 부모님이나 동생들이 나에게 의지하려는 심정은 충분히 이해하고 있다. 그러나 생계의 모든 수단을 나에게 의지하기에는 나의 힘이 너무 벅차서 부모님이나 가족의 기대를 충족시킬 수가 없었다.

부모님의 욕구를 충족시키기에 부족한 기대심리는 점점 큰아들에 대한 원망의 싹으로 자라나고 있었다. 이번 임야의 매각사건도 10년이상 온 가족이 내가 지원해 주는 생활비로 가족이 생계를 꾸려왔지만 기대에 못미치는 원망감, 더 지원해 줄 수 있음에도 생활비 지원이 부족하다는 오해 등이 복합적으로 작용한 것이라 생각되었다.

1985년 경 임야를 팔아 그 매각대금으로 생활해 온 식구들은 나에게만 비밀로 한 채 일시적으로 풍족하게 살았고 그 매각대금 중 일부로 여관(최근의 모텔)을 구입하였다가 계약을 취소하는 등 우여곡절(迂餘曲折)을 겪으면서 거의 대부분을 써버렸다. 그러면서 어머니는 아내를 압박하기 시작하였다. 어머니는 「우리 아들이 버는 돈을 저 혼자 다 쓰려고 한다.」 하셨으며 시누이들도 4명씩 떼를 지어 아내한테 쫓아와 「오빠가 결혼 전에는 그렇지 않았는데 결혼 후 자기 가족 밖에 모른다.」고 싸움을 걸어오는 등 집안이 시끄러워지기 시작하였다.

아내는 시부모와 시누이들의 일방적인 공격을 받았으나 같이 상대하며 다투는 일이 없었기 때문에 싸움이 벌어지는 일은 없었다. 그러나 시집 식구들로부터 받는 스트레스와 심적 부담은 훨씬 컸던 것으로 생각되었다.

아내의 류마티스 관절염이 발병된 시기는 1985년 경이었다. 지금처럼 약이 좋은 시대가 아니었으므로 정형외과를 찾아 통증을 제거하는 것이 고작이었다. 물론 유명하다는 전국 각지의 약국을 찾아 헤매었고 이 병원 저 병원과 한의원을 찾아다니며 치료도 병행해 보았지만 모두 소용없는 일이었다. 아내는 건강한 체질이었기 때문에 병원체 침투속도가 훨씬 빠르게 전개되어 관절이 쉽게 망가진 것으로 생각되었다. 물론 류마티스의 원인이 무엇인지는 정확히 밝혀진 게 없다하나 1980년 5월 아버지께서 세브란스 병원 입원시, 아내가 출산 후 조리하지 않고 1주일만에 아버지를 간호하면서 무리한 것과 그동안 집안에서 나와 가족들로부터 받은 정신적인 스트레스 등이 복합적으로 작용한 것이 아닌가 생각된다. 지금 아내는 장애 2급의 류마티스 중증 환자이다.

1985년부터 1992년까지 전국 유명하다는 곳은 모두 찾아보았으나 아무런 효과를 보지 못하자 대전한방병원의 양심적인 의사(전 중앙정보부장 주치의)의 소개로 한양대 류마티스과에서 치료를 받은 후 현재까지 현상유지 차원의 치료를 하고 있을 뿐이다.

인간의 세포조직, 경찰

나는 1986년 경부터는 지방 출장을 가는 경우가 많았다. 1986년 8월 초순경 관내 경찰서 대공과의 협조를 얻어 형사 한 사람과 행동을 같이 하며 섬지방에 들어갔다. 그 당시만하더라도 납북되었다 귀환한 어부들의 동향을 감시하며 북한 간첩들과 접선시 그 혐의점 규명과 역용공작 간첩들을 검거하기 위해 납북 귀환어부 동향감시는 단골메뉴였다. 물론 거동수상자 내사 기타 별도 하명사건도 있었다.

섬지방에 도착하자 관내 지서에서 파견나와 있던 경찰관이 우리를 반갑게 맞이했다. 그 경찰관은 나와 동행한 본서 경찰에게 「형님, 그동안 격조했습니다.」라고 말하자 본서 경찰관은 「요즘 바빠서 그렇게 되었네.」라고 말하면서 나를 소개했다.

「대전 안기부에서 오신 조정관님인데, 인사드리지.」라고 말하자 그 경찰관은 「충성! 김 경장 인사드립니다.」 하면서 경례를 붙였다. 나는 얼른 경찰관의 손을 잡고 「고생이 많으십니다.」라고 답례했다. 그는 이어서 자기 소개를 했다. 10년간 본서에서 수사과, 정보과, 대공과를 전전하며 근무해 보았으나 지금 지서에 들어와 근무하는 것처럼 편한 때는 없었다고 말했다. 오늘도 3개의 섬을 돌았다고 말하며 지서 관할 5개 섬이 있는데 거주 주민만해도 150가구라고 설명했다.

수사과에 근무할 때는 검찰청에 자주 래왕했으나 나이어린 검사들의 행태가 못마땅했으며 정보과에서는 정보수집에 열중하다보니 몇 년이 번개처럼 지나갔고, 대공과에서는 간첩 검거에 열을 올려보았으나 성과를 거두지 못하고 결국 지서까지 내려왔고 이젠 40대 중반에 이르게 되었다고 신세한탄을 했다.

섬 지역에서 경찰관은 도둑이나 간첩만 잡는 역할만 하는 것이 아니다. 지역 주민의 아들·딸들의 학교선택이나 직장문제 상담, 동네주민 간의 분쟁조정, 면사무소나 보건소에서 발생하는 제반 정보사항 전달, 심지어 선거 때 국회의원은 누구를 찍어야 할 것인가의 대·소사에 관한 모든 문제까지도 경찰관에 털어놓고 이야기할 만큼 섬 지역주민들과 융화가 되고 있었다.

김경장은 납북귀환어부 강씨와 박씨에 대해서도 소상히 동향을 설명하였다. 강씨와 박씨는 이 섬이 고향이며 어로 작업 중 과실로 납북되었다 귀환하였으며 강씨는 아들이 이번 달에 장가를 가기 때문에 아들의 결혼자금을 마련하기 위해 어로작업에 열중하는 이외 특이 동향은 없으며, 박씨는 오늘이 부친의 제삿날이므로 제물을 구입하기 위하여 시내 뭍에 나갔으며 대학에 다니는 막내아들 뒷바라지를 하기 위하여 어로작업에 열중하고 있다고 했다.

김경장은 관내 5개 섬 150가구에 대해서는 면에서 자신이 가장 잘 알고 있고 주민의 일거수 일투족까지 모든 동향이 파악되고 있으며 동네 모든 주민들과 유기적인 접촉을 통하여 두터운 인간관계를 형성하고 있었다.

회자정리 거자필반(會者定離 去者必返)

1981년 말 경 만났던 KBS 해직기자 출신의 고향선배 K를 1987년 우연하게 대전시내 사립대학교 부속병원에서 만났다. K의 공식 직함은 동 병원의 업무이사로 되어있지만 실제로는 동 병원을 장악하고 있는 실세였다. 나를 보자 반가운 표정을 지으며 「변 형, 오랜만이오. 가족이나 친척 중 아픈 사람이 있으면 주저하지 말고 나를 찾아오시오.」 하면서 명함을 건네 주었다. 그러면서 K는 나에게 이런 제안을 하였다.

「변 형, 안전기획부… 좋은 직장이지요. 그러나 이제는 나이로 보나 경륜으로 보나 큰 포부를 펼치기 위해 정치를 해도 될텐데, 정치에 관심이 있습니까?」 라고 물으면서 나의 대답을 재촉했다.

「정치는 아무나 합니까? 나이로 보아도 너무 늦었지요.」

나는 사실대로 나의 감정을 나타내며 말했다.

「내가 변 형에게 정치 의향을 묻는 이유는 변 형의 그 뛰어난 화술이 아까워서 그러는 것이오. 솔직히 말해서 대한민국에서 변 형만큼 뛰어난 웅변술을 가지고 있는 사람이 흔치는 않을 것이오. 꼭 국회의원이 되라는 것이 아니오. 장관이나 차관도 될 수 있지 않소.」

나는 K선배의 나에 대한 배려는 고마웠지만 갑자기 듣는 말이 상당히 부담스러웠다.

「형님의 말씀은 고맙습니다만, 정치라는 것이 말만 잘 한다고 됩니까? 돈도 있어야 하고 탄탄한 조직도 구비해야 하는 등 어디 쉬운 일입니까?」

그로부터 한 달이 지나고 K선배를 다시 만났다. K는 부드러운 음성으로 「내가 먼저 한 이야기는 변 형이 정치하여 정부요직으로 당장 자리를 이동하라는 것이 아니고 내가 소개시켜 줄 의원이 있어 해 본 소리요. 대한민국 일류급 웅변가를 소개한다면 대단히 좋아할 것이오.」

「…….」

나는 그 날은 K선배와 더 이상 정치적 언급은 피한 채 저녁만 먹고 바로 헤어졌다.

나의 성장과정

나는 고향 K선배를 만난 후부터 정치에 대한 상념에 사로잡혔고 불우하고 어렵게 지내던 학창시절과 가족들과의 면면을 살펴보는 것도 향후 내 여생을 살아가는데 약이 되고 교훈으로 작용할 것이라는 생각이 새삼스러워졌다.

내가 10세의 초등학교 3학년 되던 때로부터 초등학교를 졸업할 때까지 나는 상당히 불안하고 초조한 생활을 했다. 그 당시만 하더라도 6.25사변이 터지고 4년이 지난 때라 사람들은 먹고 살기가 어려워 초근목피(草根木皮)로 연명하는 사람도 있었고, 죽을 끓여 먹는 집안도 많았다. 그런데 당시 우리 아버지는 군청에 재직하고 있는 30대 초반의 젊은 공무원이었다. 그럼에도 불구하고 먹고 사는 것은 이웃 농사짓는 농부나 날품팔이 노동자들보다 조금도 나은 것이 없었다. 어린 나이였지만 유심히 살펴본 결과 아버지는 봉급을 타오면 봉급봉투를 어머니한테 드리지 않고 장농 속의 별도의 아버지만의 조그만 나무상자에 넣고 자물쇠를 채운 후 필요시마다 빼쓰는 것이었다. 어머니가 쌀이 떨어졌다 하면 나무상자를 열어 쌀값을 주고, 돼지사료가 필요하다고 하면 사료값을 주는 식이었다. 어느 날은 두 분이 심하게 말다툼하는 소리를 들었다. 어머니께서 봉급을 타오면 쌀값과 반찬값은 얼마를 미리 주었으면 좋겠다고 하자 아버지는 「쥐꼬리만한 봉급 가지고 여기 저기 나눠쓸 돈이 어디있느냐?」고 소리를 지르며 싸우는 것을 보았다.

그런데 이상한 것은 돈이 없다는 아버지는 매일 술을 드시고 자정(子正 : 밤 12시)이 임박하여 귀가하는 것이었다. 돈이 어디서 생겨 매일 저렇게 술을 드실까? 아버지는 술을 들고 오시면 꼭 아이들을 깨우고 아침에 언쟁하던 일에 대해 어머니한테 보복을 하기 때문에 나와 초등학교 1학년 생인 옥주는 불안해서 잠을 잘 수 없었다. 당시는 통행금지 시간이 있었기 때문에 아버지는 밤 12시까지는 귀가했으며 아버지의 귀가 시간은 언제나 밤 12시 5분 전이었다.

어머니와 나는, 물론 옥주가 자지 않을 때는 옥주와 함께 부엌에 있다가 아버지의 대문 여는 소리가 들리면 부엌 뒷문을 통하여 인근 동네의 춘자네 집이나 명순네 집의 부엌에 숨어 있다가 아버지가 잠이 드신 후에 집에 돌아와 잠이 드는, 수많은 괴로운 세월을 보냈다. 그 당시 시골 동네는 아예 대문이 없었고 부엌도 개방되어 있었다.

나는 아버지가 한 달 중 술을 드시고 오는 날이 며칠이나 되는지 달력에 표시해 보았더니 29일이 대부분이었고 27~28이 되는 달은 많지 않았다.

이처럼 나의 어린시절 아버지는 나에게 두려움과 고통과 서운한 감성의 대상이었던 것이 솔직한 심정이다. 다정한 대화를 해 본 기억이 없다. 그러면서도 아버지가 시키는 잔심부름은 내가 도맡아 했다.

그런데 동네 사람들이나 읍내 이 곳 저 곳 아버지의 심부름으로 사람들을 찾아가 용건을 이야기하며 아버지의 함자를 대면 「그 양반 참

좋은 분이지. 법 없이도 살 수 있는 분이야. 술 좋아하고 남의 부탁 잘 들어주지.」하는 것이었다. 할머님은 어느 일요일 낮에 아버지를 불러 조용히 나무라시었다.

「상문이 이리와 앉아라. 아버지의 함자(銜字)는 서로 상(相), 물을 문(問)이었다. 이제 너도 30이 갓 넘었지 않느냐. 술 좀 그만 먹고 처자 식 건사할 수 있는 자세를 가져야 한다. 너의 아버님은 군(郡)에서 두 번 째 가는 부자였고 명망있는 분이었으니 아버님 체면을 손상시키는 행위를 하지 말 것을 부탁한다.」하는 식으로 말씀하셨다.

할머님은 아버지가 듣지 않는 곳에서 가끔 혼잣말로 「내가 외아들 이라고 너무 귀여워만 하고 교육을 잘못 시켰지. 돈 씀씀이가 너무 헤 퍼서 정말 큰 일이야. 쯧쯧…」하시는 소리를 몇 번씩이나 들었다.

어머니가 쌀이 없다고 말 할 때 아버지가 돈을 내놓지 않으면 할머 님은 나를 데리고 몇 개의 면(面) 단위 동네를 찾아가 소작료를 독촉하 였다. 그러면 몇 일이 지난 후 이 동네, 저 동네 시골 동네에서 1년분의 전답이나 대지 사용료 명목으로 백미 3말이나 5말 정도씩을 시골 소작 인들이 지게에 지고 우리 집에 가져다 주었다. 지금처럼 전화가 있다 면 전화 한 번 하면 될 일인데 대지나 전답 사용료를 받으러 멀리까지 나를 데리고, 할머님이 받으려 다녔으니 그 불편함이란 이루 말 할 수 없었다.

어느 날 일요일이었다. 아버지께서 술도 안 드시고 집에 계시면서 할머님이 대지와 전답 사용료 받으러 시골에 다녀 오셨다는 말을 어머 니로부터 전해듣고 미안한 생각이 드셨던지 「어머님! 연세도 많으신 분이 뭣하러 시골까지 다녀오셨어요?」하시는 것이었다. 할머님은 당장 쌀이 없다면 밥을 지을 수 없으니 그런 것 아니냐고 말씀하시더니 「애비가 받는 봉급이 그렇게 작다면 가지고 있는 땅이라도 일부 팔아서 가용에 쓰겠다면 허락해 주겠다. 아직 임야와 전답이 그래도 25만여 평은 남아있지 않느냐. 읍내에 있는 비싼 땅 2,000여 평도 근래에 애비가 팔아 썼는데 그까짓 임야나 전답은 처분해도 상관없다.」하시는 것이었다.

할머님의 말씀을 듣고 있던 아버지는 감사하고 황송한 생각이 드셨는지 「아녀요. 그런 말씀 마세요. 어머님…」 하면서 손사래를 저었다.

그 후에도 아버지의 주벽은 바뀌지 않았고 퇴근 후 귀가시간은 매일 밤 12시 5분 전이었다.

그런데 내가 초등학교 4학년 2학기가 되었을 때 아버지는 군청을 그만두고 직장을 다른 곳으로 옮긴다며 할머님과 어머니에게 이야기하는 소리를 들었다. 그로부터 일주일 가량이 지난 뒤에 아버지는 검은 안경을 끼고 허리에 권총을 찬 모습으로 집에 들어오셨다.

나는 어린 마음에 놀라기도 하고 높은 군인이나 형사들이 권총을 차고 다니는 것을 보았기 때문에 대견하다는 생각도 들어 그저 어리둥절하기만 했다. 동네 아이들에게 돌아다니며 자랑하기도 했다.

또 얼마의 기간이 지난 후에는 아버지보다 나이가 더 들어보이는 아저씨와 함께 우리 집을 찾아왔는데 그 아저씨는 허리 양쪽에 권총을 차고 검은 안경까지 끼고 있었다. 아버지보다 더 높은 자리에 있다는 생각이 첫눈에 보아도 알 수 있을 것 같았다.

나중에 안 일이지만 그 사람이 특무대 대장이라고 했다. 아버지가 새로 들어간 곳은 특무대라는 곳이었다. 동네 사람들은 특무대장이

군(郡)에서 가장 높은 사람이라고 말하며 수군거렸다.

그런데 이상한 일이었다. 아버지가 군청에 다닐 때는 월급날에는 봉급봉투를 꼭 가지고 와서 장롱 속의 조그만 나무상자에 집어 넣고 자물쇠를 채운 후 필요시마다 꺼내 썼는데 특무대에 들어간 후에는 월급봉투를 나무상자에 집어넣는 것을 단 한 번도 보지 못했다. 매일 권총을 허리에 차고 출근은 하지만 퇴근 때 매일 술을 들지도 않고 일찍 집에 들어오셨다. 그러면서 어머니와 언쟁하는 횟수는 전보다 더 잦아졌다. 생활은 전보다 더 어려웠다. 이웃집에 가서 쌀도 한 말씩 꾸어왔다. 아버지는 봉급을 매월 아예 타오지 않고 있었으며 몇 달에 한번씩 돈을 가져오는 경우만 있을 뿐이었다. 그런 생활이 만 일년 가량 계속 되었다.

내가 5학년이 되던 어느 가을 날, 아버지가 다시 군청으로 출근하는 모습을 어렴잖게 지켜보았다. 군청은 내가 다니는 초등학교 바로 앞길 건너에 있었기 때문이었다. 지금 시대는 한번 직장을 그만두면 다시 복직한다는 것은 불가능한 일이건만 당시의 상황은 그러한 인사행정 작용이 가능했던 것 같다. 또한 당시 군청에는 아버지의 매형이 내무과장이었고, 작은 외숙부가 행정계장으로 있었기 때문에 충분히 가능했던 것으로 생각되었다. 당시만 해도 9급 공무원을 채용하는 문제는 내무과장이 단독으로 결정할 수 있는 권한이 있다고 하였다.

내가 6학년이 되었을 때 우리 담임 선생님이 나를 부르더니 「너의 아버님이 승진하셨다고 하니 축하드린다고 말씀 드려라.」 하시는 것이었다. 집에 돌아와 선생님의 말씀을 전해 드렸다. 어머니의 말씀이 아버지가 승진한 것은 군청의 다른 직원들은 거의 대부분이 당시에는 초등학교만 졸업하였지만 아버지는 고등학교까지 나왔고 그것도 일본에 유학하여 고등학교를 졸업하였기 때문에 그 실력을 인정받아 계장으로 승진하였다는 것이었다.

파란만장한 중학교 시절

나는 1958년 3월 중학교에 입학하였다. 입학식에 입고 갈 교복이 없어 애를 태우다 일본에 사시는 고모님이 보내주신 옷가지 중 너무 커서 몸에 맞지 않는 고모님 아들이 입던 학생복을 걸쳐입고 입학식에 참석하였다.

내가 중학교에 들어가고 나서도 아버지의 주벽은 여전했다. 물론 횟수는 줄어들었다 해도 밤늦게 귀가하는 것과 매달 봉급을 타오면 월급봉투를 장롱 속의 나무상자에 넣어두고 필요시 혼자만 꺼내 쓰는 버릇도 변하지 않았다.

나는 입학금과 수업료를 납부하지 못해 2~3일에 한 번씩 서무실에 불려가 언제까지 공납금을 납부할 것인지에 대해 추궁을 당하면서 시멘트 바닥에 무릎을 꿇고 두 손을 들고 앉아 있어야만 했다. 중학교 1학년과 2학년 때에는 입학금과 수업료 미납분에 대해 서무실에 불려가 공납금 납부하라는 서무주임과 서무 담당선생님의 독촉 때문에 공부는 거의 못했다.

나를 괴롭힌 것은 서무계 선생들만이 아니었다. 물상을 담당하는 선생님이 우리 담임선생이었는데 담임선생님(함자는 박남두로 기억됨)도 서무계 선생의 부탁을 받고 입학금과 수업료를 내라고 독촉하시던 중 나를 앞으로 나오라고 한 후 학생들이 보는 앞에서 「우리 반에서 학자금 미납액이 최고인 학생이 바로 이 학생입니다. 지금까지 미납한 금액이 입학금과 수업료를 합하여 22,500환(62년 6월 화폐개혁된 금액으로 2,250원)입니다.」 하고 창피를 주기까지 했다. 나는 너무나 부끄러워 얼굴을 들 수가 없었다. 나는 지금까지도 그때 박선생님의 22,500환이라는 금액을 기억하고 있다.

지금 시대 같으면 자식이 부모한테 대들거나 따지면서 원망하기도 하는 것이 보통이겠으나 그 당시의 정서나 시대상황은 부모 특히, 아버지의 위치는 절대적으로 무섭고 위엄있는 존재였으므로 집에 돌아와서는 말 한 마디도 하지 못했다.

또한 학자금 미납액에 대하여 아버지에게 대들거나 따지지 못한데 대해서는 또 다른 우리 집안의 큰 일이 있었기 때문이었다.

아버지의 당숙이라는 사람이 아버지를 찾아다니면서 인감도장을 찍어달라는 부탁을 한다는 소리를 아버지와 할머님이 대화하는 중에 들은 일이 있었다. 그런데 아버지가 그 당숙이라는 사람이 돌아가신 할아버님의 4촌 동생으로 우리 집에 자주 들렀고 자별하게 지냈으므로 어떤 서류인지 구체적으로 확인하지도 않고 인감도장을 찍어주었는데 아버지 소유로 되어있는 읍내 소재 임야 330,000㎡(10만평)를 자신의 앞으로 소유권 이전등기해 갔다는 것이었다. 아버지는 흥분하여 그 사람을 사기죄로 고소하겠다고 보름 동안이나 이리 뛰고 저리 뛰고 하였지만 시골의 정서상 사람을 감옥에 집어넣는다는 것도 어려운 일로 유야무야되고 말았다. 아버지께서 왜 더 확실하게 법에 호소하여 당숙이란 사람 앞으로 소유권 이전등기된 것을 말소시키지 않았는지

의심스럽기만 하다. 그 당시만 하여도 일반인에게는 법의식이 지금처럼 확립되지 않았을 뿐만 아니라 부동산인 임야의 가치가 큰 돈으로 인식되지 않았기 때문이었을 것이다.

나는 사실 아버지가 대외적으로 사람들과의 관계에서는 좋은 사람으로 평가되고 술을 좋아하시며 교우관계는 넓다 하나, 가정에서는 가족들에게 먹고 사는 문제조차 신경을 쓰지 않는 것은 물론이고 아들의 학비까지도 '나 몰라라' 하시니 아버지가 원망스럽고 서글퍼지기도 했다.

나는 이러한 괴로움을 달래며 큰소리로 내뿜기 위해 중학교에 입학하자마자 특별활동시간에 웅변부에 가입했다. 웅변 선생은 국사를 담당하는 신현구 선생님이었다. 나는 웅변 선생의 화술에 이끌려 국사 시간과 웅변 특별활동 시간에는 모든 것을 다 잊고 한 말씀도 빠뜨리지 않고 귀담아 들으며 즐거운 시간을 보냈다.

당시 선생님은 특별활동 시간에 웅변의 실습도 직접 연출해 보이면서 웅변부 학생들을 지도했다. 웅변이란 대인관계와 정치세계에서는 그 가치가 높고 위대한 역할을 수행하는 것임에는 틀림없지만, 아무리 대중 앞에서 웅변을 잘해도 웅변 내용을 발표할 만한 진짜 실력이 없다면 그 사람은 진정한 웅변가가 될 수 없다고 하였다.

따라서 웅변의 심사기준에서 가장 중요한 것은 웅변가가 발표하고자 하는 웅변의 내용이며 내용은 보통 40%의 배점을 차지하고 그 이외 풍부한 음량과 태도 및 청중에 대한 호소력도 중요한 기준이 되며 시간은 7~8분이 소요되는 것이 보통이라는 구체적인 설명까지 해주셨다.

1학년 2학기가 되었지만 수업료와 입학금은 여전히 미납상태에서 2학년이 되었다. 사실 1학년 때는 2학년과 3학년 선배들이 교내 웅변대회에 나와 열변을 토하는 것을 청취하고 기술을 습득하는 '오리엔테이션'이었을 뿐이었다.

교내 웅변대회는 일년에 봄, 가을로 2번씩 보통 개최하였고 군(郡)에서 학교대항 웅변대회도 일년에 한번씩 있었다.

당시 1950년대 후반기 이후에는 어수선한 국내의 사상적 분위기를 반영하듯 반공(反共)을 국시(國是)로 하는 국가정책 기조가 주류를 이루고 있었다. 국부(國父)로 추앙받던 이승만 대통령의 반공사상을 실천하기 위해서인지 당시의 웅변 주제는 주로 반공을 내용으로 하였고, 웅변대회는 교육정책으로 1년에 2번씩 교내에서 반드시 개최했다.

그런데 학교에서는 웅변대회가 있을 때는 교내 · 외 웅변대회 모든 경우에 보통 15일 이전에는 2~3학년의 웅변부 학생들에게만 점심시간 이후 1~2시간씩 학교 뒷산에서 연습할 수 있는 시간을 배려하여 특혜를 베풀어 주었다. 즉 수업을 1~2시간씩 빼먹는 것을 묵인해 주었던 것이다. 2, 3학년 웅변부 학생은 10명 미만이었지만 모두 학년이나 반에서 1~2등을 하는 우수생이었고 나만이 10등 이내에 드는 편이었다. 사실 나는 공부를 할 수 있는 입장이 아니었고 공부를 할 수 없기 때문에 더욱 웅변에 열중하면서 공납금 문제에 대한 괴로움이나 서러운 마음을 달래려고 하였다.

그런데 교내 웅변대회에서도 어려운 난관이 항상 뒤따르고 있었다. 중학교 2학년생이 웅변원고를 작성할 능력이 없다는 것은 당연한 일이므로 누군가 선생님이나 어른들이 작성해 주어야 하는데 주위에 그런 분이 없다는 것이 항상 문제가 되었다. 웅변 선생님은 2학년생이나 3학년생 중 가장 공부 실력이 뛰어난 1명을 골라 순번제로 원고를 작성해 주고 있다는 소문이었다.

어느 날 웅변 선생님은 나를 불러서 나의 웅변 실력을 인정하면서도 몇 사람의 원고를 모두 다 작성해 줄 시간이 없어 써주지 못하니 웅변 원고를 모아 놓은 책을 추천해 주겠다면서 그 책을 구입하라고 말씀하셨다.

2학년 2학기 가을이 되고 교내 웅변대회 발표날이 정해졌다. 그런데 이번 웅변대회는 교장선생님의 명을 받아 선생님들과 2, 3학년 웅변부 학생들이 공동심사하기로 결정되었다는 웅변 선생님의 말씀이 있었다. 나는 웅변원고를 한 글자도 틀리지 않게 완전히 암기하였고 웅변대회에서 학생들로부터 열렬한 박수를 받았다. 그런데 웅변대회가 끝났는데도 시상식을 거행하지 않고 웅성거리며 사태가 심상치 않았다. 들리는 소문에 의하면 나는 완전히 탈락하여 등외로 밀려났다고 했다.

심사 선생님들과 웅변부 학생들의 평가점수가 너무나 차이가 나서 다시 재심사하여 등수를 결정해야 하므로 시상식이 지체되었던 것이다. 조정결과 1, 2등은 처음 결정대로 하고 3등만 다시 결정하되 결정방법은 심사위원 선생님들은 제외하고 웅변부 학생들의 비밀투표로 3등을 결정키로 하였으며, 그 결과 내가 3등으로 결정되었다고 3학년 선배인 박옥춘 웅변부장이 나에게 와서 설명한 후 교장 선생님이 호명할테니 빨리 운동장 시상식장으로 나가서 준비하라고 알려주었다.

후에 웅변 선생님에게 확인한 바 원고내용의 점수 배점이 40점인데 나의 원고내용 배점은 15점이었다. 1, 2, 3학년 웅변대회 참석자 15명 중 원고내용 배점이 꼴찌였다. 따라서 나의 3등 입상은 원교내용 배점을 감안할 때 요즘 말로 해석해보면 웅변부 노조의 집단시위로 회사의 경영진(학교 선생님들)보다 물건을 직접 만드는 기술 좋은 노동자들의 봉급을 더 받게 하자는 불법시위라고 해석할 수 있을 것이다.

내가 중학교 3학년이 되었을 때에는 왠일인지 공납금 문제를 가지고 서무과 선생들이 부르는 일이 없어졌다. 아버지가 서무과 선생들과 술자리를 2번이나 했다며 어머니와 말씀을 나누는 소리를 내가 들은 뒤의 일이었다. 3학년이 될 때까지 입학금을 미납하고 있다는 사실은 항상 나를 괴롭혔고 미안한 죄의식을 가지고 생활하는 것은 전과 다를 바가 없었다.

그런데 며칠 전에 나와 서무과 근처에서 마주친 서무주임 선생님은 나를 보며 웃으며 지나갔고 나를 서무과로 부르지 않는 시간이 한달이나 계속됐다. 나는 머리가 맑아지고 전신에 힘이 생기기 시작했다. 공부에도 능률이 올라 성적은 반에서 2등으로 올라섰다.

또한 3학년 2학기부터 매일 치르는 실력고사(요즘의 모의고사) 성적에서는 1등을 제치고 무려 연속 2개월 동안 1등 자리를 매일 독차지했고 그 후에는 1, 2등을 주고 받았다. 담임 선생님(함자는 김홍주)은 놀랐고 매번 1등을 차지하던 학생도 풀이 죽어 있었다.

웅변부 학생의 국회의원 유세현장 실습

1960년 4월 19일 혁명으로 이승만 정부가 물러나고 과도정부에 의해 제2공화국이 수립되었고 1960년 7월 29일 총선거로 양원제가 구성되었다.

우리 웅변부 3학년 학생 중 몇 명은 신현구 웅변 선생님과 함께 7월 29일 총선거가 있기 전에 국회의원 유세현장에서 고향 출신 국회의원인 유진산 의원의 연설을 청취하기로 했다. 많은 유권자들이 유진산 의원의 연설을 듣기 위해 운집했다. 나는 당시 나이어린 중학생이었지만 유진산의 연설은 확실히 모든 사람들에게 감동을 준다는 느낌을 받았다. 음량은 작아졌다가 커졌다 하는 고저가 있었고 청중에 대한 호소력도 부드러우면서 강인했다.

나는 고등학교 진학을 위하여 웅변에만 매달릴 것이 아니고 이제부터는 공부도 해야겠다는 결심을 하게 되었다. 3학년에 올라와서는 수업료를 처음으로 제때에 납부했다. 물론 공납금 중 큰 부분을 차지하고 있는 입학금은 아직 미납된 상태였다. 나는 중학교를 졸업할 때 결국 입학금을 떼어먹고 졸업했다는 양심의 가책을 지금도 가지고 있다. 중학교 졸업생 중에서 등록금을 떼어먹고 졸업한 학생은 아마도 내가 유일할 것이다. 지금 생각해 보아도 어린 가슴에 지울 수 없는 상처가 자리잡고 있었던 것 같다.

우리 집은 아버지가 박봉의 공무원 생활을 했다하나 사실 먹고 사는 데는 그렇게 어려운 형편은 아니었다. 봉급을 생활비로 내놓지 않고 혼자 쓰면서 가정생활을 꾸려왔던 아버지의 생활자세가 문제였다.

아버지는 심성이 나쁜 분은 아니었으나 외아들로 태어나서 할머님과 고모들로부터 대우만 받아왔으니 아들 딸들을 포함한 가족들에게 베풀어 주는 것을 모르고 모든 것을 당신 위주로 받는 것만을 생각하는 태도가 생활화 된 것이 아닌가 생각되었다.

고등학교 시절

나는 1961년 3월 고향에서 떨어진 인근지역의 고등학교에 우수한 성적으로 입학하였다. 나는 고등학교에 입학하였을 때는 특별활동 시간에 육상부에 가입하였다. 웅변부에 가입하지 않은 것은 웅변에 대하여는 항상 자신에 차 있었으며 구태여 가입하지 않아도 웅변대회 일자가 공고되면 언제라도 출전할 마음의 준비를 하고 있었기 때문이었다.

나는 육상부에서도 높이뛰기에 관심을 가지고 있었다. 육상부 높이뛰기 팀에 소속된 학생들은 각각 팀워크를 형성하며 연습에 열중하였는데 3학년 선배 중 가장 우수한 사람은 165센티나 되는 높이를 뛰어넘기까지 했다. 그 3학년 선배는 높이뛰기 연습생 중 가장 우수한 실력과 175센티의 큰 키를 자랑하고 있었다.

나는 155센티의 작은 키를 가지고 높이뛰기 팀에 가입할 것인지 망설이다 취미가 남달라 지원하게 되었다. 대부분 1학년이나 2학년생들도 육상부 높이뛰기 팀에 소속되는 자들은 우선 신체조건이 키가 커야 하기 때문에 대부분 165센티 이상이 되었다. 그러나 이들은 145센티나 150센티밖에 뛰어넘지 못했다. 내가 내 키보다 높은 160센티의 높이를 뛰어넘자 3학년 최고 실력자인 선배는 깜짝 놀라면서 나에게 다가와 「너, 높이뛰기 선수였니? 조그만 키에 대단한 실력이다.」 하고 칭찬했다. 내가 100미터 달리기 팀에 가서 구경만 하고 있어도 나에게 쫓아와 「빨리가서 연습하자.」고 재촉하였다.

　그로부터 일주가 지난 4월 초순경이었는데 중학교 체육선생님이 나에게 다가오더니 「너, 나 좀 보자.」고 말하였다. 나는 내가 무슨 잘못이라도 있는가 걱정되어 연습을 중단한 채 그 선생에게 다가가자 「이번에 도(道) 체육대회가 얼마남지 않았으니 중학교 선수로 뛰었으면 좋겠는데… 너는 어떻게 생각하니? 고등학교 체육선생님에게는 내가 이야기 하겠다.」 라고 말하는 것이었다. 나는 갑자기 그런 제안을 받아 어리둥절하였고 무척 당황했으나 「제가 고등학교 1학년인데 어떻게 중학생으로 뜁니까?」 라고 대답하자 그 선생님은 「중학교나 고등학교나 다같이 한 집안 식구인데 어떻겠느냐?」 하고 말했다.

　「…….」

　나는 아무 대답을 하지 않았다.

　그 후 일주일 후에 중학교 체육 선생님은 또 다시 나를 찾아왔다. 그러나 이번에는 나의 의사를 분명히 했다.

　「선생님, 제가 고등학생인데 중학생 선수로 뛰는 것은 제 양심이 허락되지 않으니 용서해 주십시오.」 라고 거절했다.

화술의 달인

　5월 초순 어느 도요일 오후였다. 학교 수업을 마치고 집에 들렀다가 시내 서점 부근에서 책방을 찾고 있는 중이었다. 우리 학교 교장 선생님이 다가오면서 「우리 학교 학생이구만. 역전에 가서 기차표 1장만 사다줄 수 있겠나?」 하는 것이었다. 나는 주저없이 「예, 알겠습니다.」

하고 대답하며 쏜살같이 달려가 기차표를 사다가 그 교장 선생님께 드렸다. 그런데, 너무 급하고 당황한 나머지 숨을 헐떡거리면서 거스름돈을 주머니에 넣고 있었다.

그 교장 선생님은 조용히 화사한 미소를 띄운 채「학생, 기차표 사는데 돈은 모자라지는 않았나?」하는 것이었다. 나는 거스름돈 남은 것이 금방 생각나서「웬걸요. 모자라다니요. 이렇게 많이 남았는걸요.」하면서 거스름돈을 교장 선생님께 드렸다.

나는 그때만 하더라도 교장 선생님의「학생, 기차표 사는데 돈은 모자라지 않았나」하는 그 물음을 대수롭지 않게 생각하였지만, 나이를 먹으며 많은 사람들과 오랫동안 접촉하면서 50년이 지난 지금까지도 그런 훌륭한 화술을 구사(驅使)하며 상대방을 배려하는 훌륭한 인물을 발견하지 못했다.

만일 그때 교장 선생님이「학생, 거스름 돈이 남았을텐데 돌려주어야지.」라고 하였다면 나는 얼마나 무안하고 언짢하였을까 하는 생각을 하면서 그 분의 이미지를 그려보았다. 살아계시다면 백수(白壽)는 되셨을 텐데…. 이중각(李重珏) 교장선생님, 사랑합니다. 존경합니다.

나는 고등학교에 진학 후 고등학교 재학 중에는 2학년 때 1회만 웅변대회에 출전하였다. 1학년 2학기가 되고부터 신장염을 2개월이나 앓아 치료를 받았으나 회복되지 않았고 결국 2학년이 되고 나서 1년간 휴학을 하는 등 학교생활과의 유기적인 접촉이 단절되는 시간이 오랫동안 계속되었기 때문이었다.

웅변대회는 시내 대형극장에서 있었는데 나는 나의 웅변이 끝난 후에는 청중석에 들어가 그들과 합석하여 청중들의 평가를 몰래 들어보는 것이 나의 오랜 습관이었다. 물론 심사위원들의 평가가 중요하지만 청중들의 반응이나 평가도 심사위원의 평가 못지않게 중요하고 객관적이기 때문이었다.

그날도 웅변을 끝내고 청중석에 착석하자 우리 학교 학생 1명이「신현구 선생이란 분이 계속 듣고 있다가 조금 전에 가셨다. 중학교 때 너의 웅변 선생님이었는데 너에게 잘 해주지 못해 미안한 생각이 들어 만나지 못하고 그냥 돌아간다고 하시더라.」는 선생님의 말씀을 전했다.

중학교 때 웅변 선생이었던 신현구 국사 선생님이었다. 그 분이 나에게 특별히 모질게 대한 것은 없었다. 오히려 나의 웅변 실력을 인정해 주었지만 나만을 전적으로 배려하고 웅변대회 출전시 나의 웅변원고를 한 번도 작성해 주지 않았다는 것 뿐이었다.

신선생님은 그것을 미안해하고 있는 것이 분명했다. 그 선생님도 내가 다니던 중학교를 떠나 다른 곳으로 전근되신 것이었다.

나는 몸이 아퍼 1년간 휴학하였고 고등학교를 졸업한 후에는 아버지가 돈이 없어 대학을 보낼 수 없다고 선언하는 바람에 또 1년을 허송하는 등 많은 풍상(風霜)을 겪었다.

나의 대학생활

아버지도 처음부터 나를 대학에 보내지 않으려고 한 것은 아니었다. 노력은 했지만 숙식 해결할 길이 마땅치 않아 포기해 버린 것이었다. 1965년 봄에는 이런 일도 있었다. 아버지는 나를 데리고 서울 상도동 유진산 의원 댁을 찾아간 적도 있다. 의정활동에 바쁜 분이라 하루 전 날 유진산 의원 댁에서 그 집안 일을 맡아보는 집사들과 하룻밤을 보내고 아침 조반 전에 잠시만 만날 수 있다는 것이었다.

나는 아버지와 함께 유진산 의원 댁의 집사들과 하룻밤을 보낸 뒤 그 다음날 새벽 7시경 올라오라는 연락을 받고 유의원을 만났다.

나는 아버지를 따라 유의원에게 큰 절을 했다. 아버지는 나를 유의원 댁에 맡겨 숙식을 해결하면서 대학을 마치도록 하려는 생각이었던 것 같았다. 아버지는 「이모부님, 저의 자식놈인데 집사들과 함께 기거하도록 해주십시오.」 하고 서두를 꺼냈다. 유의원은 한참 생각하더니 아버지를 향하여 「변 군, 아래채에서 우리 집안 일을 거들어 주는 사람들과 함께 저 아이가 기거하도록 하는 것은 어렵지는 않네. 그러나 저 아이가 공부할 수는 없을거야. 장래를 가로막는 결과가 될거야.」 라고 부드럽게 거절의사를 표시하였다.

이때 아버지가 아무래도 좋으니 자식의 숙식만 해결되도록 해주십시오 라고 부탁을 한다면 거절하지 않을 수도 있겠다는 뜻이 포함되어 있지만 그렇게 말 할 수는 없는 것이다.

그런데 그때 유진산 의원의 아들에게서 전화가 왔으며 내용인 즉 손자가 어느 기업체 시험에 응시하였는데 전화 한 번만 해주면 합격이 보장된다는 것이었다. 유의원은 아들에게 화를 버럭 내면서 「모든 일은 원칙을 지켜야 한다. 취직시험 하나도 실력대로 들어가지 못하는 자가 장차 무슨 일을 할 수 있단 말인가!」 하고 두부모를 자르듯 전화를 끊어버렸다.

항간(巷間)에 떠도는 소문에 의하면 유진산 의원을 가르켜 권모술수의 화신이니 권모술수의 1인자이니 떠들고 있지만 나는 내가 직접 현장을 목격함으로서 유진산 의원은 원리원칙을 벗어나지 않는 인격을 갖추고 있는 분이라는 사실을 확신하게 되었다.

나는 1966년도에 이르러서야 할머님이 몇 년간 돼지를 키워 저축한 돈과 일본에 거주하시는 고모님이 보내주신 돈을 합하여 대학교 학자금을 마련한 후 겨우 대학에 입학할 수 있었다.

나는 1966년 2월 말 경 아버지와 함께 상경하여 대학교에 공과금을 납부했으나 숙식문제는 어떻게 해결해 줄 지가 궁금했다.

아버지는 나를 데리고 북아현동에서 초등학교 졸업반을 대상으로 과외를 가르치고 있는 나이 든 대학생(30세 가량)을 소개했다. 그 대학생은 단칸방에서 과외비를 받아 공부하면서 혼자 자취(自炊)를 하고 있었다.

그 분은 아버지의 부탁을 받고 함께 지내보자고 허락하였지만, 나로서는 단칸 셋방에서 함께 지낸다는 것이 부담스럽고 미안하기 짝이없었다. 그러나 달리 방법이 없었으므로 당분간 신세를 질 수밖에 없었다. 잠은 함께 자고 식사는 각자 알아서 해결했다.

나는 인근 북아현동 시장에서 단무지를 사다 한 가지만으로 아침, 저녁 식사를 했다. 다른 반찬을 사려해도 살림도구가 몇 개 없었으므로 단무지 반찬을 사는 것이 가장 편리했고 별로 냄새도 나지 않아 보관하기가 용이했다.

10일 정도 지나니 배고파 견디기 어려웠다. 시골에서는 된장찌개와 김치만 먹고 지내도 배가 고프지 않았는데 서울에서 사먹는 반찬은 허기진 배를 채워주지 못했다. 15일이 되고서부터는 단무지 반찬 한가지만으로 아침밥을 먹고 만원버스에서 내려 학교로 들어갈 때는 건물이나 사람들이 둘로 보이고 몸을 지탱하기가 힘이 들었다. 아침에 일어나 단무지하고 밥 먹는 것이 싫어 아침 일찍 학교 부근 음식점으로 가서 50원짜리 국밥을 사먹고 학교에 들어갈 때는 그렇게 힘이 나고 기분이 좋을 수가 없었다.

나는 한달 정도 지나고 나니 그 대학생 형님에게도 너무나 불편을 끼쳐 미안했고 나 스스로도 지탱한다는 것이 힘들다고 생각하고 근본적 대책을 강구하기로 결심했다.

이제까지 아버지를 크게 원망해보지 않고 살아왔지만 대학생이 되자마자 공부할 환경은 커녕 먹는 문제도 해결해 주지 못하는 아버지가 원망스럽기 짝이 없었다.

나는 시골로 내려가 아버지에게 따져서라도 근본적인 대책을 강구하고 공부를 하기로 작정했다. 도대체 아버지가 받는 봉급으로 나의 숙식문제에 도움을 줄 수 없단 말인가? 아직까지도 아버지는 봉급을 타오면 장롱 속의 나무상자에 돈을 넣어놓고 필요시마다 혼자서만 쓰고 있을까? 이러한 그동안의 아버지의 태도에 대한 원망과 고통스럽고 서글펐던 어린 중학생 시절의 상념들이 꼬리에 꼬리를 물고 일어났지만 막상 아버지를 대하니 원망스런 생각이 모두 사라지고 말았다.

나는 아버지에게 그동안 북아현동에서 한 달 동안 있었던 자취생활의 고통과 현실적으로 공부할 수 없는 환경에 대해 구체적인 상황을 설명하자 아버지도 진지한 표정을 지으며 「근본적인 대책을 강구해야 할텐데….」 라고 고민하는 빛이 역력했다. 나는 아버지가 군청의 계장이나 되는 공무원인데 공무원 급료가 아무리 박봉이라 하더라도 국가가 먹고 살 만큼은 지급해주지 않을까 생각하고 「도대체 아버지가 받는 봉급은 얼마나 됩니까?」 하는 말을 꺼낼까 말까 망설이다가 아버지가 미안한 생각을 하면서 기가 푹 죽어있는 모습이 안타깝기도 하여 잠자코 있었다.

아버지는 며칠이 지난 후 서울에서 미용사로 근무하는 옥주를 만나러 가자고 제안했다. 옥주는 나의 바로 아래 여동생으로서 서울에서 몇 년 간 미용사로 일하고 있었다. 나는 아버지와 함께 서울 시내 다방에서 옥주를 만났다. 아버지는 자초지종을 설명하고 오빠를 도와주어야겠다고 설명하자 옥주는 「매월 3,000원씩 도와주겠습니다.」 라고 싫은 기색없이 선선하게 대답했다. 나는 너무나 뜻밖의 누이동생의 결단에 고마워 어찌할 줄을 몰랐다.

나는 매월 한 번씩 누이동생이 일하는 미장원에 들러 생활비를 받아왔다. 동생으로부터 받는 생활비로 하숙을 하게 되었는데 당시 하숙비가 2,000원 정도였다. 하숙비를 치르고도 1,000원이 남았으니 공부하는데 큰 지장이 없었다.

내가 동생이 근무하는 장충동 소재 미장원으로 가지 못할 경우에는 옥주가 대신 나의 하숙집으로 찾아와 생활비를 주고 갔는데 7~8개월 동안 옥주의 큰 도움을 받았고 그 덕택으로 1학년 동안의 학업을 무사히 마칠 수 있었다.

그때 누이동생으로부터 받은 3,000원은 지금 화폐로 따진다면 30만원은 될 것으로 보인다. 그 당시 3,000원을 동생으로부터 받을 때 손에서 느끼는 돈의 부피가 제법 육중하다는 생각이 들었으며 지금 대학생들의 하숙비가 20~30만원은 족히 된다고 생각되기 때문이다.

대학교 1학년 2학기 때에는 교내 웅변대회 광고가 여기저기 게시판에 붙어 있었다. 주제는 '대학생의 건전한 생활자세'였다.

내가 중·고등학생 시절에는 항상 웅변원고 작성의 애로사항으로 고민해왔지만 이제는 어떤 주제가 주어지더라도 내 손으로 직접 작성할 수준이 되었기 때문에 마음이 편안했다.

교내 웅변대회는 종합대학 전체로 개최하는 경우도 있었지만 대부분 법정대학 주도로 행하여 지는 경우가 많았다. 법정대학 주최로 행하여진다해도 대부분 웅변대회에 출전하는 연사는 정치외교학과 학생이 주류를 이루고 있었다.

나는 즉시 웅변원고를 작성하기 위해 초안을 잡고 2일 동안의 숙고 끝에 원고를 완성했다. 웅변 입상자의 순위결정은 웅변 내용이 좌우한다는 것을 나는 중학교 때부터 익히 알고 있었기 때문에 내가 작성한 웅변 원고 내용이 만족스럽다고 생각했음에도 불구하고 정치외교학과 주임교수에게 감수를 부탁드렸다. 주임교수는 원고 내용이 매우 훌륭하다고 평가해 주었다.

웅변 원고 내용의 높은 배점을 바탕으로 풍부한 음량과 호소력이 청중을 열광시켰음에도 불구하고 나는 3등에 입상하는데 그쳤다. 도대체 심사위원인 대학교수들까지도 원리원칙을 무시하고 어디에 기준을 두고 심사하며 배점을 두는지 이해할 수 없었다. 청중들 누구에게 물어도 1등은 뻔하지 않는가.

그 다음날 정외과 주임교수는 「변 군, 3등해서 서운한건가?」 하고 물었다.

「……」

나는 아무 대답을 하지 않았다.

주임 교수는 말했다.

「세상은 원칙과 비원칙이 공존하며 상호조화를 이루고 굴러가는 것이라고 생각하네… 만일 정치외교학과 4학년생이 1, 2등을 차지하지 못하고 변 군이 1등을 차지했다면 앞으로 얻는 것보다 잃는 것이 더 많을 걸세. 세상이치가 실력대로만 판가름 나는 것이 아니지 않는가.」

나는 얼마 후 정치외교학과 선배인 총학생회장과 4학년 선배인 웅변부장이 군대를 제대한 복학생들로서 30에 가까운 나이인 것을 알았다. 또한 그들은 현역 국회의원과 수시 접촉하면서 필요시 찬조 연설팀에 동원되기도 하며 국회의원들로부터 비공식적으로 장학금도 수령하고 있다는 것을 알았다. 말하자면 신분만 학생이었지 완전한 사회인이었다.

2학년에 올라가서도 웅변부 선배들과 어울렸고 대회에 출전도 했으며 웅변부 선배들을 따라 국회의원 사무실에 따라 다니기도 했다. 그러나 내 소속이 정치외교학이 아니고 법학이라는 의식을 분명히 하기 시작했다. 물론 내가 정치에 상당한 관심을 가졌던 것은 부인할 수는 없지만 정치는 법률공부를 끝낸 후에 해도 늦지 않다는 확실한 방향을 정립하기로 작정했다.

나는 1년 동안 법률 공부에 열중했다. 지인의 소개로 중학생을 가르치면서 학비는 충당할 수 있었다.

그러나 나는 건강을 챙기지 못하고 불규칙하게 공부한 결과 건강을 해쳤고 아버지의 건강도 많이 나빠지게 되자 2학년 1학기를 마치고 입대를 결심하게 되었다.

내가 군에서 제대하였을 때 아버지는 벌써 건강상의 이유로 퇴직한 상태였다. 군청에 재직 중에는 비록 아버지가 타오는 봉급을 모두 생활비로 내놓지 않고 장롱 속의 나무상자에 넣어놓고 필요시마다 아버지 혼자서 내썼다고는 하지만, 절박한 상태에서는 그래도 지원을 받을 수 있었는데 이제는 그것도 어려우니 식구들은 나무상자 속에 들어 있었던 아버지만의 봉급봉투를 그리워하게 되었다.

이렇게 어려운 가정형편상 제대 후 바로 복학을 못하고 빈둥빈둥 1년 이상을 놀다가 1971년 가을에 2학년에 복학하고 1974년 졸업하게 되었다.

내가 노크한 정치의 문(門)

내가 74년에 중앙정보부에 입직하여 1987년까지 봉직한 이래 정치에 관심을 가져왔던 것은 사실이나 10수년이 지나버린 현실 정치의 양상은 내 인생의 방향을 유턴하기에는 너무 늦었다는 것을 실감하지 않을 수 없었다. 42세에 사무관이라는 현실적인 상황인식은 지방 근무자의 서울 근무자에 대한 큰 '핸디캡'이고 고통일 뿐이었다. 61세 정년까지 어느 위치까지 올라갈 수 있을까.

이러한 현실적 불만을 타개하기 위한 논리적 사고는 국회의원들이 거주하지 않는 또다른 정치의 문을 노크하고 싶은 강렬한 충동을 느끼기 시작했다.

수사관이라는 업무와 병행하여 정치정보를 수집해야 한다는 업무도 나에게는 모두 중요한 일이었다.

정치관련 정보의 수집 목적은 정보를 수집하여 국가의 정책 결정에 반영하기 위한 것이다. 그런데 정치 정보의 수집 대상은 사람을 통하여 수집하는 것이며 그 사람이란 상인, 기업인, 정치인, 공무원 등을 불문한 모든 사람이 될 것이나 정치에 대한 식견이 있고 정치와 관련된 사람이 보통일 것이다. 그런데 사람을 통하여 정보를 수집하려면 그 사람과 친해지지 않으면 안된다. 그 사람의 성격이나 취미도 알아야 하고 고통이나 슬픔도 같이 할 수 있는 인간관계가 형성될 수 있어야만 더욱 친숙해질 수 있다.

그러기 위해서는 차도 마시고 식사도 하고 경우에 따라서는 술도 함께 할 수 있는 기회를 가지면 더욱 효과적일 것이다. 결국 사람 사는 세상에서 인간관계를 공유하지 않는다면 아무것도 얻을 수 없다는 것이 세상의 이치인 것이다.

풍운아(風雲兒)를 생각하며 새로운 결심을 하다

풍운아란 일반적으로 좋은 때를 타고 나서 활동하며 세상에 두각을 나타내는 사람이라는 뜻이다. 따라서 원래의 의미는 정치계에서 1세대를 풍미한 대통령·국무총리·장관이나 예술계, 스포츠계의 스타 등 누구나 알 수 있는 사람만을 의미했으나 최근에는 정치·예술·스포츠·기타 모든 분야에서 시운을 타고 남의 부러움을 사면서 남보다 이름을 날리며 유명해진 사람은 1세대를 풍미(風靡)하지 않았던 인물이라해도 모두 일괄하여 기리키고 있는 경향이 있다.

그렇게 풍운아의 의미를 넓게 해석할 때 나의 아버지는 1개 군(郡) 지역에서는 시운을 탄 분으로 풍운아라 불러도 조금도 지나친 말은 아니라고 생각된다.

나의 망조부 변태순(卞泰淳, 1892년 생)은 1920년 대에 금산 인삼조합장을 역임하면서 한학과 한의학에 조예가 깊었고 1925년 경부터는 한의사로 개업하여 많은 환자를 치료하였고 1928년 경부터는 전라북도 군산으로 한의원을 옮겨 더 많은 환자들의 병을 치료하여 병든 사람들의 고통을 덜어주면서 명의사로 명성을 떨쳤다.

당시 조부는 전답과 임야 등 70여만 평(231만㎡)을 소유하며 군(郡)에서 두 번째 가는 부자였음으로 재산형성이나 증식에는 더 이상 관심이 없고 오직 병든 환자를 치료하겠다는 일념으로 의술 활동에 정력을 쏟았다.

당시 배경을 살펴보면 조부의 처남이자 아버지의 외숙부가 금산군에서 초대 국회의원(정해준:鄭海駿, 1903년 생)을 지냈고, 금산에서 3대 국회의원을 시작으로 신민당 총재까지 지낸 유진산(柳珍山, 1905년 생) 의원은 조부의 동서였다.

당시 조부께서는 의리를 중요시하였으며 친구가 채무에 시달리는 것을 보고만 있을 수 없어 50여만 평을 친구에게 담보권을 설정하여 재산을 날리기도 하였다. 그러나 그래도 아버지는 25만여 평의 전답과 임야를 상속받았다.

아버지는 해방을 전후하여 철도청 간부로 재직하던 당신의 작은 매형의 덕택으로 20대 초반에 서울역 여객 전무로 봉직하였고 20대 후반에는 군청 내무과장으로 재직하던 큰 매형의 소개로 금산군청 공무원으로 전직하였으며 30대 초반에는 군청을 그만두고 특무대에서 1년가량 근무하다 다시 군청 공무원으로 복직하는 등 본인이 근무하고 싶은 곳을 이 곳 저 곳 전전하면서 봉직하였던 경력이 있었다.

뿐만 아니라 40대가 되고서부터는 일본 선전과 문전에 입선한 이래 한국 화단(畵壇)의 화조계(花鳥系)에서 이름을 날리던 금산 제헌 국회의원 출신인 기술한 외숙부 정해준의 비공식적인 사사(師事)를 받으며 예술창작에 취미를 붙였고 예술작품이 만들어 낸 조그마한 열매를 따면서 인생의 내면적 가치를 즐기고 있었다.

50대부터는 약 20년간 내가 매달 보내주는 생활비로 8식구를 부양하며 생활을 유지하였다.

60대가 되자마자 부동산 투기현상이 발생하였고 조부로부터 받은 상속재산을 자연스럽게 처분하여 생계를 유지하였으며 평생 남에게 손벌리지 않고 인생을 마감하셨으니 이 어찌 시운을 타고 태어난 풍운아라고 아니 부를 수 있단 말인가!

아버지는 이처럼 좋은 시운을 타고 태어났지만 끈질긴 근성으로 노력하는 집념이 부족하였기 때문에 시골 군수도 지내지 못하고 인생을 마감하였다. 나는 아버지가 사람들과 적극적으로 접촉하며 인생을 보내지 않는다고 비평하고, 가족이나 손자들의 접근에도 아랑곳하지 않고 오직 화폭(畵幅)에만 빠져있는 모습을 지적하며 불평하였다. 나는 아버지가 인생무상이나 허무감을 느끼며 또는 예술 그 자체를 탐닉하며 몰입했을 것이라는 짐작을 하지도 못하고 아버지가 의젓하고 훌륭한 모습을 보여주며 자식이나 손자들에게는 희망과 사랑을 주는 아버지와 할아버지가 되어달라고 호소했다.

그러나 이러한 나의 순수하고도 적극적인 요구가 인생무상의 허무감을 절감하고 있는 인생 60대에서는 무리하고도 부질없는 요구라는 것을 깨우치게 된 것은 내가 60이 지나서 나의 자식들이 나에게 바른 말을 하였을 때 내가 서운한 감정을 느끼고 난 후의 일이었다.

내가 아버지에게 바른 말을 하는 것은 아버지가 싫어서 하는 것이 아니고 오직 순수하고도 당신만을 위한 심정에서 한다해도 부모에게 바른 말을 해서는 안되는 것이다. 그저 아버지를 지켜보면서 서럽고 무상한 인생을 바라보는 아버지의 내면적인 감정을 위로해 주어야 했는데 그러지 못했다. 논리적인 판단이나 세상이치로 사람의 감정을 움직일 수는 없고 상해버린 감정을 복구할 수도 없는 것이다.

내가 아버지의 말년에 아버지 마음으로부터 멀어진 것은 아버지의 의사에 반하는 바른 말을 한 나의 서운한 감정에 기인한 것이라 생각된다. 아버지는 자신이 큰 아들인 나에게는 연민과 슬픔과 고통의 대상일 뿐이라고 생각하는 것 같았다.

1981년 11월 시골집에 들렀을 때 아버지가 「너의 봉급을 나에게 맡기고 필요시 가져다 쓰면 어떻겠느냐」는 제안을 했을 때 나는 즉석에서 바른 말로 거절했다. 그러나 내가 나이를 먹고 자식들을 모두 분가시킨 입장에서 생각해 볼 때 아버지가 그러한 제안을 했다는 자체는 부모와 자식 간에는 내 것, 네 것이 없다는 순수성의 표현이라는 생각을 하게 되었으며 지금 생각해 보면 아버지의 심정을 어느정도 이해할 수 있을 것 같다.

나는 비록 나의 아버지처럼 좋은 시운을 타고 태어나지는 않았지만 언제부터인가 시운을 개척하여 대한민국의 대통령을 만들어내는 기술을 개발하고 대통령을 만들어 낸다면 그 대통령을 통하여 5,000만 국민의 행복을 실현하는 욕심과 욕망을 실현할 수 있다는 꿈을 꾸게 되었다.

5,000만 국민의 행복을 실현한다는 의지는 작게 보면 내 개인적으로는 공명(功名)의 길이 되겠지만, 크게 본다면 국가에 대한 충성이고 국민에 봉사한다는 대의명분을 충족시키기에 충분하다고 생각했다. 나는 대학 때부터 정치에 관심을 가지고 있었으나 내가 정치에 대한 유혹을 떨쳐 버리지 못하고 대통령을 만들어 보겠다는 욕심과 욕망을 가지고 적극적으로 정치에 관심을 표명하며 활동을 시작한 것은 KBS 해직기자 출신의 고향선배 K의 정치에 대한 적극적 종용에 영향을 받았음을 부정할 수 없다.

내가 정치활동을 시작한다는 것은 현 직장을 포기하고 국회의원이 되겠다는 것은 아니며 이미 의정활동을 하기에는 너무 늦었을 뿐만 아니라 설령 그것이 가능하다해도 관심이 없는 것은 확고하다는 것이 나의 생각이었다. 나의 정치적인 관심사항은 내 손으로 대통령을 만들어 보겠다는 것이고 그것이 내가 가지고 있는 세속적인 욕심과 욕망이며 내가 실현하고자 하는 최고의 가치관이었다는 것은 기술한 바 있다.

YS정권의 실세, 최형우 의원

최형우 의원은 김영삼 대통령 만들기의 일등공신이며 상도동 가신

그룹에서 첫번째 인물임은 널리 알려진 사실이다.

그는 1971년 8대 국회에서 신민당 소속으로 당선된 뒤 9, 10, 13, 14대 총선에서 당선됨으로서 5선 국회의원이 되었다.

1981년 김영삼이 설립한 최대 사조직인 민주산악회를 주도했다. 1988년 제13대 총선에서 YS의 통일민주당 소속으로 부산 동래 을지역구에서 당선되고 통일민주당 원내총무를 맡는다. 울산 지역구를 버리고 YS를 위하여 부산에서 바람을 일으키기 위해서였다. 그때 최형우는 지역구를 옮기면서도 가족에게 한마디 상의도 아니했다고 했다.

최형우는 유일하게 YS에게 대들던 정치인이었다. 그러면서도 YS에 대한 의리가 대단했다고 한다. 최형우는 1990년 3당 합당 이후 민자당 시절 정무장관이었는데 그때 노태우 대통령을 만나 「내 평생 꿈이 YS가 대통령이 되는 것」이라고 압박하였다 한다. 노태우 대통령이 퇴임 이후를 걱정하자 「도움을 받았는데도 각하를 모시지 않으면 제가 육탄으로 막겠습니다.」라고 대답하였다.

얼마 후 노 대통령이 「왜 나한테는 최형우 같은 사람이 없느냐.」고 한숨지었다고 한다.

김영삼 집권 후 1993년 민주자유당 사무총장을 지냈고 1993년 12월 12일~1994년 12월 23일까지 내무장관을 지냈다.

최형우 의원은 YS정권의 차기 유력 대권주자로 거론되었다. 안기부에서도 차기 가장 유력한 대권주자로 최형우를 지목하는 것 같았다. 부산과 경상남북도에서 이미 지지기반이 확고한 것을 근거로 한 판단인 것 같았다. 최형우 의원도 그것을 알고 있는 듯 취약지역인 경기도와 충청도 지역을 중심으로 한 소위 '중부권 국회의원 그룹'의 세력결집에 정력을 집중하고 있었다. 따라서 민자당 내 중부권 국회의원과 국회의원이 추천하는 인물들은 최형우 의원과 접촉하는 기회가 많아진 것은 사실이었다. 최형우는 당시 이회창만큼 대중적 인기는 누리지 못했으나 당 내 지지기반이 확고했으며 여권 뿐만 아니라 야권과 재야 인사들과도 교분이 깊었다. 이재오나 김문수의 민자당 행도 최형우의 작품이라는 설이 유력하다.

14대 국민당 국회의원 J 비화

출생성장 과정

J는 충청남도 시골 지역에서 농부의 아들로 태어나 초등학교를 졸업하고 고향에서 자랐다. 그는 동네 아이들을 데리고 놀면서 대장 노릇을 하였고 다른 동네 아이들에게 아이들이 맞고 오면 달려가 복수도 해주어 인기를 끌었다. 어려서부터 이유없이 남을 때린다거나 자기보다 나이 많은 선배들에게 덤비는 행위는 하지 않았으므로 예의범절이 남달랐다.

그는 청년기로 성장하자 동네에서 도박하는 것을 보고 흥미를 느끼게 되어 잠시 도박에 빠지게 된다. 이 동네 저 동네로 친구들과 몰려다니며 판돈은 작았지만 도박에 빠져 소일타가 경찰에 적발되었고 교도소에 수감되는 신세가 되었다.

그는 교도소에서 우연찮게 차력사를 만나게 되고 그로부터 3년동안 차력술을 배우게 된다. 그는 출감하자마자 차력술을 연마하여 더욱 높은 경지에까지 이른다.

그는 군에서 제대 후 1955년 경 뜻한 바 있어 대전으로 이주하였고 대전역전 부근의 목척교 밑에 운집해 있던 피난민 기타 거지들과 함께 기거하게 된다. 1950년 6.25 사변 이후 사람들의 생활은 그야말로 말이 아니었다. 먹을 것이 없어 초근목피(草根木皮)로 연명하는 사람들이 많았으며 전국 다리 밑에는 천막을 치며 웅거(雄據)하는 거지들이 득실거렸으며 1950년대 말까지 이러한 현상은 계속되었다.

대전지역에서는 목척교 밑이 가장 큰 거지들의 집성촌(集成村)이었으며 대전지역 본부이기도 했다. 목척교 밑은 거지들이 적게는 300 명, 많게는 4~500명이 운집하여 집단생활을 하였으며 그 이외 지역의 다리 밑은 2~30명씩 분산, 거주하고 있었다.

J는 목척교 밑에서 주도적인 역할을 했다. J는 거지나 깡패들이 거주하는 다리밑 주거지를 협심원(協心院)이라 명명했다.

거지들은 넝마주이로 넝마나 헌 종이를 수집하고, 구두닦이는 구두 닦는 수입으로 생활을 유지하였으나 식구들이 식생활을 유지하는데 는 턱없이 부족하였다. 그 수입으로는 300명 이상의 식구들이 꿀꿀이 죽도 먹기가 힘들었다.

이러한 식구들의 생계를 타개하기 위하여 J는 55년부터 5~6년 동안 충남 지역의 초등학교와 교섭하여 학생들에게 차력 시범을 보여주고 그 대가를 받아 식구들의 생계비를 충당하기도 하였다. 차력시범은 학생들에게 대단한 인기가 있었다. 쇠줄을 온 몸에 감고 있다가 기합소리를 지르면 쇠줄이 끊어져 버린다. 또한 단단한 동아줄로 자동차(트럭)을 동여맨 후 동아줄을 입에 물고 자동차를 끌고가는 시범도 보여주었는데 J는 대전과 충남 지역에서 유명한 차력사로 알려지게 된다.

서울 깡패조직의 상납금 강요사건

대전 목척교를 거쳐가는 식구들이 서울 등 가지로 퍼지지 대전 목척교 조직도 자연히 서울 본부 깡패조직에 알려지게 되었으나 명함 한 번 내밀지 않게 되자 서울 조직에서 목척교 조직에 대해 손을 봐줘야 겠다고 벼르고 있었다. 서울 조직에서 특히 괘씸하게 생각하는 것은 수입금액 중 일정액을 이제까지 서울본부에 한번도 상납한 사실이 없다는 것이었다.

1965년 여름 서울 명동, 동대문, 청량리 등 지역파 두목 12명이 J에게 하루 전 연락을 취하고 대전역 앞 김삿갓 다방에서 만나기로 약속하였다. 이들은 모두 깡패 두목과 부두목 등으로 구성되어 있으며 유도, 태권도, 합기도의 고단자들로서 대부분이 몸무게가 100kg에 육박하는 거구들이었다.

서울 깡패들 : 네가 J냐?

J : 그렇다.

서울 깡패들 : 너, 혼자 왔니?

J : 너희들이 나만 찾았으니 혼자오지, 나 이외 다른 사람도 찾았니?

서울 깡패들 : 너, 혼자 우릴 모두 상대하겠다는 것이냐?

J : 걱정해 주어 고맙지만, 충분하다. 일단 차나 먹고 이야기 하자. J는 차를 마시면서 손목을 풀어준 후 대못(20cm)을 손으로 비틀어 순식간에 엿가락처럼 휘어서 깡패들에게 던졌다.

서울 깡패들 : 야, 이게 뭐냐?

J : 내가 하는 이 동작은 본 운동 시작하기 전에 하는 준비운동이다. J는 금방 대못 2개를 휘어서 엿가락처럼 만들어 다시 깡패들에게 던졌다.

서울 깡패들 : 깡패들은 싸움에는 이골이 난 자들이다. 벌써 J의 실력이 어떠한가를 간파해 버렸다. 형님 몰라뵈었습니다.

깡패들은 일제히 무릎을 꿇었다. 형님 주먹이 세어 한 번 맞으면 갈비뼈가 으스러진다는 말씀은 들었습니다만, 이럴 줄은 정말 몰랐습니다. 용서해 주십시오.

J : 너희들 내려오느라 고생했으니 술 한 잔 하고 올라가라.

J는 손에 집히는대로 지폐 한 다발을 탁자위에 던졌다.

대전역 부근에서는 내 이름을 대면 외상이 통하니 모자라면 외상술 먹어라.

이런 사실이 있고나서 서울 지역과 타 지역 깡패들이 대전 목척교 조직에는 얼씬거리지 않았다.

협심원의 생계수단 및 생활실태

협심원 식구들의 생계수단은 거지들의 넝마와 깡패들의 구두닦이 수입이 전부라고 할 수 있었다. 넝마주이와 구두닦이 수입으로는 먹고 살기가 힘들었으며 구두닦이나 넝마주이의 사고가 가끔 생겨나는 것도 이러한 현실적인 생활고 때문에 발생되는 사건이었다.

따라서 J는 이들 식구들을 대상으로 남의 물건 훔치지 말 것과 남에게 해를 끼치지 않을 것을 수시로 교육시키며 넝마주이 거지와 구두닦이 깡패 및 그들의 가족들과 똑같이 꿀꿀이 죽으로 식사하고 잠을 잤으며 특식을 한번도 받아 본 적이 없었다. J는 거지나 깡패들이 죽으면 염도 직접 해 주었다. 구두닦이 깡패(구두닦이가 가끔 사람을 때려 시고치는 일이 생기기 때문에 구두닦이를 깡패라 불렀다)들이 사람을 때리거나 돈을 훔쳤을 때는 J는 자신이 했다고 죄를 뒤집어 쓰고 유치장에 들어가기도 하였기 때문에 J의 협심원 내에서 그의 위치나 식구들의 존경심은 부모 이상이었다. 따라서 J는 나이많은 식구들이나 나이 어린 식구들 모두로부터 아버지로 호칭되었다.

협심원 식구들이 밥벌이 하러 나갈 때는 J는 꼭 교육을 시켜 일터로 내보내는 것을 생활화 하였다.

그러나 워낙 수입이 부족하여 식구들의 최소한의 식생활도 해결할 수 없게 되자 J는 비상수단을 강구하지 않을 수 없게 되었다. 1971년 경 당시 충남 부여 출신의 김종필 국무총리를 찾아가 생계대책을 강구해 줄 것을 요구하기로 했다. 따지고 본다면 헐벗고 굶주리는 대한민국 국민을 정부가 모른체 한다면 이는 국가가 국민을 버리는 것과 같은 이치이므로 당연히 정부가 나서서 도와주는 것이 합당한 도리라고 생각할 수 있었다.

그는 단신으로 서울 청구동에 위치하고 있는 김종필 총리 집 앞에 거적을 깔고 김종필 총리 면담을 요구하며 농성 투쟁에 들어갔다. 3일 낮 밤을 농성했다. 하루는 비서가 달려와 「당신, 혼이 나야 물러가겠소.」 하고 겁을 주었다. J는 태연히 「나는 죽어도 겁날 것이 없는 사람이오. 우리 식구들 500명이 밥을 먹지 못해 죽어가고 있습니다.」 하고 대답하며 움직이지 아니했다.

5일째 되던 날 비서가 다가와 J에게 따라오라고 하였다.

J는 비서를 따라 김종필 총리 앞으로 인도되었다. 김종필 총리는 「여보, 젊은이 나를 만나겠다고 하는데 나를 만나려는 이유나 들어봅시다.」

J는 안도의 숨을 내쉬면서 대답했다.

「저는 대전에서 올라온 사람인데, 500명의 거지들을 데리고 살고 있습니다. 이들을 데리고 함께 생활한 지가 어언 15년이 흘렀습니다만 더 이상은 이들을 건사할 수가 없을 것 같습니다. 그렇다고 이들을 방치한다는 것은 사람의 도리가 아니고 이들이 살 길을 찾고 희망을 가질 수 있도록 총리님께 마지막 부탁을 드리며 길을 열어주실 것을 간청드리는 바입니다.」

김 총리는 눈을 감은 채 말없이 이야기를 듣고 있었다. 한참 후에

「참으로 가상스런 일을 하고 있군요. 도대체 500여 명을 먹이려면 필요한 식량이 얼마나 들 것이며 그 관리는 어떻게 할지 납득이 되지 않는군…」

J는 금방 대답했다.

「사실 솔직히 말씀드려서 식구들에게 이제까지 더운 밥을 먹여본 적이 없고 저를 포함하여 모든 식구들이 꿀꿀이 죽(여러가지 먹다 남은 음식을 섞어 끓인 죽)으로 연명하고 있습니다.」

김 총리는 사항을 검토한 후 필요한 조치를 취하겠다고 약속했다. 김총리는 J의 말을 확실히 믿을 수 없어 현지사항을 면밀하게 조사토록 하였는 바 J가 말한 사실이 과장된 것이 없고 국가가 해야 할 일을 J가 대신해 주고 있다고 감탄하였다.

그로부터 1개월 후 제무시(GMC, 트럭) 54대에 의복, 식량, 침구 등이 지원되었으며 대전 외곽지역 1개동에 이들 거지들의 주거용으로 공유지 3,000여 평을 헐값에 불하(拂下)하여 이들의 임시 숙소를 마련해 주기로 하였다.

J는 김 총리의 배려로 숨통이 트이자 이들 넝마주이와 구두닦이 깡패들의 교육이 절대 필요하다는 것을 실감하고 본인들이 공부하겠다

는 의욕을 보이는 자들을 선발하여 초등학교도 졸업하지 않은 자는 초등학교에, 초등학교를 졸업한 자는 중학교에 입학시켰다.

목척교를 거쳐 전국에 퍼져있는 넝마주이는 6,000여 명이고, 깡패들은 1,700여 명에 이른다. 이 중 J가 교육시킨 대상자를 살펴보면 초·중·고 졸업자는 362명이며, 4년제 대학 졸업자는 9명이고, 외국 유학생도 2명이나 된다.

한편 J는 넝마주이와 구두닦이 181쌍을 결혼 시킨 후 분가시켰다.

협심원(協心院)의 역할

대전 목척교 밑을 주된 생활 근거지로 하였으나 1971년 김종필 국무총리의 전폭적인 지원으로 식생활도 개선되고 주소지도 대화동 등 몇 군데로 분산 수용된 협심원은 탄력적인 변화를 추구하게 되었다. 물론 넝마주이는 넝마나 헌 종이를 수집하고, 구두닦이들은 구두를 닦아 수입을 올리는 것을 생계수단으로 하는 것은 변함없이 계속되었다. 식생활이 개선되고 잠자리가 편해졌으나 현실에 안주하지 않고 공부를 하고 싶어 하는 식구들에게 J가 직접 돌아다니며 격려해 주었다. 목척교 밑은 천막생활이었지만 대화동 등에는 토담집이나 컨테이너 비슷한 기구들을 쌓아 방을 만들어 놓고 생활하였으므로 생활하기에는 큰 불편이 없었으며 식구들은 활력이 넘쳐났다.

협심원 식구들은 밥벌이를 하면서도 잃어버린 미아찾기와 잃어버린 돈이나 빼앗긴 돈을 찾아주는 역할도 했다. J가 한 번 명령을 내리면 대전과 충남권을 벗어난 지역에서도 2~3일이 지나면 반드시 연락이 왔으며, 잃어버린 미아는 부모에게 인계되었고 잃어버린 돈은 주인에게 돌려준 사례가 1년에 30여 건이 넘을 때도 있었다.

넝마주이는 타지역의 넝마주이와, 구두닦이는 타지역의 구두닦이와 서로 연락하고 정보를 공유하며 의사소통하는 조직체계가 구축되었기 때문에 가능했던 것이다.

J의 일생일대의 위기

J가 협심원 생활을 시작한 지도 20여 년이 지났다. 이제까지 협심원을 거쳐나간 식구들이 수천 명(8,000여 명)에 이르고 모두 다 헐벗고 굶주림에 지쳐 있었지만 그래도 김종필 총리의 배려로 의식주는 전에 비해 좋아진 것은 확실하다. J의 생활도 협심원과 그의 주거지를 왔다 갔다 할 수 있는 마음의 여유가 생겼다.

1975년 가을 자정이 임박한 늦은 밤이었다. J는 갑자기 걸려온 낯설은 전화를 받았다.

「형님, 저는 서울에서 내려 온 사람인데 급히 만나 뵐 일이 있으니 죄송하지만 형님 대문 앞에서 기다리겠습니다.」

이렇게 말하고 괴전화는 끊어졌다. J는 이상한 직감이 들어 가슴에 얇은 철판을 두르고 대문 앞으로 걸어나갔다.

「야, 멸치야 나온다. 준비해라.」 라는 소리가 들렸다. 그 순간 「이얏!」 하는 기합소리와 함께 J의 심장으로 칼이 파고 들었다. J는 「으악!」 하고 넘어져 쓰러졌다. 그때 뒤에서 두목인 듯한 놈이 「야, 성공이다. 멸치야 확인사살을 부탁한다. 모두 토껴라.」 라는 말을 남기고 사라졌다.

J는 멸치라는 자가 사시미 칼로 목을 찌르려는 순간 팔을 비틀어 제압하고 주먹으로 가슴을 내질렀다.

「우지직…」하면서 갈비뼈 부러지는 소리가 들렸다. 멸치는 「나 이제 죽었다.」하는 소리를 내면서 나뒹굴어 쓰러졌다.

J는 곧바로 깡패들 7~8명이 도망간 쪽으로 쏜살같이 뛰어갔다. 그러나 지나가는 행인 한 명 없고 높은 밤 하늘에 별들만 총총히 빛나고 있었다. 깡패들은 분명 차를 대기시켜 놓았다가 차를 타고 도망간 것으로 생각할 수밖에 없었다. 10여 분을 헤매다 집에 돌아와보니 대문 앞에 쓰러져 있던 '멸치'라는 놈도 보이지 않았다. J는 혼자 중얼거렸다.

「이상하다. 갈비가 다 으스러져 멀리 못갔을텐데…」

J는 그날 이후 자신의 인생과 생활에 대해 많은 생각을 하게 된다.

「내가 평생 오갈 데 없는 넝마주이와 구두닦이를 돌보고 이렇게 위험을 감수하며 살아왔는데, 지금까지 살아온 인생이 너무 허무하고 서글프다.」는 감상에 잠겨 몸을 뒤척이며 뜬 눈으로 밤을 새웠다.

세월은 번개처럼 흘렀다. 1979년 10.26 사태 이후 전두환 정권이 들어서고 식구들도 대거 이동하거나 분가하여 식구는 100여 명도 되지 않았다. 1980년도 이후부터는 전두환 정권이 깡패소탕 정책으로 깡패들을 발견하는대로 삼청교육대에 입대시켰으므로 구두닦이 깡패들은 자동 해체되고, 넝마주이들도 서서히 축소되었다.

정치에 입문하다

J가 30여 년 가까운 세월동안 넝마주이와 구두닦이 8,000여 명을 먹이고 잠재우며 교육을 시켜 건전한 사회 일원으로 새출발하게 만들었다는 것은 비록 그 생활이 밑바닥이었다고는 하나 사람들로부터 존경을 받을만 하였다. J도 이제는 식구들이 모두 떠나가게 된 마당이므로 새로운 인생을 설계하지 않을 수 없었다.

J는 그 동안의 인연으로 김종필 총리와 자연스럽게 접촉할 수 있었다. J는 그동안 8,000여 명의 조직체를 경영해 보았던 경험을 바탕으로 마지막 여생을 지역주민을 위해 봉사하겠다는 일념하에 국회의원 출마를 결심하게 된다.

김종필 총리는 초대 중앙정보부장을 지낸 사람으로 J가 무술의 달인이며 조직경영의 명수라는 정보를 모를 리 없다.

김종필 총리는 1987년 10월 30일 신민주공화당을 창당하면서 J를 그의 출신 지역구에 제13대 신민주공화당 국회의원 입후보자로 공천한다. J가 당선될 가능성이 크다고 생각하고 있었지만 만일 낙선해도 그를 자신의 '보디가드'로 채용할 계산을 한 것 같다.

그러나 선거결과는 항상 예상과는 빗나가는 경우가 많다. J는 그가 길러냈던 자식같은 식구들이 열렬히 몸바쳐 뛰었고, 선거자금도 많이 쏟아부었지만 1988년 4월 26일 실시된 제13대 국회의원 선거에서 낙선하고 만다. 그의 지역 유권자들은 J가 30억을 선거비용으로 썼다느니, 40억을 썼다느니 하는 소문이 파다했다.

그렇게 많은 돈을 뿌렸다는 근거는 통·반장이나 J의 지인들이 쌀

푸대 자루로 돈을 받았다고 직접 진술하였다는 데 있었다.

국회의원 선거에 낙선한 J의 낙담은 이루 말할 수 없었고 시름은 깊어만 갔다. 그는 절치부심하며 재기의 기회를 노리다가 1992년 1월 창당된 정주영의 국민당에 입당한 후 1992년 3월 24일 실시된 제14대 국회의원 선거에 출마하여 당선된다.

국회의원에 당선된 J는 1992년 4월 초순 경 지역구의 군청과 경찰서 등 관공서에 인사차 내방하였다. 나는 평소부터 알고 지내던 정보과장실에서 J와 인사하게 되었다. 정보과장은 「이 분은 이번에 저의 지역구에서 당선되신 J 국회의원이십니다.」 라고 나에게 소개하고 나를 J에게 소개했다.

「이 분은 안기부에서 나오신 조정관입니다.」

나는 J에게 「J의원님, 앞으로 많은 가르침을 주십시오.」 라고 인사하자 J는 「별 말씀을 하십니다. 말씀은 많이 들었습니다. 자주 만납시다.」 라고 답례했다.

J와 최형우 의원

나는 J와는 이런 저런 인연으로 2~3개월에 한 번 정도 직접 만나기도 하고 관계되는 사람들과 함께 만나기도 하였다.

나는 J와 가깝게 지내던 대전 친구들과 함께 J를 만나 최근 그의 정치동향을 파악하고 중요한 사실을 알게 되었다. 그는 국민당 소속 국회의원으로 국회에 입성하였으나 신한국당 최형우 의원과도 접촉하고 있었다.

최형우 의원이 J를 탐내고 있는데는 이유가 있었다. 김영삼 이후 신한국당의 유력한 대권주자로 부상하고 있는 최형우로서는 계파관리를 위해서 타당 의원이라 할 지라도 한 사람이라도 더 영입하는 것이 가장 시급한 문제이었는데 J는 해체될 정당 소속 의원으로 영입이 용이하였을 뿐만 아니라 그의 무술솜씨를 높이 사고 있었기 때문이었다.

그 당시 최형우 의원은 경상도에서는 자기 계보를 확실히 구축하였으나 경기도와 충청도 지역에 계보가 빈약하다고 판단, '중부권 국회의원 그룹'의 세력확장에 혼신의 힘을 기울이고 있었다.

나는 J와 접촉하는횟수가 늘어남에 따라 그와 접촉하는 나의 친구들과의 관계 및 크게 차이나는 나이 등을 고려, 형님과 동생으로 호칭하기로 했다.

그는 최형우 의원의 끊임없는 신한국당 입당권유를 받았지만 실행에 옮기지 못했다. 일각에서는 13대 국회의원 입후보 당시 엄청난 선거비용을 쏟아 부었기 때문에 돈많은 국민당에서 소비한 선거비용의 절반이라도 회수하기 위해 신한국당 행을 주저하고 있다는 소문까지 나돌았으나 그것은 근거없는 소문일 뿐이었다. 정주영 대표가 1992년 12월 18일 제14대 대통령 선거에 출마하여 패배한 후 정주영은 김영삼 대통령의 압력으로 1993년 초에 국민당 대표위원직을 사임하였고 1993년 2월에는 국회의원직도 사직, 탈당하였으며 국민당은 1994년 7월 해체되었기 때문이다.

J가 신민주공화당 소속으로 제13대 국회의원으로 입후보할 당시 선거자금을 많이 쓴 것은 사실이나 정통한 소식통에 의하면 선거비용은

총 9억여 원인 것으로 확인되었다.

J가 94년 국민당이 해체 된 뒤에는 여당의 대권주자였던 최형우 의원과 가깝게 지냈음에도 신한국당 입당권유를 왜 뿌리쳤는지 확실하게 이해할 수는 없으나 무술인의 변치않는 의리가 아니었는가 싶다.

J는 14대 국회의원 임기를 마치고 원외의원으로 지내던 1996년 10월 경 나와 단 둘이 만난 자리에서 「동상, 1994년 경 최형우 의원이 나를 영입하기 위해 이적료 10억까지 제시하며 나에게 공을 들였는데 지나고 보니 후회막급이네. 물론 돈은 중요한 것은 아니지만 정치는 생물이라는데, 내가 변화무쌍한 정치동향에 기민하게 대처하는 능력이 없었던 것을 후회할 뿐이네.」 라고 한탄하였다. 다만 최의원의 10억 제시, 영입설은 확인된 바 없으나 J의 성격을 감안할 때 신빙성이 있다고 보여진다.

나는 2010년 가을에 대전 시내 변두리 다방에서 J와 점심식사하기로 약속하고 만났다. J는 무술인으로서 키는 큰 편은 아니었지만 허벅지는 보통 사람의 2배는 되었다.

그러나 J는 옛날의 그가 아니었다. 첫눈에 보아도 병색이 완연했다. 음식도 집에서 꼭 챙겨 먹어야 하는 신세가 되었다. J는 큰 재력가는 아니었지만 정치하는데 부족함이 없을 정도의 수십억 재산도 가지고 있었다. 지금은 재산도 모두 탕진하였다고 한다. 주거지도 전에 살던 이층집에서 이곳으로 이사했다고 한다. 나는 J에게 「형님, 이사한 집도 구경할 겸 형님 댁을 한번 들려야지요.」 라고 말하자 J는 「동상, 나 단칸방 전세 살고 있어. 나의 마지막 한 조각 자존심을 살려주었으면 좋겠네.」

나는 정치무상, 인생무상을 실감하며 쓸쓸한 작별을 고할 수밖에 없었다.

최형우 의원과의 접촉경위

최형우 의원은 자신과 뜻을 같이하는 민자당 내 국회의원과 그들이 추천하는 유능한 인물을 물색하는데 부심(腐心)하고 있었고, 나는 내 남은 여생을 세속적인 욕심과 욕망의 최고가치를 실현하기 위한 대통령을 만드는 작업에 열중하며 대통령 후보를 찾고 있었기 때문에 자연스럽게 이해관계가 일치하였다.

나는 만 11년 동안의 대전지부 생활을 청산한 후 1992년 늦가을 내가 정성을 쏟아 수집한 '대통령 선거 득표 전략방안'이라는 초안 자료를 간직한 채 차기 훌륭한 대통령 후보에게 '킹 메이커'의 전략안을 제시함으로써 내 손으로 대통령을 만들어 보겠다는 꿈을 가지고 상경하였다. 상경 후 일년을 훌쩍 넘기고 있었다.

전술한 KBS 해직기자 출신으로서 종합대학병원 업무이사인 고향 선배 K는 최의원과 친숙한 그의 친구인 국회의원을 나에게 소개함으로써 나는 최의원이 내무장관 재직시인 1994년 5월 처음 접촉하게 되었다. 사실 나는 최의원을 여당의 유일한 대통령 후보자로 확신하고 만난 것은 아니었으며 대통령 후보사 군(群)으로만 생각했을 뿐이었다. 또한 나는 최의원에 대한 나의 역할이 연설가나 웅변가로서 그에게 봉사하는 자격으로 소개되기만을 원했으며 안기부를 떠나고자 생각지는 아니하였다. 그러나 접촉하는 횟수가 잦아지다 보니 내무부로 할애요청을 해야겠다는 방향까지 논의되었다. 당시 나는 최의원이 차기 대권주자로 당 내 공천을 받을 것인지 여부에 관하여 확신할 수 없는 상태였으므로 내가 안기부를 떠날 수 있는 상황의 발생에 관하여 무척 당황하고 결정을 망설였던 것은 사실이다. 그러나 최의원은 내 의사와는 관계없이 일방적으로 벌써 내 문제에 관하여 안기부장 김덕과 할애요청 협의를 마친 후였다. 김덕은 여론조사기관인 민주사회연구소 소장으로 재직하던 교수 출신의 학자였다.

그런데 당시 안기부의 권력구도는 김기섭 차장이 대통령의 아들을 등에 업고 실권을 장악하고 있었기 때문에 김 차장과 다시 협의를 해야 할 형편이었다. 여기서 최의원은 나를 위해 김 차장과도 두 번이나 만나 협의를 하였다. 나는 최의원의 나에 대한 적극적인 행동에 발을 뺄 수 없게 되었고 사태 추이를 관망할 수밖게 없었다.

공무원 사회나 일반 기업체에서 직장을 옮기는 일은 우리 주변에서 흔이 있는 자연스럽고 일반적인 사회현상으로 치부되는 것이 일반적 시각이라고 보아야 할 것이다. 인간은 사회적 동물로 합리성이나 취미에 따라 직장의 선택이 개방되어 있다고 판단할 수 있기 때문이다.

그럼에도 불구하고 김 차장은 전 부서에 의도적으로 모 직원이 정치인과 접촉하며 정치를 하고 있다고 소문을 유포해 버렸다.

정치는 정무직 공무원이 하면서 사무관이나 서기관 이상의 중견 간부 공무원들이 좋아하는 사람을 만나는 것 자체를 모두 정치로 매도한다면 인간이 사회적 동물이라는 인간의 특성 자체를 부인하는 결과가 될 것이다.

나는 할애요청 사건에 대한 김 차장의 모함으로 이문동 청사에서는 상당히 유명인사가 되어 있었다. 최형우 의원의 똘마니로 직원들에 회자되었다. 그러나 내가 최의원의 정치적인 보좌역할이나 유기적인 관계는 형성되지 않은 상태였다. 따라서 최의원과 김 차장 두 사람만의 정치적인 협상에서 내가 할애요청 협상의 대상인 것은 분명했지만 협상이 타결되건 부결되건 비난의 주체와 대상은 내가 아니고 최의원과 김 차장 두 사람이었다.

그럼에도 김 차장이 아무런 합리적 이유도 없이 할애요청을 거부한 것은 최의원이 비록 YS정권의 2인자라고는 하더라도 실제 2인자는 YS의 아들이라고 믿고 나름대로 독자세력을 구축하려는 저의라고 분석할 수 있었다.

1994년 가을 나의 할애요청 문제가 거론되고 난 이후 1995년 중반기로 기억된다. 최의원이 내무장관을 그만두고 국회의원으로 대선준비 활동에만 전념하는 때였다. 나는 1995년도에 대전과 충청권 지역 출신의 원회 지구당 위원장들의 연락을 받고 그들과 함께 최의원을 만났다. 그런데 그들이 최의원을 찾아오는 이유는 우선 공기업체 임원 자리라도 할당을 받아야 경제적으로 어려움없이 지역구 활동을 유지할 수 있으므로 자리를 마련해 달라는 것이었다. 그들은 YS정권 초기에는 최의원의 전화 한 번으로 결정되었던 것이 왜 이렇게 두세 번씩 올라오는 불편을 겪는지 모르겠다는 푸념을 하면서 「최의원 끗발이 예전같지 않아.」 라고 고개를 좌우로 흔들었다.

나는 그들이 최의원 방을 먼저 떠난 뒤 늦게까지 남아 있었다. 차기 대권주자라면 안기부 돌아가는 상황은 대충은 알아야 할 것 같았다.

「최의원님, 대통령의 아들과는 각별한 사이시지요?」

「각별한 사이라기 보다는 내가 어려서부터 업어키웠소.」

「그런데, 요즘 안기부에서 이회창 이야기가 자주 나오고, 충남의 이인제 의원이 김현철이와 가깝다는 말들이 나오고… 당내 대권주자로 누가 공천될 지에 대해 말들이 무성합니다. 물론 최의원님께서 당 내 대권주자로 공천되리라고 확신은 합니다만… 대통령의 공천에 관한 확실한 언질(言質)을 받아두어야 할 필요가 있지 않겠습니까?」

「여보… 변동지! 내가 누구요 YS의 최형우요.」

「……」

여보, 변동지라고 부르는 목소리가 너무 크고 흥분되어 있었다.

최의원은 갑자기 얼굴이 붉어지며 무척 불쾌한 모습을 보였다. 이인제 정도와 자신이 비교되는 것이 싫었던 모양이다. 그는 잠시 후 마음의 안정을 찾은 후 내 손을 잡으며 「대통령과 그의 아들은 결코 나를 배신할 수는 없소.」라고 힘주어 자신있게 말했다. 내가 사무실을 나오며 인사하자 그는 나를 불러세웠다.

「… 변동지, 커피값이나 하시오.」하면서 봉투를 손에 건네주었다.

돌아오면서 열어보니 50만원이었다. 부담되는 액수는 아니었으므로 받아도 된다고 생각되었다.

나와 최형우 의원의 관계

나는 40대 중반기를 넘어서 정치에 대하여 새로운 관심을 가졌고 그 관심이라는 것도 국회의원이 되고자 하는 생각은 처음부터 없었다. 정치적 관심이란 지방에서 오랫동안 근무하면서 서울 본부 근무자에 비해 진급도 늦어졌으므로 만일 기회가 주어진다면 대통령을 내 손으로 만들어 안기부 내에서 빠른 승진이나 행정부 요직에 기용될 수 있는 기회를 활용하기 위한 것이었으며 그러한 심리적 동기를 구태여 부정하고 싶지는 않다.

그러나 현직 공무원의 신분으로 공개적인 정치적 발언 표명이나 정치인과의 접촉이 자유스런 입장이 아니었으므로 적극적인 행동은 극히 자제하고 있었다.

한편 최형우 의원과는 학연이나 지연 등의 아무 연고 관계도 없었다. 최의원과 친숙한 KBS 해직기자의 친구인 국회의원을 통하여 소개받고 접촉하였을 뿐이다.

이미 언급한 대로 나는 최의원을 여당의 유일한 대통령 후보자로 확신하고 만난 것은 아니었으며 대통령 후보자의 한 사람으로 생각하였을 뿐이었다.

여당 내에서 최종적인 대통령 후보자로 누가 공천될 것인지가 불투명하였기에 나는 최의원을 소개받고도 적극적인 접촉을 자제하고 있었으나 최의원은 나를 내무부로 할애요청하는 적극적 방향으로 논의를 진행시켰다는 것은 기술한 바와 같다. 그리하여 최의원은 나의 내무부 할애요청을 위해서 당시 안기부장 김덕과 1회, 차장 김기섭과 2회 접촉하였던 것도 사실이다.

일반 행정기관에서 공무원들의 할애요청은 자연스러운 것이며 안기부 내에서도 그러한 사실이 드물기는 하지만 간혹 있어왔고 1978년에는 당시 법원 행정처장이던 서일교(전 총무처장관)의 전화요청 한 번으로 당시 김재규 부장의 동의하에 교육동기생 중 1명이 법원 공무원으로 전보된 사실도 있었다.

따라서 할애요청 자체가 이유없이 거부되어서는 안되겠지만 사정에 따라 거부된다면 거부되는 것으로 끝나면 될 것이지 거기에 무슨 책임이나 문책이 따를 하등의 이유가 있을 수는 없는 것이다. 공무원의 부처간 할애요청은 헌법상 직업 선택의 자유에 속하는 공무원의 정당한 권리행사이기 때문이다.

그럼에도 불구하고 당시 YS정권의 2인자로 알려진 최형우 의원의 할애요청을 거부했다는 것은 안기부 김기섭 차장이 소통령으로 불리던 대통령의 아들 김현철을 등에 업고 최의원과 대립하며 자신의 독자적 정치세력을 구축하려는 저의라고 판단할 수밖게 없었다.

사실 나는 최의원을 소개받고 그와 접촉하면서 인간적인 접촉을 한 것은 사실이며 최의원도 나의 효용성을 타진하였을 뿐이며 이용가치를 활용하지 못했고 나는 안기부를 물러나야 하는 비애와 고통을 당했다. 따지고 본다면 나는 최의원 때문에 피해를 본 피해자일 뿐이다.

내가 최의원과 2년동안 접촉하는 과정에서 그의 자택을 방문한 것을 포함하여 수차례 접촉한 것이 만일 비난의 대상이 된다면 그것은 인간의 사회성을 부정하는 것이라고 밖에는 할 수 없을 것이다.

따라서 안기부 공무원의 신분으로서 인간적인 접촉을 한 사실 이외 그를 보좌하기 위해 정치적 역할을 수행한 사실이 결코 없다는 것을 밝히고자 하는 바이다.

최의원이 나를 내무부로 할애요청한 것은 나의 효용성을 이용하기 위한 정치적인 계산으로 판단할 수 있겠으나, 사람이라면 누구나 인간적인 접촉을 통하여 그 활용도에 따라 친소관계가 다양하게 변화되는 것이 자연스런 세상이치이기 때문일 것이다. 세상의 인간관계가 이러할진데 정치인이라면 자기가 필요로 하는 인물을 물색하기 위해서는 보통 사람보다 더욱 사람의 활용도에 신경을 쓸 것은 분명한 일이라 생각된다.

따라서 나는 그의 저돌적이고도 적극적인 성격을 탓하고는 싶지 않지만 그로 인하여 내가 당한 피해가 너무나 컸다는 결과는 오랫동안 나를 슬프게 했다.

나의 내무부로의 할애요청이 김기섭 차장에 의해서 거부되었다는 사실만으로 나와 최형우 의원과의 관계는 더 이상 진척될 수 없었으며 내가 안기부 공무원 신분을 벗어나 정치에 개입, 정치적 역할을 수행할 수 없었다는 것이 충분히 입증되었다고 할 수 있을 것이다. 다만, 내가 내 손으로 대통령을 만들어 보겠다는 욕망을 가지고 대통령을 만드는 작업에 열중하였던 것은 나의 양심의 자유에 속하는 영역일 뿐이며 정치개입이나 정치적 역할과는 그 성질이 다른 것이다. 세속적인 욕심과 욕망의 최고가치를 실현하기 위하여 대통령 후보자군의 한 사람과 인간적인 접촉을 하였다는 사실 자체만으로 비난을 받고 문책을 받는다는 것은 윤리적으로나 법적으로 용납될 수 없는 일이며 이러한 행위에 대한 비난이 안기부(국정원)에서 다시는 재발되지 않기를 빌어 마지 않을 뿐이다.

안기부(국정원) 범죄는 대부분 정치관련 등의 조작범죄가 주종을 이루고 있으나 원장이나 차장 등이 대오각성하여 이러한 순수한 인간적 또는 정치적 관련 사고작용을 용인하고 직원들을 보호해 주는 것만이 안기부가 살아 남을 수 있는 유일한 길임을 강조하고 싶다.

김 차장의 독자적인 정치세력 구축 근거

김 차장이 김현철을 등에 업고 독자적인 정치세력을 구축하려는 점에 대하여 나름대로 추정되는 근거가 있다.

안기부장이 대통령과 독대하는 것은 일주일에 한번 씩 정해져 있는 것으로 알려져 있다. 그러나 기조실장 겸 차장이 대통령과 직접 만나는 경우는 예산보고시 부장을 건너 떠어 직접 보고하는 경우가 있으며 대통령이 부르지 않는 한 독대는 없는 것으로 알려져 있다. 따라서 김기섭 차장이 007 가방을 들고 외부 출타시에는 대통령에게 보고하기 위한 것이 아니고 공식직함이 없는 민간인인 소통령 김현철에 보고 차 나간다는 소문이 언제부터인가 수사관과 정보관 간부들 사이에서 널리 알려져 있는 공개된 정보다.

1994년 어느 가을날 남산 청사에서 수 차에 걸쳐 김 차장의 외부 출타 장면이 간부 직원들에 목격되었다.

이 날 서울과 지부 간부 직원들이 합동교육과 회의 중 10분의 휴식 시간에 30여명 씩 모여 담배를 태우거나 환담을 나누는 중에 김 차장의 외부 출타 장면을 목격하면서 여기저기서 추측성 발언이 난무하였는 바「김 차장이 현철에게 업무보고 하러 가네.」라는 소리가 들리는가 하면 저쪽에서는「아니야. 현철이 돈 떨어져서 007 가방에 돈뭉치를 가지고 용돈 전달하러 가는 길이야.」하는 소리가 들렸다.

김 차장이 김현철에게 업무보고를 하건 돈뭉치를 전달하건 그것은 김 차장의 가슴 속 깊은 곳의 양심만이 알 수 있는 사실이지만 안기부 수뇌급 인사가 왜 민간인에게 업무보고를 해야 하느냐 하는 문제는 한국 지성인의 서글프고 남부끄러운 모습이 아닐 수 없는 일이다.

그러나 김 차장은 소통령 김현철의 끈을 붙들고 있기만 하면 김현철을 통하여 대통령을 움직일 수 있다는 계산 하에 안기부장과는 그저 업무상의 단순 접촉 이외에는 하등 특이한 관계는 없었으며 오직 김현철에게만 모든 신경을 집중하고 있었다.

그런데 김현철의 휘하에는 김 차장과 김덕 부장만이 있었던 것이 아니었다. 합동 교육 중 간부들이 모인 공개석상에서 김 차장과 또다른 차장이 한바탕 업무분담 건으로 설전을 벌였는데 이번 국내 차장으로 영입된 자는 지방에서 지부장을 하다가 발탁된 김현철 소통령의 고등학교 선배였다.

비록 김 차장이 안기부에서 막강한 권한을 행사하고 있었으나 미림 팀을 동원하여 도청된 국내 정보수집 보고는 국내 차장의 고유권한인 것 같았다. 김 차장과 신임 국내 차장과의 형식적인 언쟁 명분은 업무상 분담에 대한 충돌이었으나 실제상으로는 김현철의 후광으로 국내 차장으로 발탁된 자신의 위치를 과시하기 위한 돌출된 행동으로 보였다.

김영삼 정권 시절 국가 최고의 정보기관이라는 안기부의 위상과 실태가 이와같이 아무런 공식 직함도 없는 민간인인 대통령의 아들에 의해 좌우되었다는 것은 국가기강이 뿌리채 흔들리는 신호였다.

한보철강으로부터 2,000억원 수수나 YTN 사장을 전 내무장관 김우석으로 교체하기로 하는 인사개입설 등의 엄청난 비리는 이미 김현철에 의하여 차분히 진행되어 왔으며 이러한 국내 정보 장악에 따른 김현철의 인사개입의 난맥상은 김현철을 등에 업고 김기섭과 청와대 일부 세력이 편승하여 독자적인 정치세력을 구축하려는 근거라고 생각할 수 있을 것이다.

안기부 김 차장의 돌출행동

김 차장은 1995년 봄 안기부 이문동 청사 대강당에서 남산 및 이문동 일부 직원 2,000여 명을 대상으로 직무교육 중 최근 국무총리나 장관을 통하여 진급이나 보직청탁을 한 직원이 몇 명 있다고 전제한 뒤 자신에게 청탁한 장관의 실명까지 공개하며 청탁을 한 직원에 대하여는 징계 등 분명한 불이익을 주겠다고 공표하였다.

국무총리나 장관들이 진급이나 보직청탁을 자신에게 했다면 인간적인 관계가 있기 때문에 부탁했을 것임에도 불구하고 김 차장이 총리나 장관들을 청탁 직원들과 싸잡아 비난하는 저의가 어디 있는지 정말로 한심스럽고 오만한 비인간적인 심성을 여실히 드러내 보인다고 생각되었다.

김 차장이 대통령의 아들을 등에 업고 자신의 현위치를 과신한 나머지 저렇게 과대망상증 환자처럼 날뛰고 있으니 크게 잘못이 없는 직원들이 많이 다치겠다는 생각이 들었다. 인간적인 신뢰관계에서 주고받는 부탁을 모두 비리와 범죄로 취급하는 김 차장의 정신구조나 사고방식이 안기부 조직체계를 크게 경직시키거나 대외관계를 소원하게 만들 것이라 생각되었다. 김 차장은 인간적인 부탁이 조건에 맞지 않으면 당연히 거절해야 할 것이나 합리적이고 적절하다면 수용하는 것이 안기부 조직운용에도 도움이 될 것이고 대인관계에서도 원만한 인간관계를 형성할 수 있다는 인간의 기본원리를 모르고 있었다. 자신이 대통령의 아들의 대리인이며 마치 정부의 3인자처럼 행세하면서 자신의 명성과 배경을 거양하는데만 혈안이 되어 있었다.

나는 1994년 경 가을 최의원의 할애요청 협상의 진척이 없자 최의원이 이미 집권당인 신한국당의 대선 후보자로 공천될 가능성이 멀어지고 있다는 느낌을 받았다. 당시 대통령이 대선 후보자로 누구를 지명하느냐에 따라 신한국당 대선후보자의 결정이 판가름나리만큼 대통령의 지명은 거의 절대적이었다. 최형우 의원이 경기와 충청권 의원들을 중심으로 중부권 국회의원 그룹의 세력결집에 몰입하고 있었던 것도 김영삼이 신한국당 대통령 후보자로 자기를 공천해 주리라는 확신을 가지고 있었기 때문이었다.

나의 내무부로의 할애요청 협상은 최의원이 이미 내무부장관을 그만두었기 때문에 의미가 없어졌으며 또한 현직 안기부 직원 신분으로 최의원 사무실에 출근할 입장도 아니었다. 따라서 서울에서 계속 남아있어야 할 필요성이 절박한 상태가 아니었으므로 나는 5,000만 국민의 행복을 위하여 대통령을 만들어 보겠다는 꿈을 보류한 채 불치병으로 신음하고 있는 아내가 있는 대전으로 1995년 전출신청을 하였고 1995년 11월 전출되었다.

지방에서 당분간 대선공천 추이를 관망할 수밖에 없었다. 할애요청 협상이 보류되는 동안 내내 나의 역할이 그에게 제공된 바는 없었다. 연설가로서 쓰임새도 평가받지 못했고 수년간의 각고 끝에 완성한 '대통령 선거 득표 전략 방안'은 대통령 후보 공천을 받은 후에만 제시하기로 작정하였기 때문에 최의원에게 내보일 이유가 전혀 없었다.

그런데 내가 대전으로 전입한 곳은 수사업무를 담당하는 수사관의 신분이 아니었고 연구소의 연구관 신분이었다. 그것을 알고 전출을 요청하였고 이미 인간적인 관계를 맺은 최형우 의원이 대선 후보자로 공천될지 여부에 대한 최종적인 결정까지는 지켜보아야 할 의무가 있었다.

내가 최의원과 인간적인 관계를 맺었다는 것은 나를 끌어가기 위해 안기부장과 1회, 안기부 실권자인 김 차장과 2회나 접촉했다는 것이며 이러한 사실은 일의 성패를 떠나서 무시할 수 없는 인간적인 관계임에 틀림없다고 생각하였다.

그런데 김 차장은 최의원과의 할애요청 협상을 거부한 것에 그치지 않고 나를 제거할 명분을 찾고 있었다.

먼저 사무실에서는 첩자(諜者)를 부식하여 나의 일거수 일투족의 동향을 감시하였다. 나는 수사관의 직감(直感)으로 사태를 간파하고 있었다.

또한 대전과 충남지역에 수사관들을 파견하여 몇 개월 간 나의 독직사건 등 비행을 조사하였다. 나의 후배 수사관인 한 사람은 보다못해 김 차장의 비정한 행태를 나에게 알려주었다.

내 인생을 돌아보다

사실 따지고 보면 안기부 김 차장과 나는 특별한 이해관계도 없고 그가 나를 해코지할 만한 뚜렷한 이유도 없었다. 최의원이 나를 내무부로 할애요청을 했다는 이유 하나 때문에 나의 비리를 적발하고 처단하는 것만이 최의원의 체면을 깎고 대한민국 정부의 실질적 2인자인 소통령 김현철의 대리인이라는 명성을 거양하고 위치를 확고히 정립하려는 포석으로 해석할 수밖에 달리 설명할 길이 없다. 그러나 부처 간에 할애요청은 자연스럽게 이루어지는 일이며 설령 성사가 되지 않으면 그 자체로 끝나는 일이지 무슨 처벌할 문제가 아니다. 문제가 된다면 할애요청을 한 주체와 객체간의 신뢰의 문제일 뿐이지 그 대상자야 문제될 여지는 전혀 없는 것이다. 따라서 나를 처벌할 명분을 찾기 위하여 김 차장은 나의 비리를 캐보았지만 뾰족한 혐의점을 발견하지 못하게 되자 한 편의 시나리오를 구상하던 중 충청도 한 지역에서 식당을 운영하던 나의 처남에게 접근하였다.

　나의 처남은 식당을 운영하면서 관청의 관유지를 1년씩 계약으로 수년 동안 임차하였으나 인근 주변의 동네 주민이 불법으로 사용하였다. 몇 번 사용중지를 통보했으나 듣지 않자 안기부직원인 나에게 해결방법을 묻기에 경찰에 찾아가 법적으로 대처해 보라고 조언했다. 그런데 임차지 불법 사용자인 인근 주민이 내가 안기부 직원이라는 것을 알고 자신의 학교 동창도 서울 안기부에서 고위직으로 근무하므로 그 직원을 통하여 나에게 압력을 가하고 계속 사용하고자 하는 생각을 가지고 나와 나의 처남에 접근하였으나 나는 만나지 않았다.

　그 후 임차지 불법 사용자인 인근 주민이 서울 근무자인 안기부 직원과 모의한 후 진정서를 작성하고 안기부 감찰실에 제출하였는 바 그 내용 요지는 아래와 같다.

　인근 주민인 불법 사용자는 자신이 관유지 임차인은 아니지만 임차지를 좀 사용했다고 관유지를 임차한 임차인의 매형이라는 안기부 직원이 경찰에 압력을 행사하고 경찰이 나에게 사용하지 말라고 하니 이러한 안기부 직원을 처벌해 달라는 내용이었다. 한 마디로 내용은 도둑이 남의 물건을 훔쳤기로 물건을 잃어버린 당사자 뿐만 아니라 가족·친척까지 나서서 그 도둑을 비난하는 것은 너무나도 지나치다는 것과 같은 이치다. 임차지 불법 사용자인 인근 주민의 안기부 동창은 2급(이사관)으로 재직중인 자였다. 그 동창생이라는 직원은 자기 친구가 남의 땅을 계속 사용하도록 하려면 임차권자의 매형인 내가 경찰에 가서 법적 조치를 취하라고 말한 것을 경찰에 압력을 행사하였다고 말하여야 안기부 직원의 비리가 조성되므로 내가 경찰에 압력을 가했다고 사주하여 진정서를 안기부 감찰실에 제출토록 하였다. 마침 김 차장의 지시를 받고 나와 관련된 사건포착에 부심하고 있던 안기부 감찰실은 어렵지 않게 나의 관련 사건을 찾아낸 것이었다.

남의 임차지 땅을 불법으로 사용하는 자에게 임차권자인 사용자 측에서 사용하지 말라고 요구하면 사용 중지 요구 자체로 옳고 그른 시비는 끝나버리는 일이다. 따라서 임차지 불법 사용자로부터 진정서를 받은 안기부는 더 이상 진정사항을 문제삼아서는 안되므로 불순 시나리오를 임차권자 측에 맞추어 전개하는 것은 잘못이며 임차권자의 친척으로 안기부 직원인 나는 옳고 그른 시비의 대상이 될 수 없고, 되어서도 아니되는 사항이다.

진정서 사건이 이처럼 원본을 각색하기에는 적절치 않았음에도 안기부 감찰실은 김 차장의 명령을 이행하기 위하여 사건의 원본을 각색할 수밖에 없었다.

안기부 김 차장의 시나리오 연출

진정서 사건에서 출발한 시나리오는 3가지 내용으로 되어 있는데 부동산 투기, 이권개입 및 월권행위, 직무태만이다.

그러나 나는 세 가지 징계사유 중 어느 것도 내가 수긍할 수 있는 사유는 없으며 김 차장이 안기부 감찰실을 이용하여 근거없는 징계사유를 조작한 것임을 분명히 밝혀두는 바이다.

김 차장이 나를 징계하려는 진짜 이유는 최형우 의원의 나에 대한 내무부로의 할애요청 때문이나 이것은 징계사유가 될 수 없기 때문에 나를 징계하기 위한 수단으로 거짓된 징계사유를 상기 세 가지 등으로 도출해 낸 것이다. 김 차장의 지시를 받은 감찰실장 등이 나의 징계의결을 충족시키기 위해 내가 알 수도 없는 내용이나 알고 있다해도 근거없는 사실들을 과장하여 징계의결서를 작성하였고 징계의결서를 근거로 고등징계위원회에서 징계를 결정했다. 고등징계위원장은 김 차장이었고 징계위원회 위원은 차관보(1급) 10여명으로 구성되어 있었다.

고등징계위원회는 2회에 걸쳐 개최되었는데 1차 징계위원회에서는 김 차장이 간단히 '징계위원회를 개최하겠습니다'라는 한 마디 말을 했을 뿐이므로 각 위원들이 징계위원장 의도를 충분히 간파하지 못하고 있었던 것 같았다. 각 위원들은 김 차장이 나를 징계위에 회부한 것이 임차지 불법사용자인 인근 주민의 진정사건 때문으로만 생각하고 정치적 배경에 대하여는 전혀 감지하지 못한 것 같았다.

1차 징계위원회에서는 징계 수위를 정직 1월에서 3월까지로 협의하는 것 같았다. 그로부터 한달 후인 1996년 8월 26일 김 차장 실에서 다시 2차 고등징계위원회가 개최되었다. 고등징계위원장인 김 차장은 2차 징계심의절차에 들어가기 전에 징계위원들에게 강력한 메시지를 전달하며 쐐기를 박았다.

위원장으로서 한 말씀 드리면 죄를 범하고도 개전의 정이 없는 자에 대해서는 조직 보호 차원에서 가장 엄중하게 다루어 부의 기강을 바로 잡고자 합니다. 아무쪼록 신상필벌 체제가 확립되도록 엄격히 심사해 주실 것을 부탁드립니다. 이때 김 차장에게 한 통의 전화가 걸려왔다.

「강삼재 의원 전화입니다.」

「네, 접니다. 총선자금 준비하고 있습니다.」

통화내용으로 보아 1996년 총선자금을 안기부에서 여당인 신한국당에 1,197억원 지원해 주기로 하였는데 그 금액을 독촉하는 것 같았다.

김 차장은 전화를 끊고 말을 계속했다. … 죄를 범하고도 개전의 정이 없는 자에 대하여는 이라고 말하면서 나와 징계위원들을 번갈아 쳐다보았다. 도대체 누가 죄를 범했다는 것인지, 김 차장은 일말의 인간적인 양심도 없는 사람이라는 생각까지 들었다.

아무리 공무원 생활을 하지 않고 신라호텔 등 회사생활만 하다 안기부차장 자리에 보임되었다 해도 옳고 그른 행위의 시비는 가릴 줄 알아야 할 것이고 시비를 가릴만한 논리적 판단능력이 없다 하더라도 정치적 배경을 둘러싸고 김현철의 외줄만을 잡고 최형우 의원과 파워게임을 벌이고 있는 자신의 행태가 얼마나 한심하다는 것은 알아야 할 것이다.

2차 징계위원회에서는 김 차장의 강력한 메시지 전달로 위원장의 징계수위가 무엇인지 모두 이해하였고 위원장이 직접 사회를 보면서 위원들의 발언을 유도하였다. 한마디로 북한의 인민재판과 같이 안기부 김 차장이 작성한 시나리오를 위원들에게 물으면 위원들이 '그렇습니다' 또는 '지당합니다'하고 대답하는 식이었다. 2차 징계위원회에서는 위원장의 해임처분 요구에 모두 동의한다고 구색(具色)을 갖추어 힘차게 대답하였으며 징계는 만장일치로 해임으로 의결해 버렸다.

여기 한 가지 설명해 둘 것은 안기부 국장이나 지부장들은 검찰의 국장이나 검사장과 대등한 지위로 인정받아온 것은 사실이나 이들의 신분보장 여부와 인사권은 안기부장이나 차장이 실제적으로 행사하였기 때문에 신분이 보장되는 검사장과는 달리 독자적인 의견개진은 사실상 어렵다고 보여진다.

안기부를 떠나다

나는 이와같이 북한의 인민재판과 같은 징계조치로 1996년 8월 29일자로 해임되었다. 나는 김영삼 정권의 실권자인 최형우 의원이 내무부장관(1993. 12~1994. 12)이던 1994년 경 내무부로 할애요청했다는 이유만으로 해임되었다. 물론 납득할 수 없다고 생각하는 독자들도 있겠지만 권력의 속성이란 논리적 판단으로 재단할 수 없는 안흑간은 존재이다. 최형우 의원이 YS정권 초창기에는 상도동 가신그룹의 첫번째 실권자임은 널리 알려진 사실이나 중반기 이후에는 YS정권의 실질적 2인자는 김영삼 대통령의 아들 김현철이었으며 안기부 기조실장 겸 차장이던 김기섭(1939년 생)은 아들같은 김현철(1959년 생)의 외줄을 잡고 그의 대리인으로 부각되었고 국회와 정부의 주요 인사들과 접촉하며 김현철의 밀명을 전하고 각종 정보를 보고하는 역할을 수행했던 것이다. 물론 김기섭은 1992년 김영삼 선거캠프에서 의전, 홍보를 담당했으므로 최의원의 역할이나 위치를 알고 상호 유기적인 접촉을 하였던 것은 사실이나 실질적 정부 2인자로서 소통령으로 불리고 있던 김현철의 외줄만을 잡으면 모든 것이 해결된다고 생각했던 것 같으며 새로운 권력구도를 형성하고 있었다.

세상을 살다보면 좋은 사람도 만나고 나쁜 사람도 만나게 된다. 김영삼 정권에서 그래도 실권자로 건재하고 자신보다는 높은 위치에 있었던 사람을 두 번이나 만나고도 할애요청을 거부함은 별론으로 하더라도 할애요청 대상자에게 아무런 법적 근거도 없이 철퇴를 내려친다는 비정하고 패륜적인 그의 인간성은 법적으로나 윤리적인 보통의 상식으로는 판단하기가 어려웠다.

나는 그가 안기부 예산 유용혐의로 면직된 후 서울구치소에 수감되어 있을 때 그를 면회간 적이 있다. 물론 나는 그가 「죽을 죄를 지었습니다.」 또는 「앞으로는 남을 모함하지 않고 남은 여생을 양심껏 살겠습니다.」는 등의 사과는 기대하지 않았지만 「미안합니다. 얼굴을 대할 면목이 없습니다.」는 말은 하리라고 생각했다. 그러나 김 차장은 나에게 「내가 데리고 있던 보좌관을 만나보시오.」라고 말했다.

「……」

아직도 자신을 안기부 차장으로 착각하고 있는 것 같았다. 정말로 어이가 없고 대책없는 인간이구나 하는 것을 느끼며 쓸쓸히 돌아섰다.

안기부에서 감찰실장(심춘보) 명의로 나에게 보낸 징계의결요구서를 여기에 그대로 게재한다. 대한민국 어느기관에서도 이러한 징계사유로, 징계사유가 조작된 것이 아니라 사실이라 하더라도 징계의결하는 기관이 이제까지 없었고 앞으로도 없어야 할 것이라는 것을 주지시키기 위한 취지이다. 정부의 부정부패 척결의 계기가 되었으면 한다. 대한민국 최고의 정보·수사기관인 국가안전기획부에서 이런 일도 있을 수 있다는 것을 독자들도 알아야 할 것이다. 특히 웃기는 일은 … 징계사유 등을 부외에 누설치 못하므로… 라는 협박성 문구이다.

징계의결 요구서

인적사항
성명
직급
생년월일
본적
현주소
징계사유

귀관은 평소 부회보나 직무 · 정신교육, 각종 지시사항 등을 통해 당부 직원은 공직자로서 품위를 유지하고, 각종 법규나 직무상의 명령을 준수하여 근무기강을 철저히 확립하여야 한다는 사실을 잘 알고 있음에도 불구, 이를 위반

96. 7. 26 감찰관 조사 당시 진술한 부동산 투기 · 직무태만 · 월권행위 등 부 직원법 제24조 1, 2, 3호(명령위반 · 직무태만 · 품위손상)에 대한 사안임.

※ 부 보안업무 관리규정 제42조에 의거, 징계사유 등을 부외에 누설치 못하므로 구체적인 징계사유 확인 필요시 감찰실에 직접 문의 바람.

징계의결 요구자(감찰실장)의 의견
변지섭 직원의 행위는 국가안전기획부 직원법 제24조 1, 2, 3호

(명령위반·직무태만·품위손상)에 해당되므로 중징계 처리함이
타당하다고 사료됨.

위와 같이 징계의결을 요구함.
1996년 8월

국가안전기획부장 권영해
고등징계위원회 위원장 귀하

    안기부는 징계의결 요구서에서 부 보안업무관리규정 제42조에 의
거, 징계사유 등을 부외에 누설치 못하므로… 라고 언급하고 있다. 부
보안업무관리규정 제42조나 그 비슷한 조항이 지금도 있는지는 모르
겠으나 있다고 하더라도 조작된 징계사유를 누설치 못할 이유가 없는
것이다. 조작된 징계사유라면 그 자체가 범죄행위이거늘 어찌 범죄행
위를 은폐하라고 하위법규인 보안업무 관리규정이라는 명령 따위가
징계사유를 부외에 누설치 못한다는 근거규정이 된단 말인가!
    백 보를 양보해서 징계사유 등을 부외에 누설치 못한다는 규정이 법
률에 그 내용이 새롭게 규정되어 있다 할지라도 조작된 징계사유를 국
가안전기획부 외(外)에 누설치 못한다는 규정은 그 존재의미를 상실
할 수밖에 없다. 우리 헌법은 제10조에 「모든 국민은 인간으로서의 존
엄과 가치를 가지며 행복을 추구할 권리를 가진다. 국가는 … 이를 보
장할 의무를 진다.」고 규정하고 있기 때문이다. 조작된 징계사유로 인
간의 존엄과 가치를 짓밟고 행복을 추구할 권리를 말살한다면 그러한

법률은 헌법 제10조에 의해 효력을 상실하게 될 것이다.

여기서 징계 사유 중 명령위반·직무태만·품위손상은 모두 조작된 것이므로 구체적인 설명이 필요없지만 조작된 사례를 예시하면 이러하다.

명령위반은 정부가 정책적으로 부동산 투기근절을 강조하였음에도 부동산 투기에 몰두했다는 주장이다. 투기도 돈이 있어야 하는 것이지 돈이 없는 자가 어떻게 투기를 할 수 있다는 말인가.

고위공무원(4급 이상) 재산 등록시에 토지와 임야를 많이 등록한 것은 상급자들이 부(父)의 재산도 반드시 등록하라는 요청이 있으므로 등록한 것인데 그것을 본인이 투기해서 부(父) 명의로 만들었다고 억지주장을 하고 있는 것 뿐이다. 비유하자면 살인도 하지 않은 죄없는 사람에게 「네 죄를 네가 알렸다. 네가 살인하지 않았다는 것을 증명하라」는 것과 같은 이치이다. 살인하지 않은 자는 살인한 사실이 없기 때문에 살인하지 않았다고 말할 수 있을 뿐이고 증명할 방법이 없으며, 국가기관인 검사가 피의자는 몇월 몇일 몇시에 어디에서 식칼로 사람을 죽였다는 것을 증명해야 하는 것이다.

나의 아버지는 망조부로부터 임야와 토지 25만 평을 상속받았으나 대부분 소비하거나 사기로 잃어버리고 10여 만평을 소유하던 중 그것을 당신이 매각하고 남아있던 3만여 평 중에서 내가 장남이므로 장래 상속분인 부(父)의 재산을 신고했기 때문에 부의 재산이 나의 재산으로 오해받은 것 뿐이고, 직무태만은 내가 연구소 근무 중 치과나 병원 등을 다녀온 것을 외출이 잦다고 매도하는 것이며, 품위손상은 임차지 불법 사용자가 서울안기부 직원과 공모하여 임차권자인 나의 처남의 임차지를 계속 사용할 목적으로 임차권자의 매형인 나를 진정한 사건임은 이미 언급한 내용이다. 그러나 이 진정사건은 김기섭과 안기부 감찰실이 진정인을 사주하여 진정서를 안기부에 제출하도록 한 안기부 직원을 처벌하기는커녕 그를 옹호하였다. 친구의 임차지 불법사용을 위하여 불법적 행위에 가담한 직원을 처벌하지 않는 행위만 보더라도 안기부 김 차장이 진정서 사건을 이용하여 나를 처벌하기 위한 명분으로 삼으려 했다는 저의를 증명하고도 남음이 있다고 할 수 있을 것이다.

문제는 조작된 징계사유가 모두 사실이라고 가정해도 징계 결정이 너무 지나치다는 점이다. 과실로 유리창을 깨트린 사람에게 사형을 선고하는 것과 같은 이치이다.

안기부 고등징계 위원회 회의록

나는 1996년 7월 26일, 8월 26일 2차에 걸쳐 안기부 고등징계위원회 징계 심의절차에 참여하였는 바 1996년 8월 26일 2차 징계절차 심의 내용을 요약하여 원문을 그대로 가감없이 공개한다. 이 회의록은 안기부에 의해 서울고등법원에 그대로 제출된 행정소송자료이다.

고등징계위원회 회의록(1996. 8. 26. 16:00~18:00)

위원장(김기섭) : 위원장으로서 한 말씀 드리면 죄를 범하고도 개전의 정이 없는 자에게 대해서는 조직 보호 차원에서 가장 엄중하게 다루어 부의 기강을 바로 잡고자 합니다.

아무쪼록 신상필벌 체제가 확립되도록 엄격히 심사해 주실 것을 부탁드립니다.

간사 : 제3회 고등징계위원회 심의자료를 보고드리겠습니다. 먼저 4급 변지섭 직원에 대한 심의자료를 보고드리겠습니다.

○ 1990년 11월 ○○지역 출장 중 근무지를 이탈, 자가에서 소일타 적발.

○ 또한 지난 7. 26(금) 제2회 징계위원회에서 진정인의 배후가 당부 고위층이라는 주장에 대한 감찰실의 조사 결과

— 1996. 6월 경 진정인이 초등학교 동창인 최○○ 부실장(이사관)에게 「안기부 직원에게 피해를 보고 있어 청와대나 감사원에 진정하려 한다.」고 언동하자

— 최 부실장은 대외기관 진정시 부 위신 손상을 우려, 당부에 진정토록 유도, 1996. 7. 4 진정서를 전달받아 감찰실에 전달한 것에 불과

(진정인은 진정서를 자신이 작성한 것이 아니고 자기 친구인 최 부실장이 작성하였다고 나에게 고백하며 용서를 구함)

— 변직원을 음해할 목적으로 진정서 작성을 사주하였다는 주장은 사실무근으로 확인되었습니다. (감찰실 수사관들은 김 차장이 선배님을 제거시키려고 하니 감찰실의 수사는 더 이상 의미가 없다는 투로 말하며 「변선배님, 우리가 작성한 각본대로 따라주십시오.」라고 간청하므로 나는 그들의 요구를 수용해주었다.)

위원장 : 자세히들 보고 충분히 토론해야 됩니다.(위원들에 대한 강력한 협박이었다.)

신정용 위원 : 감찰실 조사에서 지금까지 했던 것 전부 다 시인했습니다.

위원장 : 아, 그래요?

신정용 위원 : 감찰실에서 대상 민간인을 비롯해서 철저히 조사했는데 전부 다 시인했습니다. 이 직원은 인사위원회를 기망, 우리 부에 두어서는 안되는 직원입니다.

변지섭 : 그러니까 7월 26일 1차 위원회에서 말씀드리고 꼭 1개월 지났습니다만 좋지않은 문제 가지고 위원장님과 위원님들에게 심려를 끼쳐 드린데 대해서 무척 죄송스럽게 생각합니다.

신정용 위원 : 변 직원은 지금까지 진술하는 내용으로 봐서 전혀 반성의 기미가 없는 것 같아요.

지난번 당신이 소명한 내용이 감찰실에서 조사한 것을 보면 전부 시인하였음에도 단순히 주변관리 잘못이라고 진술하는 겁니까?

지난번에 위원들을 기망하고 전혀 관련되지 않은 사실을 가지고 마치 무슨 일이 있는 것처럼 말이야. 그래서 감찰실에서 규정처리를 잘못한 게 아니라 당신의 재산증식 사항이 그대로 노출되도록 확인됐는데도 불구하고 지금 여기에서 딴 소리하면 어떡하냔 말이오. 사실을 그대로 인정하고 그리고 용서를 빌어야지.

자기가 잘못한 것 없는데 여기서 징계위원회를 열 리가 있습니까?

지난번에 당신의 진술내용을 보면 전부 조사가 잘못됐고 안기부의 고위직에 있는 사람이 음해를 하고 그렇게 돼 있단 말이오. 조사결과 당신의 진술이 사실이 아니라는 게 그대로 밝혀졌는데도 아직도 반성하지 못하고 오늘 여기 진술하는 태도가 그게 뭡니까?

변지섭 : 위원께서 말씀하시는 고위직이라는 사람이 누구냐에 대해서 그때 진정한 진정인이 저를 찾아와 만났을 때 그 분 말을 액면 그대로 진술한 것 뿐이고 제가 고의적으로 허위사실을 썼던 것은 아

닙니다.

신정용 의원 : 고의성이라는 것 가지고 지금 당신하고 논쟁하자는게 아니라 당신이 보는 관점 그대로를 얘기하라는 겁니다. 이거 완전히 당신 재산 아닙니까? 그 이후에 또 실명제 때문에 실명으로 전환한 것도 있구 말야. 새로운 사실이 또 나타나구 있구 말야. 끝까지 양심에 부끄러움이 없고 어쩌고 해서야 되겠어요. 그 외에 무슨 소명할 것 있어요? 재산이 내 것 아니라든지 무슨 그렇게 해서 소명할 게 있느냐구요.

변지섭 : 지금 위원님께서 물으시는 그 재산이라는 건…

신정용 위원 : 재산이 하나 둘이라서 일일이 다 얘기하나요? 부동산 투기 의혹이 되는 제반 사실에 대해서 소명할게 있냐구요?

변지섭 : 구체적으로 묻는 의도가 위원님께서 어떤 것인지 모르겠습니다만는 제가 재산이라는 것이 요전에 재산등록때 말입니다. 거의 아버님, 할아버님 때부터 물려온 그 전답이나 이런 것 외에는 제 재산으로서는 극히 미미한 것인데 어떤 것을 말씀하시는 것인지 제가 조금 이해가 안 가서 그렇습니다.

최영욱 위원 : 지난번 소명할 때 진정인이 우리부 고위직인 친구를 통해 가지고 진정했다 그런 얘기를 했는데 그 당시에 진정인의 친구가 누구라는 것은 인지했을 거 아닙니까? 그 사람으로부터 들어서 알았을 거 아녀요? 그렇죠?

변지섭 : 글쎄요. 제가 알아보려고도 하지 않았고.

최영욱 의원 : 몰랐다는 얘깁니까?

변지섭 : 뭐 누구라는 것은 가르쳐 주지도 않고 제가 알려고도 할 필요성도 별로 없는 것 같아 그렇게는 안했습니다. 다만 진정인이 여러 가지로 미안하게 생각한다. 내가 생떼를 써서 미안하다 그러니

까 처남한테 얘기해 가지고 편리를 봐달라. 그러나 내가 좌지우지 할 그런 입장은 아니기 때문에 그렇게 말은 전달해 주겠다고 얘기했습니다.

최영욱 의원 : 그러니까 짐작을 했거나 진정인의 친구가 안기부의 누구라는 것 까지는 알았을 거 아녀요?

변지섭 : 알아보려고 하면 알아볼 수 있었겠습니다만 그렇게까지는 추궁을 하지 않았고 그쪽에서 잘못했다고 얘기하기 때문에 그러면 원만하게 하는게 좋지 뭘 그러냐 하면서 그 이상은 묻지 않았습니다.

최영욱 의원 : 그러면 누구인지도 모르고 안기부 고위직이 음해할 목적으로 이렇게 했다고 소명한 거 아니예요? 진정을 당해서 음해를 당한 걸로 그렇게 소명했단 말이예요?

변지섭 : 그렇습니다.

최영욱 의원 : … 그렇다고 하면 진정인을 상대로 해가지고 당신 친구가 누구냐 그러면 내가 가서 알아본다던지 당신이 잘못한 것은 내가 당신으로부터 보상을 받던지 이렇게 해야될 거 아니냐 말이지요.

그런것도 없이 잘못했다는 말만 듣고 안기부 직원이라는 것만 막연히 알고서 소명을 하는 것은 안기부 직원으로서 무책임한 행동 아니냐 이거지요.

변지섭 : 저는 같은 직원이기 때문에 설사 누군가 알았다 하더라도 그렇게까지는 확대하고 싶지 않았습니다.

최영욱 의원 : 확대가 아니고 수습할 수 있는 방법도 강구될 수 있었지요.

(민간인을 사주하여 안기부에 진정서를 제출토록 한 진정인의 친

구인 안기부 직원(2급 최 모씨)의 신원을 안기부 감찰실에서 확인하고 불법적인 진정서를 제출토록 사주한 불법책임을 물어야지 진정인의 친구를 처벌할 위치에 있지 않은 내가 그의 신원을 확인하지 않은 것을 탓하고 있다. 신정용, 최영욱 두 위원 이외 7~8명은 내가 하는 말이 무슨 말인지 모르겠다는 듯이 무감각하게 서로를 쳐다보고만 있었다.)

위원장 : 결론적으로 내가 보면은 당신은 안기부 직원으로서 업무를 충실히 하고 공무원으로서 품위를 지켜야 되는데 당신은 부동산 투기를 전문으로 한 사람이라고. 쭉 보면 한두 건도 아니고 말이에요.

그리고 전번에 안기부 고위층이 어떻고 그래가지고 내가 모두 적어 놨는데 그 당시 이거 감찰실 조사가 뭔가 잘못됐다든지 또 안기부 고위층이 개입했다던지 그러면 우리가 안되겠다 그렇게 생각해서 재조사를 시킨 거라고 무슨 말인지 알겠어요?

어디까지나 공정한 정리를 내린거라고 어떤 면에서는 불이익을 당해서는 안되겠다 그런 생각으로 우리가 재조사를 시켰는데 재조사를 시킨 결과에 의하면 결국 당신 문제점이 더 많아졌다는 거예요.

그리고 고위층이라는 그 사람, 진정인이 청와대로 진정할 경우 결국 안기부 직원이 부동산 투기나 하고 협박이나 하고 이렇게 되니까 우리 부에 망신이 되니까 그걸 우리 안기부에 내라 최부실장(진정인의 친구)은 정말 부를 사랑하는 우리 간부인거지. 그런데 그걸 당신을 음해한 양 이래갔고 말이지 그렇다고 확인도 안해보고 말이지.

그리고 당신이 근무한 것도 감찰실에서 조사해 갖고 올린 것을 보면은 안기부 직원이 그러면 안되지. 그런 식으로 근무하면 안되지. 정말 국가와 국민에게 사명감과 충성을 다해야 하는 목숨을 내건 직원이 그렇게 하면 안되지요. 당신이 반성을 해야지요. 뭐 처벌을 받고 안받고를 떠나서 당신이 안기부 들어와서 한 걸 반성을 해봐요. 안기부 직원으로서 당신이 옳은 길을 걸었는가 안 걸었는가 인간이니까 양심이라는 게 있을 거 아녀요?(무얼 반성하라는 건지 반성과 양심이라는 윤리적 개념을 사용하는 김 차장의 말에 대하여는 분노를 참을 수가 없었다.)

옳지 않은 일은 뻔한데 법망을 요리 피하고 저리 피하고 말장난이나 하고 있는 거지. 여기 징계위원들이 산전수전 겪고 보통 분들이 아니예요. 당신이 아무리 말장난해도 여기 있는 위원들은 전부 말장난인지 안다 말이예요.

여기 병신들 아닙니다. 여기 징계위원회 당신이 확인서 써온 거 다 여기있는 위원들 다 읽어봤어요. 징계보고서 다 봤고 병신들이 앉아있는 게 아니라고요. 할 말 있으면 해요.

변지섭 : 할 말 없습니다.

※ 변지섭 퇴장

위원장 : 자, 이제 충분한 심의가 이뤄졌다고 생각하는데 벌목을 정하도록 합시다. 감찰실에서는 해임을 요구했는데… 각 위원들께서 의견을 개진해 보시죠.

신정용 위원 : 해임이 적당하다고 생각합니다.

최영욱 위원 : 비위내용으로 보아 해임이 적당합니다.

○○○위원 : 저도 그렇게 생각합니다.

○○○위원 : 위원들 의견에 동의합니다.

○○○위원 : 동감입니다.

위원장 : 다른 의견 없습니까?

그럼 만장일치로 해임으로 의결하겠습니다.

징계사유는 이미 언급한 대로 최형우 의원이 나를 내무부로 할애요 청한 것에 대하여 안기부 김기섭은 자신은 정치세력에 따라 좌우되는 사람이 아니라는 사실을 보여줌으로써 자신의 권위와 명성을 거양하기 위한 의도로 분석되며, 나의 처남의 임차지 불법사용자로부터 계속 사용할 수 있는 방법모색을 요구받은 학교 동창인 안기부 직원(2급) 최모가 진정서를 직접 작성하고 임차지 불법사용자에게 진정서를 제출토록 사주한 사건은 단지 징계사유의 명분에 불과하다고 판단됨은 분명하다.

만일 이 후자를 이유로 나를 징계하였다면 남의 임차지 불법사용자나 그 불법사용자의 부탁을 받고 계속 불법사용하도록 하기 위하여 안기부에 진정서를 넣도록 사주한 안기부 간부 직원의 위법행위를 정당화하는 김기섭 차장은 위법행위와 적법행위를 구별할 줄 모르는 자이므로 자신의 말대로 분명 병신일 수밖에 없다.

그러나 김 차장은 바보가 아니기 때문에 진정서 사건은 나를 처벌하기 위한 명분에 불과하다고 생각한다. 징계위원 중 신정용, 최영욱 두 사람은 정치적 배경을 알고 있으며 나머지 위원은 정치적 배경을 모르기 때문에 아무 말을 하지 않은 것으로 분석된다.

상기 고등징계위원회(서기관 이상의 징계 담당) 심의절차에서 문답식으로 전개된 내용은 거의 대부분이 조작된 것이며 간혹 사실인 경우도 침소봉대된 것이 전부임을 분명히 밝혀두고자 한다.

예컨대 1990년 11월 ㅇㅇ지역 출장 중 근무지를 이탈, 자가에서 소일타가 적발되었다는 내용은 일용직 노동자들의 세계에서도 통하지 않는 비상식적인 일로서 인간의 이성적이고 합리적 판단에 의할 때 허구성 모함이라는 추정이 어렵지는 않을 것이다.

1박 2일의 일정으로 공주에 출장 간 경우 대전과 20분 상거지점의 거리라면 공주에서 숙박하지 않고 대전 자가에서 숙박하고 익일 다시 공주에 가서 업무를 계속하는 것이 지극히 정상적인 태도이므로 근무지 이탈이라는 형식논리가 오히려 더 부당하다는 것은 더 이상의 설명이 필요하지 않을 것이다.

내 인생의 마지막 꿈이요 희망이라며 대한민국 대통령을 만들기 위하여 병든 아내를 멀리 두고 서울로 올라왔던 어리석고 죄많은 인생이지만, 그래도 업무상 최소한의 의무는 다했다.

소청심사위원회에 해임처분 취소청구를 하다

소청심사위원회는 당시 총무처(지금은 안전행정부)에 소속된 기관으로 공무원의 징계처분 기타 그 의사에 반하는 불리한 처분에 대한 소청을 심사 결정하는 행정위원회를 말한다.

나는 안기부에서 1996년 8월 29일 해임된 이후 1996년 9월 20일에 소청심사위원회에 해임처분 취소청구를 했다. 물론 기대는 전혀 하지 않았고 행정소송을 제기하기 위한 필요적 전치주의가 적용되기 때문에 청구를 했을 뿐이나 소청심사위원회는 예상대로 안기부 직원과 안기부 담당 변호사가 한 번 다녀가자 단단히 겁먹은 상태에서 형식적인 심리를 한 번 거친 후 청구를 기각하는 결정을 해버렸다.

당시 무소불위의 권력을 행사하던 안기부의 끗발을 무시할 수 없었을 것이며 소청심사위원들은 아예 해임처분의 구체적 내용의 유무나 사실확인 여부도 하려고 하지 않았다. 소청심사위원회 심의장에 참석해 있는 안기부 직원과 변호사를 의식하고 있었기 때문이었다.

행정소송을 제기하다

내가 소청심사위원회에 해임처분 취소청구를 한 것은 행정소송을 제기하기 전에 먼저 소청심사위원회에 해임처분 취소를 해야한다는 절차상의 이유 때문이었고 기대가능성이 없다는 것을 몰랐던 것은 아니었다. 그러나 법원은 소청심사위원회와는 좀 다를 것이라고 생각했으나 법원의 재판도 소청심사위원회의 심판의 범위를 벗어나지는 못했다. 재판이란 한 마디로 법률요건에 해당하는 사실관계를 확정하고 그 사실관계를 해당법률에 적용시키는 법원의 작용이라고 할 수 있으며 재판작용 중 가장 중요한 것은 사실관계의 확정이라고 할 수 있다.

사실관계란 예컨대 민사·행정사건에서는 돈을 빌려주었는가 또는 공무원의 비위사실이 있었는가의 문제이고, 형사사건에서는 사람을 죽였느냐 안죽였느냐의 문제이다. 그런데 사실관계의 확정은 변론에서 정해지는 것이다.

변론이란 무엇인가? 변론이란 법정에서 원고와 피고가 말로 싸우는 것이다. 법관이란 원고와 피고가 법정에서 말로 싸울 때 그것을 지켜보다가 한 쪽이 싸움에서 이기거나 질 때에 이긴 자의 손을 들어주는 심판관일 뿐이다.

안기부에서 수많은 증거와 증인을 조작하여 법원에 제출하고 싸움에 임한다해도 판사가 어떻게 모든 것을 일일이 점검할 수 있겠는가.

판사는 당사자가 제출하는 많은 증거와 증인의 전부 또는 일부를 논리적으로나 기술적으로 인정하지 않을 수 없는데 이것은 판사도 인간이므로 넓게 본다면 인간적 한계라고 해야할 것이다. 또한 개중에는 논리적으로나 기술적으로 기각 또는 각하할 사항이 분명함에도 불구하고 원고나 피고의 싸움구경에만 심취한 나머지 싸움이 끝나고 나서야 승자의 손만 들어주는 속편한 판사들이 있는 것도 사실이다.

나는 행정소송(서울고등법원)에서도 청구기각으로 패소하였다. 물론 나의 변호사는 우리의 주장을 재판장이 일체 받아주지 않고 피고인인 안기부 측의 주장만 받아들인다고 하였지만 법관은 어떤 증거법칙으로부터도 구속되지 않는 자유심증주의에 입각하여 마음대로 판결할 수 있는 것이다. 안기부는 많은 증거와 증인을 확보하였고 그 증거와 증인이 비록 조작되었다 해도 법관이 인정한다면 어찌 해 볼 도리가 없는 것이다. 결국 재판도 힘의 논리에 따라 승패가 좌우되는 것이다.

다만 소송의 승패가 정의를 구별하는 기준이 되는 것은 아니며 거대한 공조직에 의해 피해를 받는 것은 모든 사람이 경험하는 불가피한 고통이 될 것이다.

대법원에 상고 제기를 고려해 보았으나 변호사들이 모두 사건자체를 수임하고 싶지 않다고 말하면서 승소가능성 여부에도 불구하고 사건을 맡기려면 수임료나 보통 사건보다 많이 부담하라고 하였다. 속셈은 손가락 하나 까딱 안하고 자연뽕으로 큰 돈만 챙기려 했다. 나는 결국 상고를 포기할 수밖에 없었다.

나는 안기부와 대한민국 정부로부터 아무런 잘못없이 내 젊음과 건강, 직장 등 모든 것을 다 잃었다.

안기부의 실체를 고발한다

나는 안기부에서 만 12년 현장에서 외근수사관 활동을 했고 10년동안 국외정보 분석관, 판단기획 분석관 등의 업무 경력을 가지고 있던 점을 근거로 안기부의 실체를 밝혀 국가장래에 미등이나마 불빛을 밝히고자 한다.

나는 앞서 언급했지만 법률적으로나 윤리적으로 아무런 하자도 없이 해임으로 직장에서 물러났기 때문에 작게보면 안기부와는 원한을 가지고 있는 원수지간이고 크게 보면 안기부의 배후에 있는 대한민국 정부와도 좋은 감정이 아닌 것은 사실이다. 그러나 자기를 낳아준 부모가 자기를 버렸다고 부모가 아니라고 할 수 없고, 국가가 국민을 버렸다고 한국은 나의 조국이 아니라고 부정할 수는 없을 것이다.

왜냐하면 부모가 자식을 버린데는 어떤 말못할 필연적인 이유가 있을 것이고 국가가 국민을 버린데도 틀림없이 어떤 이유가 있을 것이며 그것들은 필연의 법칙에 의하여 맺어진 공동운명체의 산물이기 때문이다. 나를 버린 부모가 밉고, 나를 버린 조국이 원수같다고 하여 부모와 국가를 원망하고 매도하면서 부모의 모든 행위는 잘못됐고 국가의 모든 정책은 부정부패만 만연하고 국민의 희생만을 강요하는 범죄집단이라고 치부한다면 이는 누가 보아도 정당한 판단이 될 수 없고 객관적인 현실이나 현상 자체를 부정하는 감정의 표출에 불과한 것이다.

따라서 나를 버린 부모도 분명 내 부모요, 나를 버린 국가도 내 조국이라는 현실적이고 객관적 시각에서 잘잘못을 구별하여 판단해야 할 것이다.

내가 22년간 재직하던 나의 조국 대한민국의 기관인 안전기획부(국가정보원)는 분명 나의 경제적인 생활기반을 무너뜨리고, 나의 젊음과 희망을 송두리째 앗아갔을 뿐만 아니라 나에게는 불행과 비극을 안겨주고 인고의 세월을 강요하였으며 증오스럽고 원망스런 존재인 것은 틀림없다.

그럼에도 불구하고 무조건 안기부를 비난하지 말고 있는 그대로 객관적 입장에서 안기부의 실체를 밝히는 것이 나의 양심에 부끄러움이 없을 것이며 국민에게 당당할 수 있을 것이라는 사실을 나는 믿고 있다.

이하에서 안기부의 조직체계 및 활동범위, 일반 공무원의 범죄와 안기부 범죄의 비교, 국정원 대선개입 사건, 덫에 걸린 안기부 등을 포괄하여 안기부 실체와 명암을 양심에 한 점 부끄러움 없이 사실대로 밝혀보고자 한다.

1. 안기부의 조직체계 및 활동범위

안기부 공무원 구조도 일반 중앙행정기관과 비슷한 구조를 가지고 있다. 즉 정무직과 일반직, 기능직으로 구성되어 있으며 정무직은 부장, 차장, 특별보좌관 등이고 일반직은 9급에서 1급까지로 되어있다.

일반직 1급은 국장으로 보하게 되어있는데 일반 중앙행정기관의 국장이 2급(이사관)으로 되어 있는데 일반 행정기관과 비교하여 균형을 유지하고 조종하기 위하여 국장은 1급(관리관)으로 보하고 있다.

국장은 비록 일반직 1급으로 보하고는 있으나 국내정보 담당국장이나 기타 주요 활동부서 국장 등은 국내 정치상황이나 능력에 따라 차관이나 장관과 대등한 역할을 수행했던 것도 사실이다.

1971년 4월 27일 대통령 선거를 두 달 앞두고 홍종철 당시 문교장관이 대학교련을 필수과목으로 책정해 4년간 이수토록 한다는 법시행령을 발표해 대학생들의 교련 반대시위를 유발하였다. 이때 당시 중앙정보부 3국장이었던 전재구는 「홍장관, 도대체 정신이 있소 없소. 학생 군사훈련이 뭐가 급하다고 중요한 대통령 선거에 임박해서 시행령을 발표해서 이런 시련을 몰고 옵니까. 이 책임은 문교장관이 져야할 것 같소.」라고 말하면서 호통을 쳤다는 이야기가 있었다. 비록 양인이 육사 8기 동기생이라고는 하지만 당시 중앙정보부 국장의 파워와 끗발이 보여주는 장면이 아닐 수 없다.

그러나 행정 내근부서 국장을 지내다 활동부서인 지부장으로 전보된 한모씨는 1987년 경 이곳 저곳에서 제공되는 향응과 대접을 덥석덥석 받아오다가 해결할 수 없는 미끼를 물어버린 적도 있었다. 이 미끼를 뽑아버리고 치료해 주는 것은 노련한 사무관의 역할이다.

이처럼 안전기획부(중앙정보부)의 국장이라는 자리는 주요 활동부서 국장인가 내근부서 국장인가의 여부나 국내 정치상황 또는 능력에 따라 탁월한 능력을 발휘하기도 하였고 그저 자리만 유지하기도 하였던 것은 사실이며 일반 중앙행정부처와 비교할 때 그 활동범위가 훨씬 포괄적이며 활동적이기도 하고 또는 제한적이고 협소하기도 하다는 점에서 다양하다고 표현할 수 있을 것이다.

2. 일반 공무원과 안기부 범죄의 비교

공무원 사회도 넓게 보면 하나의 인간 사회조직이므로 범죄와 무관할 수는 없을 것이다. 금전소비대차계약과 관련된 민사사건, 횡령·배임·공갈·사기 등의 형사사건, 독직사건 등이 공무원 범죄에서 대종을 이루고 있는 것 같다.

일반사회 범죄와 비교해 보면 공무원 범죄는 일반사회 범죄의 30~40%가 된다고 주장하는 사람도 있고 어떤 사람들은 10% 이하라고 말하는 등 계량화 할 수는 없으므로 구체적으로 통계자료로 제시할 수는 없지만 일반범죄에 비하여 적은 것은 확실하다.

그런데 안기부의 범죄는 일반 공무원 범죄와 비교하여 어느 정도의 비율이 될까 하는 점에 대하여는 이제까지 논하고 있는 학자도 없었고 밝혀진 바도 없기 때문에 내가 언급하고 싶은 충동과 가치가 있다고 생각해왔다. 물론 이 판단은 안기부에서 오랫동안 보고, 듣고, 느낀 순전한 육감에 의한 것이 아니고 안기부 직원들을 통하여 득문된 사항이므로 어느 정도 신빙성이 있을 것으로 판단하고 있다.

사람은 누구나 다 윤리적·도덕적으로 하늘을 우러러 한 점 부끄러움 없이 이 세상을 살았다고 말 할 수 있는 사람은 흔하지 않다고 생각한다. 이 세상을 살면서 법률적으로 죄짓지 않고, 윤리적·도덕적으로 남에게 베풀면서 살았다 해도 그것이 사회적 세악이나 사람과의 관계에서 그렇게 되었을 뿐이지 확고한 하늘의 계명에 따라서 많은 사람에게 사랑만을 베풀며 산다는 것은 감정을 가진 인간으로서는 결코 쉽지는 않기 때문일 것이다.

일반 사람들에 비해 공무원들이 일반적으로 범죄비율이 낮은 것은 공무원이라는 신분이 일반인에 비해 도덕적 수준과 지적사고가 앞서 있다기 보다는 국민에 대한 봉사자라는 의식이 잠재되어 있기 때문일 것이다.

그러면 안기부 공무원의 범죄는 일반 공무원의 범죄와 비교하여 어느 정도의 비율을 차지하고 있을까? 안기부도 사람사는 곳이므로 범죄가 있는 것은 당연하지만 어떤 직원은 일반 공무원 범죄의 10% 이하라고 말하고도 있으나, 안기부 지휘부서나 활동부서 직원들은 5% 이하라고 주장하고 있으며, 이 것이 일반적인 직원들의 공통된 의견인 것 같다.

일반 국민들은 최근의 국정원 댓글사건이나 서울시청 유우성 간첩 증거조작 사건은 무엇이냐고 반박하며 웃기는 소리라고 냉소를 퍼부을 것이다.

이 두 사건의 혐의 사실에 대한 구체적 검토는 잠시 뒤로 미루고 우선 안기부 범죄나 비리는 10년이나 15년에 한 번씩 튀어 나오기도 하고 나오지 않기도 했다. 일반 공무원의 뇌물 수수 여부는 1년에 몇 번씩 튀어 나오고 검찰의 비리 범죄 사건도 1년이나 2년에 몇 번씩 튀어 나온다. 2010년 「검사와 스폰서, 묻어버린 진실」(저자 정용재)로 MBC에 방송된 이래로, 2012년 대선일에 임박하여서도 10월 경 김광준 부장검사의 뇌물 수수사건, 11월 전 모 검사의 성추문 사건 등 4건의 비리가 연속하여 터졌다. 2013년 검찰의 수장인 채동욱 검찰총장의 혼외자 사건, 2014년 8월에는 김수창 제주지방검찰청 검사장의 공연음란행위 사건도 도마 위에 올라 세간을 놀라게 했다.

안기부 관련 범죄가 검찰을 포함한 일반 공무원에 비하여 어느 정도의 비율이 되는 지에 대한 통계는 별론으로 하고 수량이 훨씬 적다고 생각되는데 그 이유가 어디 있는지 한 번 살펴보는 것도 결코 무의미한 일은 아니라고 생각한다.

나는 안기부 직원들이 여타 다른 공무원 조직체의 구성원들과 비교하여 볼 때 윤리적·도덕적으로 양심적이거나 깨끗하다고는 결코 생각하지 않는다. 양자를 비교·평가할 만한 객관적 기준이 없을 뿐만 아니라 일정한 기준이 있다해도 내면적 사고를 재단한다는 것이 용이한 일은 아니지만 분명 그 이유는 존재할 것이다.

일반적으로 공조직이건 사조직이건 조직체 내에는 감찰부서라는 것이 있기 마련이다. 시골의 군청이나 시청에도 감사계라는 것이 있고 은행이나 기업체에도 감찰부서라는 것이 있어 직원들의 비위를 감찰하는 기능을 수행하고 있다. 감찰기능은 구체적인 사건이 발생했을 때 사후조치 하므로서 사건발생자를 처벌함과 동시에 향후 유사사건이 재발하지 않도록 주의를 환기시키는 교육정책적인 의미도 가지고 있다고 하겠다. 그러나 대부분 감사의 초점은 일반 직원을 대상으로 하고 고위직의 경우는 감사의 대상에서 벗어나 있는 것이 보통이다.

그러면 안기부 감찰실은 어떤 조직과 기능을 담당하고 있는가에 대하여 한번 살펴볼 필요가 있다.

안기부 감찰실은 방대한 조직을 가지고 직원에 대한 사후감찰과 실질적 사고 예방을 동시에 수행하고 있다. 이것은 안기부 감찰실의 법률체계 여부는 불문하고 이제까지 실제적인 운용실태를 설명하고 있는 것일 뿐이다. 실질적인 사고예방기능을 수행한다는 점에서 다른 공무원 조직과 상당히 다르다. 물론 다른 공조직체도 이론상 사고예방을 표방하는지는 모르나 안기부는 실질적 사고예방을 주요한 기능으로 하고 있다고 보아야 할 것이다.

실질적 사고 예방기능이란 과실에 의하여 경미한 잘못을 저지른 직원의 행위도 반드시 처벌하므로서 직원 간 불신과 위화감을 조성함은 물론 범죄와 형벌의 균형에 위배된다고 해야 할 것이다. 원래 형법은 고의범만 처벌하고 과실범은 예외적으로만 처벌하는 것이 원칙이나 안기부에서는 이것이 통하지 않는 것이다. 한마디로 범죄와 형벌의 불균형이라고 할 수 있을 것이다.

결론적으로 안기부 감찰실은 인간으로서의 존엄과 가치를 무시하고 안기부 직원의 보호에 반할 뿐만 아니라 직원들의 원성의 대상이 되고 있으며 안기부의 발전에 역행하는 안기부의 역기능만을 수행해 왔던 것이 사실이라고 알려져 있다. 그러나 다른 한편으로는 안기부 직원의 범죄예방에 기여했다는, 아이러니한 논리가 성립된다고 하겠다.

안기부 직원들은 부장(현재는 원장), 차장 등 일부 인사만을 제외하고는 부정과 비리는 해서는 안되는 것이구나, 반드시 적발되는구나 하는 사고방식이 체질화 되어 있다고 보여진다. 결론적으로 범죄예방의 효과가 극대화되어 있다고 말할 수 있을 것이다. 그러나 이것은 안기부 감찰실의 공헌이 아니라 범죄는 범해서는 반드시 밝혀지고 결국 더 손해를 본다는 환경 속에서 범죄나 비리에 대한 인식과 사고방식이 부정적으로 체질화 되고 단련된 결과라고 해야할 것이며, 안기부 감찰실의 비정한 행위가 상쇄되거나 합리화 될 수는 없을 것이다.

생각해보건데, 1961년 중앙정보부가 창설된 이래 60여 년 동안 야당과 불순 반정부 세력들의 끈질긴 안기부 해체에도 불구하고 그 명맥을 유지하고 그 기능을 수행해 왔던 것은 범죄와 비리에 대한 거부의식이 체질화 된 확고한 국가관의 확립이라고 해야 할 것이다.

3. 국정원 대선개입 사건

국정원 대선개입 사건이란 2012년 대한민국 제18대 대통령 선거기간 중 대한민국 국가정보원 심리정보국 소속 요원들이 국가정보원장의 지시에 따라 인터넷에 게시글을 남김으로서 대통령 선거에 개입한 사건을 말한다. 당시 민주통합당은 2012년 12월 11일 국정원의 정치개입에 대한 문제를 제기했다.

민주통합당은 제18대 대통령 선거의 운동기간 중에 전직 국정원 퇴직직원으로부터 국가정보원의 여론조작활동에 대한 제보를 받았다.

이 제보에 따르면 국정원은 2011년 11월부터 국정원 3차장 산하의 심리정보국 70여 명의 직원에 대하여 정치현안에 관한 댓글을 달도록 지시했다는 것이다.

국정원 대선개입사건이란 민주당이 주장하는 내용이지만 우리는 여기서 민주당이 주장하는대로 국정원이 대선에 개입하였는가라는 사실을 먼서 규명해야 할 것이고 개입하였다면 국정원장의 지시하에 조직적으로 개입하였는가 아니면 개인의 차원에서 개입하였는가를 살펴보는 것이 중요하다고 생각된다.

여당인 새누리당과 정부는 국정원은 정치에 개입한 사실이 없다고 주장하는 반면 민주통합당은 대선개입에 대한 확실한 증거와 증인이 있다고 주장하고 있다. 국정원이 대선에 개입했다 하더라도 국정원장의 지시하에 조직적으로 개입했다면 처벌의 수위가 커질 것이고 대통령과 여당에 부담이 될 것이나 개인의 차원에서 개입하였다면 개인만 처벌하면 될 것이므로 국정원 대선개입과는 무관할 것이다.

그런데 민주당 주장대로 국정원장의 지시로 국정원이 대선에 개입하였다는 혐의점에 대하여는 민주당에 입증책임이 있다.

대통령 선거 투표일 전 일까지 국정원이 선거와 관련한 댓글 사건이 1,700건이고, 이 중 대선관련 사건은 70여 건이고, 문재인 대선후보와 관련된 사건은 3건이라고 밝혀졌다.

박근혜 대통령이 당선된 뒤 당시의 여론은 만일 이명박 전 대통령의 지시가 있었는데도 이런 정도의 댓글게재 상태라면 원세훈 전 원장은 직무유기에 해당될 것이라고 하였다. 댓글이 너무 적다는 것이다. 따라서 대선개입사건 주장은 설득력이 없다는 말이다.

댓글이란 인터넷상 자기가 좋아하거나 싫어하는 정치인 등 모든 사람에 대하여 정치적 주장이나 의견을 올리는 것이며 이것은 법이 허용하는 범위에서 정당한 권리이지 범죄행위가 아니다. 국정원이 되었건 어느 공조직이 되었건 이런 댓글도 못 쓴다면 공무원 자격도 없다고 평가될 수밖에 없을 것이다. 따라서 선거관련 댓글이 1,700건이 아니라 17만건이라고 해도 사람들은 국회의원이나 대통령 입후보자에 대한 호·불호(好·不好)의 감정이 있는 것이고 그런 의사를 표현하는 것은 민주국가에서 의사표현의 자유라고 생각되므로 문제될 것이 없다고 사람들은 말하고 있다.

국정원 댓글사건은 북한과 연계된 종북세력이 인터넷 선동을 한 결과 국정원이 대응한 것으로 볼 수 있다는 주장이 퍼져 있으며, 민주당이 주장하는 국정원 댓글사건은 전 수서경찰서 수사과장 권은희, 채동욱 전 검찰총장 당시의 검찰수사관, 좌경선동언론 등이 만든 것이라고 볼 수 있는 여론이 많다.

시사평론가나 대학교수 기타 사회지도층 인사들 중 일부는 댓글사건은 명백한 대선개입이므로 국정원은 개혁되어야 한다고 주장하고 있다. 그러나 이러한 주장은 대선에 관한 인터넷 댓글이 범죄행위요 비리라는 것을 전제조건으로 한 판단이므로 동의할 수 없다는 여론이 많다. 이미 언급한대로 현대사회에서 정치인에 대한 댓글은 법이 허용하는 범위에서는 정당한 권리라고 생각할 수 있으므로 국정원 개혁은 논리적 타당성이 없는 것을 이론적 근거로 한다.

국정원 심리전국 직원들이 국정원 댓글 사건을 둘러싸고 대통령 선거에 개입했다는 것이 야당과 야당의 주장에 동조하는 좌파세력의 주장인 듯하다. 그러나 정부나 여당 또는 야당의 주장을 부정하는 국민들은 국정원 댓글사건은 대통령선거와는 무관하다고 주장한다. 어느 주장이 옳은 것인지에 대한 판단은 법원과 일반 국민 여론의 몫이 될 것이다.

그럼에도 불구하고 국정원의 댓글사건이 국정원의 대선개입과 무관하다는 여론에 대하여는 다음과 같은 논리적 판단의 추정이 가능하다는 사실에 우리는 주의를 기울여야할 필요가 있다고 보여진다.

첫째로 국정원의 대선개입이 국정원의 심리전국을 이용수단으로 활용한 것이 합리성이 없다는 사실이다. 댓글사건의 진상규명을 위해서는 국정원 심리전국이라는 조직이 어떤 기능을 하는 부서인가를 살펴보는 것이 필요하다고 본다. 한마디로 심리전국의 기능은 대북심리전 활동이다.

야당은 원세훈 전 국정원장이 박근혜 후보와 밀착관계를 유지하면서 선거승리를 위해 국정원의 심리전국 댓글을 통하여 박근혜 후보에게 득표효과를 가져왔다고 주장한다. 먼저 야당 주장대로 원 전원장이 박근혜 후보와 밀착하여 유대관계를 유지해 왔다고 가정하더라도 선거와 관련하여 정보를 수집하고 득표에 영향을 미칠 수 있는 부서가 국정원 내에 별도로 존재한다면, 그 부서를 이용할 것이지 대북심리전 역할을 수행하는 심리전국을 이용하는 어리석은 짓을 할 이유는 없을 것이다.

다시 말하면 국정원이 대선에 개입했다면 득표효과를 거양하기 위하여 대선에 관한 전문활동부서를 이용할 것이지 심리전국을 이용수단으로 대선에 활용하지는 않았다는 것이다. 왜냐하면 심리전국직원들은 근무 중 특별한 경우 이외에는 외부에 나가 사람들과 접촉할 수 있는 기회가 원천적으로 차단되어 있는 내근 직원들이기 때문이다. 사람들과 유기적인 접촉을 하지 않는다면 득표효과의 성과는 사실상 불가능한 일이라는 것은 논리상 자명한 이치다. 따라서 심리전국 직원들의 선거관련 댓글은 대북심리전 역할 수행과정에서 부수적인 댓글일뿐이라고 판단된다. 문재인 민주당 대통령 후보 선거관련 댓글이 3건이라고 밝혀졌다는 것이 그 증거일 것이다.

다만 국정원 전직 직원이 민주당의 후보 당선을 위해 민주당에 '국정원 심리전국 댓글사건'이라는 정보를 제공하고 문재인 의원이 대통령에 당선되면 국정원의 고위직(국정원 기조실장: 차관급)을 주겠다는 거래를 민주당 김부겸 전 의원이나 문재인 의원과 했다고 유포되고 있는 주장은 이들 양인이 심리전국이라는 실체를 모르고 선거와 직접 관련되는 부서로 착각한데에서 비롯된 실수로 보인다. 따라서 국정원이 대선에 개입하였다는 혐의점을 부각시켜 박근혜 대통령과 여당을 공격하여 곤경에 빠트리고 정국불안을 조성하려는 전략이라고 분석할 수 있을 것이다. 내부 고발자의 고발에 의한 정보제공은 상당한 근거가 있다는 것이 일반적인 논리이지만 인터넷에 댓글을 올리는 것은 현대사회에서 있을 수 있는 일반적인 현상이며 이것 자체가 범죄나 비리가 아니라는 것은 상식에 속하는 문제이다. 혹시나 국정원의 댓글 중 일부가 야당의 문재인 대통령 입후보자와 관련된 사건이 있고 그 사건이 범죄구성요건에 해당한다면 그 사람을 처벌하면 될 일이고 그러한 사실을 가지고 정부나 여당을 공격하는 것은 너무나 지나친 이제까지의 민주당의 전통적 수법이라고 할 수밖에 없는 것이다.

둘째로 전 국정원장 원세훈이 직접 대선에 개입하거나 국정원 직원을 대선에 개입시킬 명분이 없다는 것이다.

원 전 원장이 누구인가. 그 계보를 살펴볼 필요가 있다. 그는 이명박 전 대통령의 최측근 참모였다. 그렇다면 박근혜 후보와는 직접적으로 아무 관계가 없는 사람이다. 박근혜 후보는 이 전 대통령과의 관계가 우호적인가? 결코 우호적이라고 볼 수 없는 것이 일반적 시각이며 따라서 이 전 대통령이 박근혜 후보를 도와주라고 할 이유가 없다고 판단된다.

원 전 원장이 박근혜 후보와 아무런 친소관계가 없었음에도 불구하고 박근혜 정부에서 재등용되기 위해 자발적으로 국정원 댓글 사건을 지시하며 대선에 조직적으로 개입하였다고 가정해 보자. 박근혜 후보가 승리하여 박근혜 정부가 출범한다면 원 전 원장이 어느 직책에 보직되는 것이 가능할까? 아마도 불가능한 일일 것이다. 박근혜 후보를 둘러싸고 있는 참모들에 의해 도태될 수밖에 없으며 박근혜 대통령 자신도 원 전 원장을 잘 모르고 부담감을 느끼기 때문일 것이다.

일반직 공무원들의 여당 대통령 입후보자와 야당 대통령 입후보자에 대한 지지도를 평가해보면 일반적으로 45:55로 야당 대통령 입후보자에 대한 지지도가 더 높다. 이것은 단적으로 자신과 특별한 이해관계가 없다면 나몰라라 하며 방관적인 태도를 취하는 것이 일반 여론이지만 공무원 세계에서도 대통령은 그래도 야당 입후보자로 한번 바꿔보고 싶다는 것이 일반 공무원들의 심리상태라는 것을 잘 보여주고 있다 하겠다. 세상이치가 그러할진데 새 정부가 들어서면 물러날 것이 확정된 고위직 공무원인 안기부장이 자신과는 아무런 이해관계가 없는 여당 대통령 입후보자의 득표효과를 거양하기 위하여 대선개입을 하였다는 것은 상식적으로 납득할 수 없는 일이다.

이상 살펴본 바와 같이 국정원 댓글 사건에 관하여 야당이나 불순좌파 세력은 국정원의 대선개입이라고 주장하고 여당과 정부는 야당이나 불순좌파세력이 여당과 박근혜 정부를 공격하기 위한 불순한 전략이라고 대응하고 있지만 이는 결국은 국민이 판단하여야 할 사항이 될 것이다. 나는 상기 언급한 두 가지 논리에 근거하여 국정원 댓글사건은 야당이나 불순좌파세력이 현 정부를 공격하기 위한 불순한 전략이라고 판단하고 있다.

그러나 국정원 댓글 사건을 위요하고 국정원의 대선개입 여부에 대하여 여·야간 대립 양상에 대한 시비판단의 논리적 근거는 이미 제시하였으나 논리보다는 시나리오 한 편을 감상하는 것이 독자들의 논리적인 판단에 오히려 도움이 될 것으로 보인다.

국정원 댓글의 가상 시나리오

〈제1의 가상 시나리오〉

원세훈 : 박근혜 후보님! 저, 원세훈입니다. 박 후보님 당선을 위하여 부하들을 독려하면서 열심히 뛰고 있습니다. 만일 후보님께서 당선되신다면 국정원장을 계속 하고 싶습니다. 국정원장이 아니라면 국무총리나 대통령 비서실장 자리라도 보장해 주실 것을 믿습니다.

박근혜 : 원세훈 원장님! 만일 내가 대통령이 된다면 내 재임기간 중원 원장을 국정원장 직에 계속 보임할 것을 약속합니다. 원장의 힘이절대 필요하니 도와주실 것을 부탁드립니다. 원 원장의 대선개입사건은 불문에 부칠 것입니다.

〈제2의 가상 시나리오〉

원세훈 : 박근혜 후보님! 저, 원세훈입니다. 고생이 많으시죠? 본인은 종북세력이나 반정부 불순 세력들의 국기 문란행위를 보고만 있을수 없습니다. 국가 안보를 지키기 위하여 재임 중 나의 모든 힘과 정력을 다 바쳐 일해왔습니다. 박 후보님의 당선이 대한민국의 안보를 위한 초석이 될 것을 믿어 의심치 않는 바입니다. 제가 박 후보님을 도와

드릴 입장은 못됩니다만 국정원장으로서가 아니라 인간 원세훈으로
서 박후보님을 돕겠습니다. 또한 박후보님의 당선을 하느님께 기도드
리겠습니다.

박근혜 : 감사합니다. 원장님의 격려가 나의 선거활동에 큰 힘이 될
것입니다.

여기서 제1의 가상 시나리오가 대선 전 박근혜 후보와 원세훈 국정
원장 간에 현실적으로 가능할까? 전문적인 판단은 차치하고 평범한
서민의 입장에서도 현직 국정원장이 장차 대통령에 당선될 것인지의
여부가 불투명한 사람과의 정치적 거래를 한다는 것은 득보다 실이 크
기 때문에 국정원장이 자진하여 도와준다고 제의는 하지 않을 것이며,
한편 여당인 박근혜 대통령 입후보자도 국정원장이 정말 도와줄지, 어
느 정도 도움이 될지 모르기 때문에 협상의 여지가 없다고 보는 것이
타당할 것이다.

또한 아무리 무능하고 권력에 눈이 먼 국정원장이라도 정권이 바뀌
면 원장 자리는 물러나는 것이 상식적인 일이며 아무리 큰 공을 세워
재등용된다 해도 측근들과의 내분에 의해 도태될 수밖에 없다는 것을
잘 알고 있을 것이다.

따라서 여당의 대통령 입후보자나 국가정보원장은 보통 사람의 생
각이나 지각 이상의 판단력을 가지고 있다고 평가될 수 있기 때문에
제1의 가상 시나리오는 절대로 불가능하다고 판단하는 것이 어려운
일은 아닐 것이다.

그러나 제2의 가상 시나리오는 가능하고 현실적인 인간관계의 보

편적 처세술일 것이다. 원 원장이 현실적으로 박근혜 대선후보를 돕지 않는다 해도 박근혜후보에게 도와주겠다고 말하는 것이 대인관계에서 원세훈 본인에게나 박근혜 후보에게도 나쁠 것은 없으며 정치적·법률적인 면에서도 문제될 것이 없다. 왜냐하면 그러한 인사는 인간적이고도 의례적인 것으로 치부하면 그만이기 때문이다.

한편 박근혜 후보의 입장에서는 원 원장이 박후보 자신의 당선을 위해서 기도하겠다는 제안에 대해 '감사합니다'는 말 이외에 다른 어떤 대안도 있을 수 없을 것이다. 만일 박근혜 후보가 「현직 국정원장이 선거에 관여하면 되겠습니까. 나의 선거 도와 줄 생각 말고 당신 업무나 충실히 하십시오. 괜히 나를 도와주면 나에게 득보다 실이 많으니 당신과는 접촉하기 싫습니다.」라고 말했다면 이러한 태도는 대통령 입후보자이기 이전에 한 사람의 정상적인 보통의 인간적인 면모도 갖추지 못한 비정한 사람으로 평가될 수밖에 없을 것이다.

제2의 가상 시나리오에서 박근혜 후보 이외 문재인이나 안철수 등 그 어떤 후보가 박근혜 후보 입장에 위치하더라도 유권자의 득표수 한 표가 아쉬운 마당에 '감사합니다. 고맙습니다.'의 인사를 할 수밖에 없는 것은 그러한 인사만이 합리적이고 이성적인 최소한의 인간적인 도리이며 지혜이기 때문이다.

그럼에도 불구하고 박근혜 후보가 인간의 지혜롭고 정서적인 감정에 기하여 '감사합니다'라는 발언을 했을 것이라는 추정적 의사에 대해서까지 민주당이 국정원 배후설을 거론하면서 「국정원에 대한 수사가 제대로 되었다면 현재 대통령은 문재인 의원이다.」고 주장하는 의원이 있다는 것은 한마디로 국민을 핫바지로 알고 우롱하는 처사로

밖에는 생각되지 않는다.

따라서 국정원 댓글사건에 관하여 원세훈 국정원장으로서는 신임 대통령이 여당후보가 되건 야당후보가 되건 국정원장 자리를 물러나야 하는 것은 기정사실이고 상식일텐데 자신과는 아무런 이해관계도 없는 여당후보의 당선을 위하여 대선에 개입했다는 판단은 납득할 수 없다고 판단되며, 국정원 직원 각자의 호(好)·불호(不好)에 따른 자연스러운 정치적 관심의 표명이라고 생각하는 것이 옳은 것으로 보여진다.

다만 여기에서 원세훈 전 원장이 수뢰죄로 처벌받는 것은 국정원 대선 개입사건과는 별개의 문제가 될 것이다.

4. 덫에 걸린 안기부(국정원)

중앙정보부(안전기획부)는 창설된 이래 국가안보의 최일선에서 북한의 공산세력으로부터 국가보위의 역할을 수행하고 '우리는 음지에서 일하고 양지를 지향한다'는 부훈에 따라 근검한 생활태도를 가지고 오직 국민의 자유와 생명을 지키기 위하여 싸워왔던 사실을 양식있는 국민들은 알고 있을 것이다. 물론 무소불위의 권력을 행사하며 다른 국가기관과 국민으로부터 지탄을 받아온 것도 사실이다.

우리는 안기부가 최근 국정원 댓글사건이나 서울시청 직원인 유우성 간첩증거 조작사건 등에 휘말려 덫에 걸려있는 것을 알고 있다. 그러나 그 덫의 원인이 무엇인지에 대해서는 일반 국민이나 안기부도 잘 모르고 있다는 사실에 대하여 개탄을 금할 수 없다.

민주와 공산진영이 대립하고 있는 우리의 국내 정세를 감안해 볼 때 공무원을 비롯한 모든 국민이 국가를 보위하고 5,000만 국민의 생명을 지키기 위하여 자신을 희생하는 것은 물론 가상스런 일이고, 더 나아가 자신의 아들, 딸이 국가의 안전보장이나 국민의 생명보호와 선택의 대상이 되어있다면 자신의 아들, 딸까지도 버려야 하는 서글픈 현상이 발생할 수도 있다는 것을 알고 있을 것이다.

국민과 공무원이 그러하다면 국가와 국가기관도 국민과 공무원을 버려서는 아니될 최소한의 책임과 의무를 다해야 할 것이다. 그렇다면 국가기관인 안기부는 국가를 보위하고 국민의 자유와 권리를 보호하기 위한 부득이한 상태에서 직원을 버리고 내쫓았는가 아니면 경미한 과실을 직원 제거의 구실로 삼거나 안기부 수뇌부 반대세력 축출의 명분으로 죄없는 직원의 퇴직을 강요하였는가를 되돌아보아야 할 것이다.

지금 안기부가 덫에 걸려있는 것은 부모가 자식을 버렸거나 국가가 국민을 버린 것과 같은 반인륜적인 안기부의 비정한 행태에서 비롯되었다고 보기 때문이다. 인간이 죄를 짓는 것과 같이 공무원 조직도 결코 범죄와 무관할 수 없다. 안기부 조직도 공무원 조직이므로 범죄나 비리가 없을 수는 없다. 나는 안기부 범죄는 일반 공무원 범죄의 5% 이하라고 이미 언급한 바 있지만 그 비율도 안기부가 직원을 내쫓기 위한 구실로 이용한 범죄나 비리 조작사건까지 포함한 것임을 밝혀둔다.

따라서 거의 대부분의 안기부 조직구성원은 순수하고 때묻지 않았지만 거기도 사람 사는 곳이므로 범죄나 비리세력이 혼재되어 있는 것은 하늘의 이치일 것이다.

특히 부장(원장)이나 차장 등 수뇌부는 사람에 따라 인격의 양상이나 인간성의 종류가 다양하게 나타날 것이며 안기부 감찰실은 발견해내기가 쉽지 않는 직원들의 비위나 범죄를 찾아내야 한다는 업무의 특성상 생래적(生來的) 범죄인이라는 누명을 뒤집어 쓸 수밖에는 없을 것이나 그것은 조직체계상의 현실적인 한계일 뿐이다.

안기부는 직권면직이나 해임, 파면 등의 불명예를 안고 억울하게 물러난 직원의 숫자는 이루 헤아릴 수 없이 많지만, 여기서는 한 가지 사건만 실례를 들어 설명하고 과연 이것이 정당한 징계사유가 되는지는 독자의 판단에 맡기고자 하며 안기부는 대부분 이러한 종류의 범죄가 대종을 이루고 있다는 것도 밝혀두고자 한다.

여간첩 정복희 사건은 1978년에 발생되었다. 정복희는 충남 보령시(당시는 보령군) 대천경철서 서장 집에서 세들어 살고 있었으며 보령읍과 면지역 등지를 전전하며 새우젓 등 식재료를 판매하는 행상이었다. 안기부는 정복희의 행적을 의심하며 벌써부터 동향을 감시하고 있었다.

그녀는 북한 상부선과는 이미 연락이 끊기어 역용공작 등을 실시하여 접선간첩을 검거하기 위한 활용가치는 크지 않았으나 분명한 생간첩이었다.

안기부는 수개월간의 미행과 동향감시를 계속하였으나 더 이상 특이동향을 발견할 수 없어 일단 신원을 확인하기 위하여 임의동행 형식으로 경찰지서에서 접촉키로 하고 약속을 잡았지만 정복희는 출석치 않은 채 자가에서 음독한 후 김일성 장군 만세를 부르며 자살하고 말았다.

안기부는 여간첩 정복희 자살사건이 터지자마자 그 지역을 담당하던 김모 수사관을 즉각 파면조치했다. 파면 이유는 간단하였다. 정복희가 자살 직전에 검거하지 못했다는 것이다. 말하자면 자살을 방지하지 못했다는 점이다. 그러나 이러한 조치는 너무 지나친 행위다. 왜냐하면 법이란 불가능한 행위를 행위자에게 강요할 수는 없기 때문이다.

문제는 자살하는 간첩을 자살하지 말도록 막을 방법은 사실상 불가능한 것이다. 또한 일반 잡범과는 달리 동향을 끊임없이 관찰해도 그 신원을 쉽사리 파악할 수 없는 것이 간첩이므로 어찌보면 지역담당 수사관이 시운이 없는 사람이라고 생각할 수밖에 없을 것이다.

나는 선배 수사관인 김 수사관이 파면되고 10년이 지난 1988년~1989년 경 어느 날 대전대학부속 한방병원에 입원해 있던 그의 부인이 사망했다는 소식을 들었고, 김수사관도 대청댐에 빠져 스스로 목숨을 끊었다는 소식을 들은 것은 그의 부인이 사망한 후 3~4년이 지난 1992년 겨울이었다.

나는 1988년 경 나의 아내가 대전대학부속 한방병원에 입원해 있을 때 김 수사관을 몇 번 만났다. 그는 만날 때마다 나를 붙잡고 자신을 파면시킨 당시 국내차장을 원망했다.

「전 장군, 이××를 내가 가만두지 않겠다. 변 수사관, 나 정말 억울하오…」

그는 감정이 극에 달해 이미 이성을 잃고 있었다.

「왜 아니 그러시겠습니까」

나는 가능한 그의 비위를 맞추려고 애를 썼다. 인간적으로 너무나 안되었다고 생각되었기 때문이었다.

그는 학사 출신 헌병장교로 군에서부터 수사만 해왔던 분이었다. 지금도 그를 생각하면 측은한 생각이 든다.

위와같이 안기부는 그 기능을 수행하기 위해서라면 조직 구성원들을 헌신짝처럼 버려왔던 행태를 반드시 되돌아 보아야 할 것이다.

부모가 자식을 버리는 일이 어려운 것과 같이 국가도 국민을 버려서는 안될 국가의 최소한의 의무가 있는 것이다. 그럼에도 불구하고 국가기관인 안기부는 과연 조직 구성원들을 위해 그들을 보호하고 감싸준 적이 있었는가?

한편 서울 시청 공무원 유우성도 간첩일 가능성을 배제할 수 없는 입장이라는 여론이 많다. 그러나 증거를 보강하려는 취지에서 제출된 또다른 증거가 조작되었다는 데에 문제점이 생긴 것이다. 물론 증거 보강 차원에서 제출된 증거가 과실에 의하여 제출된 증거라는 것이 여러 정황에 의하여 드러나고 있는 것 같다. 오죽했으면 담당과장이 자살까지 시도했을까. 사람이 죽는다는 것은 확실한 신념에 의하여 자신의 양심에 부끄러움이 없을 때에만 감행할 수 있는 용기이기 때문에 조작된 증거는 과실에 의한 것이라고 판단할 가능성이 크다고 생각된다. 그러나 다른 모든 기관이나 사람들은 과실에 의한 것이 아니고 고의에 의한 조작된 증거라고 보고 있다 한다.

이번 간첩사건 수사에서 지휘부에 보고하고 눈치만 살필 것이 아니었으며 과장이 계장이나 실무담당자와 상호 협의와 자료검토를 면밀하게 실시한 상태에서 수사가 이루어졌다면 증거조작사건이 발생하지도 않았을 것이다. 실로 확실한 수사는 낮은데로 임하여 이루어져야 한다. 증거조작은 확보된 증거에 더 확실한 증거를 보강하려 했다는 취지는 이해가 가지만 확실하지 않은 증거는 채택해서는 안된다.

1985년 4월 중순 경 안기부 대전지부에서는 이런 일도 있었다. 피아노 조율사가 피아노 조율을 의뢰받고 어떤 집을 방문하여 피아노 조율 작업 중 방안의 달력 4월 15일 칸에 동그라미로 표시하고 '김일성 생신을 축하합니다.'라는 글씨가 기재되어 있는 것을 발견하고 안기부 대전지부에 신고한 사건이 있었다.

이 사건은 누가 달력에 그러한 표시를 했는가, 그 표시한 대상자를 밝혀낼 수 있는가 하는 점에 대하여 충분한 내사과정을 거친 후에 수사를 해야 할 것이나 내사단계를 거친 후 수사는 유야무야된 것으로 기억하고 있다. 내가 신고를 받은 것도, 내사한 것도 아니기 때문에 구체적 상황은 알 수 없으나 충분히 수사할 가치는 있었다고 생각된다.

그러나 지휘부서의 생각은 달랐다. 사건 자체가 민감한 사항이고 사건을 수사하여 혐의점을 밝혀내고자 한다면 인권문제가 대두됨은 물론이고 관련자가 혐의점을 끝까지 부인한다면 우선 증거 확보차원에서 혐의사실을 밝혀내는 것이 결코 쉽지 않을 것이므로 내사단계에서 종결시킨 것으로 알고 있다.

내가 여기서 강조하고자 하는 점은 '정복희 여간첩 사건'이나 '김일성 생신을 축하합니다.'는 대공 혐의사건에 대해서 알 수 있는 바와 같이 안기부 수사관은 물론이고 수뇌부도 간첩을 잡아서 얻는 명성이나 이익보다는 잘못하여 혐의없는 사람을 간첩으로 잡아 책임지는 불이익을 빗겨가고자 하는 의식이나 사고방식이 경찰이나 일반 공무원들의 합리적 사고방식과 매한가지라는 사실이다.

안기부는 조그만 혐의점이 있어도 무소불위의 권력을 동원하여 데려다 조사하고 죄를 뒤집어 씌운다는 시중의 소문은 전혀 근거가 없는 것이다. 또한 상기 사건에 비추어 생각할 때 안기부 수뇌부는 물론이고 지부장이나 본부 국장이 간첩색출 수단으로 얼마나 증거확보를 중요시하는 지를 단적으로 증명하고 있다 할 것이다.

따라서 이러한 30년 전의 상황에서 수사의식이나 관행에 비추어 볼 때 이번 국정원의 유우성 간첩사건은 간첩이라는 확신을 가지고 공들여 검거하였음에도 확보된 증거에 다시 부차적인 증거까지 곁들이려는 욕심이 작용하여 그 증거가 조작된 결과를 초래한 것일 뿐 증거조작의 고의성은 없는 것으로 보인다.

실로 대한민국은 인권보장의 천국이라는 생각을 하면서 인권보장이라는 형식에 치우쳐 많은 실익을 놓치고 있지는 않는가? 국가 정책결정에 형식과 실질의 조화점은 어디서, 어떻게 찾아야 할 것인가는 당면한 우리 국가의 과제가 아닐 수 없다.

향후 과감한 정부의 정책적 결단이 없다면 간첩이나 범죄자 색출은 점점 어려워 질 것이고, 종북 야당의원이나 반정부 불순세력의 반정부·반법치적인 준동에 대하여 수사기관의 활동은 복지부동(伏地不動)이나 복지안동(伏地眼動)의 상태가 계속 될 것이며 반정부 불순세력은 민주주의라는 이름을 빙자하여 엄청난 규모로 확장될 것으로 보인다.

이러한 한국은 과연 민주국가로 존립할 수 있을까!

제4장

법과 정의, 그리고 종교

규범과 법

인간이 공동생활을 하고 그 질서를 유지하는 데는 행동의 기준이 필요하다. 예컨대 가족이 그 질서를 유지하고, 회사가 회사를 경영하며 이윤을 창출하기 위한 경우나 국가가 국민을 통치하고 치안을 유지하기 위해서도 마땅히 따르고 지켜야 할 가치판단의 기준이 필요한데 이처럼 인간의 사회생활에 있어서 지켜져야 하는 가치관에 따라 행위를 규율하는 규칙을 규범이라 한다.

사회생활이 단순했던 고대에서는 법이나 도덕·종교 등이 합체되어 한 개의 사회규범을 가지고 있었으나 근대에 이르러 사회생활이 복잡화 됨에 따라 사회규범도 법·도덕·관습·종교 등으로 분화되었다. 따라서 규범이란 법이나 도덕·종교 등을 포괄하는 가장 넓은 개념으로서의 인간의 사회생활을 규율하는 준칙이라고 할 수 있다.

아주 옛날 사람들이 순박하기만 했던 시대에는 종교나 도덕만 가지고도 충분히 사회질서를 유지할 수 있었으나, 이해의 대립이 커지고 사회가 복잡해지면서 종교나 도덕만으로 사회의 평화를 누리기가 어렵게 되었다. 여기서 국가는 일정한 질서를 지킬 것을 명하고, 이에 따르지 않을 경우에는 강제적으로 제재를 가할 수 있는 규범이 필요하게 되었는 바 이 규범이 바로 법인 것이다.

그런데 법은 국가권력에 의한 강제성이 뒷받침 되고 있으므로 다른 규범보다 그 효력이 크다고 할 수 있으나 일반적인 평균인을 대상으로 강제력이 발동되고 규제대상이 되었던 것이 현실이었다. 그러나 도덕은 평균인을 대상으로 할 뿐만 아니라 지키기가 어려운 이상을 지향할 수도 있는 규범 원리이므로 상대적으로 법에 비하여 과대평가되는 경향이 있었다.

　따라서 종래에는 타인의 권리와 이익을 침해한 자가 있다면 그러한 사회 생활상 용인될 수 없는 행위자 뿐만 아니라 그러한 행위자를 응징하는 자도 인내하며 용서해주는 관용이 없다는 이유로 나쁜 사람으로 취급하는 것이 보통이었는데 이는 순전히 도덕이라는 잣대를 기준으로만 사람을 평가하는 것이 우리 사회의 일반적인 정서였다는 데에 그 원인이 있었다. 따라서 법은 도덕의 하위규범이었다. 법은 도덕을 실현시키는 수단이고 법의 구속력의 근거는 도덕에 있다는 생각이었으며 자연법 사상이 그 대표적인 것이라 하겠다. 이러한 의미에서 「법은 도덕의 최소한」 이라고 불린다.

　그러나 현대는 법은 도덕의 실현수단에 그치지 않고 권리남용과 같이 부도덕 실현의 가능성도 내포하고 있는 것이다. 또한 법은 강제가능·실현가능한 것이어야 하므로 설령 도덕상 요구된다 해도 법으로서 효과를 얻을 수 없는 것 또는 큰 해악을 가져오는 것은 법규화해서는 안된다.

　요즈음에는 법이란 정의를 실현하는 가장 강력한 수단이라는 점에서 현대인의 대부분이 애용하고 있다. 물론 법 이외 도덕이나 종교 등도 정의를 실현하는 수단이 되고는 있지만 역시 강제성의 수단으로는 법이 가장 강력하다고 할 수밖에는 없을 것이다.

재판과 인간생활의 관계

정의를 실현하는 수단인 법은 재판의 모습을 띠고서 구체적으로 그 기능을 수행한다. 재판이란 사법기관인 법원이 구체적인 분쟁사건에 대하여 일정한 절차를 거쳐 공권적으로 내리는 판단이다. 재판의 종류는 많지만 민사재판과 형사재판이 그 주종을 이루고 있다. 민사재판은 개인간의 재산상 분쟁을 해결하는 것이고, 형사재판은 검사가 범죄자에 대한 재판을 요청하고 법원이 범죄자의 죄의 유무를 판단하는 작용이다.

사람이 살면서 병원 한 번 다녀보지 않은 사람이 없듯이 다른 사람과 본의 아니게 말다툼 한번 해보지 않은 경우는 별로 없을 것이다. 특히 현대인들은 아무리 타인과 원만히 지내며 나쁜 짓 하지 않고 세상을 살아가고 있다 하더라도 뜻밖의 송사에 휘말려 재판을 하는 사람들을 우리 주변에서 흔히 볼 수 있을 것이다. 자신이 아무 잘못이 없다해도 다른 자동차가 자기 자동차를 뒤에서 추돌하는 데야 사고가 아니 날 수 없는 경우와 같은 이치이다.

예컨대 지인에게 큰 돈을 빌려주고 돈을 돌려받지 못한 경우나, 많은 형제 중 한 사람이 다른 형제들을 제외시키고 부모의 상속재산을 몰래 혼자서 등기해 버린 경우, 친척에게 자기 집을 일정기간 살게 하고 외국에 나가 10년간 거주하다 귀국해 보니 그 친척이 주택의 소유권을 자신 앞으로 이전 등기한 경우 등에 우리는 과연 어떻게 해야할까?

인간적으로 용서하고 손해보면 모든 문제가 해결된다고 하지만 과연 그렇게 할 수 있는가. 그렇게 하는 것이 현명하고 올바른 처세술일까. 그것은 사람마다 생각이 다르고 인생관이 다르기 때문에 한 마디로 어떻게 해야 된다는 정답은 없다. 그러나 무엇이 옳고 그른가, 누가 정당하고 부당하다는 구체적인 기준만은 분명히 설정할 수 있어야 이 사회나 국가의 법질서가 유지된다는 데 대하여는 아무도 부정하지 않을 것이다.

인간생활에서 상호분쟁이 발생할 때 그 시비를 가려주는 곳이 법원이고, 법원을 재판을 통하여 인간생활과 상호관련을 맺고 있는 것이 현실이다. 그러한 의미에서 재판의 형태로 나타나고 있는 법의 실현과 인간생활의 유기적인 상관관계는 좋든 싫든 오늘날 이 세상을 살아가는데 존재하는 필연적인 현상이라고 밖에 할 수 없을 것이다.

재판의 실태

재판이란 구체적인 분쟁사건에 대하여 법원이 일정한 절차를 거쳐서 내리는 공권적 판단이라고 이미 언급한 바 있지만 재판의 개념을 실례를 들어 살펴보고자 한다.

재판이란 법원이 당사자가 어떤 사실을 주장할 때(예컨대 갑이 을에게 돈을 빌려주었다는 사실) 그 소비대차 사실이 법률요건에 해당하는지 여부(예컨대 갑이 을에게 5,000만원을 빌려준 소비대차 계약을 증명하는 소비대차 계약서의 존재 사실)를 확인한 후 당사자의 주장 사실을 법률요건에 포섭시켜 그 법률요건에 법률효과를 선언(예컨대 피고 을은 원고 갑에게 금 5,000만원을 지급하라)하는 것이다. 결론적으로 재판이란 법원이 사실(당사자가 주장하는 사실)에 대하여 법률을 적용하는 것이다.

그렇다면 재판의 모습을 띠고 나타나는 법은 현실적으로 사람들의 분쟁을 어느 정도 공정하게 해결해 주고 있을까? 법이 사회에서 얼마만큼 공정하게 운용되며 인간생활에서 발생되는 상호분쟁을 시원스럽게 해결해 주고 있는가에 대하여는 오랜 세월동안 모든 사람들에게 희망의 대상이 되기도 하고 다른 한편 절망과 슬픔의 대상이 되어왔던 것이 사실이다. 법이란 돈 있고 배경 있는 사람에게는 좋은 결과를 가져다 주지만 돈 없고 배경 없는 사람에게는 절망과 불행의 결과를 가져오므로서 결과적으로 법은 돈이나 권력 등 다른 사회적 요인과 상호 인과관계를 통하여 작용하므로 그 작용은 공정하지 않은 경우가 많다는 사실이 확인되고 있다고 해야 할 것이다.

설령 돈 있고 배경 있는 사람이라 하더라도 전관예우를 받지 못하는 변호사를 선임함으로써 확실히 이길 수 있는 재판이 패소하는 부조리가 발생한다는 것은 법이 그만큼 사회생활과의 유기적인 관계에 따라서 수시 변할 수 있다는 사실을 보여주고 있는 것이다.

한국사회의 뿌리 깊은 부조리 현상 중 하나가 바로 전관예우이다. 전관예우란 이미 퇴직한 전직 관리에 대한 예우를 말한다. 한국사회에서는 전관예우가 부정적인 것으로 바뀌어 버린 지가 오래된다. 이 말은 법조계 쪽에서 주로 나타나지만 시간이 지나면서 법조계 뿐만 아니라 정치계, 금융계 등으로 널리 퍼져 있는 것이 현실이다. 그럼에도 그 부조리는 시정되지 않고 있다.

재판은 그 종류가 다양하지만 민사재판, 형사재판이 그 주종을 이루고 있으며 행정재판, 가사재판 등도 있다. 모든 재판이 다 그렇지만 특히 민사재판과 형사재판은 돈 있고 배경있는 사회계층에 유리하고 돈 없고 배경없는 사람들에게는 불리한 것이 뚜렷하다.

법이 재판을 통하여 추구하는 기능이란 사람의 상호간 분쟁을 해결하고 정의를 실현하는 것이라고 할 수 있겠지만 여러 가지 사회제약 조건 때문에 구체적 정의를 실현하는 것은 쉽지 않을 것이다.

재판기능을 저해하는 제약조건은 무엇일까?

물론 대표적인 제약조건은 이미 언급한 돈이나 권력 등의 사회적 요인이 가장 큰 제약조건이 될 것이다. 재판이란 누구에게나 공정하게 이루어져야 함에도 불구하고 공정성을 해치기 때문이다.

그러나 제약조건은 거기에 국한되지 않는다. 소송 당사자의 법률적 지식의 우열에 따라 상호분쟁은 공정치 못한 결과로 얼마든지 귀결될 수 있기 때문이다. 또한 형사재판에서 죄없는 사람에게 죄를 뒤집어 씌우거나 행정재판에서 국가기관이 아무 과실없는 공무원에 대하여 증거를 조작하거나 경미한 과실을 중대한 과실로 모함하는 등의 이른바 힘의 논리에 의해서 약자가 희생되는 경우는 허다할 것이다.

한편 재판을 담당하는 법관도 인간이므로 금력이나 인간관계에 초연할 수는 없는 것이며, 법률지식에 대한 오판으로 공정성에 반하는 판결의 위험성도 상존하고 있다는 것을 우리 모두는 경험하고 있는 바이다.

설령 공정한 재판이 이루어져 소송관련 당사자가 소기의 성과를 얻었다해도 재판결과 재판으로 얻은 이익이나 보상은 재판을 통하여 부담하는 고통이나 손해에 비해 결코 큰 것이 아닌 것이 현실이다. 그렇다면 결론적으로 재판을 통하여 법이 인간생활에 미치는 효능이나 역할은 결코 크다고 할 수 없다. 물론 형사재판에서 억울하게 누명을 쓰고 있는 형사 피고인의 경우는 다르다고 할 수는 있겠지만…

일단 재판이 걸리면 소송 당사자는 그 재판에 모든 노력을 다해야 하고 다른 일을 할 수 없는 인고의 세월과 고통을 감수해야 하기 때문이다.

법관의 임무와 대법원 심판의 문제점

1. 법관의 임무

헌법 제11조에서는 모든 국민은 법 앞에 평등하고 누구든지 사회적 신분 등에 의하여 차별을 받지 아니한다고 규정하고 있다. 그런데 실제 재판에 있어서는 모든 국민이 법 앞에 평등하지도, 공정하지도 않는 경우가 대부분이다. 전관예우, 유전무죄, 무전유죄란 말이 꾸준히 국민들의 입에 오르내리며 권력자나 재벌 등에 대한 재판이 일반 민초들의 재판에 비하여 동일한 형량이 부과된다고 믿는 국민은 거의 없다고 보아야 할 것이다.

재판 당사자는 형사사건은 물론이고 민사사건의 경우에도 재판기간 동안 다른 일을 제대로 할 수 없다. 그 재판결과가 자신의 일상생활에 매우 중요한 영향을 미치므로 재판진행에 몰두할 수밖에 없기 때문이다.

국민에게는 재판이 공정해야 하는 것이 무엇보다 중요하지만 그 재판이 신속하게 끝나 다른 생업에 전념할 수 있도록 하는 것 역시 중요하다. 따라서 신속 공정한 재판이 국민의 바람이며 법원의 사명이고 법원의 존재 이유가 되어야 할 것이다.

2. 법관의 한계

법관은 사회적 엘리트 계층으로 볼 수 있지만 법관 역시 인간이기 때문에 인간으로서의 한계가 있다. 감정도 지니고 있고, 부귀영화의 욕구나 욕망도 가지고 있다. 능력에 있어서도 무한할 수가 없기 때문에 법관의 판결이 항상 정당할 수많은 없다고 볼 수 있다.

「법관은 헌법과 법률에 의하여 그 양심에 따라 독립하여 심판한다」고 하는 규정이 존재하지만 국민의 행위에 대한 시비를 정당하게 판결해 주어야 한다는 보장은 확신할 수 없다. 법관은 독립하여 심판한다는 특권을 가지고 있기 때문에 법관의 독직, 부정사건에 대해서는 보다 엄격하게 법을 적용하고 가중 처벌받는 것이 형평에 맞을 것이나 현실은 그렇지 않다.

남의 잘못을 판단하는 권한을 가진 자는 스스로 먼저 깨끗해야 한다. 자신이 정의롭지 못하면서 남을 심판한다는 것은 합당하지 못하기 때문이다.

법관들의 법적용에 대하여 법적용이 관대하다면 그 사회는 공정한 사회라고 할 수 없다. 자신이 잘못했으면 자신에게 손해가 돌아가야 한다. 그러나 법관은 판결을 잘못하더라도 자신은 책임을 지지 않으며 법관의 잘못된 판결로 손해를 보는 사람은 법관이 아닌 일반인이다.

법관이 법에 의하여 사회로부터 특혜를 받는만큼 법관의 부정과 비리에 대하여는 일반인에 비하여 보다 엄격한 제재를 받도록 해야 할 것이다.

3. 판결문 공개의 필요성

판결문 공개에 대해서는 오래 전부터 변호사, 시민단체에서 주장하여 왔다. 법관이 잘못 판단한 판결에 대해서 자신에게 그 결과가 돌아오는 것이 아니므로 실질적 피해는 없다. 따라서 법관은 재판을 등한시 할 수가 있으며 그 피해는 고스란히 소송 당사자에게 돌아온다.

법관의 개인 능력은 천차만별이므로 법관의 공정한 재판을 법관 개인의 능력이나 양심에만 맡겨두고 그대로 용인할 것이 아니라 사후 검증조치가 필요할 것이다. 즉 판결이 공개되어 재판 당사자가 아닌 다수의 제3자가 판결을 비판하면 그것은 정당성을 가진 것으로 판사의 불공정성이 폭로되고 변명이 용납되지 않을 것이다. 따라서 판결문의 공개는 판사에게 압력으로 작용하여 판사의 부정·부패는 물론이고 공정한 판결과 공정한 사회를 건설하는 길이 될 것이다.

판사의 공정·신속한 재판은 도덕성이나 윤리성에서가 아니라 인간의 이기적 본성에서 그 근거를 구해야 할 것이다. 왜냐하면 도덕성이나 윤리성은 개인에 따라 관념이나 정도의 차이가 있지만, 인간의 이기적 본성은 모두 동일하기 때문이다.

사람은 누구나 다른 사람으로부터 유능하고 공정하다는 평가를 듣고 싶어한다. 이러한 인간의 본성을 판결에 이용하기 위하여 판결문을 공개해야 한다. 자신이 판결한 내용을 모든 국민이 살펴보고 감시한다고 생각할 때 판사는 반드시 공정한 판결을 할 수밖에 없는 것이다. 만일 공정한 판결을 하지 않는다면 부패한 법관으로 밝혀져 도태될 것이기 때문이다.

따라서 판결문 공개는 국민이 신청하기만 하면 언제, 어디서나 대법원 판결문을 포함한 일체의 관련 부속서류까지 공개하도록 법률제정이 시급하다고 사료된다.

4. 판결문 공개의 당위성

헌법은 「모든 권력은 국민으로부터 나오며 공무원은 국민 전체에 대한 봉사자로서 국민에 대하여 책임지고 재판의 심리와 판결은 공개한다」고 규정(헌법 제1조, 제7조, 제109조)하고 있다.

이 헌법 규정은 법관에게 재판권은 부여하나 그 재판권은 국민이 법관에게 위임한 것이다. 따라서 재판권은 법관의 사적인 권리가 아니고 국민으로부터 위임받는 공적(公的) 권리이므로 법관은 수임자일 뿐이다.

수임자인 법관이 재판권의 결과 취득한 판결문은 사법부의 전유물이 아니고 공적 기록물이며 국민의 것으로서 사법부는 관리주체일 뿐이므로 주인인 국민에게 판결문을 확인할 수 있도록 공개해야 하는 것은 당연한 일이며 법원의 의무이다. 판결문 공개를 거부하는 판사에 대하여는 처벌 규정을 명기하는 입법조치가 수반되어야 할 것으로 보인다.

5. 대법원 심판의 문제점

(1) 대법원의 역할

대법원은 법을 수호하는 사법부의 최고기관으로서 재판의 최종판결권을 가지고 있다. 따라서 대법관이 사법부의 핵심적 역할을 한다고 볼 수 있을 것이다.

재판은 사실관계를 바탕으로 해서 해당 법률을 적용함으로써 이루어진다. 그러므로 판결에 있어서 가장 중요한 것은 정확한 사실관계에 대한 인식이며 이 사실관계를 바탕으로 정확하게 법률을 적용하는 것이다.

대법원에서 이루어진 판결 내용은 비슷한 다른 사건의 재판에도 적용되므로 당사자 뿐만 아니라 모든 사람에게까지 행위의 기준이 되고 있다.

국민은 대법원의 판결을 보면서 행동하므로 대법원이 바로 서야 나라가 바로 서며, 대법원이 공정한 판결을 할 때 나라와 사회가 정의로워질 것이다.

(2) 대법원 판결의 문제점

헌법에서 법원은 최고법원인 대법원과 각급 법원으로 조직된다고 규정(헌법 제101조 제2항)하고 있지만 상고심 사건의 65%이상이 대법원의 심리도 거치지 않고 기각처리되고 있다고 한다. 그런데 전직 대법관 변호사 상고심은 대법관 이외의 변호사 상고심보다 기각 처리율이 현저히 떨어지고 있다는 사실은 무엇을 의미하고 있는 것일까?

대법관이 일반 판사보다 일반적으로 법률 지식이 우수하다고 할 수 있을 것이나 대부분 그렇다는 것이지 반드시 일반 판사보다 낫다고 단정할 수는 없을 것이다. 그럼에도 일률적으로 대법관 출신 변호사와 비대법관 출신 변호사로 양분(兩分)하여 기각 처리율을 달리하는 것은 한마디로 전관예우에 따른 불공정 재판이라 할 수 있을 것이다.

또한 대법원은 하급심 재판의 법률심만을 심판할 뿐 사실심에 대하여는 심판하지 않는다. 따라서 1심이나 항소심 사건의 사실심 재판에서 사실 관계에 대하여 판사가 과실로 잘못 인식하거나 고의로 달리 해석하여 법률을 부당하게 적용한 경우 구제받을 방법이 없다. 이 얼마나 한심하고 서글픈 일인가!

법률심도 65% 이상 대법원이 심리조차도 없이 기각 처리한다면 사실심에 대하여는 아예 심리해 줄 것을 기대조차 할 수 없을 것이다.

대법원은 원칙적으로 사실심에 대하여는 심리할 수 없고 사실심은 제1심과 항소심의 전권사항이다. 다만, 직권으로 조사할 사항에 대해서만 예외적으로 조사할 수 있다. 따라서 대법원은 하급심이 조사할 사항을 조사하지 않은 경우의 제1심과 항소심의 직권 · 조사사항에 대하여 직권으로 조사할 수 있고 또 정의구현의 차원에서 당연히 조사하는 것이 올바른 태도이겠지만 실제적으로 조사하는 것을 기대하기는 어려울 것으로 보인다. 법률심도 65% 이상을 대법원이 산적한 업무량의 부담을 이유로 심리조차 하지 않고 상고 기각 처리하고 있다는데 더 이상 무슨 설명이 필요하겠는가.(민사소송법상 사실문제의 판단은 사실심의 전권이며 사실심이 적법하게 확정한 사실은 상고법원을 기속(민소법 제432조) 하므로 상고심과 재항고심은 재판에 영향을 미친 헌법 · 법률 · 명령 · 규칙의 위반이 있음을 이유로 하는 때에 한하여 인정(민소법 제423, 424, 442조)되며 사실 문제에 대한 원심의 오판을 주장할 수 없고 새로운 사실의 주장과 증거의 제출을 인정하지 않는다. 다만 법원의 직권으로 조사할 사항에 대하여는 예외가 인정(민소법 434조)된다.

우리는 여기서 대법원 심판과 법률규정의 문제점을 발견할 수 있다. 즉 사실관계의 확정은 제1심과 항소심의 전권사항이며 대법원은 법률심에 대해서만 심판한다는 규정은 부당하고 모순된 법률규정임에도 불구하고 대법원은 그 법률규정에 따라 심판하고 있다는 사실이다.

재판작용 중 가장 중요한 것은 사실관계의 확정이다. 그럼에도 불구하고 가장 중요한 사실관계의 확정을 제1심과 항소심에만 맡겨두고 대법원이 모른 체 법률관계의 적용에 관하여만 심판한다는 것은 근본적인 것과 지엽적인 것을 혼동하는 것일 뿐만 아니라 하급심 판사의 과실이나 비리에 따라 잘못 적용된 사실관계를 바로 잡을 수 있는 기회를 스스로 포기하는 행위라 할 것이다.

따라서 대법원은 위와같은 법률심만 심판해야 한다는 모순된 법률규정의 제한 때문에 사실심 심판에서 발생되는 모순과 부조리를 대법원이 시정할 수 없는 현실에 대하여 경악과 서글픔을 금할 수 없다.

대법원 재판의 실례를 살펴보는 것도 독자들의 이해를 돕기 위해 필요할 것이다.

(3)대법원 심판의 현실

우리나라 대법관은 대법원장을 포함하여 14명으로 구성되어 있다. 이중 대법원장은 연합부 재판일 때만 참여하고 보통은 심판에 관여하지 않으며 또한 법원 행정처장도 심판에 관여하지 않으므로 12명의 대법관이 사건을 분담하여 심판에 관여한다고 한다.

원칙적으로 상고심 사건은 대법관 4인으로 구성되는 합의체에서 각 대법관이 평등하게 사건 검토를 한 후 합의과정을 거쳐 판결하게 되어 있다. 그러나 사건 수가 워낙 많다 보니 대법관 4인 중 주심인 대법관이 혼자 결정하고 나머지 대법관은 형식적으로 이름만 올리는 것이 현실이라고 한다. 재판 건수가 많다보니 어쩔 수 없이 실질적 합의제 대신 형식적 합의제가 운용되고 있는 것이다. 상고심 사건을 이처럼 편법으로 운용하고 있는 부조리와 모순은 더 이상의 구차한 변명이나 해명을 필요로 하지 않을 것이다.

사건의 진실과 원심의 판결 내용에 대하여 심사숙고할 겨를이 없을 것이므로 사회적 관심사건인 대기업 그룹 총수 사건이나 유명 국회의원, 장관의 민·형사 사건이 아닌 일반 서민들의 사건에 대하여는 대충 판결할 수밖에 없다는 것이다. 세상에 이런 모순과 부조리가 어떻게 용인될 수 있다는 말인가! 공정하고 신속한 재판을 최고의 이념으로 하는 법원이 그것도 최고위직 법관인 대법관이 사회적 관심이 집중되고 있는 사람들에 관한 사건은 온갖 정성과 노력을 들여 심판하고 일반인들에게 대하여는 대법관 혼자의 기분에 따라 심판한다는 것은 비난받아 마땅하다.

그럼에도 불구하고 대법원은 대법관의 수는 적고 사건은 많기 때문에 대법관 수를 대폭적으로 늘여야 한다는 국회의 제안에 대하여는 반대하고 있다는 것이다. 그 이유야 여러 가지가 있겠지만, 대법관이 증원되면 대법관의 권위와 희소가치가 떨어지고 법원 내에서 판사들과 사회 각 계층으로부터 대접이 소홀해진다는 것이 그 이유인 것 같다.

물론 대법관도 세속을 초탈한 초인적인 인격자는 아니다. 보통 판사보다 경험과 법률지식을 좀 더 갖추고 있는 평범한 사람일 뿐이다. 따라서 그들도 다른 사람으로부터 대우받고 싶고 사회적으로 명예를 거양시켜 유명인사가 되고자 할 것이며 휴식을 취하고 사생활(私生活)을 즐길 시간을 갖고자 하는 마음은 일반인과 똑같을 것이다.

그러나 그러한 심리적 작용으로 대법관 증원을 반대한다면 이는 대부분의 국민들의 권리와 이익에 반하는 것이며 합리적 이유가 될 수 없는 것이다. 대법관의 증원이 국민의 권리와 이익을 보호하기 위한 수단이 되는 것이 확실하다면 대법관의 정원을 30~50명으로 증원하는 것을 조금도 주저할 필요는 없을 것으로 본다.

(4) 대법원 심판의 문제점 해결방안

재판이란 한 마디로 법률요건에 해당하는 사실관계를 확정하고 그 사실관계를 해당법률에 적용시키는 법원의 작용이라고 할 수 있으므로 재판작용 중 가장 중요한 것은 사실관계의 확정이라고 할 수 있으며 이는 기술한 바와 같다. 그렇다면 권리·의무로 나타나는 법률효과보다는 사실관계(예컨대 5000만원의 소비대차 계약관계가 있는 사실)로 나타나는 사실관계의 확정이라는 법률요건이 더 중요하다고 해야 할 것이며 예시한 5000만원으로 소비대차계약이 있었는가의 확정사실에 대하여 제1심과 항소심에서 부당하거나 부정한 재판이 종결되었음이 분명함에도 불구하고 대법원은 사실심 불관여라는 부당한 민사소송법의 형식적 규정에 얽매어 '나 몰라라' 하겠다는 것인데 이는 인권이나 재판권의 최후의 보루라고 할 수 있는 그 기능에 비추어 무책임한 태도라 하지 아니 할 수 없을 것이다.

따라서 대법원 심판의 근본적 문제점을 해결하기 위해서는 대법관 수를 증원함과 더불어 대법원이 법률심만 심판한다는 모순된 민사소송법 관련규정을 마땅히 개정하여야 할 것이다. 이는 험악하고 파란만장한 인간 세상의 부정과 비리로 얼룩질 수밖에 없는 제1심과 항소심의 부당한 재판을 감시 · 감독하는 것이 인권과 재판권의 최후의 보루인 대법원의 권한이자 의무이기 때문이다.

종교란 무엇인가

종교란 신이나 절대적인 힘을 통하여 인간의 고민을 해결하고 행복을 추구하는 등 삶의 근본 목적과 관련된 문화적인 가치체계라고 할 수 있을 것이다.

종교는 인간의 정신문화 양식의 하나로 인간의 여러 가지 문제 중에서도 가장 기본적인 것에 관하여 경험을 초월한 존재나 원리와 연결지어 의미를 부여하고 그 힘을 빌려 통상의 방법으로는 해결이 불가능한 인간의 불안·죽음, 고민이나 고통을 해결하려는 것이다.

종교의 기원은 오랜 세월을 통하여 부지불식간에 형성되었으며 오늘날에도 인간의 내적 생활에 크게 영향을 끼치고 있다.

인간이 자연환경 속에서 자신을 발견할 때 느끼는 불안과 공포가 종교와 과학의 시작이라고 할 수 있을 것이다. 인간이 자연과의 무모한 대결을 벌이면서 느꼈던 불안과 공포, 무력감에 대한 대답은 과학적이고 종교적이었다. 이 우주 안에는 우주를 다스리는 강력한 힘이 있다는 것을 느끼게 된다. 그 힘은 자연을 움직일 수 있는 초자연적인 존재라고 믿는다. 사람들이 제사를 드리는 것도 조상신에 의지하기 위한 것이었다. 이것이 종교의 시작이었으며 종교를 가지게 된 동기가 아닌가 생각된다.

종교는 인간생활의 문제를 해결하기 위하여 초자연적인 힘에 의지하여 구원을 찾는 것이다. 자연과 직접 대결하여 자연의 힘을 극복하며 생존하였던 원시인이 아니라 할지라도, 인간의 운명은 초자연적인 힘에 달려있다고 생각하며 그 힘을 경외하고 의지하는 것이 현대인의 종교심의 발로라고 해야 할 것이다.

그러나 현대인은 자연을 극복한 결과 종교가 자연에 대한 공포에서 비롯되었다는 생각을 떨쳐 버려야 함에도 불구하고 새로운 공포가 인간의 마음을 지배하기 때문에 종교가 새롭게 요청되고 있다 할 것이다.

인간이 가지고 있는 종교는 다양하다. 기독교, 불교, 이슬람교, 유교 등 무수한 종교가 우리 주변에 퍼져있다. 이러한 종교들이 추구하는 목표나 심리적 동기는 한 마디로 복을 기원하는 사고에서 찾을 수 있을 것이다. 예를 들면 수명장수, 재앙으로부터의 탈출, 소원성취 등이라고 할 수 있을 것이다.

먼저 기독교는 절대자 하느님에 대한 의존의 믿음이 근본이며 인간 자신의 능력으로는 구원의 문제를 생각할 수 없는 것이다. 여기에서 구원은 믿음의 보상이나 결과라기 보다는 하느님의 은총이라고 생각한다. 구원이란 스스로에 의해 구해지는 것이 아니고 절대자인 하느님의 힘에 의하여 구해지는 것이라고 생각하고 있다. 따라서 기복(祈福)을 위하여 하느님께 기도하고 의지함으로서 소원성취를 취득하려는 것이다.

그러나 불교에서는 기복은 중생을 대신하는 보살의 큰 뜻이 없고 극히 개인적이므로 진정한 구원이 아니라고 간주하고 더 나아가 세속적 영화에 부처의 가호를 빈다는 것은 너무나 자기중심적인 사치라고 주장한다. 불교는 지혜를 강조하는 종교로 이해되고 있다. 불교는 부처님의 가르침 외에 인간 모두가 부처가 될 수 있다는 의미를 지니는 종교이다.

따라서 부처님은 우리 인간의 일을 대신해 줄 분이라기 보다는 우리에게 깨우침의 길을 안내해 주는 스승이라고 할 수 있다. 깨우침은 누구에 의해 이루어지는 것이 아니라 스스로의 정진에 의해 이루어지는 것이다. 이것이 자력 신앙이고 지혜의 길이라고 한다.

불교는 세계나 인생을 유한한 단절로 생각하지 않는다. 인생은 무한한 연속으로 과거 · 현재 · 미래가 윤회(輪回)되는 것으로 보고 있다. 따라서 복을 비는 기도는 하나의 수행일 뿐이며 세속적인 행 · 불행, 성공과 실패로 결정되는 일이 아니다. 만일 기도의 목적이 이루어지지 않았다면 윤회의 세계에서는 죄업이 소멸되어 가는 과정인 것이며 죄업이 아직도 남아있는 것이라고 보아야 할 것이다.

위에서 살펴본 바와 같이 천주교 등 기독교는 종교의 심리적 동기를 절대자인 하느님께 복을 기원하고 의지하는 사고에서 비롯되었다고 하지만 불교는 깨우침이라고 보고 있다.

하느님은 존재하는가

하루살이가 밤의 존재를 모른다고 밤이 없는 것은 아니고, 매미가 겨울을 모른다고 겨울이 존재하지 않는 것은 아니다. 따라서 우리 인간이 신의 존재를 모른다고 신이 존재하지 않는다고 하는 것은 인간을 하루살이나 매미의 존재라고 밖에 할 수 없을 것이다.

이처럼 사람이 볼 수 있고 만질 수 있는 것만을 믿는다면 이 세상은 얼마나 단순하고 무미 건조할까. 사람은 볼 수 없고 만져볼 수도 없는 것을 존재한다고 믿을 수 있는 지혜를 가지고 있는 바 그것이 곧 신앙이라고 할 수 있을 것이다. 신앙은 이성적 판단에 따른 신의 존재에 대한 신뢰라 할 수 있다.

하느님은 존재하는가에 대하여 그것을 해명할 객관적 기준은 이제까지 제시된 바가 없다. 그러나 하느님이 존재할 것이라는 생각이 들수 있을만큼 놀라운 이론을 전개하고 있는 고전에 대하여 우리는 주의를 기울일 필요가 있다. 그것은 정약종 선생의 주교 요지이다.

정약종 선생의 주교 요지는 「인심이 스스로 천주계심을 아니라」로 시작하고 있다. 원문을 옮겨보면 「무릇 사람이 하늘을 우러러 보며, 그 위에 계신 줄을 아는고로 질통 고난을 당하면 양천축수하여 면하기를 바라고 번개와 우뢰를 만나면 자기 죄악을 생각하고 마음이 놀랍고 송구하니 만일 천상에 임자 아니 계시면 어찌 사람마다 마음이 이러하리오」라고 되어 있다.

이것은 사람이 하느님이 계시기 때문에 양심에 반하는 나쁜 행위를 하려는 생각을 자제하고 하늘의 세계, 사후의 세계를 바라볼 수 있는 눈이 있다는 것을 말하고 있는 것으로 보인다.

또한 선생은 「만물이 스스로 나지 못하느니라」는 제목으로 신의 존재를 설명하고 있다.

「천지 만물이 제 몸이 스스로 나는 일이 없어 초목은 열매 있어 씨를 전하고, 짐승은 어미 있어 새끼를 낳고, 사람은 부모 있어 생겨나느니 그 부모는 조부모에게서 나는지라 차차 올라가면 분명히 시작하여 낳은 사람이 있을 것이니 이 사람은 누가 낳았을까? 만일 부모 있어 낳았다면 그 부모는 누가 낳았을까? 처음으로 난 사람은 반드시 부모 없이 낳았을 것이니 그 사람은 제 몸을 스스로 낳았다 하랴? 이 사람은 저 스스로 나고 훗 사람은 스스로 나지 못하랴? 이로 미루어 보건데 처음에 난 사람을 반드시 내신 이가 계실 것이니 사람 뿐만 아니라 초목과 짐승도 다 그러하므로 처음 난 초목은 초목이 초목을 낳음이 아니요, 처음 난 짐승도 짐승이 짐승을 낳음이 아니라 초목과 짐승과 사람을 도무지 내신 이가 계시니 이를 천주라 이르느니라」고 했다.

선생의 풀이를 음미해본다면 우리는 하느님이 존재할 것이라는 강한 마음의 동요를 느끼지 않을 수 없을 것이다.

사람은 죽어서 어디로 가는가

인간의 죽음이란 무엇인가? 죽음이란 호흡이 끊어지고 심장의 박동이 멎는 상태를 말한다. 이 죽음에는 성자가 따로 없고 소인의 죽음이 따로 없다.

인류 역사가 시작된 이래로 현대까지 우리 인간에게 해결할 수 없는 가장 어려운 문제가 인간의 죽음의 문제일 것이다. 사람은 왜 죽어야 하며 죽으면 어디로 가는 것일까? 인간이 죽으면 그것으로 끝일까? 만일 인간의 죽음이 그것으로 끝이라면 인생은 너무 무의미하고 허무한 것이 아닐까.

사람이 죽어서 한 줌의 흙으로 변하고 만다면 인간이야말로 가장 비참한 존재라고 볼 수밖에 없다. 선인과 악인, 이 세상에 공덕을 쌓은 사람과 아무런 공덕을 쌓지 못한 사람이 모두 동일하게 흙으로 돌아갈 뿐이라면 구태여 하느님 말씀을 순종하며 살아갈 이유가 존재하지 않을 것이다.

인간은 동물과 동일하게 죽는다(전도서 3장 19절) 할지라도 영혼이 하느님께 심판을 받는다는 점에서는 분명 차이가 있다. 즉 전도서 3장 21절은 인생의 혼은 위로 올라가고 짐승의 혼은 아래 곧 땅으로 내려가는 줄을 누가 알랴고 함으로서 사람의 혼은 전능하신 하느님의 소관 하에 들어가게 되고 짐승의 혼은 아래로 내려감으로 끊어져 없어진다고 해석하므로 사람의 죽음이 인생의 종말이 아니라는 것을 시사해 주고 있다고 볼 수 있다.

그러나 짐승의 혼이 아래로 내려가 끊어져 없어진다는 의미에 대하여 불교에서는 공감하지 않는 것 같다. 인간을 제외한 모든 동물을 동일하게 취급하고 있기 때문이다.

불교에서는 사람을 포함한 동물의 화복이란 자기 자신의 희망이나 의지나 노력에 따라 이루어진다기보다 자기가 태어나기 이전에 정해져 있다는 것이다. 사람의 생명이란 태어나기 이전에도 있었고, 죽은 뒤에도 남아 있다고 보고 전자를 전생(前生)이라 하며 후자를 내생(來生)이라 한다. 그래서 차생(此生)의 내가 된 나의 전신(前身)이 차생에 태어나기 이전인 전생에 이미 있었다고 보고 나의 전신이 전생에 있어 덕을 쌓고 좋은 일을 해놓으면 차생의 내가 그 덕업의 과보(果報)로써 복록을 얻는다는 것이다.

불교에서는 나의 전신이 반드시 내 부모나 내 조상이라고 보지 않는다. 심지어는 소나 개나 사람이 되기도 하고, 사람이 죽어 소나 개가 될 수도 있다고 보고 있는데 이것이 윤회 전생이다.

앞에 기술한 주교 요지에서 정약종 선생은 「사람이 전생과 후생이 있어 사람이 죽어 짐승이 되고 짐승이 죽어 사람이 된다는 말이 허망

하니라」라고 비판하고 있다. 그러나 기독교의 성경이나 불교의 경전이 우리 인간에게 나아갈 방향을 제시할 때 목표지점에 도달하는 과정이 다를 수 있고 방법이 다를 수도 있으니 정약종 선생의 비판이 옳다고만 생각하지는 않는다.

기독교의 성경이나 불교의 경전은 우리 인간이 배우고 나아갈 방향을 제시해 주고 있는 인생의 지침서라고 할 수 있는 것이다. 그러나 위에서 보는 바와 같이 기독교나 불교가 인간에 대한 가르침의 내용이나 교리가 상이한 경우도 있을 수 있는 바 이것은 각자의 이성과 신앙에 따라 판단할 사항이다.

그런데 사람이 죽으면 어디로 가는지에 대하여 아는 사람은 아무도 없다. 믿는 사람만이 그것을 마음으로 느끼고 환상적으로만 볼 수 있을 뿐이다. 종교적인 깊은 신앙심에서가 아닐지라도 죽음이나 삶이 그렇게 먼 거리에 있는 것이 아닐지도 모르고 생사일여의 경지에 이르기만 한다면 죽는 것이 사는 것이요 사는 것이 죽는 것이라고 느낄지도 모를 일이다.

종교적으로 하나님이나 또는 부처님 곁으로 돌아가 영생한다고 한다. 윤회의 법칙대로 죽음의 길로 간다 해도 어디로 가는지 아무도 모른다. 돌아온다 해도 그것을 본 사람이 없으니 그 또한 알 길이 없다.

인과응보

불교에서는 사람을 포함한 모든 동물이 자기가 태어나기 이전에 쌓아놓은 업보에 의하여 차생(此生)의 위치로 태어난다는 것이다.

따라서 이 세상의 나는 나의 희망이나 노력에 의해서 태어나는 것이 아닐 뿐만 아니라 하느님의 은혜로 아무렇게나 빚어진 것이 아니라는 것이다. 이 세상에 태어난 나는 전생에 있어 쌓아놓은 덕업의 과보(果報)에 따라 훌륭한 부모의 아들이나 재력가의 집안에 태어나기도 한다.

세상을 살면서 사고를 당해 불구가 된 경우는 과실에 의한 경우라 치부한다 하겠지만 세상에 태어날 때부터 앞을 보지 못하거나 말을 못하는 불구의 몸으로 이 세상에 나온 사람을 두고서 하느님의 은혜라고 표현한다면 우리는 실로 세상의 이치에 대해 논리적인 판단의 한계를 절감하지 않을 수 없을 것이다.

물론 기독교에서도 사람의 인과응보의 이치를 부정하지는 않는다. 그러나 사람의 출생에 대한 인과응보에 대하여는 아무 말을 하지 않으면서 하느님의 은혜로 태어났다고 말하고 있을 뿐이다.

기독교는 불교의 윤회 전생(輪廻 前生)을 부정하며 인간의 죽음에 대해서만 말하고 있을 뿐이다. 즉 기독교는 성경(전도서 3장 19절)에서 육체는 썩어 없어지고 사람의 혼은 전능하신 하느님의 소관 하에 들어가고 짐승의 혼은 아래로 내려가 끊어져 없어진다고 해석하고 있다.

풀 한 포기 나무 한 그루도 하느님의 뜻이 있어 생겨난다고 하거늘 인간과 같이 살아 움직이는 동물이 하느님의 깊은 뜻에 따라 생겨났다는 것은 당연한 이치일 것이다. 개나 소나 말 등의 동물이 물론 인간과 비교될 수는 없다 해도 출생만큼이나 그들의 죽음도 깊은 뜻이 있는 것은 아닐까?

인간을 포함한 모든 동물이 죽으면 육체는 썩어 없어지는 것은 동일하지만 사람의 혼만이 하느님의 소관하에 들어가고 모든 동물의 혼은 끊어져 없어져 무(無)의 상태로 변해 버릴까?

2500년 동안 인류의 정신적인 사고작용을 지배해 온 불교의 윤회사상은 기독교의 성경 한 구절보다 못한 허상이었단 말인가?

기독교와 불교의 기본사상 및 특성

기독교는 유일신을 대상으로 하는 종교이다. 기독교는 영혼과 육체의 이원론으로 보아 우리 육체의 소멸을 인정한다. 인간의 영혼은 하느님의 나라에 간다는 것이 중요하다.

사람은 신의 은혜를 입어야만 구원받을 수 있고 사람들 중에서 누가 구원을 받는가 하는 것은 오직 신의 뜻에 달렸다. 여기서 구원은 믿음의 결과라기 보다는 절대적인 하느님의 은총이며 선물이다.

기독교에서는 신에 대한 믿음·소망·사랑의 실천이 요구되고, 그것을 통하여 육체의 죽음을 극복하여 영혼을 구원받는다고 한다.

한마디로 기독교의 근본사상은 영혼의 구원이다.

불교는 인간의 생·노·병·사(生老病死)를 통한 깨우침을 근본원리로 한다. 깨우침의 내용은 존재하는 모든 것의 기본원리인 연기(緣起)의 법칙이다. 즉 존재하는 모든 것은 더불어 존재하며, 서로 분리할 수 없는 관계에 있다는 말이다.

또한 깨우침을 실천하는 자비심이야 말로 불교사상을 떠받쳐 주고 있는 기둥이라 할 것이다.

한편 기독교와 불교는 각 성질이 다르다는 점을 인식해야 할 것이다.

첫째, 기독교는 절대자인 하느님을 신앙하는 종교이다. 절대적인 하느님에 대한 의존의 믿음이 바탕이 되고 그 믿음의 근저에는 자신의 능력으로는 도저히 구원의 문제는 생각할 수도 없다.

그러나 불교는 인간의 종교이다. 불교가 문제로 삼는 것은 신이 아니라 인간이다. 불교의 시작은 인간의 괴로움의 문제이며 그 끝은 괴로움으로부터 벗어나는 것이다.

둘째, 기독교는 창조주인 하느님과 피조물인 인간은 본질적으로 다르다. 그러나 불교는 평등의 종교이다. 불타는 신이나 구세주가 아니다. 진리에 눈뜬 사람이며 깨우친 사람일 뿐이다. 따라서 부처는 인간의 문제를 대신 해결해 주는 구세주가 아니라 깨우침의 길을 먼저 걸었던 사람으로 모든 사람을 위하여 길을 안내하는 안내자일 뿐이다.

셋째, 기독교는 타력의 종교이다. 따라서 피조물이요 죄인인 인간은 스스로의 죄를 회개하고 절대적인 하느님께 믿음을 통하여 의존해야 한다. 구원이란 나의 노력에 대한 대가가 아니고 하느님에 의해서만 주어지는 선물일 뿐이다.

그러나 불교는 자력의 종교이다. 따라서 인간의 문제는 부처님이나 절대자의 힘에 의해서가 아니라 인간 스스로의 노력에 의하여 해결할 수 있다고 보는 것이다.

우리는 나의 종교만이 유일한 길이라는 진리에 대한 독단을 버리고 다른 사람의 신앙도 존중해야 할 것이다. 진리에 이르는 길은 하나가 아니라 여럿이라는 종교의 본질에 대한 통찰에서 모든 종교가 길을 함께 가는 동반자가 되어야 하기 때문이다.

그럼에도 불구하고 불교는 모든 종교에 공통되는 창조신을 부정하고 따라서 절대자인 창조주에 대한 복종 같은 것을 말하지 않는다고 의구심을 나타내며 불교를 비판하는 종교집단과 여론이 있는 것은 사실이나 이것은 각자의 이성과 신앙에 따라 판단할 선택의 문제가 될 것이다.

하느님의 제1의 계명

하느님의 명령 중 첫째는 무엇인가? 이 말은 기독교의 근본사상이고 신앙인의 가장 큰 목표인 영혼의 구원을 실천하기 위한 제1의 요건이 될 것이다. 성경은 하느님을 사랑하는 것이라고 말하고 있다.

네 마음을 다하고 목숨을 다하고 뜻을 다하여 주 너의 하느님을 사랑하라 하신 것이요(마가복음 12장 30절)라고 가르쳐 주고 있다.

그렇다면 하느님의 제1의 계명이 하느님을 사랑하는 것이라고 할 때 그 구체적 의미는 무엇일까?

인간으로서는 그 존재를 볼 수도 없고 알 수도 없는 신령스런 존재인 하느님의 모습을 발견하기 위하여 매일 기도하라는 것일까. 인간이 하느님의 영상을 접할 수 없기 때문에 현실적으로 하느님을 사랑한다는 의사표시는 사실상 불가능하다. 따라서 하느님을 사랑한다는 것은 하느님을 공경하는 것이라고 할 수 있다. 하느님께 대한 공경심이란 하느님께서 인간에게 하지 말라고 금하는 행위는 하지 않고 하라고 요구하는 행위를 마땅히 하는 것이라고 해석할 수밖에 없을 것이다.

그렇다면 인간이 마땅히 해야 할 일이란 구체적으로 무엇일까?

그것은 한 마디로 인간이 양심을 가지고 정직하고 정의롭게 이 세상을 사는 일이라고 할 수 있을 것이다.

따라서 하느님을 사랑하라는 말에서 사랑이란 양심이나 정직, 정의라는 말과 동일한 뜻으로 해석할 수 있으며 이것이 바로 하느님의 제1의 계명이라고 요약할 수 있을 것이다.

종교분쟁의 해결방안

세상에는 많은 종교가 있고 같은 종교 안에도 많은 종파가 있다. 종교인들은 자기가 소속된 종교와 종파가 최선이라고 주장하는 독선적인 주장을 하는 사례가 많이 발견되고 있는 것이 현실이다.

그러나 우리가 어느 종교의 신도가 된 것은 그 종교가 최선의 종교라는 확신을 가지고 그 종교를 믿게 된 것은 아니며 우리가 살고 있는 당시의 사회적 여건 속에서 큰 영향을 받았던 점에 주목해야 할 것이다.

따라서 개인의 종교 신앙은 그가 태어나서 거주할 당시의 시대와 사회와 가정의 여건에 의해 결정된다고 보아야 할 것이다.

기독교인들이나 불교도들, 이슬람교도들은 자신의 종교만이 참종교이고 다른 종교는 모두 사교로서 구원을 받을 수 없다고 믿는 신도들이 많은 것 같다. 그러나 자신이 믿는 종교가 여러 종교 가운데 하나이며 모든 종교가 인간의 구원을 지향하는 것을 목표로 한다면 그것이 바로 올바른 종교의 태도가 아닐까 생각된다. 등산에서 최고봉은 하나이지만 최고봉에 오르는 등산로는 여러 갈래가 있는 것과 같은 이치이다. 건전한 종교의 신앙은 결국 같은 결과를 얻는다고 보아야 할 것이다.

유대교와 기독교와 이슬람교가 믿는 종교의 최고의 신앙의 대상은 하느님이다. 그렇다면 하나님교는 인류를 하나로 만들고 한 가정의 형제자매로 만드는 종교이어야 할 것이다. 그럼에도 불구하고 하나님의 자녀인 신도들이 얼마나 많이 서로 미워하고 또 서로 죽였는가.

이러한 원인은 자기가 신봉하는 종교만이 최고·최선이라는 독선적인 사고방식에서 기인된 것이며 신앙의 대상이 동일한 하나님임에도 불구하고 하나님을 믿고 섬기는 부차적인 방식의 차이를 극복하지 못한 결과라고 사료된다.

대자연은 위대한 경전이라고 할 수 있다. 신·구약 66권만이 기독교의 경전이 아니며 8만대장경만이 불교의 경전일 수 없다. 이 세상의 삼라만상이 경전 아닌 것이 없다. 대지 위의 산과 강, 바다 모든 생물들이 모두 경전이다.

우리는 이성적인 판단에 따라 대자연의 경전을 읽을 수 있은 눈을 뜨고, 들을 수 있는 귀를 기울여야 할 것이며 그것만이 종교분쟁을 해결할 수 있는 길이 될 것이다.

대통령과 한국 知性人의 座標

변지섭 칼럼집

발 행 일 | 2015년 2월 2일
지 은 이 | 卞之燮
발 행 인 | 李憲錫
발 행 처 | 오늘의문학사
출판등록 | 제55호(1993년 6월 23일)
주   소 | 대전광역시 동구 대전로 867번길 52(한밭오피스텔 401호)
전화번호 | (042)624-2980
팩시밀리 | (042)628-2983
홈페이지 | http://www.lito77.co.kr(홈페이지)
전자우편 | hs2980@hanmail.net

공 급 처 | 한국출판협동조합
주문전화 | (070)7119-1752
팩시밀리 | (031)944-8234~6

ISBN 978-89-5669-664-5
값 18,000원